16	3	2	13
5	10	11	8
9	6	7	12
4	15	14	1

Eurípides

TEATRO COMPLETO III

As Suplicantes
Electra
Héracles

Edição bilíngue

Estudos e traduções de Jaa Torrano

editora 34

EDITORA 34

Editora 34 Ltda.
Rua Hungria, 592 Jardim Europa CEP 01455-000
São Paulo - SP Brasil Tel/Fax (11) 3811-6777 www.editora34.com.br

Imagem da capa:
Busto de Eurípides, cópia romana de um original grego do século IV a.C., Staatliche Museen, Antikensammlung Berlin, Berlim

Capa, projeto gráfico e editoração eletrônica:
Franciosi & Malta Produção Gráfica

Revisão:
Beatriz de Paoli
Alberto Martins

1ª Edição - 2023

CIP - Brasil. Catalogação-na-Fonte
(Sindicato Nacional dos Editores de Livros, RJ, Brasil)

Eurípides, *c.* 480-406 a.C.
E664t Teatro completo III: As Suplicantes, Electra, Héracles / Eurípides; edição bilíngue; estudos e traduções de Jaa Torrano — São Paulo: Editora 34, 2023 (1ª Edição).
416 p.

ISBN 978-65-5525-154-8

Texto bilíngue, português e grego

1. Teatro grego (Tragédia). I. Torrano, José Antonio Alves. II. Título.

CDD - 882

EURÍPIDES
TEATRO COMPLETO
III

Dedicatória

Aos leitores joviais
que se comprazem com
a noção euripidiana de Zeus
como a explicação própria
da complexidade do mundo
contemporâneo dos Deuses.

Agradecimentos

Ao CNPq,
por invictas virtudes
das bolsas PP e PDE,
que me deram
este trabalho.

Ao Grupo de Pesquisa
Estudos sobre o Teatro Antigo
por grato convívio caro a Musas
e a Dioniso *Mousagétes*.

Aos miríficos alunos,
colegas e mestres
do DLCV-FFLCH-USP,
pela numinosidade
imanente ao lugar.

Aos caros amigos
partícipes das Musas
e de *Zeus Phílios*.

Nota editorial

A presente tradução segue o texto de J. Diggle, *Euripidis Fabulae* (Oxford, Oxford Classical Texts, 3 vols., 1981, 1984, 1994). Onde este é lacunar recorremos a restaurações propostas por outros editores, cujos nomes se assinalam à margem direita do verso restaurado no texto original e na tradução.

Cronologia das representações

1. *O Ciclope*, data incerta.
2. *Alceste*, 438 a.C.
3. *Medeia*, 431 a.C.
4. *Os Heraclidas*, cerca de 430 a.C.
5. *Hipólito*, 428 a.C.
6. *Andrômaca*, cerca de 425 a.C.
7. *Hécuba*, cerca de 424 a.C.
8. *As Suplicantes*, entre 424 e 420 a.C.
9. *Electra*, entre 422 e 416 a.C.
10. *Héracles*, cerca de 415 a.C.
11. *As Troianas*, 415 a.C.
12. *Ifigênia em Táurida*, cerca de 414 a.C.
13. *Íon*, cerca de 413 a.C.
14. *Helena*, 412 a.C.
15. *As Fenícias*, entre 412 e 405 a.C.
16. *Orestes*, 408 a.C.
17. *As Bacas*, 405 a.C.
18. *Ifigênia em Áulida*, 405 a.C.
19. *Reso*, data incerta.

AS SUPLICANTES

Justiça e piedade

Jaa Torrano

Tendo em vista que a questão da justiça é o fio condutor das tragédias de Eurípides e que o enredo (entendido como "a combinação dos fatos", *sýnthesin tôn pragmáton*)[1] é uma imagem diegética da noção mítica de Justiça, a leitura parte por parte da tragédia *As Suplicantes* de Eurípides mostra que — nomeada ou não — a Justiça, filha de Zeus, se manifesta no horizonte temporal do curso dos acontecimentos, punindo transgressões e impiedades dos mortais. Se a Justiça é divina por ser um dos aspectos fundamentais do mundo, a piedade reside nas decisões e atitudes dos mortais, que os tornam gratos aos Deuses imortais. A punição dos Deuses aos mortais tende a ser antes coletiva que individual, mas a graça dos Deuses aos mortais, antes individual que coletiva.

No monólogo prologal, diante do templo de Deméter em Elêusis, Etra pede à Deusa que lhe dê felicidade e ao seu filho, o rei Teseu, à sua cidade adotiva Atenas e à sua pátria Trezena. Em contraste, enlutados ao seu redor estão o coro de anciãs argivas ajoelhadas com ramos súplices e de pé o rei argivo Adrasto, e já lhe suplicaram que exortasse o filho, o rei Teseu, a resgatar os sete chefes, mortos no ataque a Tebas e retidos insepultos pelos tebanos vencedores.[2] O arauto foi chamar o rei para decidir se atende ou expulsa os suplicantes.

Visto que ao iniciar o drama o coro já se encontra na orquestra, em vez de párodo (o canto da marcha de entrada do coro na orques-

---

[1] Aristóteles, *Poética*, 1450a4-5.

[2] Cf. Ésquilo, *Sete contra Tebas*, cujo tema é a luta pelo poder em Tebas entre os dois filhos de Édipo, Etéocles e Polinices: o primeiro expulsa e bane o segundo, que por sua vez se alia ao rei de Argos e reúne um exército para tentar recuperar o trono, numa guerra fratricida em que ambos os irmãos se matam um ao outro. O novo rei de Tebas, Creonte, concede honras fúnebres a Etéocles e proíbe o sepultamento de Polinices e de seus aliados.

tra), temos um estásimo (canto de dança estacionária circunscrita à orquestra). Na primeira estrofe, o coro de anciãs reitera a súplica pelo resgate de seus filhos mortos insepultos entregues ao repasto de feras montesas; na primeira antístrofe, descreve seus gestos de luto ritual pelos mortos retidos em terra alheia. Na segunda estrofe, o coro apela à solidariedade materna da rainha para que persuada o próprio filho a resgatar os mortos em Tebas; na segunda antístrofe, reconhece a ilicitude de interromper as preces da rainha à Deusa Deméter pela fertilidade do solo, justifica-se com o caráter coercitivo e a justiça de sua causa, e reitera a súplica pelo resgate dos mortos. Na terceira estrofe, uma alternância do canto se apresenta como "luta de gemidos" (*agón... góon*, v. 71) e os coristas alternantes se exortam ao ritual do luto e escarificação das faces com as unhas; na terceira antístrofe, o coro compara o conforto renovado do pranto ao fluxo incessante da pedra batida por ondas, e exalta como inesquecível a dor dos filhos mortos.

No primeiro episódio, Teseu chega a Elêusis, vindo de Atenas, não chamado pelo arauto, mas preocupado com a mãe ausente há tempo e com o rumor do pranto ritual. Etra lhe apresenta as suplicantes como mães dos sete chefes mortos às portas de Tebas e dá-lhes a palavra. Teseu interpela Adrasto, que na esticomitia explica a causa de sua expedição contra Tebas, acusando os tebanos de injustiça contra seu genro Polinices (v. 152) e qualificando a expedição como "fazer justiça" (v. 154), mas Teseu o contesta cobrando consultas a adivinhos.[3]

Adrasto prostrado abraça o joelho de Teseu; renova a súplica em nome das anciãs impedidas de honrar os filhos mortos; argumenta que é sábia a simpatia recíproca entre os ricos e os pobres, e entre os de boa sorte e os de má sorte, bem como é justa a afinidade prazerosa entre o compositor de hino e os que o ouvem; e valendo-se de prévia refutação a eventual redirecionamento de sua súplica aos espartanos, conclui com o descrédito de Esparta e com o louvor de Atenas e de seu rei. O coro confirma as palavras de Adrasto e pede compaixão.

Teseu refuta as palavras de Adrasto, recriminando-o por dar as filhas em casamento a injustos (o que implica a possibilidade de outra,

---

[3] Também na tragédia *Hipólito*, v. 1321, Ártemis reprova Teseu por não consultar adivinhos antes de imprecar contra o filho; ver Eurípides, *Teatro completo II*, estudos e traduções de Jaa Torrano, São Paulo, Editora 34, 2022.

não mencionada, interpretação do oráculo de Apolo, que não a aceita-da por Adrasto, vv. 138, 220-5), pois assim se associou a injustos na punição divina (bem entendido que a punição divina é coletiva, não discriminatória nem distributiva, vv. 226-8). Teseu nega a proclamada justiça da expedição de Adrasto contra Tebas, por ter sido contrária aos vaticínios de Anfiarau (vv. 168, 230) e por ter sido motivada por jovens ávidos de poder e sem justiça (vv. 231-7). Analisada a motivação dos sete chefes contra Tebas, Teseu generaliza distinguindo três classes de cidadãos e suas respectivas ações no interior do Estado — ações salutares da classe média e ações ruinosas tanto dos ricos quanto dos despossuídos, sendo os setes chefes identificados com os ricos, marcados pela pleonexia e pela transgressão, tão injustas quão ruinosas. Visto que não se deve associar-se a injustos, por ser ruinoso, Teseu rejeita essa aliança e despede os forasteiros.

Adrasto aceita resignado a recusa de Teseu e exorta o coro de anciãs a partir, abandonando os ramos de suplicantes e tendo os Deuses Terra, Deméter e Sol por testemunhas da inutilidade de suas preces. Sem compartilhar a desistência de Adrasto, o coro interpela Teseu e reitera o gesto e a fala de súplica, apelando à ancestralidade comum que os une, Teseu e argivos, como descendentes de Pélops, e evocando tanto a solidariedade comum dos viventes quanto a imprevisibilidade das vicissitudes comuns dos mortais.

Teseu percebe a comoção de Etra pela súplica das anciãs e a incentiva a manifestar-se. Etra argumenta que a piedade com os Deuses e a honra ante as cidades demandam a seu filho que cesse as violações das leis da Grécia por homens violentos e que dê a cota de tumba e funerais aos mortos; assim, sua pátria terá grandeza e seu filho agirá com justiça.

Teseu confirma sua recriminação a Adrasto por decisões errôneas, aceita os conselhos de Etra e propõe-se a resgatar os mortos mediante persuasão ou, se necessário, pela força, mas após consultar os cidadãos, dos quais espera apoio e adesão.

No primeiro estásimo, durante o retorno de Teseu a Atenas para consultar a assembleia e mobilizar a tropa, o coro enaltece a decisão magnânima e piedosa do rei, prevê a gratidão de Argos por esse benefício, espera que se cumpra a "faina reverente" (*eusebès pónos*, v. 373) com os funerais de seus filhos, e exorta Atenas à defesa das mães, das leis, da justiça e de todos os de má sorte.

No segundo episódio, Teseu instrui o seu arauto da mensagem de reivindicação amistosa ao rei tebano, acrescentando a alternativa de declaração de guerra, caso não atendida a reivindicação, quando percebe a chegada do arauto tebano, que dispensaria o seu arauto dessa incumbência, mas que, ao abrir a boca, já deflagra um debate (*agón*).

Este *agón* tem a peculiaridade de se dar sucessivamente em torno de dois temas: primeiro, as respectivas vantagens da democracia e da realeza (vv. 399-466), depois, a interdição e reivindicação dos funerais dos sete chefes (vv. 467-580).

A palavra "rei" (*týrannos*, v. 399) na pergunta inicial do arauto tebano suscita na resposta de Teseu o louvor da liberdade (*eleuthéra pólis*, v. 405) e da democracia (*dêmos anássei*, v. 406), em que o pobre participa do poder igual ao rico. O tebano defende a superioridade de seu regime político, a monarquia, por excluir tanto os demagogos manipuladores e ávidos de lucro pessoal, quanto os que, por serem pobres e forçados a trabalhar, não têm a visão dos interesses comuns. Teseu aponta no arauto tebano a habilidade retórica e o convite ao debate, expõe mais amplamente os graves danos do governo autocrático para a vida pública e privada e as vantagens da justiça e da igualdade promovidas pela democracia; e por fim indaga o que o arauto quer e repreende-lhe a eloquência inoportuna.

O arauto tebano admite a divergência sobre regimes políticos (vv. 465-6) e passa a tratar da interdição dos funerais: falando na primeira pessoa como representante do rei tebano Creonte, proíbe a entrada de Adrasto em Atenas e, caso tenha entrado, ordena que seja expulso ainda que se viole a sacralidade dos ramos suplicatórios, ou, então, o descumprimento dessa ordem suscitará guerra (vv. 467-75). Num tom mais cortês e aconselhador, pede moderação, adverte do ludíbrio da esperança inconfiável que leva à guerra e à ruína, e exalta a Deusa Paz como amiga das Musas, inimiga das Punições, propícia aos filhos, dadora de riqueza e contrária à sujeição dos mais fracos (vv. 476-93). Argumenta que os chefes argivos não merecem que se empenhe em resgatá-los porque sucumbiram à própria soberbia, punidos pela justiça dos Deuses (vv. 494-505). Por fim, estabelece que se devem amar primeiro os filhos, depois os pais e a pátria, e conclui com a condenação da audácia como causa de ruína e com o elogio da quietude como verdadeiras bravura e prudência (vv. 506-19).

Com formal intervenção de um dístico, o coro antecipa o principal contra-argumento de Teseu: a punição dos sete chefes por Zeus é suficiente, a interdição de funerais por tebanos é "soberbia" (*hýbris*, v. 512).

Teseu rebate a intromissão indevida de Adrasto (vv. 513-15), e propõe-se a responder primeiro os primeiros itens: não tem por que receber ordens de Creonte, nem desencadeou a guerra nem atacou Tebas (vv. 518-23); honrar os mortos é justo, e consuetudinário entre os gregos (vv. 524-27); punidos com a morte os invasores, assim se cumpriu a justiça (vv. 528-30); os funerais não só atendem à ordem natural, pois os corpos retornam à terra e o espírito, ao "céu" (*aithéra*, v. 533), mas também atendem a valores cívicos, pois sua privação faria tíbios os valentes (vv. 531-41); não há motivos para temer que se inumem os mortos, mas as vicissitudes da sorte recomendam aos mortais cautela e moderação na desforra (vv. 542-57). Por fim, Teseu reitera o seu propósito de honrar os mortos, por bem, ou à força (vv. 558-63).

Na esticomitia, com irônica cortesia, o arauto tebano reafirma a interdição dos funerais, Teseu confirma o propósito de os realizar, e a ironia ressoa na extrema polidez dessa recíproca ameaça de guerra (vv. 566-80). Por fim, Teseu despede o arauto tebano, convoca hoplitas e aurigas, propõe-se a operar em Tebas como seu próprio arauto, e ordena que Adrasto não o acompanhe, para não lhe conspurcar a tarefa, mas para essa nova lida pede a companhia de seu Nume e a aquiescência dos Deuses justos (vv. 581-97).

No segundo estásimo, na expectativa do resultado da missão de Teseu em Tebas, dois semicoros se alternam — um abertamente apavorado, o outro supostamente confiante — no exame da situação e da possível intervenção da justiça dos Deuses. Na segunda estrofe imaginam como poderiam ir a Tebas e ver a sorte do rei de Atenas: se um Deus os fizesse alados. Na segunda antístrofe, movidos de pavor invocam os Deuses e pedem benevolência a Zeus, ligado a Argos como ancestral de Dânao através de Io e Épafos, filho de Io, e pedem ainda a Zeus que resgate do ultraje para a pira os filhos mortos insepultos, designando-os "ícone" e "suporte" (*ágalma*, *ídryma*, v. 632) de Zeus.

No terceiro episódio, o mensageiro, que fora servo de Capaneu e prisioneiro em Tebas desde a guerra anterior, anuncia a vitória de Teseu (vv. 634-40) e a salvação da tropa ateniense, em contraste com a expedição de Adrasto (vv. 644-6), e faz um relato circunstanciado da batalha, concluindo com o elogio de Teseu e a condenação da soberba

(vv. 650-730). O coro, ao ver o dia inesperado, reconsidera sua atitude perante os Deuses e julga menor o seu infortúnio porque seus inimigos "pagam pena de justiça" (vv. 731-3).

Adrasto interpela Zeus, repreendendo-o por seu consentimento aos erros dos mortais; assume a culpa da guerra anterior, eximindo Etéocles da infeliz iniciativa; exalta a palavra como instrumento de diplomacia, condenando o recurso à guerra em vez da palavra; enfim, como se retornasse ao presente, indaga o mensageiro como se salvou (vv. 734-51). Na esticomitia, o mensageiro responde que se safou valendo-se do tumulto da guerra; revela o translado dos sete chefes para Elêusis (o número sete tem valor emblemático, pois o tebano Polinices teria permanecido em Tebas e Anfiarau foi tragado pela fenda aberta no solo), e o empenho pessoal de Teseu nos ritos funerários dos demais mortos, sepultados em Elêuteras; Adrasto acabrunhado exprime o desejo de ter morrido com eles, o que o mensageiro declara "vãs lamúrias" (vv. 752-70). Adrasto anuncia que se retira para participar do pranto ritual dos mortos (vv. 771-7).

No terceiro estásimo, na primeira estrofe, o coro contrasta a glória da cidade e a honra dos estrategos com a dor lúgubre das mães, para quem no resgate inesperado dos filhos colidem o belo espetáculo e a maior dor de todas. Na primeira antístrofe, exprime o desejo de não terem sido casadas e de não terem tido filhos, pois despojadas dos filhos têm muito claro o mal.

Seguem, na voz do coro, a rubrica de que os corpos já estão na orquestra e a expressão ritual do desejo de morrer junto com os mortos (vv. 794-7). No *kommós*, Adrasto e o coro se alternam no pranto ritual: na segunda estrofe, saúdam os mortos, gemem as dores, e interpelam Argos se os vê na atual miséria; na segunda antístrofe, Adrasto lastima como não merecida a morte dos sete (contrariamente ao que se conta neste drama),[4] as mães imploram que lhes deem abraçar os mortos, Adrasto faz voto de ter morrido na batalha, e as mães, de não se terem casado; no epodo, o coro faz os gestos ritualísticos de escarificação com as unhas e de verter cinzas na cabeça, Adrasto reitera com variações os votos de morrer, e o coro constata que teve amargas núpcias, amargo oráculo de Febo, e que a Erínis da casa de Édipo abateu os argivos.

---

[4] Cf. vv. 155-61, 494-505, 738-9.

No quarto episódio, Teseu anuncia que renunciará à pergunta que, durante o pranto ritual, tinha para o coro de mães (vv. 838-9), não revela qual seria a pergunta, mas indaga de Adrasto como eles, os mortos e agora resgatados, foram notáveis pela valentia, dando três razões para essa pergunta: o conhecimento advindo da experiência de Adrasto, a oportunidade de instruir os jovens cidadãos — entre os quais provavelmente os órfãos de guerra, ao atingirem a maioridade política, presentes no teatro para a cerimônia de outorga da panóplia — e a recente experiência ("vi", *eîdon*, v. 844) do próprio Teseu no combate aos mesmos adversários dos mortos.

A oração fúnebre é uma prestigiosa instituição ateniense que na época clássica integrava os funerais públicos em honra dos mortos em defesa da cidade.[5] A incumbência desse discurso não deixa de ser uma reabilitação de Adrasto e, em certo sentido, uma retratação de Teseu ante Adrasto e ante os chefes mortos no ataque a Tebas.[6] Mas neste elogio de Adrasto a estes personagens, tradicionalmente malvistos e antes reprovados por Teseu nesta mesma tragédia, não ressoa a ironia sarcástica de Eurípides contra o instituto político da oração fúnebre? A meu ver, não necessariamente, porque antilogias, tensão e antagonismo de pontos de vista contrapostos caracterizam não só a tragédia como gênero literário, mas também a cultura ateniense contemporânea da tragédia. Além disso, na oração fúnebre vale o princípio *de mortuis nil nisi bonum* ("dos mortos não se diz senão bem"), incorporado pelas leis de Sólon à tradição grega.[7]

Adrasto se propõe a falar "com verdade e com justiça" (*alethê kaì díkai'*, v. 859). Vale-se de eufemismo ao dizer "dardo violento" (*labròn bélos*, v. 860) o raio de Zeus que transpassou Capaneu, em contraste com a ênfase na justiça da punição divina no trocadilho do arauto tebano (*Kapaneùs... kapnoûtai* "Capaneu fumega", vv. 496-7), e faz um retrato conciso e compassivo, louvando a moderação, veracidade, lealdade e afabilidade do herói — retrato que ganha inesperada credibilidade com a surpreendente cena de Evadne no quinto episódio. Com Etéoclo, Adrasto exemplifica a probidade imune à ganância e o civismo.

---

[5] Cf. Tucídides, *História da Guerra do Peloponeso*, II, 34.

[6] Cf. vv. 229-37.

[7] Cf. Tucídides, *História da Guerra do Peloponeso* II, 42; Platão, *Menexeno*, 234c; Plutarco, *Sólon*, 21, 1.

Com Hipomedonte, cujo nome significa "cuidador de cavalo" (cf. v. 886), exemplifica a aliança da austeridade rústica com o civismo. Com Partenopeu, explicita novos aspectos do civismo sugeridos pela composição do nome (*Partheno-paios*, "moça-menino"). Com Tideu, exalta a competência militar em termos de dotes intelectuais. Por fim, exalta a boa educação por resultar em aquisição perene de bom caráter e de honradez, com o que se supõe que os heróis encomiados a tenham recebido quando jovens.

O coro lamenta a má sorte de se mostrarem vãs as suas fadigas do parto e da criação, Hades ter o fruto dessas fadigas, e as mães desses filhos não mais terem o sustento da velhice (vv. 918-24).

Teseu faz o elogio dos mortos cujos corpos estão ausentes, Anfiarau e Polinices: reverte as palavras do arauto tebano sobre a morte de Anfiarau, considerando-a não uma punição divina, mas um claro elogio dos Deuses (vv. 925-7);[8] declara Polinices ter sido seu hóspede antes do exílio de Tebas em Argos, com o que implicitamente legitima o elogio pela participação comum de ambos em Zeus Hóspede, ainda que não mencionado (vv. 928-31). Teseu propõe que, conforme manda a tradição, Capaneu, golpeado pelo raio de Zeus, seja sepultado à parte, e todos os demais incinerados numa única pira, e propõe ainda que as mães não vejam os corpos antes que sejam cremados, para evitar a insuportável dor de vê-los desfigurados. Adrasto acata ambas as propostas, e em seguida condena a guerra, e louva a quietude política como o cessamento de todos os males — o que é antes expressão de seu arrependimento que de sua lucidez, pois o resgaste de seus mortos só se deu pelo recurso à guerra.

No quarto estásimo, na primeira estrofe, o coro de anciãs lamenta não mais ter filhos nem idade em que Ártemis parteira as pudesse interpelar, e assim ter a vida sem abrigo nem direção. Na primeira antístrofe, o coro, ainda que composto de quinze coristas e somente quatro das sete mães sejam argivas (as mães de Polinices e Tideu são tebanas, a de Partenopeu, árcade), se declara "as sete mães dos sete filhos", explicando o valor emblemático, não aritmético, desse número "sete"; neste caso, como o quinhão da miserável velhice não incluída nem entre os mortos nem entre os vivos. No epodo, enumera os sinais do luto

[8] Cf. vv. 500-1.

doméstico, tumbas, tonsuras, cantos sem participação em Apolo de áureos cabelos, e prantos incessantes.

No quinto episódio, o coro menciona o recém-erguido túmulo de Capaneu[9] e ofertas de Teseu aos mortos, possivelmente tecidos e tapeçarias a serem incinerados junto com eles, e anuncia a aparição de Evadne, esposa de Capaneu e filha do rei Ífis, no alto do penhasco que domina o templo (*skené*).[10] Vestida de noiva, Evadne em uma estrofe evoca o dia de suas núpcias com Capaneu em Argos e anuncia a intenção de pôr fim às fadigas lançando-se de um salto à pira em que ardem os restos de seu marido (a pira estaria ao lado da casa atrás do muro, acima do qual se veria fumaça); e na antístrofe associa o salto suicida à bela glória, à união amorosa com o marido, à fidelidade conjugal, ao leito de Perséfone e à ritualística procissão nupcial com archotes.

Na cena seguinte, o velho rei Ífis se queixa de dupla dor, pelo filho Etéoclo, cujas cinzas deve reconduzir à pátria, e pela filha Evadne, que escapou de sua vigilância e saiu de casa querendo morrer com o marido. Na esticomitia, confrontam-se a dor amarga do pai impotente no chão e o delírio jubiloso da filha incontrolável no alto do penhasco. Primeiro, a exclamação do coro designa a execução do salto suicida e, depois, a interrogação do coro ao pai assinala o prosseguimento da cremação da filha ainda viva na pira do marido (vv. 1072; 1075).

Na terceira cena, o velho, a sós com o coro, reflete que os mortais deveriam ter duas vidas consecutivas, para corrigir na segunda vida o eventual erro cometido na primeira, pois se assim fosse, para evitar essa dor de perder os filhos, nem os teria desejado nem os teria tido (vv. 1080-93).[11] Indaga-se o que fazer, perante a solidão em casa e o impasse na vida, perante a ausência da filha e sem os doces carinhos que ao visitá-la recebia. Quer que o levem para casa e o entreguem às trevas para consumir-se em jejum e morrer (vv. 1094-106). Pergunta-se que lhe valerá tocar as cinzas do filho (v. 1107). Por fim, execra não só a velhice, mas também as tentativas de prolongar a vida e de contornar a velhice (vv. 1108-13).

---

[9] Cf. v. 938.

[10] *Skené*, que no cenário compõe a fachada do templo, é uma construção de madeira que servia de vestiário para os atores, donde em português a palavra "cena".

[11] Cf. vv. 789-93.

O quinto estásimo é, a rigor, o segundo *kommós*, canto plangente e lutuoso, alternado entre o semicoro das crianças órfãs dos chefes mortos e o semicoro das anciãs mães dos chefes mortos, durante o qual os netos trazem nas urnas funerárias as cinzas dos pais para entregar às avós, referindo-se a estas como "mãe" (*mâter*, v. 1124).

Na primeira estrofe, ambos os semicoros ponderam quão pouco (*olígoi/olígon*, vv. 1126/1129) é o pó funerário recebido em troca do convívio paterno ou dos corpos outrora formosos em Micenas (Argos). Na primeira antístrofe, as crianças reproduzem o lamento de Ífis ante a solidão da casa erma (*eremían/éremon*, vv. 1095/1132), as anciãs variam as manifestações de frustração e de desamparo ante a morte dos filhos (vv. 1134-7).[12] Na segunda estrofe e antístrofe, as crianças introduzem o propósito da vindicta e votos de justiça divina como a inspiração do porvir; as anciãs, enlutadas, em resposta à menção à vindicta, se perguntam se o mal não dorme mais. Na terceira estrofe e antístrofe, ambos os coros acrescentam as nuances de saudades às expressões de luto.

No êxodo, Teseu pede a Adrasto e às mulheres argivas o reconhecimento do resgate e a perpétua gratidão a Atenas pelo benefício. Adrasto declara reconhecimento, promete gratidão perene e retribuição, e se despede, quando intervém a epifania de Atena.

O âmbito da Deusa Atena é a sabedoria prática e sua aparição nesta tragédia, bem como no êxodo das tragédias de Eurípides *Ifigênia em Táurida* e *Íon*, concerne à decisão sobre a forma de conduzir determinada ação de modo a se chegar ao melhor resultado para si mesmo e demais envolvidos nessa ação. Essa circunspecção iluminada da Deusa, surgida no alto do templo ou, talvez, em voo *ex machina*, contrasta com o anterior desvario suicida de Evadne no alto do penhasco.

A Deusa primeiro se dirige a Teseu, identifica-se e adverte-o de não entregar tão facilmente as cinzas funerárias aos jovens, mas mediante juramentos do rei Adrasto, em nome de todos os argivos, que em retribuição os obriguem à aliança defensiva de Atenas, instruindo-o a seguir sobre os termos, os ritos e as circunstâncias dos juramentos. Depois, a Deusa se dirige aos de Argos, e prevê que os meninos, quando adultos, pilharão Tebas por justiça à morte dos pais e, ditos "epígonos", serão

---

[12] Cf. vv. 918-24, 955-70.

celebrados nos cantares dos pósteros; assim a Deusa respalda e corrobora a aspiração à vindicta, manifesta pelo coro de crianças, como a forma própria de, no estado tribal, dar cumprimento à justiça.

Teseu acolhe as instruções de Atena e dispõe-se a cumpri-las, expressando seu reconhecimento à Deusa pela segurança de Atenas. O coro de anciãs exorta Adrasto a fazer os juramentos, e todos em procissão partem para a cidade de Atenas, onde estão os apetrechos necessários para fazê-los.

Ὑπόθεσις Ἱκετίδων

... ἡ μὲν σκηνή ἐν Ἐλευσῖνι· ὁ δὲ χορὸς ἐξ Ἀργείων γυναικῶν [αἳ μητέρες τῶν ἐν Θήβαις πεπτωκότων ἀριστέων]. τὸ δὲ δρᾶμα ἐγκώμιον Ἀθηνῶν.

τὰ τοῦ δράματος πρόσωπα· Αἴθρα, χορός, Θησεύς, Ἄδραστος, κῆρυξ, ἄγγελος, Εὐάδνη, Ἶφις, παῖδες, Ἀθηνᾶ.

Argumento

A cena se situa em Elêusis. O coro se compõe de mulheres de Argos, que são mães dos nobres caídos em Tebas. O drama é um elogio a Atenas.

Personagens do drama: Etra, coro, Teseu, Adrasto, arauto, mensageiro, Evadne, Ífis, crianças, Atena.

Drama representado entre 424-420 a.C.

Ἱκέτιδες

ΑΙΘΡΑ

Δήμητερ ἑστιοῦχ᾽ Ἐλευσῖνος χθονὸς
τῆσδ᾽, οἵ τε ναοὺς ἔχετε πρόσπολοι θεᾶς,
εὐδαιμονεῖν με Θησέα τε παῖδ᾽ ἐμὸν
πόλιν τ᾽ Ἀθηνῶν τήν τε Πιτθέως χθόνα,
ἐν ἧι με θρέψας ὀλβίοις ἐν δώμασιν 5
Αἴθραν πατὴρ δίδωσι τῶι Πανδίονος
Αἰγεῖ δάμαρτα Λοξίου μαντεύμασιν.
ἐς τάσδε γὰρ βλέψασ᾽ ἐπηυξάμην τάδε
γραῦς, αἳ λιποῦσαι δώματ᾽ Ἀργείας χθονὸς
ἱκτῆρι θαλλῶι προσπίτνουσ᾽ ἐμὸν γόνυ, 10
πάθος παθοῦσαι δεινόν· ἀμφὶ γὰρ πύλας
Κάδμου θανόντων ἑπτὰ γενναίων τέκνων
ἄπαιδές εἰσιν, οὕς ποτ᾽ Ἀργείων ἄναξ
Ἄδραστος ἤγαγ᾽, Οἰδίπου παγκληρίας
μέρος κατασχεῖν φυγάδι Πολυνείκει θέλων 15
γαμβρῶι. νεκροὺς δὲ τοὺς ὀλωλότας δορὶ
θάψαι θέλουσι τῶνδε μητέρες χθονί,
εἴργουσι δ᾽ οἱ κρατοῦντες οὐδ᾽ ἀναίρεσιν
δοῦναι θέλουσι, νόμιμ᾽ ἀτίζοντες θεῶν.
κοινὸν δὲ φόρτον ταῖσδ᾽ ἔχων χρείας ἐμῆς 20
Ἄδραστος ὄμμα δάκρυσιν τέγγων ὅδε
κεῖται, τό τ᾽ ἔγχος τήν τε δυστυχεστάτην
στένων στρατείαν ἣν ἔπεμψεν ἐκ δόμων·

As Suplicantes

[*Prólogo* (1-41)]

ETRA

Ó Deméter, dona desta terra de Elêusis,
e servos da Deusa que tendes o templo,
dai-me bom Nume e a meu filho Teseu,
à urbe dos atenienses e à terra de Piteu,
onde o pai me criou em próspera casa 5
e deu-me, Etra, ao filho de Pandíon
Egeu por esposa por dita de Lóxias.
Fiz esta prece ao ver estas anciãs
que deixaram a casa em solo argivo
com súplice ramo caídas a meu joelho, 10
com terrível dor, pois ao redor das portas
de Cadmo, mortos os sete nobres filhos,
estão sem prole, que o rei dos argivos
Adrasto conduziu, da herança de Édipo
querendo a porção do banido Polinices, 15
seu genro. Os mortos, finados na guerra,
as mães querem sepultá-los no solo,
mas os reis impedem e não permitem
recolhê-los, desonrando lei dos Deuses.
Com o fardo de pedir-me, comum delas, 20
está Adrasto, com os olhos lacrimosos,
deitado, pranteando lança e expedição
de péssima sorte, que enviou de casa.

ὅς μ’ ἐξοτρύνει παῖδ’ ἐμὸν πεῖσαι λιταῖς
νεκρῶν κομιστὴν ἢ λόγοισιν ἢ δορὸς 25
ῥώμηι γενέσθαι καὶ τάφου μεταίτιον,
κοινὸν τόδ’ ἔργον προστιθεὶς ἐμῶι τέκνωι
πόλει τ’ Ἀθηνῶν. τυγχάνω δ’ ὑπὲρ χθονὸς
ἀρότου προθύουσ’, ἐκ δόμων ἐλθοῦσ’ ἐμῶν
πρὸς τόνδε σηκόν, ἔνθα πρῶτα φαίνεται 30
φρίξας ὑπὲρ γῆς τῆσδε κάρπιμος στάχυς.
δεσμὸν δ’ ἄδεσμον τόνδ’ ἔχουσα φυλλάδος
μένω πρὸς ἁγναῖς ἐσχάραις δυοῖν θεαῖν
Κόρης τε καὶ Δήμητρος, οἰκτίρουσα μὲν
πολιὰς ἄπαιδας τάσδε μητέρας τέκνων, 35
σέβουσα δ’ ἱερὰ στέμματ’. οἴχεται δέ μοι
κῆρυξ πρὸς ἄστυ δεῦρο Θησέα καλῶν,
ὡς ἢ τὸ τούτων λυπρὸν ἐξέληι χθονὸς
ἢ τάσδ’ ἀνάγκας ἱκεσίους λύσηι, θεοὺς
ὅσιόν τι δράσας· πάντα γὰρ δι’ ἀρσένων 40
γυναιξὶ πράσσειν εἰκὸς αἵτινες σοφαί.

ΧΟΡΟΣ

ἱκετεύω σε, γεραιά, γεραιῶν ἐκ στομάτων πρὸς Est. 1
γόνυ πίπτουσα τὸ σόν·
†ἄνομοι τέκνα λῦσαι φθιμένων νεκύων οἳ†
καταλείπουσι μέλη 45
θανάτωι λυσιμελεῖ θηρσὶν ὀρείοισι βοράν·

ἐσιδοῦσ’ οἰκτρὰ μὲν ὄσσων δάκρυ’ ἀμφὶ βλεφάροις, ῥυ- Ant. 1
σὰ δὲ σαρκῶν πολιᾶν 50
καταδρύμματα χειρῶν. τί γάρ; ἃ φθιμένους παῖδας ἐμοὺς οὔτε δόμοις
προθέμαν οὔτε τάφων χώματα γαίας ἐσορῶ.

Ele me exorta a persuadir com súplicas
meu filho a recolhê-los ou por palavras 25
ou por força de arma e dar-lhes funerais,
e impõe esta obra comum a meu filho
e à urbe dos atenienses. Ora sacrifico
pela terra lavrada, tendo vindo de casa
para este recinto, onde parecem primeiro 30
eriçar acima da terra espigas frutuosas.
Com esta cadeia sem cadeia do ramo,
diante do puro altar das duas Deusas
Filha e Deméter, aguardo, lastimando
as grisalhas mães de filhos sem filhos, 35
reverente às coroas sagradas. O arauto
foi até a cidade chamar para cá Teseu,
para ou banir do solo a miséria delas,
ou livrar das coerções as suplicantes,
agindo aos Deuses lícito. A mulheres 40
sábias convém sempre agir via varões.

[*Estásimo em vez de Párodo* (42-86)]

CORO
Suplico-te eu, anciã, de anciã boca, Est. 1
prostrada ao teu joelho,
livra os filhos! Os sem lei deixam os corpos
dos finados mortos por morte solta-membros 45
para o banquete das feras montesas.

Vês mísero pranto nas pálpebras dos olhos Ant. 1
e rugosos na carne grisalha 50
arranhões das mãos. Que se há de fazer?
Não velei em casa meus filhos mortos,
nem avisto as fúnebres tumbas de terra.

ἔτεκες καὶ σύ ποτ', ὦ πότνια, κοῦρον φίλα ποιη- Est. 2
σαμένα λέκτρα πόσει σῶι· μετά νυν 56
δὸς ἐμοὶ σᾶς διανοίας, μετάδος δ', ὅσσον ἐπαλγῶ 58
μελέα <'γὼ> φθιμένων οὓς ἔτεκον·
παράπεισον δὲ σόν, ὤ, λίσσομαι, ἐλθεῖν τέκνον Ἰσμη- 60
νὸν ἐμάν τ' ἐς χέρα θεῖναι νεκύων
θαλερῶν σώματ' ἀλαίνοντ' ἄταφα.

ὁσίως οὔχ, ὑπ' ἀνάγκας δὲ προπίπτουσα προσαιτοῦσ' Ant. 2
ἔμολον δεξιπύρους θεῶν θυμέλας·
ἔχομεν δ' ἔνδικα, καὶ σοί τι πάρεστι σθένος ὥστ' εὐ- 65
τεκνίαι δυστυχίαν τὰν παρ' ἐμοὶ
καθελεῖν· οἰκτρὰ δὲ πάσχουσ' ἱκετεύω σὸν ἐμοὶ παῖ- 68
δα ταλαίναι 'ν χερὶ θεῖναι νέκυν, ἀμ-
φιβαλεῖν λυγρὰ μέλη παιδὸς ἐμοῦ. 70

ἀγὼν ὅδ' ἄλλος ἔρχεται γόων γόοις Est. 3
διάδοχος, ἀχοῦσι προσπόλων χέρες.
ἴτ' ὦ ξυνωιδοὶ κακοῖς,
ἴτ' ὦ ξυναλγηδόνες,
χορὸν τὸν Ἅιδας σέβει· 75
διὰ παρῇδος ὄνυχι λευκᾶς
αἱματοῦτε χρῶτα φόνιον· <ἒ ἕ.>
τὰ γὰρ φθιτῶν τοῖς ὀρῶσι κόσμος.

ἄπληστος ἅδε μ' ἐξάγει χάρις γόων Ant. 3
πολύπονος, ὡς ἐξ ἁλιβλήτου πέτρας 80
ὑγρὰ ῥέουσα σταγὼν
ἄπαυστος αἰεὶ †γόων†.
τὸ γὰρ θανόντων τέκνων
ἐπίπονόν τι κατὰ γυναῖκας
ἐς γόους πάθος πέφυκεν· ἒ ἕ. 85
θανοῦσα τῶνδ' ἀλγέων λαθοίμαν.

Também tu, ó rainha, tiveste um filho, Est. 2
ao tornar o leito caro a teu esposo, 56
partilha comigo teu saber, partilha 58
quanto me doem corpos de mortos filhos!
Persuade teu filho, peço, a ir ao Ismeno 60
e pôr-me nos braços os corpos
errantes insepultos dos jovens mortos!

Ilícita, sob coerção, prostrada súplice Ant. 2
cheguei à ignífera lareira dos Deuses.
Temos justiça e tu tens força de modo 65
a abolir minha má sorte com a boa prole.
Com míseras dores suplico que teu filho 68
dê-me o morto nos míseros braços
a abraçar lúgubre corpo de meu filho. 70

Outra luta de gemidos aos gemidos Est. 3
sucede, ressoam mãos de servas.
Vinde, ó uníssonas dos males!
Vinde, ó reunidas nas dores,
ao coro que Hades venera! 75
Na face clara, com a unha,
sangrai a pele sangrenta! *È é!*
O luto por mortos honra os vivos.

Insaciável esta graça de gemidos Ant. 3
guia-me dolorosa qual da pedra 80
marinha fluindo incessante pingo
de água sempre a gemer.
A dor dos filhos mortos
mostra-se nas mulheres
fadigosa de gemidos. *È é!* 85
Estas dores me esqueçam morta!

[*Primeiro episódio* (87-364)]

ΘΗΣΕΥΣ

τίνων γόους ἤκουσα καὶ στέρνων κτύπον
νεκρῶν τε θρήνους, τῶνδ' ἀνακτόρων ἄπο
ἠχοῦς ἰούσης; ὡς φόβος μ' ἀναπτεροῖ
μή μοί τι μήτηρ, ἣν μεταστείχω ποδὶ 90
χρονίαν ἀποῦσαν ἐκ δόμων, ἔχηι νέον.
ἔα·
τί χρῆμα; καινὰς ἐσβολὰς ὁρῶ λόγων· 92
μητέρα γεραιὰν βωμίαν ἐφημένην
ξένας θ' ὁμοῦ γυναῖκας οὐχ ἕνα ῥυθμὸν
κακῶν ἐχούσας· ἔκ τε γὰρ γερασμίων 95
ὄσσων ἐλαύνουσ' οἰκτρὸν ἐς γαῖαν δάκρυ,
κουραί τε καὶ πεπλώματ' οὐ θεωρικά.
τί ταῦτα, μῆτερ; σὸν τὸ μηνύειν ἐμοί,
ἡμῶν δ' ἀκούειν· προσδοκῶ τι γὰρ νέον.

ΑΙΘΡΑ

ὦ παῖ, γυναῖκες αἵδε μητέρες τέκνων 100
τῶν κατθανόντων ἀμφὶ Καδμείας πύλας
ἑπτὰ στρατηγῶν· ἱκεσίοις δὲ σὺν κλάδοις
φρουροῦσί μ', ὡς δέδορκας, ἐν κύκλωι, τέκνον.

ΘΗΣΕΥΣ

τίς δ' ὁ στενάζων οἰκτρὸν ἐν πύλαις ὅδε;

ΑΙΘΡΑ

Ἄδραστος, ὡς λέγουσιν, Ἀργείων ἄναξ. 105

ΘΗΣΕΥΣ

οἱ δ' ἀμφὶ τόνδε παῖδες; ἦ τούτων τέκνα;

ΑΙΘΡΑ

οὔκ, ἀλλὰ νεκρῶν τῶν ὀλωλότων κόροι.

TESEU

De quem ouvi gemidos, golpes no peito
e prantos por mortos, vindo deste templo
o eco? Provê-me de asas o pavor
de que minha mãe, que procuro a pé, 90
fora de casa há tempo, tenha novidade.
Éa!
Que coisa! Vejo novos itens de falas: 92
a mãe anciã sentada diante do altar
e forasteiras perto não num só ritmo
de males. De seus olhos respeitáveis 95
dirigem à terra um mísero pranto.
Tonsuras e vestes não são festivas.
Que é isso, mãe? Cabe a ti dizer
e a mim, ouvir. Prevejo novidade.

ETRA

Ó filho, eis as mulheres mães dos filhos 100
que morreram diante das portas cadmeias,
os sete chefes. Com os ramos suplicantes
vigiam-me, como vês, em círculo, ó filho.

TESEU

Quem é esse mísero gemedor à porta?

ETRA

Adrasto, como dizem, rei dos argivos. 105

TESEU

Os jovens ao seu redor são filhos seus?

ETRA

Não, mas são filhos dos finados mortos.

ΘΗΣΕΥΣ

τί γὰρ πρὸς ἡμᾶς ἦλθον ἱκεσίαι χερί;

ΑΙΘΡΑ

οἶδ'· ἀλλὰ τῶνδε μῦθος οὑντεῦθεν, τέκνον.

ΘΗΣΕΥΣ

σὲ τὸν κατήρη χλανιδίοις ἀνιστορῶ. 110
λέγ' ἐκκαλύψας κρᾶτα καὶ πάρες γόον·
πέρας γὰρ οὐδὲν μὴ διὰ γλώσσης ἰόν.

ΑΔΡΑΣΤΟΣ

ὦ καλλίνικε γῆς Ἀθηναίων ἄναξ,
Θησεῦ, σὸς ἱκέτης καὶ πόλεως ἥκω σέθεν.

ΘΗΣΕΥΣ

τί χρῆμα θηρῶν καὶ τίνος χρείαν ἔχων; 115

ΑΔΡΑΣΤΟΣ

οἶσθ' ἣν στρατείαν ἐστράτευσ' ὀλεθρίαν;

ΘΗΣΕΥΣ

οὐ γάρ τι σιγῆι διεπέρασας Ἑλλάδα.

ΑΔΡΑΣΤΟΣ

ἐνταῦθ' ἀπώλεσ' ἄνδρας Ἀργείων ἄκρους.

ΘΗΣΕΥΣ

τοιαῦθ' ὁ τλήμων πόλεμος ἐξεργάζεται.

ΑΔΡΑΣΤΟΣ

τούτους θανόντας ἦλθον ἐξαιτῶν πόλιν. 120

ΘΗΣΕΥΣ

κήρυξιν Ἑρμοῦ πίσυνος, ὡς θάψηις νεκρούς;

TESEU

Por que vieram a nós com mão suplicante?

ETRA

Sei, mas delas é a fala doravante, filho.

TESEU

Inquiro-te, a ti, envolto nesse manto. 110
Diz! Descobre a cara, cessa o gemido!
Não há um termo senão pela palavra.

ADRASTO

Ó vitorioso rei da terra dos atenienses
Teseu, venho suplicar a ti e à tua urbe.

TESEU

À caça de quê e necessitado de quê? 115

ADRASTO

Sabes da funesta expedição que fiz?

TESEU

Não atravessaste a Grécia em silêncio.

ADRASTO

Ali perdi os melhores varões de Argos.

TESEU

Tal é o resultado da implacável guerra.

ADRASTO

Para reclamar esses mortos, fui à urbe. 120

TESEU

Com arautos de Hermes, sepultá-los?

ΑΔΡΑΣΤΟΣ

κἄπειτά γ’ οἱ κτανόντες οὐκ ἐῶσί με.

ΘΗΣΕΥΣ

τί γὰρ λέγουσιν, ὅσια χρήιζοντος σέθεν;

ΑΔΡΑΣΤΟΣ

τί δ’; εὐτυχοῦντες οὐκ ἐπίστανται φέρειν.

ΘΗΣΕΥΣ

ξύμβουλον οὖν μ’ ἐπῆλθες; ἢ τίνος χάριν; 125

ΑΔΡΑΣΤΟΣ

κομίσαι σε, Θησεῦ, παῖδας Ἀργείων θέλων.

ΘΗΣΕΥΣ

τὸ δ’ Ἄργος ἡμῖν ποῦ ‘στιν; ἢ κόμποι μάτην;

ΑΔΡΑΣΤΟΣ

σφαλέντες οἰχόμεσθα· πρὸς σὲ δ’ ἥκομεν.

ΘΗΣΕΥΣ

ἰδίαι δοκῆσάν σοι τόδ’ ἢ πάσηι πόλει;

ΑΔΡΑΣΤΟΣ

πάντες <σ’> ἱκνοῦνται Δαναΐδαι θάψαι νεκρούς. 130

ΘΗΣΕΥΣ

ἐκ τοῦ δ’ ἐλαύνεις ἑπτὰ πρὸς Θήβας λόχους;

ΑΔΡΑΣΤΟΣ

δισσοῖσι γαμβροῖς τήνδε πορσύνων χάριν.

ΘΗΣΕΥΣ

τῶι δ’ ἐξέδωκας παῖδας Ἀργείων σέθεν;

ADRASTO

E então os matadores não me permitem.

TESEU

E que dizem, se o que solicitas é lícito?

ADRASTO

Que dizem? Não sabem ter boa sorte.

TESEU

Vieste por meu conselho, ou por quê? 125

ADRASTO

Para resgatares filhos argivos, Teseu.

TESEU

Onde temos Argos? Ou alardes vãos?

ADRASTO

Batidos sucumbimos e a ti recorremos.

TESEU

Tua decisão à parte ou de toda a urbe?

ADRASTO

Todos os Danaidas te pedem sepultá-los. 130

TESEU

Por que conduzes sete tropas a Tebas?

ADRASTO

Aos dois genros oferecendo o favor.

TESEU

Concedeste-lhes tuas filhas argivas?

ΑΔΡΑΣΤΟΣ

οὐκ ἐγγενῆ συνῆψα κηδείαν δόμοις.

ΘΗΣΕΥΣ

ἀλλὰ ξένοις ἔδωκας Ἀργείας κόρας; 135

ΑΔΡΑΣΤΟΣ

Τυδεῖ <γε> Πολυνείκει τε τῶι Θηβαιγενεῖ.

ΘΗΣΕΥΣ

τίν᾽ εἰς ἔρωτα τῆσδε κηδείας μολών;

ΑΔΡΑΣΤΟΣ

Φοίβου μ᾽ ὑπῆλθε δυστόπαστ᾽ αἰνίγματα.

ΘΗΣΕΥΣ

τί δ᾽ εἶπ᾽ Ἀπόλλων παρθένοις κραίνων γάμον;

ΑΔΡΑΣΤΟΣ

κάπρωι με δοῦναι καὶ λέοντι παῖδ᾽ ἐμώ. 140

ΘΗΣΕΥΣ

σὺ δ᾽ ἐξελίσσεις πῶς θεοῦ θεσπίσματα;

ΑΔΡΑΣΤΟΣ

ἐλθόντε φυγάδε νυκτὸς εἰς ἐμὰς πύλας

ΘΗΣΕΥΣ

τίς καὶ τίς; εἰπέ· δύο γὰρ ἐξαυδᾶις ἅμα.

ΑΔΡΑΣΤΟΣ

Τυδεὺς μάχην συνῆψε Πολυνείκης θ᾽ ἅμα.

ΘΗΣΕΥΣ

ἦ τοῖσδ᾽ ἔδωκας θηρσὶν ὣς κόρας σέθεν; 145

ADRASTO

Convolei aliança não nativa em casa.

TESEU

Mas deste a forasteiros filhas argivas? 135

ADRASTO

A Tideu, sim, e a Polinices de Tebas.

TESEU

Movido por que amor nessa aliança?

ADRASTO

De Febo me vieram difíceis enigmas.

TESEU

Que disse Febo fazendo casar as filhas?

ADRASTO

Que desse as filhas ao javali e ao leão. 140

TESEU

Como explicaste o vaticínio de Deus?

ADRASTO

À noite dois banidos me vieram à porta.

TESEU

Quem e quem? Diz, pois falas de dois.

ADRASTO

Tideu travou batalha e símil Polinices.

TESEU

Assim deste as tuas filhas a essas feras? 145

ΑΔΡΑΣΤΟΣ

μάχην γε δισσοῖν κνωδάλοιν ἀπεικάσας.

ΘΗΣΕΥΣ

ἦλθον δὲ δὴ πῶς πατρίδος ἐκλιπόνθ' ὅρους;

ΑΔΡΑΣΤΟΣ

Τυδεὺς μὲν αἷμα συγγενὲς φεύγων χθονός.

ΘΗΣΕΥΣ

ὁ δ' Οἰδίπου <παῖς> τίνι τρόπωι Θήβας λιπών;

ΑΔΡΑΣΤΟΣ

ἀραῖς πατρῴιαις, μὴ κασίγνητον κτάνοι. 150

ΘΗΣΕΥΣ

σοφήν γ' ἔλεξας τήνδ' ἑκούσιον φυγήν.

ΑΔΡΑΣΤΟΣ

ἀλλ' οἱ μένοντες τοὺς ἀπόντας ἠδίκουν.

ΘΗΣΕΥΣ

οὔ πού σφ' ἀδελφὸς χρημάτων νοσφίζεται;

ΑΔΡΑΣΤΟΣ

ταύτηι δικάζων ἦλθον· εἶτ' ἀπωλόμην.

ΘΗΣΕΥΣ

μάντεις δ' ἐπῆλθες ἐμπύρων τ' εἶδες φλόγα; 155

ΑΔΡΑΣΤΟΣ

οἴμοι· διώκεις μ' ἧι μάλιστ' ἐγὼ 'σφάλην.

ΘΗΣΕΥΣ

οὐκ ἦλθες, ὡς ἔοικεν, εὐνοίαι θεῶν.

ADRASTO

Comparando na batalha ambos a feras.

TESEU

Como vieram das fronteiras da pátria?

ADRASTO

Tideu banido por sangue nativo no solo.

TESEU

O filho de Édipo, como deixou Tebas?

ADRASTO

Para não matar irmão por praga do pai. 150

TESEU

Disseste aí sábio exílio voluntário esse.

ADRASTO

Mas os de lá foram injustos com ausentes.

TESEU

Seu irmão não o espolia de seus haveres?

ADRASTO

Assim fui fazer justiça e então sucumbi.

TESEU

Foste a adivinhos e viste chama de pira? 155

ADRASTO

Oímoi! Persegues-me onde mais vacilei.

TESEU

Não foste, parece, com o favor dos Deuses.

ΑΔΡΑΣΤΟΣ

τὸ δὲ πλέον, ἦλθον Ἀμφιάρεώ γε πρὸς βίαν.

ΘΗΣΕΥΣ

οὕτω τὸ θεῖον ῥαιδίως ἀπεστράφης;

ΑΔΡΑΣΤΟΣ

νέων γὰρ ἀνδρῶν θόρυβος ἐξέπλησσέ με. 160

ΘΗΣΕΥΣ

εὐψυχίαν ἔσπευσας ἀντ' εὐβουλίας.

ΑΔΡΑΣΤΟΣ

[ὃ δή γε πολλοὺς ὤλεσε στρατηλάτας.]
ἀλλ', ὦ καθ' Ἑλλάδ' ἀλκιμώτατον κάρα,
ἄναξ Ἀθηνῶν, ἐν μὲν αἰσχύναις ἔχω
πίτνων πρὸς οὖδας γόνυ σὸν ἀμπίσχειν χερί, 165
πολιὸς ἀνὴρ τύραννος εὐδαίμων πάρος·
ὅμως δ' ἀνάγκη συμφοραῖς εἴκειν ἐμαῖς.
σῶσον νεκρούς μοι τἀμά τ' οἰκτίρας κακὰ
καὶ τῶν θανόντων τάσδε μητέρας τέκνων,
αἷς γῆρας ἥκει πολιὸν εἰς ἀπαιδίαν, 170
ἐλθεῖν δ' ἔτλησαν δεῦρο καὶ ξένον πόδα
θεῖναι μόλις γεραιὰ κινοῦσαι μέλη,
πρεσβεύματ' οὐ Δήμητρος ἐς μυστήρια
ἀλλ' ὡς νεκροὺς θάψωσιν, ἃς αὐτὰς ἐχρῆν
κείνων ταφείσας χερσὶν ὡραίων τυχεῖν. 175
σοφὸν δὲ πενίαν τ' εἰσορᾶν τὸν ὄλβιον
πένητά τ' ἐς τοὺς πλουσίους ἀποβλέπειν
ζηλοῦνθ', ἵν' αὐτὸν χρημάτων ἔρως ἔχηι,
τά τ' οἰκτρὰ τοὺς μὴ δυστυχεῖς δεδορκέναι
τόν θ' ὑμνοποιὸν αὐτὸς ἂν τίκτηι μέλη 180
χαίροντα τίκτειν· ἢν δὲ μὴ πάσχηι τόδε,
οὔτοι δύναιτ' ἂν οἴκοθέν γ' ἀτώμενος
τέρπειν ἂν ἄλλους· οὐδὲ γὰρ δίκην ἔχει.

ADRASTO

Ainda mais, parti a despeito de Anfiarau!

TESEU

Tão facilmente deste as costas ao divino?

ADRASTO

O clamor dos varões novos me aturdia. 160

TESEU

Agiste com bravura em vez de prudência.

ADRASTO

Isso mesmo destruiu muitos capitães.
Mas, ó cabeça a mais forte na Grécia,
rei dos atenienses, em opróbrio posso
prostrado ao chão abraçar o teu joelho, 165
grisalho varão rei de bom Nume antes,
todavia devo ceder à minha situação.
Salva meus mortos! Tem dó dos meus
males e destas mães dos filhos mortos,
cuja velhice grisalha chega sem filhos, 170
e ousaram vir aqui e a custo pôr o pé
forasteiro, a mover as velhas pernas,
missão não aos mistérios de Deméter
mas para honrar mortos quem devia
ter oportunos funerais por mãos deles. 175
É sábio o próspero perceber a pobreza
e o pobre admirar os que têm riqueza
com afã, para ter o amor dos haveres,
e saber de míseros os de sorte não má,
e poeta produzir os hinos que produz 180
com prazer, mas se não tem este afeto,
não poderia nunca, aflito por sua casa,
agradar os outros, pois isso não é justo.

τάχ' οὖν ἂν εἴποις· Πελοπίαν παρεὶς χθόνα
πῶς ταῖς Ἀθήναις τόνδε προστάσσεις πόνον; 185
ἐγὼ δίκαιός εἰμ' ἀφηγεῖσθαι τάδε.
Σπάρτη μὲν ὠμὴ καὶ πεποίκιλται τρόπους,
τὰ δ' ἄλλα μικρὰ κἀσθενῆ· πόλις δὲ σὴ
μόνη δύναιτ' ἂν τόνδ' ὑποστῆναι πόνον·
τά τ' οἰκτρὰ γὰρ δέδορκε καὶ νεανίαν 190
ἔχει σε ποιμέν' ἐσθλόν· οὗ χρείαι πόλεις
πολλαὶ διώλοντ', ἐνδεεῖς στρατηλάτου.

ΧΟΡΟΣ

κἀγὼ τὸν αὐτὸν τῶιδέ σοι λόγον λέγω,
Θησεῦ, δι' οἴκτου τὰς ἐμὰς λαβεῖν τύχας.

ΘΗΣΕΥΣ

ἄλλοισι δὴ 'πόνησ' ἁμιλληθεὶς λόγωι 195
τοιῶιδ'· ἔλεξε γάρ τις ὡς τὰ χείρονα
πλείω βροτοῖσίν ἐστι τῶν ἀμεινόνων.
ἐγὼ δὲ τούτοις ἀντίαν γνώμην ἔχω,
πλείω τὰ χρηστὰ τῶν κακῶν εἶναι βροτοῖς.
εἰ μὴ γὰρ ἦν τόδ', οὐκ ἂν ἦμεν ἐν φάει. 200
αἰνῶ δ' ὃς ἡμῖν βίοτον ἐκ πεφυρμένου
καὶ θηριώδους θεῶν διεσταθμήσατο,
πρῶτον μὲν ἐνθεὶς σύνεσιν, εἶτα δ' ἄγγελον
γλῶσσαν λόγων δούς, ὥστε γιγνώσκειν ὄπα,
τροφήν τε καρποῦ τῆι τροφῆι τ' ἀπ' οὐρανοῦ 205
σταγόνας ὑδρηλὰς ὡς τά τ' ἐκ γαίας τρέφηι
ἄρδηι τε νηδύν· πρὸς δὲ τοῖσι χείματος
προβλήματ' αἶθόν <τ> ἐξαμύνασθαι θεοῦ,
πόντου τε ναυστολήμαθ' ὡς διαλλαγὰς
ἔχοιμεν ἀλλήλοισιν ὧν πένοιτο γῆ. 210
ἃ δ' ἔστ' ἄσημα κοὐ σαφῶς γιγνώσκομεν,
ἐς πῦρ βλέποντες καὶ κατὰ σπλάγχνων πτυχὰς
μάντεις προσημαίνουσιν οἰωνῶν τ' ἄπο.
ἆρ' οὐ τρυφῶμεν, θεοῦ κατασκευὴν βίωι

Talvez digas: "Sem a terra de Pélops,
como em Atenas propões esta faina?" 185
É justo que apresente esta explicação:
Esparta é inculta e variante nos modos,
os demais são pobres e fracos; somente
a urbe tua poderia sustentar esta faina;
ela tem visão das misérias e tem em ti 190
jovem nobre pastor, carentes de quem
muitas urbes sucumbiram sem estratego.

CORO

A mesma palavra que ele eu te digo,
ó Teseu, comisera-te da minha sorte!

TESEU

Com outros arguí ao lutar com razão 195
tal: disse alguém que os mortais têm
mais do pior do que têm do melhor.
Mas minha opinião é contrária a essa,
os mortais têm mais bens do que males.
Se não por isso, não estaríamos vivos. 200
Louvo o Deus que dispôs nossa vida
apartada de confusão e de selvageria,
dando primeiro a razão, depois a língua
núncia de palavras, que conheça a voz,
e nutrição de fruto e por nutrição do céu 205
úmidos pingos, para nutrir os da terra,
regar ventre, e mais, abrigo de inverno
e para proteger do esplendor do Deus,
e navegação do mar para que possamos
permutar entre nós os produtos da terra. 210
Conhecemos o sem sinal e o não claro,
olhando o fogo, e adivinhos predizem
pelas dobras das vísceras e pelas aves.
Ora, não é abuso, dando-nos Deus tais

δόντος τοιαύτην, οἷσιν οὐκ ἀρκεῖ τάδε; 215
ἀλλ' ἡ φρόνησις τοῦ θεοῦ μεῖζον σθένειν
ζητεῖ, τὸ γαῦρον δ' ἐν φρεσὶν κεκτημένοι
δοκοῦμεν εἶναι δαιμόνων σοφώτεροι.
ἧς καὶ σὺ φαίνηι δεκάδος, οὐ σοφὸς γεγώς,
ὅστις κόρας μὲν θεσφάτοις Φοίβου ζυγεὶς 220
ξένοισιν ὧδ' ἔδωκας ὡς δόντων θεῶν,
λαμπρὸν δὲ θολερῶι δῶμα συμμείξας τὸ σὸν
ἥλκωσας οἴκους· χρὴ γὰρ οὔτε σώματα
ἄδικα δικαίοις τὸν σοφὸν συμμειγνύναι
εὐδαιμονοῦντάς τ' ἐς δόμους κτᾶσθαι φίλους. 225
κοινὰς γὰρ ὁ θεὸς τὰς τύχας ἡγούμενος
τοῖς τοῦ νοσοῦντος πήμασιν διώλεσεν
τὸν οὐ νοσοῦντα κοὐδὲν ἠδικηκότα.
ἐς δὲ στρατείαν πάντας Ἀργείους ἄγων,
μάντεων λεγόντων θέσφατ' εἶτ' ἀτιμάσας, 230
βίαι παρελθὼν θεοὺς ἀπώλεσας πόλιν,
νέοις παραχθεὶς οἵτινες τιμώμενοι
χαίρουσι πολέμους τ' αὐξάνουσ' ἄνευ δίκης,
φθείροντες ἀστούς, ὁ μὲν ὅπως στρατηλατῆι,
ὁ δ' ὡς ὑβρίζηι δύναμιν ἐς χεῖρας λαβών, 235
ἄλλος δὲ κέρδους οὕνεκ', οὐκ ἀποσκοπῶν
τὸ πλῆθος εἴ τι βλάπτεται πάσχον τάδε.
τρεῖς γὰρ πολιτῶν μερίδες· οἱ μὲν ὄλβιοι
ἀνωφελεῖς τε πλειόνων τ' ἐρῶσ' ἀεί·
οἱ δ' οὐκ ἔχοντες καὶ σπανίζοντες βίου 240
δεινοί, νέμοντες τῶι φθόνωι πλέον μέρος,
ἐς τούς <τ'> ἔχοντας κέντρ' ἀφιᾶσιν κακά,
γλώσσαις πονηρῶν προστατῶν φηλούμενοι·
τριῶν δὲ μοιρῶν ἡ 'ν μέσωι σώιζει πόλεις,
κόσμον φυλάσσουσ' ὅντιν' ἂν τάξηι πόλις. 245
κἄπειτ' ἐγώ σοι σύμμαχος γενήσομαι;
τί πρὸς πολίτας τοὺς ἐμοὺς λέγων καλόν;
χαίρων ἴθ'· εἰ γὰρ μὴ βεβούλευσαι καλῶς
†αὐτὸς πιέζειν τὴν τύχην ἡμᾶς λίαν†.

meios de vida, se não nos for o bastante? 215
Mas o orgulho busca ter mais poder
que o Deus, e com o júbilo no espírito
cremos ser mais sábios que os Numes.
Dessa laia tu te mostras, não és sábio:
tu, submisso a oráculo de Febo, deste 220
filhas a hóspedes, qual Deuses dadores,
e ao associares tua casa límpida à turva
ulceraste a casa, pois o sábio não deve
associar os seres injustos com os justos
e torná-los caros a casas de bom Nume. 225
O Deus, considerando as sortes comuns,
destruiu com os malefícios do enfermo
o que não era enfermo nem foi injusto.
Conduzindo todos os argivos à guerra,
ao desonrares os vaticínios dos vates, 230
infrator dos Deuses destruíste a urbe,
seduzido por jovens, cujo prazer era
honrar a guerra e crescer sem justiça,
matando cidadãos, um, ao guiar tropa,
outro, por transgredir ao ter o poder, 235
outro, por ganância, ao não observar
se o povo assim tratado é prejudicado.
Há três classes de cidadãos: uns, ricos
e inúteis, querem ter cada vez mais,
outros, sem ter e carentes de víveres, 240
terríveis, pela parte maior em inveja,
lançam malignos ferrões aos que têm,
ludibriados por línguas de maus guias.
Das três classes, a média salva a urbe,
ao preservar a ordem que a urbe tem. 245
Sendo assim, deverei ser teu aliado?
Que bem alegar a meus concidadãos?
Adeus! Ide, se não foi boa a decisão
tua de nos atormentar com tua sorte.

ΧΟΡΟΣ

ἥμαρτεν· ἐν νέοισι δ’ ἀνθρώπων τόδε 250
ἔνεστι· συγγνώμην δὲ τῶιδ’ ἔχειν χρεών.
[ἀλλ’ ὡς ἰατρὸν τῶνδ’, ἄναξ, ἀφίγμεθα.]

ΑΔΡΑΣΤΟΣ

οὔτοι δικαστήν <σ’> εἱλόμην ἐμῶν κακῶν
οὐδ’, εἴ τι πράξας μὴ καλῶς εὑρίσκομαι,
τούτων κολαστὴν κἀπιτιμητήν, ἄναξ, 255
ἀλλ’ ὡς ὀναίμην. εἰ δὲ μὴ βούληι τάδε,
στέργειν ἀνάγκη τοῖσι σοῖς· τί γὰρ πάθω;
ἄγ’, ὦ γεραιαί, στείχετε, γλαυκὴν χλόην
αὐτοῦ λιποῦσαι φυλλάδος καταστεφῆ,
θεούς τε καὶ γῆν τήν τε πυρφόρον θεὰν 260
Δήμητρα θέμεναι μάρτυρ’ ἡλίου τε φῶς
ὡς οὐδὲν ἡμῖν ἤρκεσαν λιταὶ θεῶν.

ΧΟΡΟΣ

< >
ὃς Πέλοπος ἦν παῖς, Πελοπίας δ’ ἡμεῖς χθονὸς
ταὐτὸν πατρῶιον αἷμα σοὶ κεκτήμεθα.
τί δρᾶις; προδώσεις ταῦτα κἀκβαλεῖς χθονὸς 265
γραῦς οὐ τυχούσας οὐδὲν ὧν αὐτὰς ἐχρῆν;
μὴ δῆτ’· ἔχει γὰρ καταφυγὴν θὴρ μὲν πέτραν,
δοῦλος δὲ βωμοὺς θεῶν, πόλις δὲ πρὸς πόλιν
ἔπτηξε χειμασθεῖσα· τῶν γὰρ ἐν βροτοῖς
οὐκ ἔστιν οὐδὲν διὰ τέλους εὐδαιμονοῦν. 270
βᾶθι, τάλαιν’, ἱερῶν δαπέδων ἄπο Περσεφονείας,
βᾶθι καὶ ἀντίασον γονάτων ἔπι χεῖρα βαλοῦσα,
τέκνων τεθνεώτων κομίσαι δέμας, ὦ μελέα ‘γώ,
οὓς ὑπὸ Καδμείοισιν ἀπώλεσα τείχεσι κούρους.
[ἰώ μοι· λάβετε φέρετε πέμπετε †κρίνετε† 275
ταλαίνας χέρας γεραιάς.]
πρός <σε> γενειάδος, ὦ φίλος, ὦ δοκιμώτατος Ἑλλάδι,
ἄντομαι ἀμφιπίτνουσα τὸ σὸν γόνυ καὶ χέρα δειλαία·

CORO

Errou, mas isso reside nos jovens, 250
é preciso ter a compreensão disso.
Mas ao médico disso, rei, chegamos.

ADRASTO

Não te escolhi juiz de meus males,
nem corretivo nem punitivo deles,
se me vejo em má situação, ó rei, 255
mas para ter ajuda. Se não queres,
força é aceitar. Que hei de fazer?
Ide, anciãs, ide! Deixai aqui mesmo
o glauco verdor da coroa de folhas.
Deuses e a Terra e a ignífera Deusa 260
Deméter e a Luz do Sol testemunhem,
não nos bastaram preces aos Deuses!

CORO

[Teseu, és filho de Etra, filha de Piteu,] [Morwood]
que era filho de Pélops e temos na terra
de Pélops o mesmo sangue pátrio que tu.
Que fazes? Tu o trairás e repelirás da terra 265
as anciãs, sem que tenham nada do devido?
Não assim! A fera tem por refúgio a pedra,
o servo, o altar de Deuses, e a urbe à urbe
recorre sob a tempestade. Entre os mortais,
não há nada com um bom Nume até o fim. 270
Anda, mísera, do sacro solo de Perséfone,
anda! Põe a mão em seus joelhos e pede
que recolha os corpos, ó mísera de mim,
dos filhos que perdi sob torres cadmeias!
Ió moi! Tomai, pegai, levai, conduzi 275
as míseras mãos anciãs!
Ó caro, ó renomado na Grécia, à tua barba
suplico, mísera, caída ante teu joelho e mão,

οἴκτισαι ἀμφὶ τέκνων †μ' ἱκέταν ἤ τιν' ἀλάταν† 280
οἰκτρὸν ἰήλεμον οἰκτρὸν ἱεῖσαν.
μηδ' ἀτάφους, τέκνον, ἐν Κάδμου χθονὶ χάρματα θηρῶν
παῖδας ἐν ἡλικίαι τᾶι σᾶι κατίδῃς, ἱκετεύω.
βλέψον ἐμῶν βλεφάρων ἔπι δάκρυον, ἃ περὶ σοῖσιν
γούνασιν ὧδε πίτνω τέκνοις τάφον ἐξανύσασθαι. 285

ΘΗΣΕΥΣ

μῆτερ, τί κλαίεις λέπτ' ἐπ' ὀμμάτων φάρη
βαλοῦσα τῶν σῶν; ἆρα δυστήνους γόους
κλύουσα τῶνδε; κἀμὲ γὰρ διῆλθέ τι.
ἔπαιρε λευκὸν κρᾶτα, μὴ δακρυρρόει
σεμναῖσι Δηοῦς ἐσχάραις παρημένη. 290

ΑΙΘΡΑ

αἰαῖ.

ΘΗΣΕΥΣ

τὰ τούτων οὐχὶ σοὶ στενακτέον.

ΑΙΘΡΑ

ὦ τλήμονες γυναῖκες.

ΘΗΣΕΥΣ

οὐ σὺ τῶνδ' ἔφυς.

ΑΙΘΡΑ

εἴπω τι, τέκνον, σοί τε καὶ πόλει καλόν;

ΘΗΣΕΥΣ

ὡς πολλά γ' ἐστὶ κἀπὸ θηλειῶν σοφά.

ΑΙΘΡΑ

ἀλλ' εἰς ὄκνον μοι μῦθος ὃν κεύθω φέρει. 295

comisera-te de mim, suplicante pelos filhos, 280
ou errante com lamento de lúgubre lamento!
Filho, suplico-te, em tua idade não os vejas
insepultos, gáudio de feras na terra de Cadmo!
Vê pranto em meus olhos! Aos teus joelhos
assim me prosterno. Faz sepultar os filhos! 285

TESEU

Mãe, por que choras levando aos olhos
os mantos finos? Por infelizes gemidos
que ouves? A mim também algo tocou.
Ergue a cabeça branca! Não chores mais
sentada ao venerável altar de Deméter! 290

ETRA

Aiaî!

TESEU

Não deves gemer por suas dores!

ETRA

Ó míseras mulheres!

TESEU

Não és uma delas.

ETRA

Filho, digo algo belo para ti e a urbe?

TESEU

Muito saber vem também de mulheres.

ETRA

Mas a palavra que calo faz-me hesitar. 295

ΘΗΣΕΥΣ

αἰσχρόν γ' ἔλεξας, χρήστ' ἔπη κρύπτειν φίλους.

ΑΙΘΡΑ

οὔτοι σιωπῶσ' εἶτα μέμψομαί ποτε
τὴν νῦν σιωπὴν ὡς ἐσιγήθη κακῶς,
οὐδ' ὡς ἀχρεῖον τὰς γυναῖκας εὖ λέγειν
δείσασ' ἀφήσω τῶι φόβωι τοὐμὸν καλόν. 300
ἐγὼ δέ σ', ὦ παῖ, πρῶτα μὲν τὰ τῶν θεῶν
σκοπεῖν κελεύω μὴ σφαλῆις ἀτιμάσας·
[σφαλῆς γὰρ ἐν τούτωι μόνωι τἄλλ' εὖ φρονῶν.]
πρὸς τοῖσδε δ', εἰ μὲν μὴ ἀδικουμένοις ἐχρῆν
τολμηρὸν εἶναι, κάρτ' ἂν εἶχον ἡσύχως. 305
νῦν δ' ἴσθι σοί τε τοῦθ' ὅσην τιμὴν φέρει
κἀμοὶ παραινεῖν οὐ φόβον φέρει, τέκνον,
ἄνδρας βιαίους καὶ κατείργοντας νεκροὺς
τάφου τε μοῖραν καὶ κτερισμάτων λαχεῖν
ἐς τήνδ' ἀνάγκην σῆι καταστῆσαι χερὶ 310
νόμιμά τε πάσης συγχέοντας Ἑλλάδος
παῦσαι· τὸ γάρ τοι συνέχον ἀνθρώπων πόλεις
τοῦθ' ἔσθ', ὅταν τις τοὺς νόμους σώιζηι καλῶς.
ἐρεῖ δὲ δή τις ὡς ἀνανδρίαι χερῶν,
πόλει παρόν σοι στέφανον εὐκλείας λαβεῖν, 315
δείσας ἀπέστης, καὶ συὸς μὲν ἀγρίου
ἀγῶνος ἥψω φαῦλον ἀθλήσας πόνον,
οὗ δ' ἐς κράνος βλέψαντα καὶ λόγχης ἀκμὴν
χρῆν ἐκπονῆσαι δειλὸς ὢν ἐφηυρέθης.
μὴ δῆτ' ἐμός γ' ὤν, ὦ τέκνον, δράσηις τάδε. 320
ὁρᾶις ἄβουλος ὡς κεκερτομημένη
τοῖς κερτομοῦσι γοργὸν ὄμμ' ἀναβλέπει
σὴ πατρίς; ἐν γὰρ τοῖς πόνοισιν αὔξεται·
αἱ δ' ἥσυχοι σκοτεινὰ πράσσουσαι πόλεις
σκοτεινὰ καὶ βλέπουσιν εὐλαβούμεναι. 325
οὐκ εἶ νεκροῖσι καὶ γυναιξὶν ἀθλίαις
προσωφελήσων, ὦ τέκνον, κεχρημέναις;

TESEU

Disseste mal, calar a fala útil aos seus.

ETRA

Por me calar, então, não reprovarei nunca
o silêncio agora como um silêncio mau,
e como inútil às mulheres a eloquência,
não deixarei tímida e pávida o meu bem. 300
Filho, eu primeiro te insto que observes
os Deuses, não erres por os desonrar!
É teu único erro, no mais pensas bem.
Mais, se sofrendo injustiça não devesse
ser audaz, ficaria em grande quietude. 305
Sabe já quanta honra isso te confere,
e não me dá pavor aconselhar, filho,
se varões violentos impedem mortos
de receber a cota de tumba e funerais,
institui esta obrigação com o braço, 310
e cessa violações das leis da Grécia
toda! São coesas as urbes de homens
sempre que bem se observam as leis.
Dir-se-á que por falta de braços viris,
podendo a urbe obter coroa de glória, 315
abstiveste, por temor, mas com o javali
travaste combate, a lutar por prêmio vil,
mas onde ao veres elmo e ápice de lança
devias exercitar-te, tu te mostraste tímido.
Porque és meu, não ajas assim, ó filho! 320
Vês que tua pátria tratada como néscia
lança olhar de Górgona aos ultrajantes?
Ela terá a sua grandeza nesses trabalhos.
As urbes quietas em situação obscura
por precavidas têm ainda visão obscura. 325
Não irás, filho, em auxílio aos mortos
e a míseras mulheres em necessidade?

ὡς οὔτε ταρβῶ σὺν δίκηι σ' ὁρμώμενον
Κάδμου θ' ὁρῶσα λαὸν εὖ πεπραγότα
ἔτ' αὐτὸν ἄλλα βλήματ' ἐν κύβοις βαλεῖν 330
πέποιθ'· ὁ γὰρ θεὸς πάντ' ἀναστρέφει πάλιν.

ΧΟΡΟΣ
ὦ φιλτάτη μοι, τῶιδέ τ' εἴρηκας καλῶς
κἀμοί· διπλοῦν δὲ χάρμα γίγνεται τόδε.

ΘΗΣΕΥΣ
ἐμοὶ λόγοι μέν, μῆτερ, οἱ λελεγμένοι
ὀρθῶς ἔχουσ' ἐς τόνδε κἀπεφηνάμην 335
γνώμην ὑφ' οἵων ἐσφάλη βουλευμάτων.
ὁρῶ δὲ κἀγὼ ταῦθ' ἅπερ με νουθετεῖς,
ὡς τοῖς ἐμοῖσιν οὐχὶ πρόσφορον τρόποις
φεύγειν τὰ δεινά. πολλὰ γὰρ δράσας καλὰ
ἔθος τόδ' εἰς Ἕλληνας ἐξεδειξάμην, 340
ἀεὶ κολαστὴς τῶν κακῶν καθεστάναι.
οὔκουν ἀπαυδᾶν δυνατόν ἐστί μοι πόνους.
τί γάρ μ' ἐροῦσιν οἵ γε δυσμενεῖς βροτῶν,
ὅθ' ἡ τεκοῦσα χὐπερορρωδοῦσ' ἐμοῦ
πρώτη κελεύεις τόνδ' ὑποστῆναι πόνον; 345
δράσω τάδ'· εἶμι καὶ νεκροὺς ἐκλύσομαι
λόγοισι πείθων· εἰ δὲ μή, βίαι δορὸς
ἤδη τότ' ἔσται κοὐχὶ σὺν φθόνωι θεῶν.
δόξαι δὲ χρήιζω καὶ πόλει πάσηι τόδε,
δόξει δ' ἐμοῦ θέλοντος· ἀλλὰ τοῦ λόγου 350
προσδοὺς ἔχοιμ' ἂν δῆμον εὐμενέστερον.
καὶ γὰρ κατέστησ' αὐτὸν ἐς μοναρχίαν
ἐλευθερώσας τήνδ' ἰσόψηφον πόλιν.
λαβὼν δ' Ἄδραστον δεῖγμα τῶν ἐμῶν λόγων
ἐς πλῆθος ἀστῶν εἶμι· καὶ πείσας τάδε, 355
λεκτοὺς ἀθροίσας δεῦρ' Ἀθηναίων κόρους
ἥξω· παρ' ὅπλοις θ' ἥμενος πέμψω λόγους
Κρέοντι νεκρῶν σώματ' ἐξαιτούμενος.

Não temo que tu marches com justiça
e ao ver próspero o povo de Cadmo
creio que ele ainda fará outros lances 330
de dados, pois o Deus tudo reverte.

CORO
Ó minha caríssima, bem lhe falaste
e a mim, e este júbilo se torna duplo.

TESEU
As palavras, mãe, que eu disse dele
são verdadeiras e tornei manifesto 335
saber por quais decisões ele errou.
Vejo também eu o que aconselhas,
porque não condiz com meus modos
evitar o perigo. Muitas belas vezes,
mostrei aos gregos ter este hábito, 340
sempre constituir a pena dos maus.
Não me podem proibir estas fainas.
Que me dirão entre os mortais hostis,
quando minha mãe, ainda que trêmula,
primeiro instas a enfrentar esta faina? 345
Assim farei. Irei e liberarei os mortos,
persuadindo; se não, à força de lança
já será e não com a recusa dos Deuses.
Careço de que toda a urbe o decida
e decidirá, se consinto. Se lhe desse 350
a palavra, teria o povo mais benévolo.
Pois constituí o povo em monarquia
ao livrar esta urbe com voto paritário.
Sendo Adrasto exemplo do que digo,
irei aos cidadãos; se os persuadir disso, 355
se reunir aqui seletos jovens atenienses,
virei. Posto em armas, enviarei palavras
a Creonte, pedindo os corpos dos mortos.

ἀλλ’, ὦ γεραιαί, σέμν’ ἀφαιρεῖτε στέφη
μητρός, πρὸς οἴκους ὥς νιν Αἰγέως ἄγω 360
φίλην προσάψας χεῖρα· τοῖς τεκοῦσι γὰρ
δύστηνος ὅστις μὴ ἀντιδουλεύει τέκνων,
κάλλιστον ἔρανον· δοὺς γὰρ ἀντιλάζυται
παίδων παρ’ αὑτοῦ τοιάδ’ ἂν τοκεῦσι δῶι.

ΧΟΡΟΣ
ἱππόβοτον Ἄργος, ὦ πάτριον ἐμὸν πέδον, Est. 1
<τάδ’> ἐκλύετε, τάδ’ ἐκλύετε 366
ἄνακτος ὅσια περὶ θεοὺς
καὶ μεγάλα Πελασγίαι
καὶ κατ’ Ἄργος;

εἰ γὰρ ἐπὶ τέρμα καὶ τὸ πλέον ἐμῶν κακῶν Ant. 1
ἱκόμενος ἔτι ματέρος 370
ἄμυγμα φόνιον ἐξέλοι,
γᾶν δὲ φίλιον Ἰνάχου
θεῖτ’ ὀνήσας.

καλὸν <δ’> ἄγαλμα πόλεσιν εὐσεβὴς πόνος Est. 2
χάριν τ’ ἔχει τὰν ἐς αἰεί. τί μοι
πόλις κρανεῖ ποτ’; ἆρα φίλιά μοι τεμεῖ 375
καὶ τέκνοις ταφὰς ληψόμεσθα;

ἄμυνε ματρί, πόλις, ἄμυνε, Παλλάδος, Ant. 2
νόμους βροτῶν μὴ μιαίνειν. σύ τοι
σέβεις δίκαν, τὸ δ’ ἧσσον ἀδικίαι νέμεις
δυστυχῆ τ’ ἀεὶ πάντα ῥύηι. 380

Mas, anciãs, removei as coroas solenes
da mãe, para eu levá-la à casa de Egeu, 360
pela mão amiga. Infortunados os filhos
que não servem por sua vez a seus pais,
belíssimo tributo: dos filhos se recebe
por sua vez o que se concedeu aos pais.

[*Primeiro estásimo* (365-380)]

CORO
Argos nutre-corcéis, ó minha terra pátria, Est. 1
ouviste, ouviste estas palavras 366
do rei, pias perante os Deuses,
e magníficas para Pelásgia
e para Argos?

Se chegasse ao termo e ao mais de meus Ant. 1
males e retirasse da mãe 370
ainda o sangrento arranhão,
faria amiga a terra de Ínaco
por esse bem.

Belo adorno de urbes é a faina reverente Est. 2
e tem graça para sempre. O que
a urbe me fará, enfim? Fará pacto comigo 375
e teremos os funerais dos filhos?

Defende a mãe, urbe de Palas! Defende Ant. 2
de se poluírem as leis dos mortais!
Tu veneras justiça, dás menos à injustiça
e resgatas sempre a todos de má sorte. 380

[*Segundo episódio* (381-597)]

ΘΗΣΕΥΣ

τέχνην μὲν αἰεὶ τήνδ' ἔχων ὑπηρετεῖς
πόλει τε κἀμοὶ διαφέρων κηρύγματα.
ἐλθὼν δ' ὑπέρ τ' Ἀσωπὸν Ἰσμηνοῦ θ' ὕδωρ
σεμνῶι τυράννωι φράζε Καδμείων τάδε·
Θησεύς σ' ἀπαιτεῖ πρὸς χάριν θάψαι νεκρούς, 385
συγγείτον' οἰκῶν γαῖαν, ἀξιῶν τυχεῖν,
φίλον τε θέσθαι πάντ' Ἐρεχθειδῶν λεών.
κἂν μὲν θέλωσιν, αἰνέσας παλίσσυτος
στεῖχ'· ἢν δ' ἀπιστῶσ', οἵδε δεύτεροι λόγοι·
Κῶμον δέχεσθαι τὸν ἐμὸν ἀσπιδηφόρον. 390
στρατὸς δὲ θάσσει κἀξετάζεται παρὼν
Καλλίχορον ἀμφὶ σεμνὸν εὐτρεπὴς ὅδε.
καὶ μὴν ἑκοῦσά γ' ἀσμένη τ' ἐδέξατο
πόλις πόνον τόνδ' ὡς θέλοντά μ' ἤισθετο.
ἔα· λόγων τίς ἐμποδὼν ὅδ' ἔρχεται; 395
Καδμεῖος, ὡς ἔοικεν οὐ σάφ' εἰδότι,
κῆρυξ. ἐπίσχες, ἤν σ' ἀπαλλάξηι πόνου
μολὼν ὕπαντα τοῖς ἐμοῖς βουλεύμασιν.

ΚΗΡΥΞ

τίς γῆς τύραννος; πρὸς τίν' ἀγγεῖλαί με χρὴ
λόγους Κρέοντος, ὃς κρατεῖ Κάδμου χθονὸς 400
Ἐτεοκλέους θανόντος ἀμφ' ἑπταστόμους
πύλας ἀδελφῆι χειρὶ Πολυνείκους ὕπο;

ΘΗΣΕΥΣ

πρῶτον μὲν ἤρξω τοῦ λόγου ψευδῶς, ξένε,
ζητῶν τύραννον ἐνθάδ'· οὐ γὰρ ἄρχεται
ἑνὸς πρὸς ἀνδρὸς ἀλλ' ἐλευθέρα πόλις. 405
δῆμος δ' ἀνάσσει διαδοχαῖσιν ἐν μέρει
ἐνιαυσίαισιν, οὐχὶ τῶι πλούτωι διδοὺς
τὸ πλεῖστον ἀλλὰ χὡ πένης ἔχων ἴσον.

TESEU

Por teres esse ofício, sempre serves
à urbe e a mim, ao portares anúncios.
Indo além do Asopo e do rio Ismeno,
diz ao venerável rei dos cadmeus isto:
"Teseu te pede graça de sepultar mortos 385
por ser vizinho e por estimar conseguir
e por serem amigos todos os Erectidas."
E se anuírem, agradece e volta rápido,
e se não confiarem, eis outras palavras:
"Recebam meu cortejo de escudeiros!" 390
A tropa, sentada e presente à revista,
está pronta junto ao venerável Calícoro.
A urbe aceita de bom grado e contente
esta faina, porque soube que consinto.
Éa! Quem é que vem obstar as palavras? 395
A quem não conhece bem parece arauto
cadmeu. Espera, se te libera dessa faina
este vindo ao encontro de meus desígnios!

ARAUTO

Quem é o rei? A quem devo anunciar
fala de Creonte rei do solo cadmeu, 400
morto Etéocles, junto às sete portas,
pelo braço de seu irmão Polinices?

TESEU

Começaste por falsa fala, forasteiro,
procurando rei aqui; não tem governo
de um só varão, mas é livre esta urbe. 405
O povo manda, em parte, por turnos
de um ano, sem conceder à riqueza
o máximo, mas o pobre pode igual.

ΚΗΡΥΞ

ἓν μὲν τόδ' ἡμῖν ὥσπερ ἐν πεσσοῖς δίδως
κρεῖσσον· πόλις γὰρ ἧς ἐγὼ πάρειμ' ἄπο 410
ἑνὸς πρὸς ἀνδρὸς οὐκ ὄχλωι κρατύνεται·
οὐδ' ἔστιν αὐτὴν ὅστις ἐκχαυνῶν λόγοις
πρὸς κέρδος ἴδιον ἄλλοτ' ἄλλοσε στρέφει,
τὸ δ' αὐτίχ' ἡδὺς καὶ διδοὺς πολλὴν χάριν
ἐσαῦθις ἔβλαψ', εἶτα διαβολαῖς νέαις 415
κλέψας τὰ πρόσθε σφάλματ' ἐξέδυ δίκης.
ἄλλως τε πῶς ἂν μὴ διορθεύων λόγους
ὀρθῶς δύναιτ' ἂν δῆμος εὐθύνειν πόλιν;
ὁ γὰρ χρόνος μάθησιν ἀντὶ τοῦ τάχους
κρείσσω δίδωσι. γαπόνος δ' ἀνὴρ πένης, 420
εἰ καὶ γένοιτο μὴ ἀμαθής, ἔργων ὕπο
οὐκ ἂν δύναιτο πρὸς τὰ κοίν' ἀποβλέπειν.
ἦ δὴ νοσῶδες τοῦτο τοῖς ἀμείνοσιν,
ὅταν πονηρὸς ἀξίωμ' ἀνὴρ ἔχηι
γλώσσηι κατασχὼν δῆμον, οὐδὲν ὢν τὸ πρίν. 425

ΘΗΣΕΥΣ

κομψός γ' ὁ κῆρυξ καὶ παρεργάτης λόγων.
ἐπεὶ δ' ἀγῶνα καὶ σὺ τόνδ' ἠγωνίσω,
ἄκου'· ἅμιλλαν γὰρ σὺ προὔθηκας λόγων.
οὐδὲν τυράννου δυσμενέστερον πόλει,
ὅπου τὸ μὲν πρώτιστον οὐκ εἰσὶν νόμοι 430
κοινοί, κρατεῖ δ' εἷς τὸν νόμον κεκτημένος
αὐτὸς παρ' αὑτῶι· καὶ τόδ' οὐκέτ' ἔστ' ἴσον.
γεγραμμένων δὲ τῶν νόμων ὅ τ' ἀσθενὴς
ὁ πλούσιός τε τὴν δίκην ἴσην ἔχει,
ἔστιν δ' ἐνισπεῖν τοῖσιν ἀσθενεστέροις 435
τὸν εὐτυχοῦντα ταὔθ' ὅταν κλύηι κακῶς,
νικᾶι δ' ὁ μείων τὸν μέγαν δίκαι' ἔχων.
τοὐλεύθερον δ' ἐκεῖνο· Τίς θέλει πόλει
χρηστόν τι βούλευμ' ἐς μέσον φέρειν ἔχων;
καὶ ταῦθ' ὁ χρήιζων λαμπρός ἐσθ', ὁ μὴ θέλων 440

ARAUTO

Como nos dados, dás-nos um tento
maior, pois na urbe, de onde venho, 410
tem o poder um varão, não muitos.
Não há quem com afagos das falas
a reverta, vária, ao lucro particular,
ora meigo, espalhando muita graça,
ora nocivo e então em novas rusgas 415
oculte velhos erros e fuja da justiça.
Aliás, como sem ter retas palavras
o povo poderia dirigir reto a urbe?
O tempo, em vez da pressa, dá lição
melhor. Um lavrador, varão pobre, 420
ainda que não fosse ignaro, por fainas
não poderia avistar os itens comuns.
Isso, sim, é nocivo para os melhores
quando mau varão vale mais e tem
o povo com a fala, sendo antes nada. 425

TESEU

Hábil o arauto e artesão de palavras.
Por também tu competires nesta luta,
ouve! Tu propuseste a luta de palavras.
Nada é mais hostil à urbe que um rei,
lá onde primeiro de tudo não há leis 430
comuns e tem o poder um dono da lei,
autocrata, e isso não é mais igualdade.
Escritas as leis, o desprovido de força
e o rico têm com igualdade a justiça,
e o mais desprovido de força pode 435
dizer ao rico o mesmo, em resposta,
e se é justo, o menor vence o grande.
Isto é liberdade: "Quem quer trazer
ao meio algum conselho útil à urbe?"
Quem o quer, é brilhante; quem não, 440

σιγᾶι. τί τούτων ἔστ’ ἰσαίτερον πόλει;
καὶ μὴν ὅπου γε δῆμος εὐθυντὴς χθονὸς
ὑποῦσιν ἀστοῖς ἥδεται νεανίαις·
ἀνὴρ δὲ βασιλεὺς ἐχθρὸν ἡγεῖται τόδε,
καὶ τοὺς ἀρίστους οὕς <τ’> ἂν ἡγῆται φρονεῖν 445
κτείνει, δεδοικὼς τῆς τυραννίδος πέρι.
πῶς οὖν ἔτ’ ἂν γένοιτ’ ἂν ἰσχυρὰ πόλις
ὅταν τις ὡς λειμῶνος ἠρινοῦ στάχυν
τομαῖς ἀφαιρῆι κἀπολωτίζηι νέους;
κτᾶσθαι δὲ πλοῦτον καὶ βίον τί δεῖ τέκνοις 450
ὡς τῶι τυράννωι πλείον’ ἐκμοχθῆι βίον;
ἢ παρθενεύειν παῖδας ἐν δόμοις καλῶς,
τερπνὰς τυράννοις ἡδονὰς ὅταν θέληι,
δάκρυα δ’ ἑτοιμάζουσι; μὴ ζώιην ἔτι
εἰ τἀμὰ τέκνα πρὸς βίαν νυμφεύσεται. 455
καὶ ταῦτα μὲν δὴ πρὸς τὰ σ’ ἐξηκόντισα.
ἥκεις δὲ δὴ τί τῆσδε γῆς κεχρημένος;
κλαίων γ’ ἂν ἦλθες, εἴ σε μὴ ‘πεμψεν πόλις,
περισσὰ φωνῶν· τὸν γὰρ ἄγγελον χρεὼν
λέξανθ’ ὅσ’ ἂν τάξηι τις ὡς τάχος πάλιν 460
χωρεῖν. τὸ λοιπὸν δ’ εἰς ἐμὴν πόλιν Κρέων
ἧσσον λάλον σου πεμπέτω τιν’ ἄγγελον.

ΧΟΡΟΣ
φεῦ φεῦ· κακοῖσιν ὡς ὅταν δαίμων διδῶι
καλῶς, ὑβρίζουσ’ ὡς ἀεὶ πράξοντες εὖ.

ΚΗΡΥΞ
λέγοιμ’ ἂν ἤδη. τῶν μὲν ἠγωνισμένων 465
σοὶ μὲν δοκείτω ταῦτ’, ἐμοὶ δὲ τἀντία.
ἐγὼ δ’ ἀπαυδῶ πᾶς τε Καδμεῖος λεὼς
Ἄδραστον ἐς γῆν τήνδε μὴ παριέναι·
εἰ δ’ ἔστιν ἐν γῆι, πρὶν θεοῦ δῦναι σέλας
λύσαντα σεμνὰ στεμμάτων μυστήρια 470
τῆσδ’ ἐξελαύνειν, μηδ’ ἀναιρεῖσθαι νεκροὺς

cala-se. O que na urbe é mais paritário?
Onde quer que o povo domine o solo,
ele se compraz com jovens cidadãos.
Um varão rei considera isso adverso,
e extermina os nobres, que considera 445
prudentes, temeroso pela sua realeza.
Como poderia ainda ser forte a urbe,
se qual espiga no prado na primavera
cortando ceifa e colhe flor de juventa?
Por que obter bens e vida para filhos 450
para conseguir mais vida para o rei?
Ou criar bem filhas virgens em casa,
para ledo prazer do rei quando quiser,
e prepara o pranto? Não mais eu viva,
se as minhas filhas se casarem à força! 455
Esses dardos aí lancei contra os teus.
Vens aí à procura de quê, nesta terra?
Serias punido, se urbe não te enviasse,
por falares demais. Deve o mensageiro
dizer todo o mandado e o mais rápido 460
voltar. No porvir envie Creonte à minha
urbe um mensageiro menos eloquente!

CORO

Pheû pheû! Ultrajam, como se sempre
bem, quando o Nume faz bem a maus!

ARAUTO

Eu já diria. Nesse assunto em debate, 465
tua opinião é essa, a minha é contrária.
Eu e todo o povo cadmeu proibimos
que Adrasto entre nesta terra; se está
na terra, antes de se pôr a luz do Deus,
soltos veneráveis mistérios das coroas, 470
expulsem-no; não recolhais os mortos

βίαι, προσήκοντ' οὐδὲν Ἀργείων πόλει.
κἂν μὲν πίθηι μοι, κυμάτων ἄτερ πόλιν
σὴν ναυστολήσεις· εἰ δὲ μή, πολὺς κλύδων
ἡμῖν τε καὶ σοὶ συμμάχοις τ' ἔσται δορός. 475
σκέψαι δὲ καὶ μὴ τοῖς ἐμοῖς θυμούμενος
λόγοισιν, ὡς δὴ πόλιν ἐλευθέραν ἔχων,
σφριγῶντ' ἀμείψηι μῦθον ἐκ βραχιόνων.
ἐλπὶς γάρ ἐστ' ἄπιστον, ἣ πολλὰς πόλεις
συνῆψ' ἄγουσα θυμὸν εἰς ὑπερβολάς. 480
ὅταν γὰρ ἔλθηι πόλεμος ἐς ψῆφον λεώ,
οὐδεὶς ἔθ' αὑτοῦ θάνατον ἐκλογίζεται,
τὸ δυστυχὲς δὲ τοῦτ' ἐς ἄλλον ἐκτρέπει.
εἰ δ' ἦν παρ' ὄμμα θάνατος ἐν ψήφου φορᾶι,
οὐκ ἄν ποθ' Ἑλλὰς δοριμανὴς ἀπώλλυτο. 485
καίτοι δυοῖν γε πάντες ἄνθρωποι λόγοιν
τὸν κρείσσον' ἴσμεν καὶ τὰ χρηστὰ καὶ κακὰ
ὅσωι τε πολέμου κρεῖσσον εἰρήνη βροτοῖς·
ἣ πρῶτα μὲν Μούσαισι προσφιλεστάτη
Ποιναῖσι δ' ἐχθρά, τέρπεταί τ' εὐπαιδίαι 490
χαίρει δὲ πλούτωι. ταῦτ' ἀφέντες οἱ κακοὶ
πολέμους ἀναιρούμεσθα καὶ τὸν ἥσσονα
δουλούμεθ', ἄνδρες ἄνδρα καὶ πόλις πόλιν.
σὺ δ' ἄνδρας ἐχθροὺς καὶ θανόντας ὠφελεῖς,
θάπτων κομίζων θ' ὕβρις οὓς ἀπώλεσεν; 495
οὔ τἄρ' ἔτ' ὀρθῶς Καπανέως κεραύνιον
δέμας καπνοῦται, κλιμάκων ὀρθοστάτας
ὃς προσβαλὼν πύλαισιν ὤμοσεν πόλιν
πέρσειν θεοῦ θέλοντος ἤν τε μὴ θέληι,
οὐδ' ἥρπασεν χάρυβδις οἰωνοσκόπον 500
τέθριππον ἅρμα περιβαλοῦσα χάσματι,
ἄλλοι τε κεῖνται πρὸς πύλαις λοχαγέται
πέτροις καταξανθέντες ὀστέων ῥαφάς.
ἤ νυν φρονεῖν ἄμεινον ἐξαύχει Διὸς
ἢ θεοὺς δικαίως τοὺς κακοὺς ἀπολλύναι. 505
φιλεῖν μὲν οὖν χρὴ τοὺς σοφοὺς πρῶτον τέκνα,

à força, se nada sois da urbe de argivos.
Se me ouves, navegarás sem vagalhões
tua urbe, mas se não, muitos vagalhões
de lança teremos nós e tu e teus aliados. 475
Observa, e não te irrites com as minhas
palavras, por manteres tão livre a urbe!
Troques a fala fogosa por mais breves!
Pois a esperança é infiel e conflagrou
muitas urbes por levar a ira ao excesso. 480
Quando a guerra vai ao voto popular,
ninguém conta ainda com a sua morte
e esse infortúnio é atribuível a outrem.
Se a morte fosse visível no ato de votar,
a Grécia nunca sucumbiria ao furor bélico. 485
Mas todos os homens sabemos a melhor
das duas razões e bens e males e quanto
Paz para os mortais é melhor que Guerra.
Paz primeiro é a mais amiga das Musas,
hostil às Punições, feliz com belos filhos, 490
alegre na riqueza. Repelindo-a, os maus
escolhemos as guerras, e escravizamos
os menores, varão a varão e urbe a urbe.
Com resgate e funerais tu vales a varões
inimigos e mortos que soberbia destruiu? 495
Ora, não mais fumega fulminado mesmo
o corpo de Capaneu, que ergueu escada
ante as portas e jurou queimar a urbe,
se um Deus quisesse e se não quisesse?
E Caríbdis não arrebatou o adivinho, 500
ao lançar a quadriga dentro da fenda?
Outros capitães junto às portas jazem,
as ósseas juntas rompidas por pedras.
Ou diz que pensas mais bem que Zeus,
ou que Deuses justos destroem os maus. 505
Os sábios devem amar primeiro os filhos,

ἔπειτα τοκέας πατρίδα θ', ἣν αὔξειν χρεὼν
καὶ μὴ κατᾶξαι. σφαλερὸν ἡγεμὼν θρασὺς
νεώς τε ναύτης· ἥσυχος καιρῶι, σοφός.
καὶ τοῦτό τοι τἀνδρεῖον, ἡ προμηθία. 510

ΧΟΡΟΣ
ἐξαρκέσας ἦν Ζεὺς ὁ τιμωρούμενος,
ὑμᾶς δ' ὑβρίζειν οὐκ ἐχρῆν τοιάνδ' ὕβριν.

ΑΔΡΑΣΤΟΣ
ὦ παγκάκιστε

ΘΗΣΕΥΣ
σῖγ', Ἄδραστ', ἔχε στόμα
καὶ μὴ 'πίπροσθεν τῶν ἐμῶν τοὺς σοὺς λόγους
θῆις. οὐ γὰρ ἥκει πρὸς σὲ κηρύσσων ὅδε 515
ἀλλ' ὡς ἔμ'· ἡμᾶς κἀποκρίνασθαι χρεών.
καὶ πρῶτα μέν σε πρὸς τὰ πρῶτ' ἀμείψομαι.
οὐκ οἶδ' ἐγὼ Κρέοντα δεσπόζοντ' ἐμοῦ
οὐδὲ σθένοντα μεῖζον, ὥστ' ἀναγκάσαι
δρᾶν τὰς Ἀθήνας ταῦτ'· ἄνω γὰρ ἂν ῥέοι 520
τὰ πράγμαθ', οὕτως εἰ 'πιταξόμεσθα δή.
πόλεμον δὲ τοῦτον οὐκ ἐγὼ καθίσταμαι,
ὃς οὐδὲ σὺν τοῖσδ' ἦλθον ἐς Κάδμου χθόνα·
νεκροὺς δὲ τοὺς θανόντας, οὐ βλάπτων πόλιν
οὐδ' ἀνδροκμῆτας προσφέρων ἀγωνίας, 525
θάψαι δικαιῶ, τὸν Πανελλήνων νόμον
σώιζων. τί τούτων ἐστὶν οὐ καλῶς ἔχον;
εἰ γάρ τι καὶ πεπόνθατ' Ἀργείων ὕπο,
τεθνᾶσιν, ἠμύνασθε πολεμίους καλῶς,
αἰσχρῶς δ' ἐκείνοις, χἠ δίκη διοίχεται. 530
ἐάσατ' ἤδη γῆι καλυφθῆναι νεκρούς,
ὅθεν δ' ἕκαστον ἐς τὸ φῶς ἀφίκετο
ἐνταῦθ' ἀπελθεῖν, πνεῦμα μὲν πρὸς αἰθέρα,
τὸ σῶμα δ' ἐς γῆν· οὔτι γὰρ κεκτήμεθα

depois os pais e a pátria, para exaltá-la,
e não quebrá-la. Cadente é chefe audaz
e navegante, quieto na ocasião o sábio,
e isso também é bravura, a previdência. 510

CORO
Suficiente seria a punição por Zeus.
Não devíeis cometer tal soberbia!

ADRASTO
Ó vilíssimo!

TESEU
Cala, Adrasto! Cala a boca
e não anteponhas tuas palavras às minhas,
pois ele não veio para fazer o anúncio a ti, 515
mas a mim! Devemos também responder.
Primeiro te responderei os primeiros itens.
Não sei eu que Creonte seja o meu dono
nem que tenha força que possa coagir
Atenas a fazer isso. Corram ao inverso 520
os eventos, se assim formos ordenados!
Essa guerra eu não a estou instaurando,
nem com estes eu fui à terra de Cadmo.
Honrar os mortos, sem lesar a urbe
nem provocar combates homicidas, 525
tenho por justo, lei dos gregos todos
observando. Que há nisto senão bem?
Ainda que argivos vos maltratassem,
estão mortos, bem repeliste os inimigos,
e mal para eles, e a justiça se cumpriu. 530
Concedei já que se cubram os mortos
com terra, e donde cada um veio à luz,
para lá partam, o espírito para o céu,
o corpo para a terra; nada possuímos

ἡμέτερον αὐτὸ πλὴν ἐνοικῆσαι βίον, 535
κἄπειτα τὴν θρέψασαν αὐτὸ δεῖ λαβεῖν.
δοκεῖς κακουργεῖν Ἄργος οὐ θάπτων νεκρούς;
ἥκιστα· πάσης Ἑλλάδος κοινὸν τόδε,
εἰ τοὺς θανόντας νοσφίσας ὧν χρῆν λαχεῖν
ἀτάφους τις ἕξει· δειλίαν γὰρ ἐσφέρει 540
τοῖς ἀλκίμοισιν οὗτος ἢν τεθῆι νόμος.
κἀμοὶ μὲν ἦλθες δείν' ἀπειλήσων ἔπη,
νεκροὺς δὲ ταρβεῖτ' εἰ κρυφήσονται χθονί;
τί μὴ γένηται; μὴ κατασκάψωσι γῆν
ταφέντες ὑμῶν; ἢ τέκν' ἐν μυχοῖς χθονὸς 545
φύσωσιν, ἐξ ὧν εἶσί τις τιμωρία;
σκαιόν γε τἀνάλωμα τῆς γλώσσης τόδε,
φόβους πονηροὺς καὶ κενοὺς δεδοικέναι.
ἀλλ', ὦ μάταιοι, γνῶτε τἀνθρώπων κακά·
παλαίσμαθ' ἡμῶν ὁ βίος· εὐτυχοῦσι δὲ 550
οἱ μὲν τάχ', οἱ δ' ἐσαῦθις, οἱ δ' ἤδη βροτῶν·
τρυφᾶι δ' ὁ δαίμων· πρός τε γὰρ τοῦ δυστυχοῦς,
ὡς εὐτυχήσηι, τίμιος γεραίρεται,
ὅ τ' ὄλβιός νιν πνεῦμα δειμαίνων λιπεῖν
ὑψηλὸν αἴρει. γνόντας οὖν χρεὼν τάδε 555
ἀδικουμένους τε μέτρια μὴ θυμῶι φέρειν
ἀδικεῖν τε τοιαῦθ' οἷα μὴ βλάψει πάλιν.
πῶς οὖν ἂν εἴη; τοὺς ὀλωλότας νεκροὺς
θάψαι δόθ' ἡμῖν τοῖς θέλουσιν εὐσεβεῖν.
ἢ δῆλα τἀνθένδ'· εἶμι καὶ θάψω βίαι. 560
οὐ γάρ ποτ' εἰς Ἕλληνας ἐξοισθήσεται
ὡς εἰς ἔμ' ἐλθὼν καὶ πόλιν Πανδίονος
νόμος παλαιὸς δαιμόνων διεφθάρη.

ΧΟΡΟΣ

θάρσει· τὸ γάρ τοι τῆς Δίκης σώιζων φάος
πολλοὺς ὑπεκφύγοις ἂν ἀνθρώπων ψόγους. 565

nosso mesmo senão residência em vida 535
e depois a que o nutriu o deve receber.
Crês ferir Argos se não honrar mortos?
Não só! A toda a Grécia é comum isto,
se privarem os mortos do que lhes cabe
e os mantiverem insepultos; se o uso 540
se instituísse, faria tíbios os valentes.
A mim vieste fazer terríveis ameaças,
e temeis mortos, se ocultos no chão?
Que temeis? Que, sepultados por vós,
devastem a terra? Ou no chão fundo 545
gerem filhos dos quais virá vingança?
Sinistro, sim, é esse gasto da língua,
padecer pavores perversos e vazios.
Mas, ó vãos, vede os males humanos!
Peleja é nossa vida. Mortais, boa sorte 550
uns têm logo, outros depois, outros já.
O Nume sobeja; por um de má sorte
é tido em apreço para ser boa a sorte;
quem está próspero o louva, temeroso
de perder o vento. Ciente disso, não 555
se deve ter fúria por injustiças módicas
nem ser tão injusto que lese de volta.
Como seria? Honrar os finados mortos
dai-nos, pois queremos ser reverentes!
Ou bem claro: irei e honrarei à força. 560
Nunca se proclamará entre os gregos
que ao vir a mim e à urbe de Pandíon
a prístina lei dos Numes se corrompeu.

CORO

Coragem! Observando a luz da Justiça
evitarias muitas reprimendas de homens. 565

ΚΗΡΥΞ

βούληι συνάψω μῦθον ἐν βραχεῖ τιθείς;

ΘΗΣΕΥΣ

λέγ' εἴ τι βούληι· καὶ γὰρ οὐ σιγηλὸς εἶ.

ΚΗΡΥΞ

οὐκ ἄν ποτ' ἐκ γῆς παῖδας Ἀργείων λάβοις.

ΘΗΣΕΥΣ

κἀμοῦ νυν ἀντάκουσον, εἰ βούληι, πάλιν.

ΚΗΡΥΞ

κλύοιμ' ἄν· οὐ γὰρ ἀλλὰ δεῖ δοῦναι μέρος. 570

ΘΗΣΕΥΣ

θάψω νεκροὺς γῆς ἐξελὼν Ἀσωπίας.

ΚΗΡΥΞ

ἐν ἀσπίσιν σοι πρῶτα κινδυνευτέον.

ΘΗΣΕΥΣ

πολλοὺς ἔτλην δὴ χἀτέροις ἄλλους πόνους.

ΚΗΡΥΞ

ἦ πᾶσιν οὖν <σ'> ἔφυσεν ἐξαρκεῖν πατήρ;

ΘΗΣΕΥΣ

ὅσοι γ' ὑβρισταί· χρηστὰ δ' οὐ κολάζομεν. 575

ΚΗΡΥΞ

πράσσειν σὺ πόλλ' εἴωθας ἥ τε σὴ πόλις.

ΘΗΣΕΥΣ

τοιγὰρ πονοῦσα πολλὰ πόλλ' εὐδαιμονεῖ.

ARAUTO
Queres que eu conclua em breve dito?

TESEU
Diz, se queres, pois ainda não te calas!

ARAUTO
Não trarás da terra os filhos de argivos.

TESEU
Ouve a minha resposta, se assim queres!

ARAUTO
Ouviria, pois se deve dar o turno alheio. 570

TESEU
Honrarei os mortos retirados do Asopo.

ARAUTO
Primeiro tens que arriscar com escudos.

TESEU
Ousei por outros já muitas outras fainas.

ARAUTO
O pai te fez de modo a bastares a todos?

TESEU
Quantos transgridam. Bons não punimos. 575

ARAUTO
Tens hábito de muita ação, tu e tua urbe!

TESEU
Sim, com muita faina, muito bom Nume.

ΚΗΡΥΞ

ἔλθ', ὥς σε λόγχη σπαρτὸς ἐν κόνει βάληι.

ΘΗΣΕΥΣ

τίς δ' ἐκ δράκοντος θοῦρος ἂν γένοιτ' Ἄρης;

ΚΗΡΥΞ

γνώσηι σὺ πάσχων· νῦν δ' ἔτ' εἶ νεανίας. 580

ΘΗΣΕΥΣ

οὔτοι μ' ἐπαρεῖς ὥστε θυμοῦσθαι φρένας
τοῖς σοῖσι κόμποις· ἀλλ' ἀποστέλλου χθονὸς
λόγους ματαίους οὕσπερ ἠνέγκω λαβών·
περαίνομεν γὰρ οὐδέν. ὁρμᾶσθαι χρεὼν
πάντ' ἄνδρ' ὁπλίτην ἁρμάτων τ' ἐπεμβάτην 585
μοναμπύκων τε φάλαρα κινεῖσθαι †στόμα†
ἀφρῶι καταστάζοντα Καδμείων χθόνα.
χωρήσομαι γὰρ ἑπτὰ πρὸς Κάδμου πύλας
αὐτὸς σίδηρον ὀξὺν ἐν χεροῖν ἔχων 590
αὐτός τε κῆρυξ. σοὶ δὲ προστάσσω μένειν, 589
Ἄδραστε, κἀμοὶ μὴ ἀναμείγνυσθαι τύχας 591
τὰς σάς. ἐγὼ γὰρ δαίμονος τοὐμοῦ μέτα
στρατηλατήσω καινὸς ἐν καινῶι δορί.
ἓν δεῖ μόνον μοι· τοὺς θεοὺς ἔχειν ὅσοι
δίκην σέβονται. ταῦτα γὰρ ξυνόνθ' ὁμοῦ 595
νίκην δίδωσιν· ἀρετὴ δ' οὐδὲν φέρει
βροτοῖσιν ἢν μὴ τὸν θεὸν χρήιζοντ' ἔχηι.

ΧΟΡΟΣ

ὦ μέλεαι μελέων ματέρες λοχαγῶν, Est. 1
ὥς μοι ὑφ' ἥπατι †χλωρὸν δεῖμα ταράσσει†
[—] τίν' αὐδὰν τάνδε προσφέρεις νέαν; 600
[—] στράτευμα πᾶι Παλλάδος κριθήσεται.

ARAUTO

Vai! Que a semeada lança te lance no pó!

TESEU

Que Ares impetuoso nasceria de serpente?

ARAUTO

Saberás ao sofreres, agora ainda és jovem. 580

TESEU

Não me incites de modo a me enfurecer
com teus alardes, mas retira-te da terra
e leva as palavras vazias que trouxeste!
Não concluímos nada. Todos os varões
hoplitas e condutores de carros devem 585
partir e mover as testeiras de montarias
pondo da boca espuma no solo cadmeu.
Pois irei ante as sete portas de Cadmo,
eu mesmo com ferro afiado nas mãos, 590
eu mesmo arauto. Ordeno-te que fiques, 589
Adrasto. Não mescles tua sorte comigo, 591
pois eu em companhia do meu Nume
conduzirei a tropa, novo em nova lida!
Só disto necessito: ter os Deuses que
veneram Justiça, pois estando juntos 595
dão vitória. A virtude não traz nada
aos mortais, se o Deus não aquiesce.

[*Segundo estásimo* (598-617)]

CORO

— Ó míseras mães de míseros capitães, Est. 1
no fígado o verde medo me perturba!
— Que nova palavra é essa que proferes? 600
— A expedição de Palas que fim terá?

[—] διὰ δορὸς εἶπας ἢ λόγων ξυναλλαγαῖς;
[—] γένοιτ᾽ ἂν κέρδος· εἰ δ᾽ ἀρείφατοι
φόνοι μάχαι στερνοτυπεῖς τ᾽ ἀνὰ πτόλιν
κτύποι φανήσονται, τάλαινα τίνα λόγον, 605
τίν᾽ ἂν τῶνδ᾽ αἰτίαν λάβοιμι;

[—] ἀλλὰ τὸν εὐτυχίαι λαμπρὸν ἄν τις αἱροῖ Ant. 1
μοῖρα πάλιν· τόδε μοι θράσος ἀμφιβαίνει.
[—] δικαίους δαίμονας σύ γ᾽ ἐννέπεις. 610
[—] τίνες γὰρ ἄλλοι νέμουσι συμφοράς;
[—] διάφορα πολλὰ θεῶν βροτοῖσιν εἰσορῶ.
[—] φόβωι γὰρ τῶι πάρος διόλλυσαι.
δίκα δίκαν δ᾽ ἐκάλεσε καὶ φόνος φόνον·
κακῶν δ᾽ ἀναψυχὰς θεοὶ βροτοῖς νέμου- 615
σι, πάντων τέρμ᾽ ἔχοντες αὐτοί. 617

[—] τὰ καλλίπυργα πεδία πῶς ἱκοίμεθ᾽ ἄν, Est. 2
Καλλίχορον θεᾶς ὕδωρ λιποῦσαι;
[—] ποτανὰν εἴ σέ τις θεῶν κτίσαι, 620
διπόταμον ἵνα πόλιν μόλοις,
εἰδείης ἂν φίλων
εἰδείης ἂν τύχας. 622
[—] τίς ποτ᾽ αἶσα, τίς ἄρα πότμος
ἐπιμένει τὸν ἄλκιμον
τᾶσδε γᾶς ἄνακτα; 625

[—] κεκλημένους μὲν ἀνακαλούμεθ᾽ αὖ θεούς· Ant. 2
ἀλλὰ φόβων πίστις ἅδε πρώτα.
[—] ἰὼ Ζεῦ, τᾶς παλαιομάτορος
παιδογόνε πόριος Ἰνάχου,
πόλει μοι ξύμμαχος 630
γενοῦ τᾶιδ᾽ εὐμενής.
[—] τὸ σὸν ἄγαλμα, τὸ σὸν ἵδρυμα
πόλεος ἐκκόμιζέ μοι 632
πρὸς πυρὰν ὑβρισθέν.

— Dizes na lança ou na troca de falas?
— Seria lucro. Se mortos por Ares,
mortes, batalhas e fragores de lutas
surgirem pela urbe, que palavra, 605
que culpa disto, eu, mísera, teria?

— Quem brilha por boa sorte, Parte Ant. 1
recolheria, esta confiança me vale.
— Dizes que os Numes são justos. 610
— Quem mais gere as conjunturas?
— Diversos de Deuses vejo mortais.
— Pois sucumbes ao antigo pavor.
Justiça chama justiça; morte, morte.
Deuses aliviam males de mortais, 615
por dominarem o termo de tudo. 617

— Como iríamos ao campo de belas torres, Est. 2
desde o poço de belos coros da Deusa?
— Se um Deus te fizesse alada 620
para ir à urbe dos dois rios,
verias as sortes
dos caros, verias. 622
— Que sorte, que destino
espera o valente
rei desta terra? 625

— Invocamos Deuses já invocados, Ant. 2
isto nos pavores é a primeira fé.
— *Iò!* Zeus, que geraste o filho
da antiga mãe filha de Ínaco,
sê benévolo aliado 630
desta minha urbe!
— Teu ícone, teu suporte,
traz do ultraje 632
à pira da urbe!

ΑΓΓΕΛΟΣ

γυναῖκες, ἥκω πόλλ' ἔχων λέγειν φίλα,
αὐτός τε σωθείς (ἡιρέθην γὰρ ἐν μάχηι — 635
ἣν οἱ θανόντες ἑπτὰ δεσπόται λόχων
ἠγωνίσαντο ῥεῦμα Διρκαῖον πάρα)
νίκην τε Θησέως ἀγγελῶν. λόγου δέ σε
μακροῦ ἀπολύσω· Καπανέως γὰρ ἦ λάτρις,
ὃν Ζεὺς κεραυνῶι πυρπόλωι καταιθαλοῖ. — 640

ΧΟΡΟΣ

ὦ φίλτατ', εὖ μὲν νόστον ἀγγέλλεις σέθεν
τήν τ' ἀμφὶ Θησέως βάξιν· εἰ δὲ καὶ στρατὸς
σῶς ἐστ' Ἀθηνῶν, πάντ' ἂν ἀγγέλλοις φίλα.

ΑΓΓΕΛΟΣ

σῶς καὶ πέπραγεν ὡς Ἄδραστος ὤφελεν
πρᾶξαι ξὺν Ἀργείοισιν οὓς ἀπ' Ἰνάχου — 645
στείλας ἐπεστράτευσε Καδμείων πόλιν.

ΧΟΡΟΣ

πῶς γὰρ τροπαῖα Ζηνὸς Αἰγέως τόκος
ἔστησεν οἵ τε συμμετασχόντες δορός;
λέξον· παρὼν γὰρ οὐ παρόντας εὐφρανεῖς.

ΑΓΓΕΛΟΣ

λαμπρὰ μὲν ἀκτὶς ἡλίου, κανὼν σαφής, — 650
ἔβαλλε γαῖαν· ἀμφὶ δ' Ἠλέκτρας πύλας
ἔστην θεατὴς πύργον εὐαγῆ λαβών.
ὁρῶ δὲ φῦλα τρία τριῶν στρατευμάτων·
τευχεσφόρον μὲν λαὸν ἐκτείνοντ' ἄνω
Ἰσμήνιον πρὸς ὄχθον, ὡς μὲν ἦν λόγος, — 655
αὐτόν τ' ἄνακτα, παῖδα κλεινὸν Αἰγέως,
καὶ τοὺς σὺν αὐτῶι δεξιὸν τεταγμένους

[*Terceiro episódio* (634-777)]

MENSAGEIRO

Mulheres, com palavras muito gratas,
eu mesmo salvo, vencido na batalha 635
que os mortos sete chefes de tropas
travaram à beira das águas de Dirce,
venho anunciar a vitória de Teseu.
Livro-te de longa fala; servi Capaneu,
que Zeus com raio flamante fulminou. 640

CORO

Ó caríssimo, bem anuncias teu retorno
e a fala de Teseu. Se a tropa de Atenas
ainda está salva, tudo bem anunciarias.

MENSAGEIRO

Salvou-se e fez como Adrasto deveria
ter feito com os argivos, que do Ínaco 645
levou em guerra à urbe dos cadmeus.

CORO

Como o filho de Teseu e os partícipes
da guerra ergueram o troféu de Zeus?
Diz! Lá presente alegrarás ausentes.

MENSAGEIRO

Brilhante luz de Sol, claro fio de prumo, 650
atingia a terra; perto da porta Electra,
estive espectador na torre bem visível.
Vejo as três divisões das três tropas:
o povo em armas se estendia acima
até o monte Ismênio, como se dizia, 655
e o rei mesmo, ínclito filho de Egeu,
e os posicionados com ele na ponta

κέρας, παλαιᾶς Κεκροπίας οἰκήτορας,
†αὐτὸν† δὲ Πάραλον ἐστολισμένον δορὶ
κρήνην παρ' αὐτὴν Ἄρεος· ἱππότην <δ'> ὄχλον 660
πρὸς κρασπέδοισι στρατοπέδου τεταγμένον,
ἴσους ἀριθμόν· ἁρμάτων δ' ὀχήματα
ἔνερθε σεμνῶν μνημάτων Ἀμφίονος.
Κάδμου δὲ λαὸς ἧστο πρόσθε τειχέων
νεκροὺς ὄπισθε θέμενος, ὧν ἔκειτ' ἀγών. 665
ἱππεῦσι δ' ἱππῆς ἦσαν ἀνθωπλισμένοι
τετραόροισί τ' ἀντί' ἅρμαθ' ἅρμασιν.
κῆρυξ δὲ Θησέως εἶπεν ἐς πάντας τάδε·
Σιγᾶτε, λαοί, σῖγα, Καδμείων στίχες,
ἀκούσαθ'· ἡμεῖς ἥκομεν νεκροὺς μέτα, 670
θάψαι θέλοντες, τὸν Πανελλήνων νόμον
σῴζοντες, οὐδὲν δεόμενοι τεῖναι φόνον.
κοὐδὲν Κρέων τοῖσδ' ἀντεκήρυξεν λόγοις,
ἀλλ' ἧστ' ἐφ' ὅπλοις σῖγα. ποιμένες δ' ὄχων
τετραόρων κατῆρχον ἐντεῦθεν μάχης· 675
πέραν δὲ διελάσαντες ἀλλήλων ὄχους
παραιβάτας ἔστησαν ἐς τάξιν δορός.
χοἱ μὲν σιδήρωι διεμάχονθ', οἱ δ' ἔστρεφον
πώλους ἐς ἀλκὴν αὖθις ἐς παραιβάτας.
ἰδὼν δὲ Φόρβας, ὃς μοναμπύκων ἄναξ 680
ἦν τοῖς Ἐρεχθείδαισιν, ἁρμάτων ὄχλον
οἵ τ' αὖ τὸ Κάδμου διεφύλασσον ἱππικὸν
συνῆψαν ἀλκὴν κἀκράτουν ἡσσῶντό τε.
λεύσσων δὲ ταῦτα κοὐ κλύων (ἐκεῖ γὰρ ἦ
ἔνθ' ἅρματ' ἠγωνίζεθ' οἵ τ' ἐπεμβάται) 685
τἀκεῖ παρόντα πολλὰ πήματ' οὐκ ἔχω
τί πρῶτον εἴπω, πότερα τὴν ἐς οὐρανὸν
κόνιν προσαντέλλουσαν, ὡς πολλὴ παρῆν,
ἢ τοὺς ἄνω τε καὶ κάτω φορουμένους
ἱμᾶσιν, αἵματός τε φοινίου ῥοὰς 690
τῶν μὲν πιτνόντων, τῶν δὲ θραυσθέντων δίφρων
ἐς κρᾶτα πρὸς γῆν ἐκκυβιστώντων βίαι

direita, íncolas da antiga Cecrópia,
e tropa de Páralo, armada de lança,
junto à fonte de Ares; turba a cavalo 660
posicionada nas laterais do exército,
sendo igual em número, e os carros,
sob o venerável memorial de Anfíon.
O povo cadmeu se pôs ante os muros,
e pospôs os mortos por que há porfia. 665
Cavaleiros em armas contra cavaleiros,
e quadrigas armadas contra quadrigas.
O arauto de Teseu proclamou a todos:
"Silêncio, senhores! Silêncio, cadmeus!
Escutai! Viemos em busca dos mortos, 670
para sepultá-los, lei dos gregos todos
observando, não carecendo de matar."
Creonte nada anunciou em resposta,
mas em silêncio se armou. Pastores
das quadrigas já iniciavam a batalha; 675
dirigindo uns carros diante de outros,
põem passageiros em ordem de lança.
Uns lutam com ferro, outros retornam
os potros em socorro aos passageiros.
Quando viu a turba de carros, Forbas, 680
que era chefe de cavaleiros Erectidas,
e os vigilantes da cavalaria cadmeia
travaram combate, batendo e batidos.
Por ver, e não por ouvir, pois lá estive
onde carros e passageiros combatiam, 685
por muitos males lá presentes não sei
qual dizer primeiro, se o pó erguido
elevando-se ao céu porque era muito,
ou se puxados para cima e para baixo
nas correias e rios de sangue funesto 690
dos que caem e dos carros quebrados
arrojados à força de cabeça no chão

πρὸς ἁρμάτων τ' ἀγαῖσι λειπόντων βίον.
νικῶντα δ' ἵπποις ὡς ὑπείδετο στρατὸν
Κρέων τὸν ἐνθένδ', ἰτέαν λαβὼν χερὶ 695
χωρεῖ πρὶν ἐλθεῖν ξυμμάχοις δυσθυμίαν.
καὶ μὴν τὰ Θησέως γ' οὐκ ὄκνωι διεφθάρη,
ἀλλ' ἵετ' εὐθὺς λάμπρ' ἀναρπάσας ὅπλα.
κἀς μέσον ἅπαντα συμπατάξαντες στρατὸν
ἔκτεινον ἐκτείνοντο καὶ παρηγγύων 700
κελευσμὸν ἀλλήλοισι σὺν πολλῆι βοῆι·
Θεῖν'· Ἀντέρειδε τοῖς Ἐρεχθείδαις δόρυ.
λόχος δ' ὀδόντων ὄφεος ἐξηνδρωμένος
δεινὸς παλαιστὴς ἦν· ἔκλινε γὰρ κέρας
τὸ λαιὸν ἡμῶν· δεξιοῦ δ' ἡσσώμενον 705
φεύγει τὸ κείνων· ἦν δ' ἀγὼν ἰσόρροπος.
κἀν τῶιδε τὸν στρατηγὸν αἰνέσαι παρῆν·
οὐ γὰρ τὸ νικῶν τοῦτ' ἐκέρδαινεν μόνον
ἀλλ' ὤιχετ' ἐς τὸ κάμνον οἰκείου στρατοῦ.
ἔρρηξε δ' αὐδὴν ὥσθ' ὑπηχῆσαι χθόνα· 710
Ὦ παῖδες, εἰ μὴ σχήσετε στερρὸν δόρυ
σπαρτῶν τόδ' ἀνδρῶν, οἴχεται τὰ Παλλάδος.
θάρσος δ' ἐνῶρσε παντὶ Κραναϊδῶν στρατῶι.
αὐτός θ' ὅπλισμα τοὐπιδαύριον λαβὼν
δεινῆς κορύνης διαφέρων ἐσφενδόνα 715
ὁμοῦ τραχήλους κἀπικειμένας κάραι
κυνέας θερίζων κἀποκαυλίζων ξύλωι.
μόλις δέ πως ἔτρεψαν ἐς φυγὴν πόδα.
ἐγὼ δ' ἀνηλάλαξα κἀνωρχησάμην
κἄκρουσα χεῖρας. οἱ δ' ἔτεινον ἐς πύλας. 720
βοὴ δὲ καὶ κωκυτὸς ἦν ἀνὰ πτόλιν
νέων γερόντων ἱερά τ' ἐξεπίμπλασαν
φόβωι. παρὸν δὲ τειχέων ἔσω μολεῖν
Θησεὺς ἐπέσχεν· οὐ γὰρ ὡς πέρσων πόλιν
μολεῖν ἔφασκεν ἀλλ' ἀπαιτήσων νεκρούς. 725
τοιόνδε τοι στρατηγὸν αἱρεῖσθαι χρεών,
ὃς ἔν τε τοῖς δεινοῖσίν ἐστιν ἄλκιμος

e na ruína do carro perdendo a vida.
Ao suspeitar que venceria a cavalaria
daqui, Creonte, com escudo no braço, 695
avança antes do desânimo de aliados.
Já Teseu não se perde em hesitação,
mas saltou já com brilhantes armas.
Colidiram todo o exército no meio,
matavam, morriam, e transmitiam 700
o comando uns aos outros aos gritos:
"Fere!" — "Finca lança em Erectidas!"
A tropa saída dos dentes da serpente
era terrível na pugna; declinava a ala
esquerda nossa, mas batidos da destra 705
fugiam os deles. A luta era indecisa.
Pôde-se, então, aprovar o estratego,
que não somente logrou essa vitória,
mas foi à ala fatigada do exército
e rompeu voz que ecoasse a terra: 710
"Ó filhos, se não detiverdes a força
dos varões semeados, vai-se Palas."
Deu ardor a toda a tropa de Crânao.
Ele mesmo pega arma de Epidauro,
terrível clava, vibrando qual funda, 715
ceifando pescoços e decepando rente
elmos sobre crânios com esse lenho.
Arduamente puseram o pé em fuga.
Eu lancei alaridos, dancei de alegria
e bati palmas. Eles afluíam às portas. 720
Gritos e lamúrias se ouviam pela urbe,
de jovens, de velhos; lotavam templos
de pavor. Podendo entrar pelos muros,
Teseu se deteve; não para pilhar a urbe
dizia ele ir, mas para reclamar mortos. 725
Tal estratego é preciso que se escolha,
ele entre os perigos se mantém valente

μισεῖ θ' ὑβριστὴν λαόν, ὃς πράσσων καλῶς
ἐς ἄκρα βῆναι κλιμάκων ἐνήλατα
ζητῶν ἀπώλεσ' ὄλβον ὧι χρῆσθαι παρῆν. 730

ΧΟΡΟΣ

νῦν τήνδ' ἄελπτον ἡμέραν ἰδοῦσ' ἐγὼ
θεοὺς νομίζω καὶ δοκῶ τὰς συμφορὰς
ἔχειν ἐλάσσους τῶνδε τεισάντων δίκην.

ΑΔΡΑΣΤΟΣ

ὦ Ζεῦ, τί δῆτα τοὺς ταλαιπώρους βροτοὺς
φρονεῖν λέγουσι; σοῦ γὰρ ἐξηρτήμεθα 735
δρῶμέν τε τοιαῦθ' ἃν σὺ τυγχάνῃς θέλων.
ἡμῖν γὰρ ἦν τό τ' Ἄργος οὐχ ὑποστατὸν
αὐτοί τε πολλοὶ καὶ νέοι βραχίοσιν.
Ἐτεοκλέους δὲ σύμβασιν ποιουμένου,
μέτρια θέλοντος, οὐκ ἐχρῄζομεν λαβεῖν, 740
κἄπειτ' ἀπωλόμεσθ'· ὁ δ' αὖ τότ' εὐτυχής,
λαβὼν πένης ὣς ἀρτίπλουτα χρήματα,
ὕβριζ', ὑβρίζων τ' αὖθις ἀνταπώλετο
Κάδμου κακόφρων λαός. ὦ κενοὶ βροτῶν,
†οἳ τόξον ἐντείνοντες τοῦ καιροῦ πέρα† 745
καὶ πρὸς δίκης γε πολλὰ πάσχοντες κακὰ
φίλοις μὲν οὐ πείθεσθε, τοῖς δὲ πράγμασιν·
πόλεις τ', ἔχουσαι διὰ λόγου κάμψαι κακά,
φόνωι καθαιρεῖσθ' οὐ λόγωι τὰ πράγματα.
ἀτὰρ τί ταῦτα; κεῖνο βούλομαι μαθεῖν, 750
πῶς ἐξεσώθης· εἶτα τἄλλ' ἐρήσομαι.

ΑΓΓΕΛΟΣ

ἐπεὶ ταραγμὸς πόλιν ἐκίνησεν δορός,
πύλας διῆλθον ᾗπερ εἰσῄει στρατός.

ΑΔΡΑΣΤΟΣ

ὧν δ' οὕνεχ' ἁγὼν ἦν νεκροὺς κομίζετε;

e odeia gente soberba que ao prosperar
querendo galgar os degraus até o topo
perde a prosperidade que poderia fruir. 730

CORO

Agora que vejo este dia não esperado,
considero os Deuses e creio ter menos
má sorte porque pagam pena de justiça.

ADRASTO

Ó Zeus, por que dizem serem prudentes
os míseros mortais? Pois por ti erramos 735
e fazemos tal qual tu por sorte consintas,
pois para nós Argos era não-resistível
e nós mesmos, muitos e jovens braços.
Quando Etéocles fazia a convenção
e era moderado, não quisemos aceitar 740
e aí sucumbimos. Aliás, teve boa sorte,
qual pobre quando tem recente riqueza
transgride e transgressor tem sua ruína,
maligno povo de Cadmo. Vãos mortais,
vós, que estendeis o arco além da meta 745
e perante justiça padeceis muitos males,
nos amigos não confiais, mas nos fatos!
Urbes, se pela palavra venceríeis males,
vós agis pela matança, não pela palavra.
Mas isso a que vem? Quero saber isto: 750
como te salvaste? Depois inquiro mais.

MENSAGEIRO

Quando o tumulto de lança moveu a urbe,
cruzei as portas por onde a tropa entrava.

CORO

Trazeis os mortos por que era o combate?

ΑΓΓΕΛΟΣ

ὅσοι γε κλεινοῖς ἔπτ' ἐφέστασαν λόχοις. 755

ΑΔΡΑΣΤΟΣ

πῶς φῄς; ὁ δ' ἄλλος ποῦ κεκμηκότων ὄχλος;

ΑΓΓΕΛΟΣ

τάφωι δέδονται πρὸς Κιθαιρῶνος πτυχαῖς.

ΑΔΡΑΣΤΟΣ

τοὐκεῖθεν ἢ τοὐνθένδε; τίς δ' ἔθαψέ νιν;

ΑΓΓΕΛΟΣ

Θησεύς, σκιώδης ἔνθ' Ἐλευθερὶς πέτρα.

ΑΔΡΑΣΤΟΣ

οὓς δ' οὐκ ἔθαψε ποῦ νεκροὺς ἥκεις λιπών; 760

ΑΓΓΕΛΟΣ

ἐγγύς· πέλας γὰρ πᾶν ὅτι σπουδάζεται.

ΑΔΡΑΣΤΟΣ

ἦ που πικρῶς νιν θέραπες ἦγον ἐκ φόνου;

ΑΓΓΕΛΟΣ

οὐδεὶς ἐπέστη τῶιδε δοῦλος ὢν πόνωι.

ΑΔΡΑΣΤΟΣ

[πῶς εἶπας; Αἰγέως σφ' ὧδ' ἐτίμησεν τέκνον;] [Kovacs]

ΑΓΓΕΛΟΣ

φαίης ἂν εἰ παρῆσθ' ὅτ' ἠγάπα νεκρούς.

ΑΔΡΑΣΤΟΣ

ἔνιψεν αὐτὸς τῶν ταλαιπώρων σφαγάς; 765

MENSAGEIRO

Todos os chefes das sete ínclitas tropas. 755

ADRASTO

Que dizes? Onde estão os outros mortos?

MENSAGEIRO

Tiveram sepultura nos vales do Citéron.

ADRASTO

Deste ou daquele lado? Quem sepultou?

MENSAGEIRO

Teseu, onde é sombria pedra de Elêuteras.

ADRASTO

E os mortos insepultos, onde os deixaste? 760

MENSAGEIRO

Perto, pois tudo é perto, quando se cuida.

ADRASTO

Os servos mal os portavam do massacre?

MENSAGEIRO

Nenhum servo estava presente nessa faina.

ADRASTO

Que dizes? O filho de Egeu assim o honra? [Kovacs]

MENSAGEIRO

Dirias, se presente ao serviço dos mortos.

ADRASTO

Lavou ele mesmo as chagas dos mortos? 765

ΑΓΓΕΛΟΣ

κἄστρωσέ γ' εὐνὰς κἀκάλυψε σώματα.

ΑΔΡΑΣΤΟΣ

δεινὸν μὲν ἦν βάσταγμα κἀισχύνην ἔχον.

ΑΓΓΕΛΟΣ

τί δ' αἰσχρὸν ἀνθρώποισι τἀλλήλων κακά;

ΑΔΡΑΣΤΟΣ

οἴμοι· πόσωι σφιν συνθανεῖν ἂν ἤθελον.

ΑΓΓΕΛΟΣ

ἄκραντ' ὀδύρηι ταῖσδέ τ' ἐξάγεις δάκρυ. 770

ΑΔΡΑΣΤΟΣ

δοκῶ μέν, αὐταί γ' εἰσὶν αἱ διδάσκαλοι.
ἀλλ' εἶμ' ἵν' αἴρω χεῖρ' ἀπαντήσας νεκροῖς
Ἅιδου τε μολπὰς ἐκχέω δακρυρρόους,
φίλους προσαυδῶν ὧν λελειμμένος τάλας
ἔρημα κλαίω. τοῦτο γὰρ μόνον βροτοῖς 775
οὐκ ἔστι τἀνάλωμ' ἀναλωθὲν λαβεῖν,
ψυχὴν βροτείαν· χρημάτων δ' εἰσὶν πόροι.

ΧΟΡΟΣ

τὰ μὲν εὖ, τὰ δὲ δυστυχῆ. Est. 1
πόλει μὲν εὐδοξία
καὶ στρατηλάταις δορὸς 780
διπλάζεται τιμά·
ἐμοὶ δὲ παίδων μὲν εἰσιδεῖν μέλη
πικρόν, καλὸν θέαμα δ' εἴπερ ὄψομαι,
τὰν ἄελπτον ἁμέραν
ἰδοῦσα, πάντων μέγιστον ἄλγος. 785

MENSAGEIRO
Estendeu os leitos e recobriu os corpos.

ADRASTO
Terrível era o fardo e ainda vexaminoso.

MENSAGEIRO
Que vexame nos dão os males comuns?

ADRASTO
Oímoi! Como queria ter morrido com eles!

MENSAGEIRO
Com vãs lamúrias, tu as induzes ao pranto. 770

ADRASTO
Parece-me que elas mesmas são mestras,
mas irei aonde ante os mortos ergo a mão
e verto os pranteados cantares de Hades,
saudando os amigos, sem os quais mísero
a sós pranteio. Os mortais só não têm 775
como resgatar a perda uma vez perdida
a vida mortal, mas das posses têm meios.

[*Terceiro estásimo* (778-793)]

CORO
Ora bem, ora má sorte. Est. 1
Para a urbe a glória
e para estrategos de guerra 780
duplica-se a honra,
mas para mim, ver corpos de filhos
é dor: belo espetáculo, se
ao ver o dia não esperado
eu vir a maior dor de todas. 785

ἄγαμόν μ’ ἔτι δεῦρ’ ἀεὶ — Ant. 1
Χρόνος παλαιὸς πατὴρ
ὤφελ’ ἁμερᾶν κτίσαι.
τί γάρ μ’ ἔδει παίδων;
τί μὲν γὰρ ἤλπιζον ἂν πεπονθέναι — 790
πάθος περισσὸν εἰ γάμων ἀπεζύγην;
νῦν δ’ ὁρῶ σαφέστατον
κακόν, τέκνων φιλτάτων στερεῖσα.

ΧΟΡΟΣ
ἀλλὰ τάδ’ ἤδη σώματα λεύσσω
τῶν οἰχομένων παίδων· μελέα — 795
πῶς ἂν ὀλοίμην σὺν τοῖσδε τέκνοις
κοινὸν ἐς Ἅιδην καταβᾶσα;

ΑΔΡΑΣΤΟΣ
στεναγμόν, ὦ ματέρες, — Est. 2
τῶν κατὰ χθονὸς νεκρῶν
ἀπύσατ’ ἀπύσατ’ ἀντίφων’ ἐμῶν — 800
στεναγμάτων κλύουσαι.

ΧΟΡΟΣ
ὦ παῖδες, ὦ πικρὸν φίλων
προσηγόρημα ματέρων,
προσαυδῶ σε τὸν θανόντα.

ΑΔΡΑΣΤΟΣ
ἰὼ ἰώ.

ΧΟΡΟΣ
τῶν γ’ ἐμῶν κακῶν ἐγώ. — 805

Sempre inupta até hoje — Ant. 1
Tempo, o antigo pai
dos dias, tivesse-me feito!
Por que eu queria ter filhos?
Que dor ímpar esperaria sofrer, — 790
se não fosse o jugo nupcial?
Agora muito claro vejo
o mal, sem os meus filhos.

[*Kommós* (794-836)]

CORO
Mas já contemplo estes corpos
dos finados filhos; mísera, — 795
como eu morreria com estes filhos,
descendo a Hades comum?

ADRASTO
O lamento, ó mães, — Est. 2
por mortos sob a terra,
clamai diante dos meus — 800
lamentos, se os ouvirdes!

CORO
Ó filhos, ó amarga
saudação das mães,
eu te saúdo, a ti, morto!

ADRASTO
Iò iό!

CORO
Por meus males! — 805

ΑΔΡΑΣΤΟΣ

αἰαῖ.

ΧΟΡΟΣ

<μεγάλα δ᾽ αἰάζειν πάρα.> [Kovacs]

ΑΔΡΑΣΤΟΣ

ἐπάθομεν ὤ

ΧΟΡΟΣ

τὰ κύντατ᾽ ἄλγη κακῶν.

ΑΔΡΑΣΤΟΣ

ὦ πόλις Ἀργεία, τὸν ἐμὸν πότμον οὐκ ἐσορᾶτε;

ΧΟΡΟΣ

ὁρῶσι κἀμὲ τὰν τάλαι-
ναν τέκνων ἄπαιδα. 810

ΑΔΡΑΣΤΟΣ

προσάγετ᾽ <ἄγετε> δυσπότμων Ant. 2
σώμαθ᾽ αἱματοσταγῆ,
σφαγέντας οὐκ ἄξι᾽ οὐδ᾽ ὑπ᾽ ἀξίων,
ἐν οἷς ἀγὼν ἐκράνθη.

ΧΟΡΟΣ

δόθ᾽ ὡς περιπτυχαῖσι δὴ 815
χέρας προσαρμόσασ᾽ ἐμοῖς
ἐν ἀγκῶσι τέκνα θῶμαι.

ΑΔΡΑΣΤΟΣ

ἔχεις ἔχεις

ΧΟΡΟΣ

πημάτων γ᾽ ἅλις βάρος.

ADRASTO

Aiaî!

CORO

Há muitos ais a gemer. [Kovacs]

ADRASTO

Sofremos, *ó!*

CORO

O pior dos males!

ADRASTO

Ó urbe argiva, não vedes meu fado?

CORO

Veem-me ainda a mim
mísera sem meus filhos. 810

ADRASTO

Trazei, trazei os corpos Ant. 2
cruentos dos malfadados
iméritos mortos por deméritos
com que se travou combate.

CORO

Dai que, nos abraços 815
meus, enlace e tenha
nos braços os filhos!

ADRASTO

Tens, tens...

CORO

... doloroso fardo!

ΑΔΡΑΣΤΟΣ
αἰαῖ.

ΧΟΡΟΣ
τοῖς τεκοῦσι δ' οὐ λέγεις;

ΑΔΡΑΣΤΟΣ
ἀίετέ μου.

ΧΟΡΟΣ
στένεις ἐπ' ἀμφοῖν ἄχη. 820

ΑΔΡΑΣΤΟΣ
εἴθε με Καδμείων ἔναρον στίχες ἐν κονίαισιν.

ΧΟΡΟΣ
ἐμὸν δὲ μήποτ' ἐζύγη
δέμας ἐς ἀνδρὸς εὐνάν.

ΑΔΡΑΣΤΟΣ
ἴδετε κακῶν πέλαγος, ὦ ματέρες Epodo
τάλαιναι τέκνων. 825

ΧΟΡΟΣ
κατὰ μὲν ὄνυξιν ἠλοκίσμεθ', ἀμφὶ δὲ
σποδὸν κάραι κεχύμεθα.

ΑΔΡΑΣΤΟΣ
ἰὼ ἰώ μοί μοι·
κατά με πέδον γᾶς ἕλοι,
διὰ δὲ θύελλα σπάσαι, 830
πυρός τε φλογμὸς ὁ Διὸς ἐν κάραι πέσοι.

ΧΟΡΟΣ
πικροὺς ἐσεῖδες γάμους,

ADRASTO

Aiaî!

CORO

Não falas aos pais?

ADRASTO

Ouvi-me!

CORO

Gemes dores por ambos nós. 820

ADRASTO

Matassem-me no pó renques de cadmeus!

CORO

Nunca me tivesse jungido
o corpo à cama do marido!

ADRASTO

Vede o pélago de males, Epodo
ó mães míseras dos filhos! 825

CORO

Estamos laceradas de unhas,
vertemos cinza na cabeça.

ADRASTO

Iò ió moí moi!
O chão da terra me tragasse!
A procela me lacerasse! 830
Ígnea flama de Zeus caísse na cabeça!

CORO

Viste amargas núpcias

πικρὰν δὲ Φοίβου φάτιν·
ἐς ἡμᾶς ἁ πολύστονος λιποῦσ' 835
Οἰδιπόδα δώματ' ἦλθ' Ἐρινύς.

ΘΗΣΕΥΣ

μέλλων σ' ἐρωτᾶν †ἡνίκ' ἐξήντλεις στρατῶι 838
γόους ἀφήσω† τοὺς ἐκεῖ μὲν ἐκλιπὼν
εἴασα μύθους, νῦν δ', Ἄδραστ', ἀνιστορῶ· 840
πόθεν ποθ' οἵδε διαπρεπεῖς εὐψυχίαι
θνητῶν ἔφυσαν; εἰπὲ δ' ὡς σοφώτερος
νέοισιν ἀστῶν τῶνδ'· ἐπιστήμων γὰρ εἶ.
εἶδον γὰρ αὐτῶν κρείσσον' ἢ λέξαι λόγωι
τολμήμαθ' οἷς ἤλπιζον αἱρήσειν πόλιν. 845
ἓν δ' οὐκ ἐρήσομαί σε, μὴ γέλωτ' ὄφλω,
ὅτωι ξυνέστη τῶνδ' ἕκαστος ἐν μάχηι
ἢ τραῦμα λόγχης πολεμίων ἐδέξατο.
κενοὶ γὰρ οὗτοι τῶν τ' ἀκουόντων λόγοι
καὶ τοῦ λέγοντος, ὅστις ἐν μάχηι βεβὼς 850
λόγχης ἰούσης πρόσθεν ὀμμάτων πυκνῆς
σαφῶς ἀπήγγειλ' ὅστις ἐστὶν ἁγαθός.
οὐκ ἂν δυναίμην οὔτ' ἐρωτῆσαι τάδε
οὔτ' αὖ πιθέσθαι τοῖσι τολμῶσιν λέγειν·
μόλις γὰρ ἄν τις αὐτὰ τἀναγκαῖ' ὁρᾶν 855
δύναιτ' ἂν ἑστὼς πολεμίοις ἐναντίος.

ΑΔΡΑΣΤΟΣ

ἄκουε δή νυν· καὶ γὰρ οὐκ ἄκοντί μοι
δίδως ἔπαινον ὧν ἔγωγε βούλομαι
φίλων ἀληθῆ καὶ δίκαι' εἰπεῖν πέρι.
ὁρᾶις τὸ λάβρον οὗ βέλος διέπτατο; 860
Καπανεὺς ὅδ' ἐστίν· ὧι βίος μὲν ἦν πολύς,
ἥκιστα δ' ὄλβωι γαῦρος ἦν· φρόνημα δὲ
οὐδέν τι μεῖζον εἶχεν ἢ πένης ἀνήρ,

e amarga voz de Febo.
Veio-nos da casa de Édipo 835
com muitos gemidos Erínis!

[*Quarto episódio* (838-954)]

TESEU

Indo te perguntar, quando vertias prantos 838
pela tropa, desistirei; omiti ao deixar lá
aquelas falas, mas agora, Adrasto, indago: 840
como, afinal, estes mortais por valentia
foram notáveis? Diz, por ser mais sábio,
a estes jovens cidadãos, pois és sabedor!
Pois vi maiores do que dizer por palavra
audácias com que esperavam pilhar a urbe. 845
Não te inquirirei, só para não ser ridículo,
com quem cada um travou o combate
ou recebeu a lesão da lança inimiga.
Vazias são essas palavras, de ouvintes
e de falante que presente no combate, 850
com as lanças frequentes ante os olhos,
anunciasse claramente quem é bravo.
Isso eu não poderia nem te perguntar,
nem, aliás, fiar nos que ousam contar.
A custo poderia ver mesmo o necessário 855
quem se pôs de pé diante dos inimigos.

ADRASTO

Ouve, pois a mim sem coerção me dás
o louvor dos nossos a respeito dos quais
eu quero falar com verdade e com justiça!
Vês quem o dardo violento transpassou? 860
Este é Capaneu, cuja vida era possante,
não era vaidoso de riqueza, soberbia
não tinha mais do que um varão pobre,

φεύγων τραπέζαις ὅστις ἐξογκοῖτ' ἄγαν
τἀρκοῦντ' ἀτίζων· οὐ γὰρ ἐν γαστρὸς βορᾶι 865
τὸ χρηστὸν εἶναι, μέτρια δ' ἐξαρκεῖν ἔφη.
φίλοις τ' ἀληθὴς ἦν φίλος παροῦσί τε
καὶ μὴ παροῦσιν· ὧν ἀριθμὸς οὐ πολύς.
ἀψευδὲς ἦθος, εὐπροσήγορον στόμα,
ἄκρατον οὐδὲν οὔτ' ἐς οἰκέτας ἔχων 870
οὔτ' ἐς πολίτας. τὸν δὲ δεύτερον λέγω
Ἐτέοκλον, ἄλλην χρηστότητ' ἠσκηκότα.
νεανίας ἦν τῶι βίωι μὲν ἐνδεής,
πλείστας δὲ τιμὰς ἔσχ' ἐν Ἀργείαι χθονί.
φίλων δὲ χρυσὸν πολλάκις δωρουμένων 875
οὐκ εἰσεδέξατ' οἶκον ὥστε τοὺς τρόπους
δούλους παρασχεῖν χρημάτων ζευχθεὶς ὕπο.
τοὺς δ' ἐξαμαρτάνοντας οὐχὶ τὴν πόλιν
ἤχθαιρ'· ἐπεί τοι κοὐδὲν αἰτία πόλις
κακῶς κλύουσα διὰ κυβερνήτην κακόν. 880
ὁ δ' αὖ τρίτος τῶνδ' Ἱππομέδων τοιόσδ' ἔφυ·
παῖς ὢν ἐτόλμησ' εὐθὺς οὐ πρὸς ἡδονὰς
Μουσῶν τραπέσθαι πρὸς τὸ μαλθακὸν βίου,
ἀγροὺς δὲ ναίων σκληρὰ τῆι φύσει διδοὺς
ἔχαιρε πρὸς τἀνδρεῖον, ἔς τ' ἄγρας ἰὼν 885
ἵπποις τε χαίρων τόξα τ' ἐντείνων χεροῖν,
πόλει παρασχεῖν σῶμα χρήσιμον θέλων.
ὁ τῆς κυναγοῦ δ' ἄλλος Ἀταλάντης γόνος
παῖς Παρθενοπαῖος, εἶδος ἐξοχώτατος,
Ἀρκὰς μὲν ἦν, ἐλθὼν δ' ἐπ' Ἰνάχου ῥοὰς 890
παιδεύεται κατ' Ἄργος. ἐκτραφεὶς δ' ἐκεῖ
πρῶτον μέν, ὡς χρὴ τοὺς μετοικοῦντας ξένους,
λυπηρὸς οὐκ ἦν οὐδ' ἐπίφθονος πόλει
οὐδ' ἐξεριστὴς τῶν λόγων, ὅθεν βαρὺς
μάλιστ' ἂν εἴη δημότης τε καὶ ξένος. 895
λόχοις δ' ἐνεστὼς ὥσπερ Ἀργεῖος γεγὼς
ἤμυνε χώραι, χὤπότ' εὖ πράσσοι πόλις
ἔχαιρε, λυπρῶς δ' ἔφερεν εἴ τι δυστυχοῖ.

evitava à mesa quem se sacia demais
por desdém do bastante; "não há bem 865
no ventre voraz, módico basta", disse.
Verdadeiro amigo de amigos, presentes
e não presentes, não muito numerosos.
Caráter sem mentira, fácil de tratar,
não descumpria nem com os de casa 870
nem com os da urbe. Depois nomeio
Etéoclo, treinado em outra presteza.
Jovem era na vida ainda incompleto,
mas obteve muitas honras em Argos.
Amigos muitas vezes doando ouro 875
não aceitou em casa de modo a ter
modos servis, submisso ao dinheiro.
Odiava os que erram, nunca a urbe,
porque de fato a urbe não é a causa
se malvista por conta de mau piloto. 880
O terceiro deles, este Hipomedonte
jovem ainda ousou já não se voltar
ao gozo de Musas, ao fofo da vida,
mas morador do campo tinha prazer
de ser varão austero, de ir a caçadas, 885
gostava de cavalo e de armar o arco,
querendo prestar os préstimos à urbe.
O outro, prole da caçadora Atalanta,
Partenopeu, jovem o mais formoso,
era árcade, e ao ir às águas de Ínaco 890
cresceu em Argos. Aí criado, primeiro,
como devem ser estrangeiros residentes,
não era opressivo, nem negativo à urbe,
nem litigante de palavras onde máxime
o nativo e o estrangeiro seriam opressivos. 895
Integrado às tropas tal qual argivo nativo,
defendeu o lugar, e se a urbe estava bem,
alegrava-se, e entristecia, se em má sorte.

πολλοὺς δ' ἐραστὰς κἀπὸ θηλειῶν †ὅσας†
ἔχων ἐφρούρει μηδὲν ἐξαμαρτάνειν. 900
Τυδέως δ' ἔπαινον ἐν βραχεῖ θήσω μέγαν·
[οὐκ ἐν λόγοις ἦν λαμπρὸς ἀλλ' ἐν ἀσπίδι
δεινὸς σοφιστὴς πολλά τ' ἐξευρεῖν σοφά.
γνώμηι δ' ἀδελφοῦ Μελεάγρου λελειμμένος
ἴσον παρέσχεν ὄνομα διὰ τέχνης δορός, 905
εὑρὼν ἀκριβῆ μουσικὴν ἐν ἀσπίδι.]
φιλότιμον ἦθος πλούσιον, φρόνημα δὲ
ἐν τοῖσιν ἔργοις οὐχὶ τοῖς λόγοις ἴσον.
ἐκ τῶνδε μὴ θαύμαζε τῶν εἰρημένων,
Θησεῦ, πρὸ πύργων τούσδε τολμῆσαι θανεῖν. 910
τὸ γὰρ τραφῆναι μὴ κακῶς αἰδῶ φέρει·
αἰσχύνεται δὲ τἀγάθ' ἀσκήσας ἀνὴρ
κακὸς γενέσθαι πᾶς τις. ἡ δ' εὐανδρία
διδακτόν, εἴπερ καὶ βρέφος διδάσκεται
λέγειν ἀκούειν θ' ὧν μάθησιν οὐκ ἔχει. 915
ἃ δ' ἂν μάθηι τις, ταῦτα σώιζεσθαι φιλεῖ
πρὸς γῆρας. οὕτω παῖδας εὖ παιδεύετε.

ΧΟΡΟΣ

ἰὼ τέκνον, δυστυχῆ
σ' ἔτρεφον ἔφερον ὑφ' ἥπατος
πόνους ἐνεγκοῦσ' ἐν ὠδῖσι· καὶ 920
νῦν τὸν ἐμὸν Ἀίδας
ἔχει μόχθον ἀθλίας,
ἐγὼ δὲ γηροβοσκὸν οὐκ ἔχω, τεκοῦσ'
ἁ τάλαινα παῖδα.

ΘΗΣΕΥΣ

καὶ μὴν τὸν Οἰκλέους γε γενναῖον τόκον 925
θεοὶ ζῶντ' ἀναρπάσαντες ἐς μυχοὺς χθονὸς
αὐτοῖς τεθρίπποις εὐλογοῦσιν ἐμφανῶς.
τὸν Οἰδίπου δὲ παῖδα, Πολυνείκη λέγω,
ἡμεῖς ἐπαινέσαντες οὐ ψευδοίμεθ' ἄν.

Por ter muitos amantes e tantas mulheres
precavia-se de incorrer em qualquer erro. 900
Grande elogio de Tideu farei sendo breve:
não era brilhante orador, mas com escudo,
terrível sofista, inventor de muita destreza.
Superado em saber por seu irmão Meleagro,
conquistou igual renome na arte da lança, 905
inventor da verdadeira música do escudo.
Honrado era o rico caráter, o pensamento
estava mais nas ações do que nas palavras.
Por essas indicações, Teseu, não admires
que ousassem morrer defronte das torres. 910
A educação, se não é má, confere pudor;
todo homem bem-educado tem vergonha
de se tornar mau. O bom valor do varão
é aprendido, se desde criança aprende
falar e ouvir o de que não tem ciência. 915
O que se aprende quer ser conservado
para a velhice. Filhos assim bem criai!

CORO

Ió, filho! Com má sorte
te criava, trazia sob o fígado
e sofri as dores do parto. 920
Agora Hades tem o meu
fruto da fadiga, que mísera!
Não tenho sustento da velhice,
por ser a mísera mãe do filho.

TESEU

Os Deuses, ao raptarem vivo o nobre 925
filho de Écles para o fundo da terra
com a quadriga, fazem claro elogio.
O filho de Édipo, digo, Polinices,
se o louvássemos, não mentiríamos.

ξένος γὰρ ἦν μοι πρὶν λιπὼν Κάδμου πόλιν 930
φυγῆι πρὸς Ἄργος διαβαλεῖν αὐθαιρέτωι.
ἀλλ' οἶσθ' ὃ δρᾶν σε βούλομαι τούτων πέρι;

ΑΔΡΑΣΤΟΣ

οὐκ οἶδα πλὴν ἕν, σοῖσι πείθεσθαι λόγοις.

ΘΗΣΕΥΣ

τὸν μὲν Διὸς πληγέντα Καπανέα πυρὶ

ΑΔΡΑΣΤΟΣ

ἦ χωρὶς ἱερὸν ὡς νεκρὸν θάψαι θέλεις; 935

ΘΗΣΕΥΣ

ναί· τοὺς δέ γ' ἄλλους πάντας ἐν μιᾶι πυρᾶι.

ΑΔΡΑΣΤΟΣ

ποῦ δῆτα θήσεις μνῆμα τῶιδε χωρίσας;

ΘΗΣΕΥΣ

αὐτοῦ παρ' οἴκους τούσδε συμπήξας τάφον.

ΑΔΡΑΣΤΟΣ

οὗτος μὲν ἤδη δμωσὶν ἂν μέλοι πόνος.

ΘΗΣΕΥΣ

ἡμῖν δέ γ' οἵδε· στειχέτω δ' ἄχθη νεκρῶν. 940

ΑΔΡΑΣΤΟΣ

ἴτ', ὦ τάλαιναι μητέρες, τέκνων πέλας.

ΘΗΣΕΥΣ

ἥκιστ', Ἄδραστε, τοῦτο πρόσφορον λέγεις.

Era meu hóspede, antes de ir ao exílio 930
voluntário da urbe de Cadmo a Argos.
Sobre isso, sabes o que te peço faças?

ADRASTO

Não sei senão atender a tuas palavras.

TESEU

Capaneu, golpeado por raio de Zeus...

ADRASTO

Sepultarás à parte, qual morto sagrado? 935

TESEU

Sim, e todos os outros numa única pira.

ADRASTO

Onde é que porás à parte o túmulo dele?

TESEU

Aqui, perto da casa, construída a tumba.

ADRASTO

Esse cuidado já competiria aos servos.

TESEU

E estes, a nós. Transportem os mortos! 940

ADRASTO

Ide, ó míseras mães, perto dos filhos!

TESEU

Adrasto, menos conveniente o dizes.

ΑΔΡΑΣΤΟΣ

πῶς; τὰς τεκούσας οὐ χρεὼν ψαῦσαι τέκνων;

ΘΗΣΕΥΣ

ὄλοιντ᾽ ἰδοῦσαι τούσδ᾽ ἂν ἠλλοιωμένους.

ΑΔΡΑΣΤΟΣ

πικρὰ γὰρ ὄψις αἷμα κὠτειλαὶ νεκρῶν. 945

ΘΗΣΕΥΣ

τί δῆτα λύπην ταῖσδε προσθεῖναι θέλεις;

ΑΔΡΑΣΤΟΣ

νικᾷς. μένειν χρὴ τλημόνως· λέγει γὰρ εὖ
Θησεύς. ὅταν δὲ τούσδε προσθῶμεν πυρί,
ὀστᾶ προσάξεσθ᾽. ὦ ταλαίπωροι βροτῶν,
τί κτᾶσθε λόγχας καὶ κατ᾽ ἀλλήλων φόνους 950
τίθεσθε; παύσασθ᾽, ἀλλὰ λήξαντες πόνων
ἄστη φυλάσσεθ᾽ ἥσυχοι μεθ᾽ ἡσύχων.
σμικρὸν τὸ χρῆμα τοῦ βίου· τοῦτον δὲ χρὴ
ὡς ῥᾷστα καὶ μὴ σὺν πόνοις διεκπερᾶν.

ΧΟΡΟΣ

οὐκέτ᾽ εὔτεκνος, οὐκέτ᾽ εὔ- Est.
παις, οὐδ᾽ εὐτυχίας μέτε- 956
στίν μοι κουροτόκοις ἐν Ἀργείαις·
οὐδ᾽ Ἄρτεμις λοχία
προσφθέγξαιτ᾽ ἂν τὰς ἀτέκνους.
δυσαίων δ᾽ ὁ βίος, 960
πλαγκτὰ δ᾽ ὡσεί τις νεφέλα
πνευμάτων ὕπο δυσχίμων ἀίσσω.

ADRASTO
Como? Não devem mães tocar filhos?

TESEU
Pereceriam, se os vissem desfigurados.

ADRASTO
Punge ver sangue e chagas de mortos. 945

TESEU
Por que lhes queres impor essa dor?

ADRASTO
Vences. É preciso ser firme. Teseu
diz bem. Depois de expostos ao fogo,
levareis os ossos. Ó míseros mortais,
por que tendes lanças e uns aos outros 950
vos matais? Cessai! Findos os males,
guardai cidades quietos com quietos!
Breve é o curso da vida, tem que ser
mais fácil e não difícil o seu percurso.

[*Quarto estásimo* (955-79)]

CORO
Não mais com boa cria, não mais com boa Est.
prole, não mais com boa sorte 956
estou entre argivas mães de jovens,
nem Ártemis parteira
interpelaria as sem prole.
Mal vivida é a vida, 960
errante como nuvem
vou sob ásperos ventos.

ἑπτὰ ματέρες ἑπτὰ κού- Ant.
ρους ἐγεινάμεθ' αἱ ταλαί-
πωροι κλεινοτάτους ἐν Ἀργείοις· 965
καὶ νῦν ἄπαις ἄτεκνος
γηράσκω δυστανοτάτως,
†οὔτ' ἐν φθιμένοισιν
οὔτ' ἐν ζωοῖσιν ἀριθμουμένη†,
χωρὶς δή τινα τῶνδ' ἔχουσα μοῖραν. 970

ὑπολελειμμένα μοι δάκρυα· Epodo
μέλεα παιδὸς ἐν οἴκοις
κεῖται μνήματα, πένθιμοι
κουραὶ κἀστέφανοι κόμαι
<λοιβαί τε νεκύων φθιμένων>
ἀοιδαί θ' ἃς χρυσοκόμας 975
Ἀπόλλων οὐκ ἐνδέχεται·
γόοισι δ' ὀρθρευομένα
δάκρυσι νοτερὸν ἀεὶ πέπλων
πρὸς στέρνωι πτύχα τέγξω.

ΧΟΡΟΣ

καὶ μὴν θαλάμας τάσδ' ἐσορῶ δὴ 980
Καπανέως ἤδη τύμβον θ' ἱερὸν
μελάθρων τ' ἐκτὸς
Θησέως ἀναθήματα νεκροῖς,
κλεινήν τ' ἄλοχον τοῦ καπφθιμένου
τοῦδε κεραυνῶι πέλας Εὐάδνην, 985
ἣν Ἶφις ἄναξ παῖδα φυτεύει.
τί ποτ' αἰθερίαν ἕστηκε πέτραν
ἣ τῶνδε δόμων ὑπερακρίζει,
τήνδ' ἐμβαίνουσα κέλευθον;

Somos as sete mães dos sete filhos — Ant.
nós míseras, que geramos
os mais ínclitos entre argivos. — 965
Agora sem crias nem filhos,
envelheço miserável.
Nem entre os finados
nem entre os vivos conto
com minha parte sem eles. — 970

O restante são lágrimas, — Epodo
tristes tumbas do filho
jazem nas casas, lúgubres
cortes, cabelos sem coroas,
ofertas de mortos finados,
cantigas que não acolhe — 975
Apolo de áureos cabelos.
Alvorecendo em lamúrias
molho de pranto a dobra
úmida do manto no peito.

[*Quinto episódio* (980-1122)]

CORO
Avisto lá esta câmara — 980
e sacra tumba de Capaneu
e fora do palácio
as ofertas de Teseu aos mortos
e perto a ínclita esposa deste
morto pelo raio, Evadne, — 985
a filha do rei Ífis.
Por que está no alto da pedra
que acima desta casa domina,
e vai por esse caminho?

ΕΥΑΔΝΗ

τί φέγγος, τίν' αἴγλαν   Est.
ἐδίφρευε τόθ' ἅλιος   991
σελάνα τε κατ' αἰθέρα
†λαμπάδ' ἵν' ὠκυθόαι νύμφαι
ἱππεύουσι δι' ὀρφναίας†,
ἀνίκα <   > γάμων   995
τῶν ἐμῶν πόλις Ἄργους
ἀοιδαῖς εὐδαιμονίας
ἐπύργωσε καὶ γαμέτα
χαλκεοτευχέος Καπανέως;
πρὸς δ' ἔβαν δρομὰς ἐξ ἐμῶν   1000
οἴκων ἐκβακχευσαμένα
πυρᾶς φῶς τάφον τε
ματεύουσα τὸν αὐτόν,
ἔμμοχθον καταλύσουσ'
ἐς Ἅιδαν   1004
βίοτον αἰῶνός τε πόνους·   1005
ἥδιστος γάρ τοι θάνατος
συνθνήισκειν θνήισκουσι φίλοις,
εἰ δαίμων τάδε κραίνοι.

ΧΟΡΟΣ

καὶ μὴν ὁρᾶις τήνδ' ἧς ἐφέστηκας πέλας
πυράν, Διὸς θησαυρόν, ἔνθ' ἔνεστι σὸς   1010
πόσις, δαμασθεὶς λαμπάσιν κεραυνίοις.

ΕΥΑΔΝΗ

ὁρῶ δὴ τελευτὰν   Ant.
ἵν' ἕστακα· τύχα δέ μοι
ξυνάπτοι ποδὸς ἅλματι
†εὐκλείας χάριν ἔνθεν ὁρ-   1015
μάσω τᾶσδ' ἀπὸ πέτρας
πηδήσασα πυρὸς ἔσω†   1018
σῶμά τ' αἴθοπι φλογμῶι

EVADNE

Que luz, que brilho, Est.
Sol outrora dirigia, 991
e Lua, no céu, clarão
no qual ninfas velozes
cavalgam pelas trevas,
quando a urbe de Argos 995
com hinos fortaleceu
o bom Nume das núpcias
minhas e de meu marido
Capaneu munido de bronze?
Saí de casa correndo, 1000
como se debacasse,
a buscar a luz da pira,
e a mesma sepultura,
para romper em Hades
a vida fadigosa 1004
e as fadigas da vida. 1005
Seria a mais doce morte
morrer com meus mortos,
se o Nume assim fizesse.

CORO

Vês perto de ti essa pira,
tesouro de Zeus, onde está 1010
teu marido, morto por raio.

EVADNE

Vejo, sim, o termo Ant.
onde estou. Ate-me
a sorte ao pulo do pé!
Assim por bela glória 1015
partirei desta pedra,
pulando no fogo 1018
e no ígneo calor

πόσει συμμείξασα φίλωι, 1020
χρῶτα χροῒ πέλας θεμένα,
Φερσεφόνας ἥξω θαλάμους,
σὲ τὸν θανόντ' οὔποτ' ἐμᾶι
προδοῦσα ψυχᾶι κατὰ γᾶς.
ἴτω φῶς γάμοι τε· 1025
†εἴθε τινὲς εὐναὶ†
δικαίων ὑμεναίων
ἐν Ἄργει
†φανῶσι τέκνοισιν
ὁ σὸς δ'† εὐναῖος γαμέτας 1028
συντηχθεὶς αὔραις ἀδόλοις
γενναίας ἀλόχοιο. 1030

ΧΟΡΟΣ

καὶ μὴν ὅδ' αὐτὸς σὸς πατὴρ βαίνει πέλας
γεραιὸς Ἶφις ἐς νεωτέρους λόγους,
οὓς οὐ κατειδὼς πρόσθεν ἀλγήσει κλύων.

ΙΦΙΣ

ὦ δυστάλαιναι, δυστάλας δ' ἐγὼ γέρων,
ἥκω διπλοῦν πένθημ' ὁμαιμόνων ἔχων, 1035
τὸν μὲν θανόντα παῖδα Καδμείων δορὶ
Ἐτέοκλον ἐς γῆν πατρίδα ναυσθλώσων νεκρὸν
ζητῶν τ' ἐμὴν παῖδ', ἣ δόμων ἐξώπιος
βέβηκε πηδήσασα Καπανέως δάμαρ,
θανεῖν ἐρῶσα σὺν πόσει. χρόνον μὲν οὖν 1040
τὸν πρόσθ' ἐφρουρεῖτ' ἐν δόμοις· ἐπεὶ δ' ἐγὼ
φυλακὰς ἀνῆκα τοῖς παρεστῶσιν κακοῖς,
βέβηκεν. ἀλλὰ τῆιδέ νιν δοξάζομεν
μάλιστ' ἂν εἶναι. φράζετ' εἰ κατείδετε.

ΕΥΑΔΝΗ

τί τάσδ' ἐρωτᾶις; ἥδ' ἐγὼ πέτρας ἔπι 1045

unida a meu marido 1020
com a pele junto à pele
irei ao leito de Perséfone
por não te trair em vida
a ti, morto, sob a terra.
Sigam luz e núpcias! 1025
Brilhem os leitos
de justos himeneus
argivos
nos filhos
e teu marido amado 1028
unido às auras sem dolo
da nobre esposa! 1030

CORO

Olha! Ele mesmo teu pai se aproxima,
o velho Ífis vem às mais novas falas.
Antes não sabia; se as ouvir, sofrerá.

ÍFIS

Ó míseras mulheres, eu mísero velho
venho com dupla dor por consanguíneos, 1035
o filho morto por lança dos cadmeus,
Etéoclo, para levar de navio à pátria,
e em busca de minha filha, a esposa
de Capaneu, a qual saiu de casa súbito
querendo morrer com o marido, pois 1040
antes era vigiada em casa, e quando
relaxei a guarda nos presentes males,
saiu. Mas somos da opinião de que
talvez esteja aqui. Dizei, se a vistes!

EVADNE

Que lhes indagas? Eis-me nesta pedra 1045

ὄρνις τις ὡσεὶ Καπανέως ὑπὲρ πυρᾶς
δύστηνον αἰώρημα κουφίζω, πάτερ.

ΙΦΙΣ

τέκνον, τίς αὔρα; τίς στόλος; τίνος χάριν
δόμων ὑπεκβᾶσ' ἦλθες ἐς τήνδε χθόνα;

ΕΥΑΔΝΗ

ὀργὴν λάβοις ἂν τῶν ἐμῶν βουλευμάτων 1050
κλύων· ἀκοῦσαι δ' οὔ σε βούλομαι, πάτερ.

ΙΦΙΣ

τί δ'; οὐ δίκαιον πατέρα τὸν σὸν εἰδέναι;

ΕΥΑΔΝΗ

κριτὴς ἂν εἴης οὐ σοφὸς γνώμης ἐμῆς.

ΙΦΙΣ

σκευῆι δὲ τῆιδε τοῦ χάριν κοσμεῖς δέμας;

ΕΥΑΔΝΗ

θέλει τι κλεινὸν οὗτος ὁ στολμός, πάτερ. 1055

ΙΦΙΣ

ὡς οὐκ ἐπ' ἀνδρὶ πένθιμος πρέπεις ὁρᾶν.

ΕΥΑΔΝΗ

ἐς γάρ τι πρᾶγμα νεοχμὸν ἐσκευάσμεθα.

ΙΦΙΣ

κἄπειτα τύμβωι καὶ πυρᾶι φαίνηι πέλας;

ΕΥΑΔΝΗ

ἐνταῦθα γὰρ δὴ καλλίνικος ἔρχομαι.

qual pássaro sobre a pira de Capaneu,
mísera, em suspensão, levito, ó pai!

ÍFIS

Ó filha, que vento? Que viagem? Por
que saíste de casa e vieste a este solo?

EVADNE

Terias raiva dos meus pensamentos 1050
se ouvisses. Não quero que ouças, pai!

ÍFIS

Por quê? Não é justo que teu pai saiba?

EVADNE

Serias juiz inábil do meu sentimento.

ÍFIS

Por que te adornas com essa veste?

EVADNE

Esta veste permite algo ínclito, pai. 1055

ÍFIS

Não pareces portar luto de marido.

EVADNE

Vesti-me para uma situação nova.

ÍFIS

Então compareces à tumba e à pira?

EVADNE

Por aqui caminho com bela vitória.

ΙΦΙΣ

νικῶσα νίκην τίνα; μαθεῖν χρῄζω σέθεν. 1060

ΕΥΑΔΝΗ

πάσας γυναῖκας ἃς δέδορκεν ἥλιος.

ΙΦΙΣ

ἔργοις Ἀθάνας ἢ φρενῶν εὐβουλίαι;

ΕΥΑΔΝΗ

ἀρετῆι· πόσει γὰρ συνθανοῦσα κείσομαι.

ΙΦΙΣ

τί φῄς; τί τοῦτ' αἴνιγμα σημαίνει σαθρόν;

ΕΥΑΔΝΗ

ἄισσω θανόντος Καπανέως τήνδ' ἐς πυράν. 1065

ΙΦΙΣ

ὦ θύγατερ, οὐ μὴ μῦθον ἐς πολλοὺς ἐρεῖς;

ΕΥΑΔΝΗ

τοῦτ' αὐτὸ χρῄζω, πάντας Ἀργείους μαθεῖν.

ΙΦΙΣ

ἀλλ' οὐδέ τοι σοὶ πείσομαι δρώσηι τάδε.

ΕΥΑΔΝΗ

ὅμοιον· οὐ γὰρ μὴ κίχηις μ' ἑλὼν χερί.
καὶ δὴ παρεῖται σῶμα, σοὶ μὲν οὐ φίλον, 1070
ἡμῖν δὲ καὶ τῶι συμπυρουμένωι πόσει.

ΧΟΡΟΣ

ἰώ,
γύναι, δεινὸν ἔργον ἐξειργάσω. 1072

ÍFIS
O que venceste? Quero saber de ti. 1060

EVADNE
Todas as mulheres que o Sol viu.

ÍFIS
Por ações de Atena ou por prudência?

EVADNE
Por bem. Jazerei com o marido morta.

ÍFIS
Que dizes? O que diz esse mau enigma?

EVADNE
Eu salto nesta pira de Capaneu morto. 1065

ÍFIS
Ó filha, não digas a palavra ao povo!

EVADNE
Quero que o saibam todos os argivos!

ÍFIS
Mas eu não suportarei que tu o faças!

EVADNE
Não importa, não podes me pegar.
Assim solto o corpo; não te é grato, 1070
mas é a mim e ao abrasado marido.

CORO
Ió!
Mulher, que terrível feito fizeste! 1072

ΙΦΙΣ

ἀπωλόμην δύστηνος, Ἀργείων κόραι.

ΧΟΡΟΣ

ἒ ἔ,
σχέτλια τάδε παθών, 1074
τὸ πάντολμον ἔργον ὄψηι τάλας; 1075

ΙΦΙΣ

οὐκ ἄν τιν' εὕροιτ' ἄλλον ἀθλιώτερον.

ΧΟΡΟΣ

ἰὼ τάλας·
μετέλαχες τύχας Οἰδιπόδα, γέρον,
μέρος καὶ σὺ <καὶ> πόλις ἐμὰ τλάμων.

ΙΦΙΣ

οἴμοι· τί δὴ βροτοῖσιν οὐκ ἔστιν τόδε, 1080
νέους δὶς εἶναι καὶ γέροντας αὖ πάλιν;
ἀλλ' ἐν δόμοις μὲν ἥν τι μὴ καλῶς ἔχηι
γνώμαισιν ὑστέραισιν ἐξορθούμεθα,
αἰῶνα δ' οὐκ ἔξεστιν. εἰ δ' ἦμεν νέοι
δὶς καὶ γέροντες, εἴ τις ἐξημάρτανεν 1085
διπλοῦ βίου λαχόντες ἐξωρθούμεθ' ἄν.
ἐγὼ γὰρ ἄλλους εἰσορῶν τεκνουμένους
παίδων ἐραστὴς ἦ πόθωι τ' ἀπωλλύμην.
εἰ δ' ἐς τόδ' ἦλθον κἀξεπειράθην †τέκνων†
οἷον στέρεσθαι πατέρα γίγνεται τέκνων, 1090
οὐκ ἄν ποτ' ἐς τόδ' ἦλθον εἰς ὃ νῦν κακόν.
[ὅστις φυτεύσας καὶ νεανίαν τεκὼν
ἄριστον εἶτα τοῦδε νῦν στερίσκομαι.]
εἶἑν· τί δὴ χρὴ τὸν ταλαίπωρόν με δρᾶν;
στείχειν πρὸς οἴκους; κἆιτ' ἐρημίαν ἴδω 1095
πολλὴν μελάθρων ἀπορίαν τ' ἐμῶι βίωι;
ἢ πρὸς μέλαθρα τοῦδε Καπανέως μόλω;

ÍFIS

Eu morro mísero, filhas de argivos!

CORO

È é!

Sofredor destas misérias, 1074

verás mísero o ato audaz? 1075

ÍFIS

Não se veria nada mais mísero.

CORO

Ió, mísero!

Compartilhais da sorte de Édipo,

velho, tu e minha sofrida urbe!

ÍFIS

Oímoi! Por que mortais não podem ser 1080

jovens duas vezes e velhos outra vez?

Em casa, sim, se algo não está bem,

corrigimos com opiniões posteriores,

mas, na vida, não. Se fôssemos jovens

e velhos duas vezes, se houvesse erro, 1085

munidos de duas vidas, corrigiríamos.

Eu, ao observar outros criarem filhos,

tive paixão por filhos e queria tê-los.

Se eu tivesse vindo até aqui e sabido,

como acontece o pai perder os filhos, 1090

não chegaria nunca a este mal hoje

eu, que fui pai e genitor de exímio

filho e dele agora então sou tolhido.

Seja! O que devo eu mísero fazer?

Ir para casa? Para ver muita solidão 1095

em casa e o impasse em minha vida?

Ou ir para o palácio deste Capaneu?

ἥδιστα πρίν γε δῆθ' ὅτ' ἦν παῖς ἥδε μοι.
ἀλλ' οὐκέτ' ἔστιν, ἥ γ' ἐμὴν γενειάδα
προσῆγετ' αἰεὶ στόματι καὶ κάρα τόδε 1100
κατεῖχε χερσίν. οὐδὲν ἥδιον πατρὶ
γέροντι θυγατρός· ἀρσένων δὲ μείζονες
ψυχαί, γλυκεῖαι δ' ἧσσον ἐς θωπεύματα.
οὐχ ὡς τάχιστα δῆτά μ' ἄξετ' ἐς δόμους
σκότωι τε δώσετ', ἔνθ' ἀσιτίαις ἐμὸν 1105
δέμας γεραιὸν συντακεὶς ἀποφθερῶ;
τί μ' ὠφελήσει παιδὸς ὀστέων θιγεῖν;
ὦ δυσπάλαιστον γῆρας, ὡς μισῶ σ' ἔχων,
μισῶ δ' ὅσοι χρήιζουσιν ἐκτείνειν βίον
βρωτοῖσι καὶ ποτοῖσι καὶ μαγεύμασιν 1110
παρεκτρέποντες ὀχετὸν ὥστε μὴ θανεῖν·
οὓς χρῆν, ἐπειδὰν μηδὲν ὠφελῶσι γῆν,
θανόντας ἔρρειν κἀκποδὼν εἶναι νέοις.

ΧΟΡΟΣ

ἰώ·
τάδε δὴ παίδων ἤδη φθιμένων
ὀστᾶ φέρεται. λάβετ', ἀμφίπολοι, 1115
γραίας ἀμενοῦς (οὐ γὰρ ἔνεστιν
ῥώμη παίδων ὑπὸ πένθους)
πολλοῦ τε χρόνου ζώσης μέτρα δὴ
καταλειβομένης τ' ἄλγεσι πολλοῖς.
τί γὰρ ἂν μεῖζον τοῦδ' ἔτι θνητοῖς 1120
πάθος ἐξεύροις
ἢ τέκνα θανόντ' ἐσιδέσθαι;

ΠΑΙΔΕΣ

φέρω φέρω, Est. 1
τάλαινα μᾶτερ, ἐκ πυρᾶς πατρὸς μέλη,

Doce era antes, quando vivia a filha.
Mas não vive mais. Ela sempre trazia
os lábios à minha face, e esta cabeça 1100
nos braços, nada é mais doce ao pai
velho que a filha. Maiores as vidas
de varões, mas menos doces afagos.
Levai-me o mais rápido para casa
e entregai às trevas! Aí consumirei 1105
o velho corpo em jejum e morrerei.
Que me valerá tocar cinzas de filho?
Ó inelutável velhice, que ódio de ti!
Odeio os que buscam alongar a vida
dos mortais com poções e sortilégios, 1110
desviando a rota para não morrerem
os que, quando inúteis à terra, devem
morrer, sumir e dar a vez aos jovens.

CORO

Ió!
Aqui nos trazem as cinzas
dos finados filhos. Servas, 1115
amparai a velha sem força!
Fraca por luto dos filhos
vivo há muito tempo
chorosa de muitas dores.
Que dor entre os mortais 1120
descobririas maior
que ver mortos os filhos?

[*Quinto estásimo* (1123-64)]

CRIANÇAS

Porto, porto, Est. 1
ó mísera mãe, da pira restos do pai,

βάρος μὲν οὐκ ἀβριθὲς ἀλγέων ὕπο, 1125
ἐν δ᾽ ὀλίγωι τἀμὰ πάντα συνθείς.

ΧΟΡΟΣ

ἰὼ ἰώ,
παῖ, δάκρυα φέρεις φίλαι 1127
ματρὶ τῶν ὀλωλότων
σποδοῦ τε πλῆθος ὀλίγον ἀντὶ σωμάτων
εὐδοκίμων δή ποτ᾽ ἐν Μυκήναις. 1130

ΠΑΙΔΕΣ

ἄπαις ἄπαις· Ant. 1
ἐγὼ δ᾽ ἔρημος ἀθλίου πατρὸς τάλας 1131
ἔρημον οἶκον ὀρφανεύσομαι λαβών,
οὐ πατρὸς ἐν χερσὶ τοῦ τεκόντος.

ΧΟΡΟΣ

ἰὼ ἰώ·
ποῦ δὲ πόνος ἐμῶν τέκνων, 1134
ποῦ λοχευμάτων χάρις 1135
τροφαί τε ματρὸς ἄυπνά τ᾽ ὀμμάτων τέλη·
καὶ φίλιαι προσβολαὶ προσώπων;

ΠΑΙΔΕΣ

βεβᾶσιν, οὐκέτ᾽ εἰσίν· οἴμοι πάτερ· Est. 2
βεβᾶσιν.

[ΧΟΡΟΣ]

αἰθὴρ ἔχει νιν ἤδη,
πυρὸς τετακότας σποδῶι· 1140
ποτανοὶ δ᾽ ἤνυσαν τὸν Ἅιδαν.

[ΠΑΙΔΕΣ]

πάτερ, †σὺ μὲν σῶν† κλύεις τέκνων γόους;

fardo não sem peso pelas dores, 1125
posto em pouco tudo que é meu.

CORO

Iò iò!
Filho, portas prantos 1127
à mãe cara aos finados
e pouco vale pó por corpos
outrora formosos em Micenas. 1130

CRIANÇAS

Sem filho, sem filho. Ant. 1
Eu mísero sem mísero pai 1131
serei órfão em erma casa,
não nas mãos do pai genitor.

CORO

Iò ió!
Onde a faina de meus filhos? 1134
Onde a graça dos partos, crias 1135
da mãe, insones fitos dos olhos
e amáveis afagos das faces?

CRIANÇAS

Foram-se, não há mais pai, *oímoi!* Est. 2
Foram-se.

[CORO]

O céu já os tem
dissoltos na cinza do fogo: 1140
alados alcançaram Hades.

[CRIANÇAS]

Pai, ouves os ais de teus filhos?

ἆρ’ ἀσπιδοῦχος ἔτι ποτ’ ἀντιτείσομαι
σὸν φόνον; εἰ γὰρ γένοιτο †τέκνον†.

[ΠΑΙΔΕΣ]
ἔτ’ ἂν θεοῦ θέλοντος ἔλθοι δίκα — Ant. 2
πατρῷιος.

[ΧΟΡΟΣ]
οὔπω κακὸν τόδ’ εὕδει; — 1146
αἰαῖ τύχας· ἅλις γόων,
ἅλις <δ’> ἀλγέων ἐμοὶ πάρεστιν.

[ΠΑΙΔΕΣ]
ἔτ’ Ἀσωποῦ με δέξεται γάνος
χαλκέοις <ἐν> ὅπλοις Δαναϊδᾶν στρατηλάταν, — 1150
τοῦ φθιμένου πατρὸς ἐκδικαστάν.

[ΠΑΙΔΕΣ]
ἔτ’ εἰσορᾶν σε, πάτερ, ἐπ’ ὀμμάτων δοκῶ — Est. 3

[ΧΟΡΟΣ]
φίλαν φίλημα παρὰ γένυν τιθέντα σοί.

[ΠΑΙΔΕΣ]
λόγων δὲ παρακέλευσμα σῶν
ἀέρι φερόμενον οἴχεται. — 1155

ΧΟΡΟΣ
δυοῖν δ’ ἄχη, ματρί τ’ ἔλιπεν,
σέ τ’ οὔποτ’ ἄλγη πατρῷια λείψει.

[ΠΑΙΔΕΣ]
ἔχω τοσόνδε βάρος ὅσον μ’ ἀπώλεσεν. — Ant. 3

Munido de escudo ainda punirei
tua morte? Houvesse esse filho!

[CRIANÇAS]
Se Deus desse, viria ainda justiça — Ant. 2
do pai.

[CORO]
O mal não dorme mais? — 1146
Aiaî, que sorte! Muitos prantos,
muitas dores tenho comigo.

[CRIANÇAS]
O brilho do Asopo ainda me acolherá,
chefe dos Danaidas em armas de bronze, — 1150
justiceiro do meu finado pai.

[CRIANÇAS]
Creio ainda te ver ante os olhos, pai. — Est. 3

[CORO]
Ao dar um beijo em tua face amada.

[CRIANÇAS]
A ordem de tuas palavras
se foi levada com o vento. — 1155

CORO
Aos dois deixou dores, à mãe e a ti,
as dores do pai não te deixarão nunca.

[CRIANÇAS]
Tanto peso suporto que me matou. — Ant. 3

[ΧΟΡΟΣ]
φέρ’, ἀμφὶ μαστὸν ὑποβάλω σποδὸν <   >.

ΠΑΙΔΕΣ
ἔκλαυσα τόδε κλύων ἔπος 1160
στυγνότατον· ἔθιγέ μου φρενῶν.

ΧΟΡΟΣ
ὦ τέκνον, ἔβας· οὐκέτι φίλον
φίλας ἄγαλμ’ ὄψομαί σε ματρός. 1164

ΘΗΣΕΥΣ
Ἄδραστε καὶ γυναῖκες Ἀργεῖαι γένος, 1165
ὁρᾶτε παῖδας τούσδ’ ἔχοντας ἐν χεροῖν
πατέρων ἀρίστων σώμαθ’ ὧν ἀνειλόμην·
τούτοις ἐγώ σφε καὶ πόλις δωρούμεθα.
ὑμᾶς δὲ τῶνδε χρὴ χάριν μεμνημένους
σώιζειν, ὁρῶντας ὧν ἐκύρσατ’ ἐξ ἐμοῦ, 1170
παισίν θ’ ὑπειπεῖν τοῖσδε τοὺς αὐτοὺς λόγους,
τιμᾶν πόλιν τήνδ’, ἐκ τέκνων ἀεὶ τέκνοις
μνήμην παραγγέλλοντας ὧν ἐκύρσατε.
Ζεὺς δὲ ξυνίστωρ οἵ τ’ ἐν οὐρανῶι θεοὶ
οἵων ὑφ’ ἡμῶν στείχετ’ ἠξιωμένοι. 1175

ΑΔΡΑΣΤΟΣ
Θησεῦ, ξύνισμεν πάνθ’ ὅσ’ Ἀργείαν χθόνα
δέδρακας ἐσθλὰ δεομένην εὐεργετῶν
χάριν τ’ ἀγήρων ἕξομεν· γενναῖα γὰρ
παθόντες ὑμᾶς ἀντιδρᾶν ὀφείλομεν.

ΘΗΣΕΥΣ
τί δῆτ’ ἔθ’ ὑμῖν ἄλλ’ ὑπουργῆσαί με χρή; 1180

[CORO]

Traz! Porei as cinzas junto ao peito.

CRIANÇAS

Lastimei ouvir essa palavra 1160
hórrida, tocou-me o espírito.

CORO

Foste, filho! Não te verei mais,
adorno tão caro à tua cara mãe! 1164

[*Êxodo* (1165-1234)]

TESEU

Ó Adrasto, ó mulheres nativas de Argos, 1165
vede que os filhos amparam nos braços
cinzas dos bravos pais, que resgatamos!
Eu e a urbe lhes fazemos esse presente.
Vós, disto lembrados, deveis conservar
gratidão, visto que de mim conseguistes, 1170
e sugerir aos filhos as mesmas palavras,
honrar esta urbe, passando de pai a filho
sempre a memória do que conseguistes.
Zeus e os Deuses do céu são testemunhas
do apreço de nossa parte, com que partis. 1175

ADRASTO

Teseu, reconhecemos o bem que fizeste
à terra argiva, necessitada de benfeitores,
e teremos gratidão imarcescível. Tratados
por vós com nobreza, devemos retribuir.

TESEU

Em que mais ainda vos devo ser útil? 1180

ΑΔΡΑΣΤΟΣ

χαῖρ'· ἄξιος γὰρ καὶ σὺ καὶ πόλις σέθεν.

ΘΗΣΕΥΣ

ἔσται τάδ'· ἀλλὰ καὶ σὺ τῶν αὐτῶν τύχοις.

ΑΘΗΝΑ

ἄκουε, Θησεῦ, τούσδ' Ἀθηναίας λόγους,
ἃ χρή σε δρᾶσαι, δρῶντα δ' ὠφελεῖν †τάδε†.
μὴ δῶις τάδ' ὀστᾶ τοῖσδ' ἐς Ἀργείαν χθόνα 1185
παισὶν κομίζειν ῥαιδίως οὕτω μεθείς,
ἀλλ' ἀντὶ τῶν σῶν καὶ πόλεως μοχθημάτων
πρῶτον λάβ' ὅρκον. τόνδε δ' ὀμνύναι χρεὼν
Ἄδραστον· οὗτος κύριος, τύραννος ὤν,
πάσης ὑπὲρ γῆς Δαναϊδῶν ὁρκωμοτεῖν. 1190
ὁ δ' ὅρκος ἔσται μήποτ' Ἀργείους χθόνα
ἐς τήνδ' ἐποίσειν πολέμιον παντευχίαν
ἄλλων τ' ἰόντων ἐμποδὼν θήσειν δόρυ.
ἢν δ' ὅρκον ἐκλιπόντες ἔλθωσιν πόλιν,
κακῶς ὀλέσθαι πρόστρεπ' Ἀργείων χθόνα. 1195
ἐν ὧι δὲ τέμνειν σφάγια χρή σ' ἄκουέ μου.
ἔστιν τρίπους σοι χαλκόπους ἔσω δόμων,
ὃν Ἰλίου ποτ' ἐξαναστήσας βάθρα
σπουδὴν ἐπ' ἄλλην Ἡρακλῆς ὁρμώμενος
στῆσαί σ' ἐφεῖτο Πυθικὴν πρὸς ἐσχάραν. 1200
ἐν τῶιδε λαιμοὺς τρεῖς τριῶν μήλων τεμὼν
ἔγγραψον ὅρκους τρίποδος ἐν κοίλωι κύτει
κἄπειτα σώιζειν θεῶι δὸς ὧι Δελφῶν μέλει,
μνημεῖά θ' ὅρκων μαρτύρημά θ' Ἑλλάδι.
ἧι δ' ἂν διοίξηις σφάγια καὶ τρώσηις φόνον 1205
ὀξύστομον μάχαιραν ἐς γαίας μυχοὺς
κρύψον παρ' αὐτὰς ἑπτὰ πυρκαιὰς νεκρῶν.
φόβον γὰρ αὐτοῖς, ἤν ποτ' ἔλθωσιν πόλιν,
δειχθεῖσα θήσει καὶ κακὸν νόστον πάλιν.
δράσας δὲ ταῦτα πέμπε γῆς ἔξω νεκρούς. 1210

ADRASTO

Adeus! Dignos sois tu e a urbe tua.

TESEU

Assim será! Tenhas sorte também tu!

ATENA

Ouve, Teseu, esta palavra de Atena,
o que deves fazer e ao fazer ser útil!
Não dês essas cinzas a esses jovens 1185
para tão fácil levarem à terra argiva,
mas pelas fadigas tuas e desta urbe,
antes toma juramento. Assim deve
Adrasto jurar; por ser rei, ele pode
jurar por toda a terra dos Danaidas. 1190
O juramento será que argivos nunca
oponham arma inimiga a esta terra,
e se outros opuserem, façam guerra.
Se trair o juramento e atacar a urbe,
impreca má ruína à terra dos argivos. 1195
Ouve como deves sacrificar as reses!
Dentro de casa tens o tripé de bronze
que Héracles pilhou da sede de Ílion
e, ao partir para outra presteza, deu-te
a incumbência de apor à lareira pítia. 1200
Corta nele as gargantas de três reses,
grava as juras no cavo bojo do tripé
e confia ao Deus que cuida de Delfos
memórias de juras e provas à Grécia!
A faca afiada, com que feres e matas 1205
as reses, esconde-a no seio da terra
junto dessas piras dos sete mortos!
Mostrada a quem atacar esta urbe,
infundirá pavor e danoso retorno.
Feito isto, escolta fora os mortos! 1210

τεμένη δ', ἵν' αὐτῶν σώμαθ' ἡγνίσθη πυρί,
μέθες παρ' αὐτὴν τρίοδον Ἰσθμίαν θεῷ.
σοὶ μὲν τάδ' εἶπον· παισὶ δ' Ἀργείων λέγω·
πορθήσεθ' ἡβήσαντες Ἰσμηνοῦ πόλιν
πατέρων θανόντων ἐκδικάζοντες φόνον, 1215
σύ τ' ἀντὶ πατρός, Αἰγιαλεῦ, στρατηλάτης
νέος κατάστας παῖς τ' ἀπ' Αἰτωλῶν μολὼν
Τυδέως, ὃν ὠνόμαζε Διομήδη πατήρ.
ἀλλ' οὐ φθάνειν χρὴ συσκιάζοντας γένυν
καὶ χαλκοπληθῆ Δαναϊδῶν ὁρμᾶν στρατὸν 1220
ἑπτάστομον πύργωμα Καδμείων ἔπι.
πικροὶ γὰρ αὐτοῖς ἥξετ' ἐκτεθραμμένοι
σκύμνοι λεόντων, πόλεος ἐκπορθήτορες.
κοὐκ ἔστιν ἄλλως. Ἐπίγονοι δ' ἀν' Ἑλλάδα
κληθέντες ᾠδὰς ὑστέροισι θήσετε· 1225
τοῖον στράτευμα σὺν θεῷ πορεύσετε.

ΘΗΣΕΥΣ

δέσποιν' Ἀθάνα, πείσομαι λόγοισι σοῖς·
σὺ γάρ μ' ἀπορθοῖς ὥστε μὴ 'ξαμαρτάνειν.
καὶ τόνδ' ἐν ὅρκοις ζεύξομαι. μόνον σύ με
ἐς ὀρθὸν ἵστη· σοῦ γὰρ εὐμενοῦς πόλει 1230
οὔσης τὸ λοιπὸν ἀσφαλῶς οἰκήσομεν.

ΧΟΡΟΣ

στείχωμεν, Ἄδρασθ', ὅρκια δῶμεν
τῷιδ' ἀνδρὶ πόλει τ'· ἄξια δ' ἡμῖν
προμεμοχθήκασι σέβεσθαι.

Templos onde cremar seus corpos,
doa-os ao Deus no trívio do Istmo!
Assim te falei. Direi aos de Argos:
adultos pilhareis a urbe de Ismeno,
por justiça à morte dos pais mortos, 1215
tu, Egialeu, o novo chefe no lugar
de teu pai, e o etólio filho de Tideu
que o pai deu o nome de Diomedes.
Não antes que sombreeis os queixos,
deveis ter brônzea tropa de Danaidas 1220
contra o forte de sete portas cadmeu.
Chegareis amargos a eles, crescidos
filhos de leão, devastadores da urbe.
Não há outro modo. Ditos "epígonos"
na Grécia fareis cantarem os pósteros, 1225
tal expedição com Deus guiareis.

TESEU

Rainha Atena, farei como tu dizes,
tu me diriges de modo a não errar.
Por juras o jungirei. Só tu me fazes
resistir reto; se quiseres bem à urbe, 1230
viveremos doravante em segurança.

CORO

Vamos, Adrasto! Façamos juramentos
a este varão e à esta urbe, defensores
nossos, dignos de veneração!

ELECTRA

A questão da justiça tribal

Jaa Torrano

Na tragédia *Electra* de Eurípides, a questão da justiça se coloca em termos tribais de vindicta e assim se impõe e se desdobra desde o prólogo. Orestes, o esperado executor da vindicta, presente com o fiel Pílades só na terceira cena, é lembrado e evocado nas outras três cenas.

Na primeira cena, o lavrador invoca Argos e o rio Ínaco, evoca a partida da expedição contra Troia, a conquista da cidadela, a morte de Agamêmnon no seu retorno por dolo de sua mulher Clitemnestra e de seu primo Egisto, amante dela, e o envio do herdeiro Orestes à Fócida pelo velho preceptor do pai, para que não fosse morto pelos usurpadores do trono, mas pudesse vingar o pai. O lavrador relata que, após o exílio de Orestes, Egisto oferece ouro a quem o matasse, e casa a irmã de Orestes, Electra, com esse pobre lavrador, para que ela não se casasse com nobre e não gerasse filho valoroso pelo qual "justiça viria a Egisto" (v. 42). O lavrador invoca a Deusa Cípris (Afrodite) como testemunha de que não tocou nem ultrajou o leito virginal da princesa, por não se julgar condigno dele, e lamenta o seu cunhado nominal Orestes, pela má sorte dos irmãos. Assim o regicídio, a usurpação do trono e as tentativas de eliminação dos herdeiros configuram a pendência e expectativa da justiça.

Na segunda cena, Electra invoca Noite negra, com uma bilha na cabeça a caminho da fonte, tarefa servil a que se dedica, enquanto pranteia o pai "ao grande céu" (v. 59), "para expor a soberba [*hýbrin*] de Egisto aos Deuses" (v. 58), e acusa sua mãe de tê-la expulsado de casa, a ela e a seu irmão. Um breve diálogo dela com o lavrador revela o espírito de solidariedade e o respeito recíproco entre ambos, e eles saem cada um para seu trabalho.

Na terceira cena, Orestes primeiro se dirige a Pílades, com o que de imediato se identifica, dada a legendária parceria de ambos. Orestes louva a lealdade de Pílades, comprometido com ele na missão divina de matar os matadores de seu pai, imposta pelo oráculo de Apolo em Delfos ("desde as cerimônias do Deus", v. 87). Orestes relata a oferenda e imolação feitas por ele em segredo à noite junto à tumba do pai, expõe o seu propósito de procurar a irmã, tanto pelo convívio quanto pela cooperação, e anuncia a entrada de "uma servente com/ o fardo d'água na cabeça raspada" (vv. 107-8).

Na quarta cena, Electra canta a monodia composta de duas tríades de estrofe, mesodo e antístrofe. Na primeira estrofe, ela se identifica como filha de Agamêmnon e Clitemnestra, lamenta-se e invoca o pai na casa de Hades, morto pela esposa e por Egisto. No primeiro mesodo, Electra se exorta ao pranto e, na primeira antístrofe, pergunta por seu irmão banido e pede a Zeus que ele retorne a Argos para punir os matadores do pai. Na segunda estrofe, depõe a bilha d'água para executar os gestos do ritual fúnebre pelo pai morto: pranto, libação, escarificação da garganta, golpes na cabeça raspada. No segundo mesodo, compara seu pranto pelo pai morto na rede dolosa ao canto do cisne, ave no imaginário mítico associada à música e à piedade filial. Na segunda antístrofe, evoca a morte de Agamêmnon por traição da esposa em conluio com o doloso Egisto.

No párodo, o coro de argivas compartilha estrofe e antístrofe com Electra. Elas comunicam a notícia de que se aproxima o festival de Hera, Deusa tutelar de Argos, protetora do casamento e do parto, venerada por mulheres solteiras e casadas. Não se esclarece se as mulheres do coro são casadas ou solteiras; essa indefinição do estado civil corresponde à condição de Electra no casamento de aparências. Electra recusa o convite, alegando a entrega aos prantos, a miséria, a sujeira e os farrapos indignos da filha do conquistador de Troia. Na antístrofe, para persuadi-la a aceitar o convite, o coro louva a Deusa, oferece o empréstimo de mantos e adornos para a festa, aconselha a honrar e venerar os Deuses para vencer os inimigos e ser feliz. Electra insiste em seu abandono pelos Deuses, situação de mau Nume, perda do pai, distância do irmão exilado, penúria e exclusão do palácio paterno.

No primeiro episódio (vv. 213-431), na primeira cena, Orestes se apresenta sob o disfarce de emissário de Orestes e assim colhe junto à sua irmã Electra informações sobre a situação dela: o casamento imposto com inferior, a lealdade do marido aparente, a determinação de Electra em honrar e vingar o pai; a menção ao antigo preceptor do pai como único capaz de reconhecer Orestes, as queixas de Electra por ter sido expulsa do palácio e as acusações a Egisto por ultrajes ao morto.

Na segunda cena, o lavrador ao saber que os forasteiros são emissários de Orestes acolhe-os em casa como hóspedes, suscitando em Orestes reflexões de índole muito democrática sobre o caráter dos mortais. Electra exorta o lavrador a buscar auxílio ao sustento dos hóspedes junto ao antigo preceptor do pai, suscitando no lavrador considerações de índole também muito democrática sobre o custo de vida e o valor do dinheiro.

No primeiro estásimo (vv. 432-86), na primeira estrofe, o coro invoca os lendários navios da magnificente navegação dos heróis Agamêmnon e Aquiles a Troia, escoltando o coro das Nereidas; na primeira antístrofe, invoca as Nereidas que conduziram as armas de Hefesto a Aquiles para que o filho da marinha Deusa Tétis servisse à causa dos Atridas.

Na segunda estrofe, o coro descreve de oitiva o escudo de Aquiles: Perseu com sandálias aladas sobre o mar, com Hermes, segura a cabeça de Górgona decapitada. Na segunda antístrofe, continua a descrição: no meio do escudo, o sol com éguas aladas e o coro de astros Plêiades e Híades; no elmo: esfinges com encantadas presas nas garras; na couraça, a leoa e o potro.

No epodo, o coro descreve inscritos no gládio letal os corcéis galopantes e a poeira negra, acusa Clitemnestra da morte do rei daqueles guerreiros e faz voto de que os Deuses lhe enviem "justiça de morte" (*thanátou díken*, v. 484).

No segundo episódio (vv. 487-698), na primeira cena (vv. 487-552), o ancião fala de três possíveis indícios da presença de Orestes junto à tumba de Agamêmnon: o cabelo, a pegada e o antigo tecido, mas essa mediação da descrição verbal na apresentação dos indícios impede que os indícios falem por si mesmos e assim comuniquem o sentido numinoso do que houve ali, tal como ocorre na tragédia *Coéforas* de Ésquilo.

Na segunda cena (vv. 553-698), após o reconhecimento de Orestes pelo ancião e após o mútuo reconhecimento dos irmãos, Orestes pergunta ao ancião como punir a morte do pai (vv. 596-611). O plano de matar Egisto surge na esticomitia entre Orestes e o ancião (vv. 612-46), e o de matar Clitemnestra, exposto na esticomitia entre esses mesmos e Electra, conclui com três preces: com a prece a Zeus pátrio pedindo-

-lhe compaixão dos filhos dele nascidos, com a prece a Hera rainha dos altares micênios pedindo vitória, se for justa, e justiça defensora do pai, e com a prece ao finado pai na casa dos ínferos e à rainha Terra, pedindo que os defendam, e estendendo a súplica a todos os mortos aliados vitoriosos de Troia e execradores de ilícitos poluidores (vv. 647-84). Por fim, o ancião declara que o pai no túmulo está ouvindo e que é hora de ir (v. 684), e Electra reitera a sua identificação e seu comprometimento com a sorte de Orestes (vv. 693-8).

No segundo estásimo (vv. 699-746), na primeira estrofe, o coro recorda o antigo rumor de que Pã a soprar flauta produz anho de áureo velo na casa dos Atridas; na primeira antístrofe, que Tiestes seduz a esposa de Atreu e furta-lhe o talismã; na segunda estrofe, que Zeus muda o curso do sol e dos astros, para o ocidente; e na segunda antístrofe, o coro declara que essa mudança no curso do sol e dos astros é pouco crível, e ainda declara que as palavras terríveis para os mortais são proveitosas para o culto dos Deuses e que, sem se lembrar dessas palavras, a rainha matou o marido.

No terceiro episódio, na primeira cena (vv. 747-60), o coro e Electra ouvem um grito fora do palácio e com expectativa e ansiedade se perguntam de quem seria o grito e por que gritaria: seria de Orestes ou seria do inimigo? Na segunda cena (vv. 761-858), o mensageiro, enviado por Orestes, dá a notícia e narra a morte de Egisto.

No terceiro estásimo, na estrofe (vv. 859-65), o coro celebra a vitória de Orestes com saltos como corça e com o canto da bela vitória; intervindo entre a estrofe e a antístrofe, Electra invoca a luz da brilhante quadriga do Sol, Terra e Noite, em testemunho da liberdade e da vitória do irmão; na antístrofe (vv. 874-9), o coro celebra jubiloso de que os antigos reis da terra retornem ao poder, por justiça, com a vitória sobre os injustos.

No quarto episódio, na primeira cena (vv. 880-987), Electra saúda e coroa Orestes e Pílades; Orestes lhe traz Egisto morto para que saiba claro e para que trate como quiser; Electra alega pudor de ultrajar mortos, perante a cidade; Orestes justifica o ultraje pelas leis sem trégua da inimizade (vv. 905-6); Electra ultraja o morto — verbalmente — com a exposição de que ele foi injusto, infeliz e por fim punido com justiça (vv. 907-56); o coro ecoa e reconhece que se fez justiça; Electra ordena que se recolha o corpo, antes que a mãe o veja (vv. 957-61); na esticomitia, ante a visão da aproximação do carro de Clitemnestra, Orestes considera a dificuldade de matar a mãe, invoca Febo e declara o seu vaticínio "ignorância" (*amathían)*, e explica as implicações do matricídio, ao que Electra contrapõe as implicações de negligenciar a vingança paterna (vv. 962-81); ante a peroração de Electra, Orestes se dispõe ao que considera terrível e cruel ação (vv. 982-7).

Na segunda cena (vv. 898-1146), o coro saúda reverente a rainha Clitemnestra (vv. 988-97); Electra põe-se como serva perante a mãe, a quem acusa de bani-la do palácio (vv. 998-1010); Clitemnestra faz sua defesa, justificando seus atos: Agamêmnon acrescentou ao injustificado filicídio ter duas esposas no palácio, o que emulou a mulher a ter amigo e matá-lo (vv. 1011-50);[1] o coro antecipa-se a rejeitar a defesa da rainha como "justiça infame" (*he díke d'aiskhrôs ékhei*, v. 1051); Electra refuta: formosas, mas frívolas, as duas irmãs são indignas de Castor, Clitemnestra merece morrer pela morte do marido e aliança com inimigo, e por lesar os interesses dos filhos (vv. 1060-99); Clitemnestra, aparentando tolerância, se informa e se dispõe a cumprir ritos sacrificiais pelo (suposto) nascimento do filho de Electra (vv. 1102-38). Na terceira cena, a sós Electra prediz o cumprimento de justiça (vv. 1139-46).

No quarto estásimo, na primeira estrofe (vv. 1147-54), o coro invoca a morte de Agamêmnon, contraposta às "mudadas auras" atuais na casa; na primeira antístrofe (vv. 1155-64), o coro invoca a "réflua Justiça" (*palírrous díka*, v. 1155) denunciadora de Clitemnestra, que agiu "qual leoa montesa" contra o marido no retorno ao lar. Nesse ínterim (vv. 1165-75), interrompendo o canto, ouve-se Clitemnestra dentro do palácio suplicar aos filhos que não a matem (v. 1165) e depois se ouve o grito (v. 1167); o coro, então, lamenta a sorte de Clitemnestra, punida por justiça, e a seguir anuncia a presença ensanguentada dos executores da mãe, e declara não haver casa mais mísera do que a de Tântalo e sua prole.

Na segunda estrofe (vv. 1177-89), Orestes invoca Terra e Zeus onividente como testemunhas de execução cruel, mas justa; Electra consola o irmão, assumindo a causa (*aitía,* v. 1182); o coro lastima a sorte da mãe de "ilatentes males" e declara sua morte justa. Na segunda antístrofe (vv. 1190-205), Orestes invoca Febo, e indaga perplexo aonde

[1] Em conformidade com o princípio enunciado na *Teogonia* de Hesíodo, v. 166: "pois ele tramou antes obras indignas".

e a quem ir, após ter matado a mãe; Electra ecoa a perplexa indagação pelo porvir; o coro parece aprovar a mudança de ânimo de Electra.

Na terceira estrofe (vv. 1206-13), Orestes recorda o gesto súplice da mãe a mostrar o seio ao ser morta; e o coro ecoa o tom de lástima. Na terceira antístrofe (vv. 1214-20), Orestes reproduz as palavras súplices da mãe ao ser morta; e o coro lastima o massacre da mãe, difícil de tolerar.

Na quarta estrofe (vv. 1221-6), Orestes recorda o gesto matricida; e Electra assume que o auxiliou nesse gesto. Na quarta antístrofe (vv. 1227-32), o coro cuida do corpo da mãe, morta pelos filhos; e Electra auxilia nesse cuidado à "amiga e inimiga".

No êxodo (vv. 1233-358), o coro anuncia a epifania dos Dióscoros "acima dos cimos da casa": Castor interpela "o filho de Agamêmnon", apresenta-se a si e ao irmão Polideuces, declara que cessou o tremor do mar, em Argos, tendo visto "a imolação da irmã"; não credita o ato a Orestes, mas a Febo, cuja realeza o cala, e considera que o oráculo "sábio não deu sábia palavra", e ainda assim o aprova porque é como Parte e Zeus decidem; ordena que Orestes dê Electra em casamento a Pílades, deixe Argos, vá a Atenas, submeta-se ao julgamento do tribunal de Areópago, e prediz que "Lóxias assumirá/ a causa, por ditar o massacre da mãe" e o estabelecimento do culto de Erínies perto do Areópago; prediz a residência de Orestes em cidade árcade junto ao rio Alfeu e que Menelau dará sepultura aos mortos Egisto e Clitemnestra; aconselha Pílades vaticinando-lhe "bom Nume"; Castor, em interlocução sucessivamente com o coro, Electra e Orestes, reitera a participação de *Moîra* e *Anánke* ("Porção", ou "Parte", e "Coerção"), além de "falas não sábias da língua de Febo" — o que faz do ato dos irmãos matricidas algo inelutável —, mas torna problemático o adjetivo "não sábias" (*ásophoi*) para as palavras de Febo (seriam insipientes porque ignoram os padecimentos de Orestes?); os irmãos se despedem, consolados por Castor, simpático às dores deles. Nas saudações finais, o coro, fazendo um trocadilho entre *khaîre* ("salve!") e *khaírein* ("alegrar-se", v. 1357), afirma que alegria e boa sorte são sinais de bom Nume.

Nesta tragédia, a caracterização de Orestes contrasta fortemente com a da tragédia homônima de Sófocles, na qual um traço distintivo deste personagem, segundo J. H. Kells, é "a tendência para terminologia militar e pensamento militar. Orestes é primariamente um soldado, treinado à maneira espartana de estrita disciplina e obediência a ordens".[2] Assim o Orestes sofocliano cumpre a determinação do oráculo de Apolo sem nenhum momento de dúvida ou hesitação.

Em Eurípides, tanto nesta tragédia como em *Orestes* e *Ifigênia em Táurida*, Orestes aparece sujeito a súbitas hesitações, em que passa da confiante e obediente determinação de agir conforme as instruções de Apolo a terríveis dúvidas e indecisão. Aparentemente, esses estados de perplexidade e momentos de hesitação decorrem de uma capacidade intelectual de reconsiderar sua própria atitude sob o ponto de vista do adversário, como, por exemplo, ao avistar a aproximação de sua mãe em *Electra* (vv. 962-81), ou ao ver a aproximação de seu avô Tindáreo em *Orestes* (vv. 459-69). Seria isto um efeito colateral do exercício escolar de retórica usual na época de Eurípides que consistia nas "antilogias", isto é, em fazer tanto o discurso de defesa quanto o de acusação de uma mesma causa?

Seja como for, na tragédia *Andrômaca* de Eurípides, Orestes se apresenta como se agisse em concerto com o Deus Apolo, a quem inclui em seus planos pessoais aparentemente numa completa coincidência de interesses comuns do Deus Apolo e do mortal Orestes. Temos, pois, em *Andrômaca* de novo o mesmo Orestes esquiliano, que em *Eumênides* recebe as instruções diretamente de Apolo sem a intermediação da profetisa pítia.

---

[2] J. H. Kells, em *Sophocles: Electra*, Cambridge, Cambridge University Press, 1973, p. 81.

Ὑπόθεσις Ἠλέκτρας

τὰ τοῦ δράματος πρόσωπα· αὐτουργὸς Μυκηναῖος, Ἠλέκτρα, Ὀρέστης, Πυλάδης κωφὸν πρόσωπον, χορός, πρέσβυς, ἄγγελος, Κλυταιμήστρα, Διόσκοροι.

Argumento

Personagens do drama: lavrador micênio, Electra, Orestes, Pílades personagem muda, coro, ancião, mensageiro, Clitemnestra, Dióscoros.

Drama representado entre 422-416 a.C.

Ἠλέκτρα

ΑΥΤΟΥΡΓΟΣ

Ὦ γῆς †παλαιὸν Ἄργος†, Ἰνάχου ῥοαί,
ὅθεν ποτ' ἄρας ναυσὶ χιλίαις Ἄρη
ἐς γῆν ἔπλευσε Τρωιάδ' Ἀγαμέμνων ἄναξ.
κτείνας δὲ τὸν κρατοῦντ' ἐν Ἰλιάδι χθονὶ
Πρίαμον ἑλών τε Δαρδάνου κλεινὴν πόλιν 5
ἀφίκετ' ἐς τόδ' Ἄργος, ὑψηλῶν δ' ἐπὶ
ναῶν ἔθηκε σκῦλα πλεῖστα βαρβάρων.
κἀκεῖ μὲν εὐτύχησεν· ἐν δὲ δώμασιν
θνήισκει γυναικὸς πρὸς Κλυταιμήστρας δόλωι
καὶ τοῦ Θυέστου παιδὸς Αἰγίσθου χερί. 10
χὠ μὲν παλαιὰ σκῆπτρα Ταντάλου λιπὼν
ὄλωλεν, Αἴγισθος δὲ βασιλεύει χθονός,
ἄλοχον ἐκείνου Τυνδαρίδα κόρην ἔχων.
οὓς δ' ἐν δόμοισιν ἔλιφ' ὅτ' ἐς Τροίαν ἔπλει,
ἄρσενά τ' Ὀρέστην θῆλύ τ' Ἠλέκτρας θάλος, 15
τὸν μὲν πατρὸς γεραιὸς ἐκκλέπτει τροφεὺς
μέλλοντ' Ὀρέστην χερὸς ὕπ' Αἰγίσθου θανεῖν
Στροφίωι τ' ἔδωκε Φωκέων ἐς γῆν τρέφειν·
ἣ δ' ἐν δόμοις ἔμεινεν Ἠλέκτρα πατρός,
ταύτην ἐπειδὴ θαλερὸς εἶχ' ἥβης χρόνος 20
μνηστῆρες ᾔτουν Ἑλλάδος πρῶτοι χθονός.
δείσας δὲ μή τωι παῖδ' ἀριστέων τέκοι
Ἀγαμέμνονος ποινάτορ', εἶχεν ἐν δόμοις
Αἴγισθος οὐδ' ἥρμοζε νυμφίωι τινί.

Electra

[*Prólogo* (1-166)]

LAVRADOR

Ó antiga terra de Argos, águas de Ínaco,
donde outrora o rei Agamêmnon partindo
levou Ares em mil navios à terra troiana.
Matou Príamo, no poder em solo ilíaco,
capturou a ínclita cidadela de Dárdano, 5
e voltou a esta Argos, nos altos templos
depositou muitos despojos dos bárbaros.
Lá teve boa sorte, mas, em casa, porém,
morreu por dolo da mulher Clitemnestra
e pelo braço do filho de Tiestes, Egisto. 10
Ele, a transmitir antigo cetro de Tântalo,
pereceu, e Egisto é o soberano da terra
com a esposa dele, a filha de Tindáreo.
Quando foi a Troia, deixou no palácio
menino Orestes e menina Electra flor. 15
O velho preceptor do pai sequestrou
Orestes de morrer pela mão de Egisto,
e deu para Estrófio criar em terra fócia.
Electra permaneceu no palácio paterno.
Ao vir-lhe o flóreo tempo da juventude, 20
príncipes da terra grega pediam sua mão.
Temendo que a um dos reis desse filho
vingador de Agamêmnon, enclausurou-a
Egisto, e não a concedia a um noivo.

ἐπεὶ δὲ καὶ τοῦτ' ἦν φόβου πολλοῦ πλέων, 25
μή τωι λαθραίως τέκνα γενναίωι τέκοι,
κτανεῖν σφε βουλεύσαντος ὠμόφρων ὅμως
μήτηρ νιν ἐξέσωσεν Αἰγίσθου χερός.
ἐς μὲν γὰρ ἄνδρα σκῆψιν εἶχ' ὀλωλότα,
παίδων δ' ἔδεισε μὴ φθονηθείη φόνωι. 30
ἐκ τῶνδε δὴ τοιόνδ' ἐμηχανήσατο
Αἴγισθος· ὃς μὲν γῆς ἀπηλλάχθη φυγὰς
Ἀγαμέμνονος παῖς, χρυσὸν εἶφ' ὃς ἂν κτάνηι,
ἡμῖν δὲ δὴ δίδωσιν Ἠλέκτραν ἔχειν
δάμαρτα, πατέρων μὲν Μυκηναίων ἄπο 35
γεγῶσιν (οὐ δὴ τοῦτό γ' ἐξελέγχομαι·
λαμπροὶ γὰρ ἐς γένος γε, χρημάτων δὲ δὴ
πένητες, ἔνθεν ηὑγένει' ἀπόλλυται),
ὡς ἀσθενεῖ δοὺς ἀσθενῆ λάβοι φόβον.
εἰ γάρ νιν ἔσχεν ἀξίωμ' ἔχων ἀνήρ, 40
εὕδοντ' ἂν ἐξήγειρε τὸν Ἀγαμέμνονος
φόνον δίκη τ' ἂν ἦλθεν Αἰγίσθωι τότε.
ἣν οὔποθ' ἁνὴρ ὅδε (σύνοιδέ μοι Κύπρις)
ἤισχυν' ἐν εὐνῆι· παρθένος δ' ἔτ' ἐστὶ δή.
αἰσχύνομαι γὰρ ὀλβίων ἀνδρῶν τέκνα 45
λαβὼν ὑβρίζειν, οὐ κατάξιος γεγώς.
στένω δὲ τὸν λόγοισι κηδεύοντ' ἐμοὶ
ἄθλιον Ὀρέστην, εἴ ποτ' εἰς Ἄργος μολὼν
γάμους ἀδελφῆς δυστυχεῖς ἐσόψεται.
ὅστις δέ μ' εἶναί φησι μῶρον, εἰ λαβὼν 50
νέαν ἐς οἴκους παρθένον μὴ θιγγάνω,
γνώμης πονηροῖς κανόσιν ἀναμετρούμενος
τὸ σῶφρον ἴστω καὐτὸς αὖ τοιοῦτος ὤν.

ΗΛΕΚΤΡΑ

ὦ νὺξ μέλαινα, χρυσέων ἄστρων τροφέ,
ἐν ἧι τόδ' ἄγγος τῶιδ' ἐφεδρεῦον κάραι 55
φέρουσα πηγὰς ποταμίας μετέρχομαι 56
γόους τ' ἀφίημ' αἰθέρ' ἐς μέγαν πατρί, 59

Quando estava cheio de muito pavor 25
de que às ocultas desse filho a nobre,
pensando em matá-la, ainda que fera,
sua mãe a salvou do braço de Egisto.
Para o marido morto ela tinha escusa,
mas temia o ódio por morte de filhos. 30
Por isso, Egisto deste modo tramou:
o Agamemnônida foi banido da terra,
Egisto propôs ouro a quem o matasse,
e a nós nos deu ter Electra por esposa.
Somos nascidos de pais micênios, 35
não há como nisso me desmentir,
ilustres pela origem, mas carentes
de posses, aí se perdeu a nobreza.
Ao débil deu para ter débil pavor.
Se um varão valoroso a obtivesse, 40
despertaria a morte de Agamêmnon,
adormecida, e justiça viria a Egisto.
Testemunhe Cípris que este nunca
ultrajou seu leito, ela ainda é virgem.
Não sendo condigno, tenho pudor 45
de pegar e ultrajar a filha de ricos.
Lamento o meu cunhado nominal,
o mísero Orestes, se, vindo a Argos,
vir as núpcias de má sorte da irmã.
Quem diz que sou um tolo, se tenho 50
uma jovem em casa e não a toco,
saiba que mede o sábio com más
regras de juízo e ele mesmo é tolo.

ELECTRA

Ó Noite negra, nutriz de áureos astros,
quando, com esta bilha na cabeça, 55
tomo o caminho das fontes fluviais, 56
e pranteio o meu pai ao grande céu, 59

οὐ δή τι χρείας ἐς τοσόνδ᾽ ἀφιγμένη 57
ἀλλ᾽ ὡς ὕβριν δείξωμεν Αἰγίσθου θεοῖς.
ἡ γὰρ πανώλης Τυνδαρίς, μήτηρ ἐμή, 60
ἐξέβαλέ μ᾽ οἴκων, χάριτα τιθεμένη πόσει·
τεκοῦσα δ᾽ ἄλλους παῖδας Αἰγίσθωι πάρα
πάρεργ᾽ Ὀρέστην κἀμὲ ποιεῖται δόμων.

ΑΥΤΟΥΡΓΟΣ

τί γὰρ τάδ᾽, ὦ δύστην᾽, ἐμὴν μοχθεῖς χάριν
πόνους ἔχουσα, πρόσθεν εὖ τεθραμμένη, 65
καὶ ταῦτ᾽ ἐμοῦ λέγοντος οὐκ ἀφίστασαι;

ΗΛΕΚΤΡΑ

ἐγώ σ᾽ ἴσον θεοῖσιν ἡγοῦμαι φίλον·
ἐν τοῖς ἐμοῖς γὰρ οὐκ ἐνύβρισας κακοῖς.
μεγάλη δὲ θνητοῖς μοῖρα συμφορᾶς κακῆς
ἰατρὸν εὑρεῖν, ὡς ἐγὼ σὲ λαμβάνω. 70
δεῖ δή με κἀκέλευστον εἰς ὅσον σθένω
μόχθου ᾽πικουφίζουσαν, ὡς ῥᾶιον φέρηις,
συνεκκομίζειν σοι πόνους. ἅλις δ᾽ ἔχεις
τἄξωθεν ἔργα· τἀν δόμοις δ᾽ ἡμᾶς χρεὼν
ἐξευτρεπίζειν. εἰσιόντι δ᾽ ἐργάτηι 75
θύραθεν ἡδὺ τἄνδον εὑρίσκειν καλῶς.

ΑΥΤΟΥΡΓΟΣ

εἴ τοι δοκεῖ σοι, στεῖχε· καὶ γὰρ οὐ πρόσω
πηγαὶ μελάθρων τῶνδ᾽. ἐγὼ δ᾽ ἅμ᾽ ἡμέραι
βοῦς εἰς ἀρούρας ἐσβαλὼν σπερῶ γύας.
ἀργὸς γὰρ οὐδεὶς θεοὺς ἔχων ἀνὰ στόμα 80
βίον δύναιτ᾽ ἂν ξυλλέγειν ἄνευ πόνου.

ΟΡΕΣΤΗΣ

Πυλάδη, σὲ γὰρ δὴ πρῶτον ἀνθρώπων ἐγὼ
πιστὸν νομίζω καὶ φίλον ξένον τ᾽ ἐμοί·
μόνος δ᾽ Ὀρέστην τόνδ᾽ ἐθαύμαζες φίλων,

não por ter tanta carência, mas para 57
expor a soberba de Egisto aos Deuses.
A letal filha de Tindáreo, minha mãe, 60
baniu-me de casa, agradando o marido.
Ela gerou outros filhos com Egisto
e excluiu Orestes e a mim de casa.

LAVRADOR

Por que me fazes o favor, ó mísera,
com fadigas, se tiveste boa criação, 65
e, dizendo-te eu isto, não te absténs?

ELECTRA

Eu te julgo amigo igual aos Deuses,
em meus males não foste transgressor.
Grande sorte a mortais no infortúnio
é descobrir médico como tenho em ti. 70
Sem que se peça, devo aliviar fadiga
tanto quanto posso, para te facilitar
e compartilhar esforços. Tens muitas
fainas externas, e de casa devemos
cuidar bem. Ao lavrador, ao chegar 75
de fora, é doce encontrar dentro bem.

LAVRADOR

Se assim te parece, vai. Não é longe
desta moradia a fonte. Eu com o dia
levo bois à lavoura e semeio as ruas.
Inativo ninguém com Deuses na boca 80
poderia colher os víveres sem esforço.

ORESTES

Pílades, a ti primeiro dos homens te
considero leal e amigo hóspede meu.
Único amigo, admiravas este Orestes

πράσσονθ’ ἃ πράσσω δείν’ ὑπ’ Αἰγίσθου παθών, 85
ὅς μου κατέκτα πατέρα χἠ πανώλεθρος
μήτηρ. ἀφῖγμαι δ’ ἐκ θεοῦ μυστηρίων
Ἀργεῖον οὖδας οὐδενὸς ξυνειδότος,
φόνον φονεῦσι πατρὸς ἀλλάξων ἐμοῦ.
νυκτὸς δὲ τῆσδε πρὸς τάφον μολὼν πατρὸς 90
δάκρυά τ’ ἔδωκα καὶ κόμης ἀπηρξάμην
πυρᾶι τ’ ἐπέσφαξ’ αἷμα μηλείου φόνου,
λαθὼν τυράννους οἳ κρατοῦσι τῆσδε γῆς.
καὶ τειχέων μὲν ἐντὸς οὐ βαίνω πόδα,
δυοῖν δ’ ἅμιλλαν ξυντιθεὶς ἀφικόμην 95
πρὸς τέρμονας γῆς τῆσδ’, ἵν’ ἐκβάλω πόδα
ἄλλην ἐπ’ αἶαν εἴ μέ τις γνοίη σκοπῶν,
ζητῶν τ’ ἀδελφήν (φασὶ γάρ νιν ἐν γάμοις
ζευχθεῖσαν οἰκεῖν οὐδὲ παρθένον μένειν),
ὡς συγγένωμαι καὶ φόνου συνεργάτιν 100
λαβὼν τά γ’ εἴσω τειχέων σαφῶς μάθω.
νῦν οὖν (ἕω γὰρ λευκὸν ὄμμ’ ἀναίρεται)
ἔξω τρίβου τοῦδ’ ἴχνος ἀλλαξώμεθα.
ἢ γάρ τις ἀροτὴρ ἤ τις οἰκέτις γυνὴ
φανήσεται νῶιν, ἥντιν’ ἱστορήσομεν 105
εἰ τούσδε ναίει σύγγονος τόπους ἐμή.
ἀλλ’ εἰσορῶ γὰρ τήνδε πρόσπολόν τινα
πηγαῖον ἄχθος ἐν κεκαρμένωι κάραι
φέρουσαν, ἑζώμεσθα κἀκπυθώμεθα
δούλης γυναικός, ἤν τι δεξώμεσθ’ ἔπος 110
ἐφ’ οἷσι, Πυλάδη, τήνδ’ ἀφίγμεθα χθόνα.

ΗΛΕΚΤΡΑ

σύντειν’ (ὥρα) ποδὸς ὁρμάν· ὤ, Est. 1
ἔμβα ἔμβα κατακλαίουσα.
ἰώ μοί μοι.
ἐγενόμαν Ἀγαμέμνονος 115
καί μ’ ἔτικτε Κλυταιμήστρα
στυγνὰ Τυνδάρεω κόρα,

fazer o que fiz sob o terror de Egisto, 85
que matou meu pai, ele e a mãe letal.
Voltei, desde as cerimônias do Deus,
ao solo argivo, sem que isso se saiba,
para matar os matadores de meu pai.
Esta noite, em visita à tumba do pai, 90
pranteei e ofereci primícias de cabelo
e na pira imolei o sangue de cordeiro,
às ocultas dos poderosos desta terra.
Dentro dos muros, não ponho o pé,
compondo a luta em duas, eu voltei 95
aos limites desta terra, para sair a pé
em outra terra, se um vigia me visse,
e à procura da irmã (dizem que unida
em núpcias vive e não é mais solteira),
para conviver e com a sua cooperação 100
saber claro o que há dentro dos muros.
Agora que raia clara visão de aurora,
para fora desta senda mudemos o passo.
Algum lavrador ou alguma moradora
nos surgirá, a quem perguntaremos 105
se minha irmã habita estes lugares.
Mas vejo aqui uma servente com
o fardo d'água na cabeça raspada,
sentemo-nos e interroguemos
a servente, caso tenhamos notícias 110
do que nos traz a esta terra, Pílades.

ELECTRA

Apressa, é hora, o passo do pé! *Ó!* Est. 1
Anda! Anda, pranteadora!
Ió moí moi!
Nasci de Agamêmnon, 115
a hostil filha de Tindáreo
Clitemnestra me gerou,

κικλήσκουσι δέ μ' ἀθλίαν
Ἠλέκτραν πολιῆται.
φεῦ φεῦ σχετλίων πόνων 120
καὶ στυγερᾶς ζόας.
ὦ πάτερ, σὺ δ' ἐν Ἀίδα
κεῖσαι σᾶς ἀλόχου σφαγαῖς
Αἰγίσθου τ', Ἀγάμεμνον.

ἴθι τὸν αὐτὸν ἔγειρε γόον, Mesodo 1
ἄναγε πολύδακρυν ἁδονάν. 126

σύντειν' (ὥρα) ποδὸς ὁρμάν· ὤ, Ant. 1
ἔμβα ἔμβα κατακλαίουσα.
ἰώ μοί μοι.
τίνα πόλιν, τίνα δ' οἶκον, ὦ 130
τλᾶμον σύγγον', ἀλατεύεις
οἰκτρὰν ἐν θαλάμοις λιπὼν
πατρώιοις ἐπὶ συμφοραῖς
ἀλγίσταισιν ἀδελφάν;
ἔλθοις δὲ πόνων ἐμοὶ 135
τᾶι μελέαι λυτήρ,
ὦ Ζεῦ Ζεῦ, πατρί θ' αἱμάτων
αἰσχίστων ἐπίκουρος, Ἄρ-
γει κέλσας πόδ' ἀλάταν.

θὲς τόδε τεῦχος ἐμᾶς ἀπὸ κρατὸς ἑ- Est. 2
λοῦσ', ἵνα πατρὶ γόους νυχίους 141
ἐπορθοβοάσω·
†ἰαχὰν ἀοιδὰν μέλος
Ἀίδα, πάτερ, σοὶ† 143
κατὰ γᾶς ἐνέπω γόους
οἷς ἀεὶ τὸ κατ' ἦμαρ 145
λείβομαι, κατὰ μὲν φίλαν
ὄνυχι τεμνομένα δέραν

os cidadãos me chamam
mísera Electra.
Pheû pheû! Duros males, 120
horrenda vida!
Ó pai, tu, na casa de Hades,
jazes morto por tua esposa
e por Egisto, ó Agamêmnon!

Vai, desperta o mesmo ai! Mesodo 1
Ergue o pranteado regalo! 126

Apressa, é hora, o passo do pé! *Ó!* Ant. 1
Anda! Anda, pranteadora!
Ió moí moi!
Que urbe, que casa, ó 130
mísero irmão, pervagas,
deixando na casa paterna
a irmã chorosa
no pior infortúnio?
Venhas me livrar 135
mísera dos males,
ó Zeus, Zeus, por meu pai,
para punir a morte vil, aporte
em Argos o pervagante passo.

Retira da cabeça e depõe o pote Est. 2
para exclamar de modo correto 141
os ais noturnos ao pai,
clamor, canto, canção
de Hades, ó pai, por ti 143
sob a terra digo os ais com
os quais cada dia cada vez 145
faço-te libações, ferindo
a garganta com as unhas

χέρα τε κρᾶτ’ ἔπι κούριμον
τιθεμένα θανάτωι σῶι.

ἒ ἕ, δρύπτε κάρα· Mesodo 2
οἷα δέ τις κύκνος ἀχέτας 151
ποταμίοις παρὰ χεύμασιν
πατέρα φίλτατον καλεῖ,
ὀλόμενον δολίοις βρόχων
ἕρκεσιν, ὣς σὲ τὸν ἄθλιον, 155
πάτερ, ἐγὼ κατακλαίομαι,

λουτρὰ πανύσταθ’ ὑδρανάμενον χροῒ Ant. 2
κοίται ἐν οἰκτροτάται θανάτου.
ἰώ μοι <ἰώ> μοι
πικρᾶς μὲν πελέκεως τομᾶς 160
σᾶς, πάτερ, πικρᾶς δ’ †ἐκ
Τροίας ὅδου βουλᾶς†. 161
οὐ μίτραισι γυνά σε
δέξατ’ οὐδ’ ἐπὶ στεφάνοις,
ξίφεσι δ’ ἀμφιτόμοις λυγρὰν
Αἰγίσθου λώβαν θεμένα 165
δόλιον ἔσχεν ἀκοίταν.

ΧΟΡΟΣ

Ἀγαμέμνονος ὦ κόρα, ἤλυθον, Ἠλέκτρα, Est.
ποτὶ σὰν ἀγρότειραν αὐλάν.
ἔμολέ τις ἔμολεν γαλακτοπότας ἀνὴρ
Μυκηναῖος οὐριβάτας· 170
ἀγγέλλει δ’ ὅτι νῦν τριταί-
αν καρύσσουσιν θυσίαν
Ἀργεῖοι, πᾶσαι δὲ παρ’ Ἥ-
ραν μέλλουσιν παρθενικαὶ στείχειν.

e por tua morte batendo
a mão na cabeça raspada.

È é, lacera a cabeça! Mesodo 2
Qual cisne cantor 151
nas águas do rio
chama por seu pai,
morto nas malhas
dolosas da rede, mísero 155
pai, eu te pranteio

a pele molhada no último banho Ant. 2
no leito de morte mais miserável.
Ió moi ió moi,
amargo talho de machado 160
contra ti, pai, amargo plano
na volta de Troia! 161
Não te recebeu a mulher
com mitras nem coroas,
mas com bigúmea faca
de Egisto fez lúgubre talho 165
e teve doloso esposo.

[*Párodo* (167-212)]

CORO
Ó filha de Agamêmnon, Electra, Est.
vim à tua residência no campo.
Veio, veio um bebedor de leite
andarilho da montanha micênio 170
e anuncia que os argivos proclamam
de hoje a três dias um sacrifício
e todas as virgens
irão junto a Hera.

ΗΛΕΚΤΡΑ

οὐκ ἐπ' ἀγλαΐαις, φίλαι, 175
θυμὸν οὐδ' ἐπὶ χρυσέοις
ὅρμοις ἐκπεπόταμαι
τάλαιν', οὐδ' ἱστᾶσα χοροὺς
Ἀργείαις ἅμα νύμφαις
εἱλικτὸν κρούσω πόδ' ἐμόν. 180
δάκρυσι νυχεύω, δακρύων δέ μοι μέλει
δειλαίαι τὸ κατ' ἦμαρ. 183
σκέψαι μου πιναρὰν κόμαν
καὶ τρύχη τάδ' ἐμῶν πέπλων, 185
εἰ πρέποντ' Ἀγαμέμνονος
κούραι τᾶι βασιλείαι
τᾶι Τροίαι θ', ἃ 'μοῦ πατέρος
μέμναταί ποθ' ἁλοῦσα.

ΧΟΡΟΣ

μεγάλα θεός· ἀλλ' ἴθι καὶ παρ' ἐμοῦ χρῆσαι Ant.
πολύπηνα φάρεα δῦναι 191
χρύσεά τε χάρισιν προσθήματ' ἀγλαΐας.
δοκεῖς τοῖσι σοῖς δακρύοις
μὴ τιμῶσα θεοὺς κρατή-
σειν ἐχθρῶν; οὔτοι στοναχαῖς 195
ἀλλ' εὐχαῖσι θεοὺς σεβί-
ζουσ' ἕξεις εὐαμερίαν, ὦ παῖ.

ΗΛΕΚΤΡΑ

οὐδεὶς θεῶν ἐνοπᾶς κλύει
τᾶς δυσδαίμονος, οὐ παλαι-
ῶν πατρὸς σφαγιασμῶν. 200
οἴμοι τοῦ καταφθιμένου
τοῦ τε ζῶντος ἀλάτα,
ὅς που γᾶν ἄλλαν κατέχει
μέλεος ἀλαίνων ποτὶ θῆσσαν ἑστίαν, 205
τοῦ κλεινοῦ πατρὸς ἐκφύς.

ELECTRA

Nem a festas, amigas, 175
nem a colares de ouro
adeja-me o ânimo,
mísera, não farei coro
com as noivas argivas,
nem baterei o pé em círculo. 180
Pranteio à noite e cuido de prantos
miserável o dia todo. 183
Vê minha cabeleira suja
e estes fiapos de minhas vestes, 185
se convêm à princesa
filha de Agamêmnon
e à Troia que lembra
conquista de meu pai!

CORO

Grande é a Deusa. Mas vem e aceita Ant.
de mim mantos bordados para vestir 191
e adornos de ouro das graças da festa!
Crês que com os teus prantos
sem honrar os Deuses vencerás
os inimigos? Não com gemidos, 195
mas com preces a venerar os Deuses
terás dias felizes, ó filha!

ELECTRA

Nenhum Deus ouve o grito
da de mau Nume, nem ouve
os antigos sacrifícios do pai. 200
Oímoi do que pereceu
e do que vive errante,
que algures tem terra alheia
mísero a errar por lar servil, 205
nascido de ínclito pai!

αὐτὰ δ᾽ ἐν χερνῆσι δόμοις
ναίω ψυχὰν τακομένα
δωμάτων φυγὰς πατρίων
οὐρείας ἀν᾽ ἐρίπνας. 210
μάτηρ δ᾽ ἐν λέκτροις φονίοις
ἄλλωι σύγγαμος οἰκεῖ.

ΧΟΡΟΣ

πολλῶν κακῶν Ἕλλησιν αἰτίαν ἔχει
σῆς μητρὸς Ἑλένη σύγγονος δόμοις τε σοῖς.

ΗΛΕΚΤΡΑ

οἴμοι· γυναῖκες, ἐξέβην θρηνημάτων. 215
ξένοι τινὲς παρ᾽ οἶκον οἵδ᾽ ἐφεστίους
εὐνὰς ἔχοντες ἐξανίστανται λόχου·
φυγῆι σὺ μὲν κατ᾽ οἶμον, ἐς δόμους δ᾽ ἐγὼ
φῶτας κακούργους ἐξαλύξωμεν ποδί.

ΟΡΕΣΤΗΣ

μέν᾽, ὦ τάλαινα· μὴ τρέσῃς ἐμὴν χέρα. 220

ΗΛΕΚΤΡΑ

ὦ Φοῖβ᾽ Ἄπολλον, προσπίτνω σε μὴ θανεῖν.

ΟΡΕΣΤΗΣ

ἄλλους κτάνοιμι μᾶλλον ἐχθίους σέθεν.

ΗΛΕΚΤΡΑ

ἄπελθε, μὴ ψαῦ᾽ ὧν σε μὴ ψαύειν χρεών.

ΟΡΕΣΤΗΣ

οὐκ ἔσθ᾽ ὅτου θίγοιμ᾽ ἂν ἐνδικώτερον.

Habito casa pobre
a consumir a vida
banida do palácio pátrio
nos cimos da montanha. 210
A mãe em núpcias cruentas
vive desposada por outro.

[*Primeiro episódio* (213-431)]

CORO

Irmã de tua mãe, Helena provocou
muitos males aos gregos e à tua casa.

ELECTRA

Oímoi! Mulheres, cessei o pranto. 215
Forasteiros perto de casa no altar
em tocaia se erguem de emboscada.
Fujas tu pelo caminho! Eu correndo
para casa escaparei dos malfeitores.

ORESTES

Espera, ó mísera! Não temas meu braço. 220

ELECTRA

Ó Febo Apolo, suplico-te não morrer!

ORESTES

Outros eu mataria mais odiosos que tu.

ELECTRA

Vai-te! Não toques o que não deves tocar!

ORESTES

Não há quem eu tocaria com mais justiça!

ΗΛΕΚΤΡΑ

καὶ πῶς ξιφήρης πρὸς δόμοις λοχᾶις ἐμοῖς; 225

ΟΡΕΣΤΗΣ

μεῖνασ᾽ ἄκουσον, καὶ τάχ᾽ οὐκ ἄλλως ἐρεῖς.

ΗΛΕΚΤΡΑ

ἕστηκα· πάντως δ᾽ εἰμὶ σή· κρείσσων γὰρ εἶ.

ΟΡΕΣΤΗΣ

ἥκω φέρων σοι σοῦ κασιγνήτου λόγους.

ΗΛΕΚΤΡΑ

ὦ φίλτατ᾽, ἆρα ζῶντος ἢ τεθνηκότος;

ΟΡΕΣΤΗΣ

ζῆι· πρῶτα γάρ σοι τἀγάθ᾽ ἀγγέλλειν θέλω. 230

ΗΛΕΚΤΡΑ

εὐδαιμονοίης μισθὸν ἡδίστων λόγων.

ΟΡΕΣΤΗΣ

κοινῆι δίδωμι τοῦτο νῶιν ἀμφοῖν ἔχειν.

ΗΛΕΚΤΡΑ

ποῦ γῆς ὁ τλήμων τλήμονας φυγὰς ἔχων;

ΟΡΕΣΤΗΣ

οὐχ ἕνα νομίζων φθείρεται πόλεως νόμον.

ΗΛΕΚΤΡΑ

οὔ που σπανίζων τοῦ καθ᾽ ἡμέραν βίου; 235

ΟΡΕΣΤΗΣ

ἔχει μέν, ἀσθενὴς δὲ δὴ φεύγων ἀνήρ.

ELECTRA
E por que rondas com faca minha casa? 225

ORESTES
Espera e ouve! E logo não discordarás.

ELECTRA
Paro, e sou toda tua, pois és mais forte.

ORESTES
Venho a ti com as palavras de teu irmão.

ELECTRA
Ó caríssimo, ele está vivo ou está morto?

ORESTES
Vive. Primeiro quero te anunciar o bem. 230

ELECTRA
Tenhas bom Nume em paga de doce fala.

ORESTES
Concedo que nos seja comum de ambos.

ELECTRA
Em que terra o mísero tem mísero exílio?

ORESTES
Vai-se por não usar único uso de urbes.

ELECTRA
Não lhe faltam os víveres de cada dia? 235

ORESTES
Ele os tem, mas o exilado é sem força.

ΗΛΕΚΤΡΑ

λόγον δὲ δὴ τίν' ἦλθες ἐκ κείνου φέρων;

ΟΡΕΣΤΗΣ

εἰ ζῆις, ὅπως τε ζῶσα συμφορᾶς ἔχεις.

ΗΛΕΚΤΡΑ

οὔκουν ὁρᾶις μου πρῶτον ὡς ξηρὸν δέμας;

ΟΡΕΣΤΗΣ

λύπαις γε συντετηκός, ὥστε με στένειν. 240

ΗΛΕΚΤΡΑ

καὶ κρᾶτα πλόκαμόν τ' ἐσκυθισμένον ξυρῶι.

ΟΡΕΣΤΗΣ

δάκνει σ' ἀδελφὸς ὅ τε θανὼν ἴσως πατήρ.

ΗΛΕΚΤΡΑ

οἴμοι· τί γάρ μοι τῶνδέ γ' ἐστὶ φίλτερον;

ΟΡΕΣΤΗΣ

φεῦ φεῦ· τί δ' αὖ σοῦ σῶι κασιγνήτωι δοκεῖς;

ΗΛΕΚΤΡΑ

ἀπὼν ἐκεῖνος, οὐ παρὼν ἡμῖν φίλος. 245

ΟΡΕΣΤΗΣ

ἐκ τοῦ δὲ ναίεις ἐνθάδ' ἄστεως ἑκάς;

ΗΛΕΚΤΡΑ

ἐγημάμεσθ', ὦ ξεῖνε, θανάσιμον γάμον.

ΟΡΕΣΤΗΣ

ὤιμωξ' ἀδελφὸν σόν. Μυκηναίων τίνι;

ELECTRA

E com que palavra dele assim vieste?

ORESTES

Se vives, e em que condições vives.

ELECTRA

Não me vês primeiro o corpo seco?

ORESTES

Consumido em mágoas de me dar dó. 240

ELECTRA

E a cabeça e a trança à navalha à cita?

ORESTES

Morde-te o irmão, e talvez o pai morto.

ELECTRA

Oímoi! O que me é mais caro que eles?

ORESTES

Pheû pheû! E ao irmão, mais do que tu?

ELECTRA

Ainda ausente, não presente nos é caro. 245

ORESTES

Por que habitas aqui longe da cidadela?

ELECTRA

Casei-me, forasteiro, em núpcias letais.

ORESTES

Lastimo, por teu irmão. Com micênio?

ΗΛΕΚΤΡΑ

οὐχ ὧι πατήρ μ' ἤλπιζεν ἐκδώσειν ποτέ.

ΟΡΕΣΤΗΣ

εἴφ', ὡς ἀκούσας σῶι κασιγνήτωι λέγω. 250

ΗΛΕΚΤΡΑ

ἐν τοῖσδ' ἐκείνου τηλορὸς ναίω δόμοις.

ΟΡΕΣΤΗΣ

σκαφεύς τις ἢ βουφορβὸς ἄξιος δόμων.

ΗΛΕΚΤΡΑ

πένης ἀνὴρ γενναῖος ἔς τ' ἔμ' εὐσεβής.

ΟΡΕΣΤΗΣ

ἡ δ' εὐσέβεια τίς πρόσεστι σῶι πόσει;

ΗΛΕΚΤΡΑ

οὐπώποτ' εὐνῆς τῆς ἐμῆς ἔτλη θιγεῖν. 255

ΟΡΕΣΤΗΣ

ἅγνευμ' ἔχων τι θεῖον ἤ σ' ἀπαξιῶν;

ΗΛΕΚΤΡΑ

γονέας ὑβρίζειν τοὺς ἐμοὺς οὐκ ἠξίου.

ΟΡΕΣΤΗΣ

καὶ πῶς γάμον τοιοῦτον οὐχ ἥσθη λαβών;

ΗΛΕΚΤΡΑ

οὐ κύριον τὸν δόντα μ' ἡγεῖται, ξένε.

ΟΡΕΣΤΗΣ

ξυνῆκ'· Ὀρέστηι μή ποτ' ἐκτείσηι δίκην. 260

ELECTRA

Não com quem o pai pensasse casar-me.

ORESTES

Diz, para que eu saiba e diga a teu irmão. 250

ELECTRA

Aqui nesta casa dele distante eu habito.

ORESTES

Lavrador ou boiadeiro é digno da casa.

ELECTRA

Um varão pobre nobre e, ante mim, pio.

ORESTES

Que piedade a mais o teu esposo tem?

ELECTRA

Ele não ousou nunca me tocar o leito. 255

ORESTES

Por divina castidade ou desprezo a ti?

ELECTRA

Não apreciava o ultraje aos meus pais.

ORESTES

Por que não quis aceitar núpcias tais?

ELECTRA

Não julga lícita a doação, ó forasteiro.

ORESTES

Entendi: não deva ele justiça a Orestes. 260

ΗΛΕΚΤΡΑ

τοῦτ' αὐτὸ ταρβῶν· πρὸς δὲ καὶ σώφρων ἔφυ.

ΟΡΕΣΤΗΣ

φεῦ·

γενναῖον ἄνδρ' ἔλεξας, εὖ τε δραστέον. 262

ΗΛΕΚΤΡΑ

εἰ δή ποθ' ἥξει γ' ἐς δόμους ὁ νῦν ἀπών.

ΟΡΕΣΤΗΣ

μήτηρ δέ σ' ἡ τεκοῦσα ταῦτ' ἠνέσχετο;

ΗΛΕΚΤΡΑ

γυναῖκες ἀνδρῶν, ὦ ξέν', οὐ παίδων φίλαι. 265

ΟΡΕΣΤΗΣ

τίνος δέ σ' οὕνεχ' ὕβρισ' Αἴγισθος τάδε;

ΗΛΕΚΤΡΑ

τεκεῖν μ' ἐβούλετ' ἀσθενῆ, τοιῷδε δούς.

ΟΡΕΣΤΗΣ

ὡς δῆθε παῖδας μὴ τέκοις ποινάτορας;

ΗΛΕΚΤΡΑ

τοιαῦτ' ἐβούλευσ'· ὧν ἐμοὶ δοίη δίκην.

ΟΡΕΣΤΗΣ

οἶδεν δέ σ' οὖσαν παρθένον μητρὸς πόσις; 270

ΗΛΕΚΤΡΑ

οὐκ οἶδε· σιγῇ τοὖθ' ὑφαιρούμεσθά νιν.

ELECTRA

Por isso mesmo, e mais ainda, é casto.

ORESTES

Pheû!

Falaste de nobre, que será bem tratado. 262

ELECTRA

Se o agora ausente vier um dia à casa.

ORESTES

Isso a mãe, a que te gerou, suportou?

ELECTRA

As mulheres amam varões, não filhos. 265

ORESTES

Por que Egisto te cometeu esse ultraje?

ELECTRA

Queria que assim tivesse filhos fracos.

ORESTES

Para que não tivesses filhos punitivos?

ELECTRA

Assim quis. Que me dê justiça por isso!

ORESTES

O marido da mãe sabe que és virgem? 270

ELECTRA

Não sabe, furtamos-lhe isso em silêncio.

ΟΡΕΣΤΗΣ

αἵδ' οὖν φίλαι σοι τούσδ' ἀκούουσιν λόγους;

ΗΛΕΚΤΡΑ

ὥστε στέγειν γε τἀμὰ καὶ σ' ἔπη καλῶς.

ΟΡΕΣΤΗΣ

τί δῆτ' Ὀρέστης πρὸς τάδ', Ἄργος ἢν μόληι;

ΗΛΕΚΤΡΑ

ἤρου τόδ'; αἰσχρόν γ' εἶπας· οὐ γὰρ νῦν ἀκμή; 275

ΟΡΕΣΤΗΣ

ἐλθὼν δὲ δὴ πῶς φονέας ἂν κτάνοι πατρός;

ΗΛΕΚΤΡΑ

τολμῶν ὑπ' ἐχθρῶν οἷ' ἐτολμήθη †πατήρ†.

ΟΡΕΣΤΗΣ

ἦ καὶ μετ' αὐτοῦ μητέρ' ἂν τλαίης κτανεῖν;

ΗΛΕΚΤΡΑ

ταὐτῶι γε πελέκει τῶι πατὴρ ἀπώλετο.

ΟΡΕΣΤΗΣ

λέγω τάδ' αὐτῶι, καὶ βέβαια τἀπὸ σοῦ; 280

ΗΛΕΚΤΡΑ

θάνοιμι μητρὸς αἷμ' ἐπισφάξασ' ἐμῆς.

ΟΡΕΣΤΗΣ

φεῦ·
εἴθ' ἦν Ὀρέστης πλησίον κλύων τάδε. 282

ORESTES

Amigas estas te ouvem estas palavras?

ELECTRA

A bem guardarem minhas e tuas falas.

ORESTES

Que Orestes faria aqui, se vier a Argos?

ELECTRA

Que é isso? Falaste mal! Já não é hora? 275

ORESTES

Vindo, como mataria matadores do pai?

ELECTRA

Ousando como inimigos do pai ousaram.

ORESTES

Terias com ele a ousadia de matar a mãe?

ELECTRA

Com a mesma arma que o pai foi morto.

ORESTES

Digo-lhe isso e a firmeza de tua parte? 280

ELECTRA

Morresse eu por imolar sangue da mãe!

ORESTES

Pheû!

Se Orestes estivesse perto ouvindo isso! 282

ΗΛΕΚΤΡΑ

ἀλλ', ὦ ξέν', οὐ γνοίην ἂν εἰσιδοῦσά νιν.

ΟΡΕΣΤΗΣ

νέα γάρ, οὐδὲν θαῦμ', ἀπεζεύχθης νέου.

ΗΛΕΚΤΡΑ

εἷς ἂν μόνος νιν τῶν ἐμῶν γνοίη φίλων. 285

ΟΡΕΣΤΗΣ

ἆρ' ὃν λέγουσιν αὐτὸν ἐκκλέψαι φόνου;

ΗΛΕΚΤΡΑ

πατρός γε παιδαγωγὸς ἀρχαῖος γέρων.

ΟΡΕΣΤΗΣ

ὁ κατθανὼν δὲ σὸς πατὴρ τύμβου κυρεῖ;

ΗΛΕΚΤΡΑ

ἔκυρσεν ὡς ἔκυρσεν, ἐκβληθεὶς δόμων.

ΟΡΕΣΤΗΣ

οἴμοι, τόδ' οἷον εἶπας· αἴσθησις γὰρ οὖν 290
καὶ τῶν θυραίων πημάτων δάκνει βροτούς.
λέξον δ', ἵν' εἰδὼς σῶι κασιγνήτωι φέρω
λόγους ἀτερπεῖς ἀλλ' ἀναγκαίους κλύειν.
ἔνεστι δ' οἶκτος ἀμαθίαι μὲν οὐδαμοῦ,
σοφοῖσι δ' ἀνδρῶν· καὶ γὰρ οὐδ' ἀζήμιον 295
γνώμην ἐνεῖναι τοῖς σοφοῖς λίαν σοφήν.

ΧΟΡΟΣ

κἀγὼ τὸν αὐτὸν τῶιδ' ἔρον ψυχῆς ἔχω.
πρόσω γὰρ ἄστεως οὖσα τἀν πόλει κακὰ
οὐκ οἶδα, νῦν δὲ βούλομαι κἀγὼ μαθεῖν.

ELECTRA
Ó forasteiro, não reconheceria se o visse.

ORESTES
Não admira. Dele novo te separaste nova.

ELECTRA
Só um dos meus amigos o reconheceria. 285

ORESTES
O que dizem tê-lo furtado da matança?

ELECTRA
O antigo velho preceptor do nosso pai.

ORESTES
O teu pai, ao morrer, recebeu sepultura?

ELECTRA
Recebeu o que recebeu, banido de casa.

ORESTES
Oímoi! Que dizes aí? Perceber dores, 290
ainda que alheias, lancina os mortais.
Diz, para que saiba e leve a teu irmão,
palavras sem alegria mas necessárias!
A compaixão não reside na ignorância,
mas nos sábios, e incólume não reside 295
nos sábios a sentença demasiado sábia.

CORO
Tenho comigo o mesmo desejo que ele.
Estando longe da cidade, não conheço
males da urbe, mas agora quero saber.

ΗΛΕΚΤΡΑ

λέγοιμ' ἄν, εἰ χρή (χρὴ δὲ πρὸς φίλον λέγειν), 300
τύχας βαρείας τὰς ἐμὰς κἀμοῦ πατρός.
ἐπεὶ δὲ κινεῖς μῦθον, ἱκετεύω, ξένε,
ἄγγελλ' Ὀρέστηι τἀμὰ κἀκείνου κακά,
πρῶτον μὲν οἵοις ἐν πέπλοις αὐλίζομαι,
πίνωι θ' ὅσωι βέβριθ', ὑπὸ στέγαισί τε 305
οἵαισι ναίω βασιλικῶν ἐκ δωμάτων,
αὐτὴ μὲν ἐκμοχθοῦσα κερκίσιν πέπλους
ἢ γυμνὸν ἕξω σῶμα καὶ στερήσομαι,
αὐτὴ δὲ πηγὰς ποταμίους φορουμένη.
ἀνέορτος ἱερῶν καὶ χορῶν τητωμένη 310
ἀναίνομαι γυναῖκας οὖσα παρθένος,
αἰσχύνομαι δὲ Κάστορ', ὃς πρὶν ἐς θεοὺς
ἐλθεῖν ἔμ' ἐμνήστευεν, οὖσαν ἐγγενῆ.
μήτηρ δ' ἐμὴ Φρυγίοισιν ἐν σκυλεύμασιν
θρόνωι κάθηται, πρὸς δ' ἕδραισιν Ἀσίδες 315
δμωαὶ στατίζουσ', ἃς ἔπερσ' ἐμὸς πατήρ,
Ἰδαῖα φάρη χρυσέαις ἐζευγμέναι
πόρπαισιν. αἷμα δ' ἔτι πατρὸς κατὰ στέγας
μέλαν σέσηπεν, ὃς δ' ἐκεῖνον ἔκτανεν
ἐς ταὐτὰ βαίνων ἅρματ' ἐκφοιτᾶι πατρί, 320
καὶ σκῆπτρ' ἐν οἷς Ἕλλησιν ἐστρατηλάτει
μιαιφόνοισι χερσὶ γαυροῦται λαβών.
Ἀγαμέμνονος δὲ τύμβος ἠτιμασμένος
οὔπω χοάς ποτ' οὐδὲ κλῶνα μυρσίνης
ἔλαβε, πυρὰ δὲ χέρσος ἀγλαϊσμάτων. 325
μέθηι δὲ βρεχθεὶς τῆς ἐμῆς μητρὸς πόσις
ὁ κλεινός, ὡς λέγουσιν, ἐνθρώισκει τάφωι
πέτροις τε λεύει μνῆμα λάινον πατρός,
καὶ τοῦτο τολμᾶι τοὔπος εἰς ἡμᾶς λέγειν·
Ποῦ παῖς Ὀρέστης; ἆρά σοι τύμβωι καλῶς 330
παρὼν ἀμύνει; ταῦτ' ἀπὼν ὑβρίζεται.
ἀλλ', ὦ ξέν', ἱκετεύω σ', ἀπάγγειλον τάδε.
πολλοὶ δ' ἐπιστέλλουσιν, ἑρμηνεὺς δ' ἐγώ,

ELECTRA

Se devo dizer, e a amigos devo, diria 300
as graves sortes minhas e de meu pai.
Por moveres a fala, forasteiro, suplico,
anuncia a Orestes males meus e seus,
primeiro, com que mantos me abrigo,
que sujeira me oprime, e sob que teto 305
tenho domicílio, banida da casa real,
tecendo eu mesma os mantos no tear
ou estarei despida e ficarei sem nada
carregando eu mesma a água do rio.
Sem festas, falta em ritos e em coros, 310
não falo com mulheres, sendo virgem,
e envergonho Castor, que, antes de ir
aos Deuses, fez-me corte, sendo prima.
Minha mãe, entre os espólios frígios,
tem o trono; ante as sedes, asiáticas 315
servas se dispõem, cativas de meu pai,
a jungirem mantos ideus com áureos
broches. O sangue do pai sob o teto
ainda fenece, negro, e quem o matou
circula com a mesma viatura do pai, 320
e cetro, com que comanda os gregos,
ufana-se de ter mãos sujas do sangue.
Sem honras, a tumba de Agamêmnon
não teve libações nem ramo de mirto
jamais. Sua pira está erma de adornos. 325
Ébrio de vinho, marido de minha mãe,
o ínclito, como dizem, dança na tumba,
com pedra lapida a pétrea lousa do pai,
e tem a ousadia de nos dizer a palavra:
“Onde o filho Orestes? Bem te defende 330
presente a tumba?” Ultraja o ausente.
Suplico-te, ó forasteiro, isso anuncia.
Muitos o saúdam, o intérprete sou eu,

αἱ χεῖρες ἡ γλῶσσ' ἡ ταλαίπωρός τε φρὴν
κάρα τ' ἐμὸν ξυρῆκες ὅ τ' ἐκεῖνον τεκών. 335
αἰσχρὸν γάρ, εἰ πατὴρ μὲν ἐξεῖλεν Φρύγας,
ὁ δ' ἄνδρ' ἕν' εἷς ὢν οὐ δυνήσεται κτανεῖν,
νέος πεφυκὼς κἀξ ἀμείνονος πατρός.

ΧΟΡΟΣ

καὶ μὴν δέδορκα τόνδε, σὸν λέγω πόσιν,
λήξαντα μόχθου πρὸς δόμους ὁρμώμενον. 340

ΑΥΤΟΥΡΓΟΣ

ἔα· τίνας τούσδ' ἐν πύλαις ὁρῶ ξένους;
τίνος δ' ἕκατι τάσδ' ἐπ' ἀγραύλους πύλας
προσῆλθον; ἦ 'μοῦ δεόμενοι; γυναικί τοι
αἰσχρὸν μετ' ἀνδρῶν ἑστάναι νεανιῶν.

ΗΛΕΚΤΡΑ

ὦ φίλτατ', εἰς ὕποπτα μὴ μόλῃς ἐμοί· 345
τὸν ὄντα δ' εἴσῃ μῦθον· οἵδε γὰρ ξένοι
ἥκουσ' Ὀρέστου πρὸς ἐμὲ κήρυκες λόγων.
ἀλλ', ὦ ξένοι, σύγγνωτε τοῖς εἰρημένοις.

ΑΥΤΟΥΡΓΟΣ

τί φασίν; ἁνὴρ ἔστι καὶ λεύσσει φάος;

ΗΛΕΚΤΡΑ

ἔστιν λόγωι γοῦν, φασὶ δ' οὐκ ἄπιστ' ἐμοί. 350

ΑΥΤΟΥΡΓΟΣ

ἦ καί τι πατρὸς σῶν τε μέμνηται κακῶν;

ΗΛΕΚΤΡΑ

ἐν ἐλπίσιν ταῦτ'· ἀσθενὴς φεύγων ἀνήρ.

os braços, a língua, o mísero espírito,
a minha cabeça raspada e o pai dele. 335
É vergonhoso, se o pai pilhou frígios,
mas ele a sós não puder matar um só,
sendo jovem e nascido do melhor pai.

CORO

Eis que o avisto, digo o teu marido,
ao deixar o trabalho, ao ir para casa. 340

LAVRADOR

Éa! Que forasteiros vejo nesta porta?
Por que ante estas portas campestres
vieram? À minha procura? À mulher,
é vergonhoso estar com varões jovens.

ELECTRA

Ó caríssimo, não me venhas suspicaz, 345
saberás a razão, pois estes forasteiros
vieram a mim como arautos de Orestes.
Ó forasteiros, compreendei as palavras.

LAVRADOR

Que dizem? Vive o varão, e vê a luz?

ELECTRA

Vive na palavra e não sem fé me falam. 350

LAVRADOR

Ainda se lembra do pai e de teus males?

ELECTRA

Com essa esperança, sem força no exílio.

ΑΥΤΟΥΡΓΟΣ

ἦλθον δ' Ὀρέστου τίνα πορεύοντες λόγον;

ΗΛΕΚΤΡΑ

σκοποὺς ἔπεμψε τούσδε τῶν ἐμῶν κακῶν.

ΑΥΤΟΥΡΓΟΣ

οὔκουν τὰ μὲν λεύσσουσι, τὰ δὲ σύ που λέγεις; 355

ΗΛΕΚΤΡΑ

ἴσασιν, οὐδὲν τῶνδ' ἔχουσιν ἐνδεές.

ΑΥΤΟΥΡΓΟΣ

οὔκουν πάλαι χρῆν τοῖσδ' ἀνεπτύχθαι πύλας;
χωρεῖτ' ἐς οἴκους· ἀντὶ γὰρ χρηστῶν λόγων
ξενίων κυρήσεθ', οἷ' ἐμὸς κεύθει δόμος.
[αἴρεσθ', ὀπαδοί, τῶνδ' ἔσω τεύχη δόμων.] 360
καὶ μηδὲν ἀντείπητε, παρὰ φίλου φίλοι
μολόντες ἀνδρός· καὶ γὰρ εἰ πένης ἔφυν,
οὔτοι τό γ' ἦθος δυσγενὲς παρέξομαι.

ΟΡΕΣΤΗΣ

πρὸς θεῶν, ὅδ' ἀνὴρ ὃς συνεκκλέπτει γάμους
τοὺς σούς, Ὀρέστην οὐ καταισχύνειν θέλων; 365

ΗΛΕΚΤΡΑ

οὗτος κέκληται πόσις ἐμὸς τῆς ἀθλίας.

ΟΡΕΣΤΗΣ

φεῦ·
οὐκ ἔστ' ἀκριβὲς οὐδὲν εἰς εὐανδρίαν·
ἔχουσι γὰρ ταραγμὸν αἱ φύσεις βροτῶν.
ἤδη γὰρ εἶδον ἄνδρα γενναίου πατρὸς
τὸ μηδὲν ὄντα, χρηστὰ δ' ἐκ κακῶν τέκνα, 370
λιμόν τ' ἐν ἀνδρὸς πλουσίου φρονήματι,

LAVRADOR
Vieram de Orestes com quais palavras?

ELECTRA
Enviou-os para que vejam meus males.

LAVRADOR
Alguns se veem, outros talvez tu digas? 355

ELECTRA
Sabem, não está em falta nenhum deles.

LAVRADOR
Não já lhes devia ter aberto a porta?
Entrai em casa. Pelas boas palavras,
tende o abrigo que minha casa oculta.
Servos, levai a bagagem para casa. 360
Não contradigais, vindos os amigos
ao amigo, pois ainda que seja pobre,
não mostrarei o hábito de má origem.

ORESTES
Por Deuses, este é o varão que simula
núpcias, sem querer desonrar Orestes? 365

ELECTRA
Ele se chama meu esposo na miséria.

ORESTES
Pheû!
Não se pode ter clareza da honradez.
A natureza dos mortais é perturbada,
pois já vi um varão de um pai nobre
não ser nada, e de maus, bons filhos, 370
a inanição de espírito no varão rico,

γνώμην δὲ μεγάλην ἐν πένητι σώματι.
[πῶς οὖν τις αὐτὰ διαλαβὼν ὀρθῶς κρινεῖ;
πλούτωι; πονηρῶι τἄρα χρήσεται κριτῆι.
ἢ τοῖς ἔχουσι μηδέν; ἀλλ' ἔχει νόσον 375
πενία, διδάσκει δ' ἄνδρα τῆι χρείαι κακόν.
ἀλλ' εἰς ὅπλ' ἐλθών; τίς δὲ πρὸς λόγχην βλέπων
μάρτυς γένοιτ' ἂν ὅστις ἐστὶν ἁγαθός;
κράτιστον εἰκῆι ταῦτ' ἐᾶν ἀφειμένα.]
οὗτος γὰρ ἁνὴρ οὔτ' ἐν Ἀργείοις μέγας 380
οὔτ' αὖ δοκήσει δωμάτων ὠγκωμένος,
ἐν τοῖς δὲ πολλοῖς ὤν, ἄριστος ηὑρέθη.
οὐ μὴ ἀφρονήσεθ', οἳ κενῶν δοξασμάτων
πλήρεις πλανᾶσθε, τῆι δ' ὁμιλίαι βροτῶν
κρινεῖτε καὶ τοῖς ἤθεσιν τοὺς εὐγενεῖς; 385
[οἱ γὰρ τοιοῦτοι τὰς πόλεις οἰκοῦσιν εὖ
καὶ δώμαθ'· αἱ δὲ σάρκες αἱ κεναὶ φρενῶν
ἀγάλματ' ἀγορᾶς εἰσιν. οὐδὲ γὰρ δόρυ
μᾶλλον βραχίων σθεναρὸς ἀσθενοῦς μένει·
ἐν τῆι φύσει δὲ τοῦτο κἀν εὐψυχίαι.] 390
ἀλλ' ἄξιος γὰρ ὅ τε παρὼν ὅ τ' οὐ παρὼν
Ἀγαμέμνονος παῖς, οὗπερ οὕνεχ' ἥκομεν,
δεξώμεθ' οἴκων καταλύσεις. χωρεῖν χρεών,
δμῶες, δόμων τῶνδ' ἐντός. ὡς ἐμοὶ πένης
εἴη πρόθυμος πλουσίου μᾶλλον ξένος. 395
αἰνῶ μὲν οὖν τοῦδ' ἀνδρὸς ἐσδοχὰς δόμων,
ἐβουλόμην δ' ἂν εἰ κασίγνητός με σὸς
ἐς εὐτυχοῦντας ἦγεν εὐτυχῶν δόμους.
ἴσως δ' ἂν ἔλθοι· Λοξίου γὰρ ἔμπεδοι
χρησμοί, βροτῶν δὲ μαντικὴν χαίρειν ἐῶ. 400

ΧΟΡΟΣ

νῦν ἢ πάροιθε μᾶλλον, Ἠλέκτρα, χαρᾶι
θερμαινόμεσθα καρδίαν· ἴσως γὰρ ἂν
μόλις προβαίνουσ' ἡ τύχη σταίη καλῶς.

e grande sentimento na gente pobre.
Como ao tomá-los distinguir certo?
Pela riqueza? Será usar mau critério.
Ou por não ter? Mas a penúria tem 375
mazela e carente ensina mal o varão.
Mas ao ir às armas? Ao ver a lança,
quem testemunharia que seja bravo?
Mais vale deixar isso solto a acaso.
Este varão nem é um grande argivo 380
nem se ufana do renome de sua casa,
mas, gente do povo, viu-se o melhor.
Não delireis vós que passeais cheios
de opiniões vãs. Em visita a mortais,
distinguireis os nobres até nos hábitos? 385
Esses tais bem administram as urbes
e as casas, as carnes vazias de espírito
são as estátuas da praça, o braço forte
não aguarda a lança mais que o fraco,
isso reside na natureza e na valentia. 390
Digno é o presente e o não presente
filho de Agamêmnon por quem viemos,
aceitemos o pouso! Servos, devemos
entrar nesta casa. O pobre hospedeiro
seja-nos mais animado que opulento! 395
Louvo a recepção da casa deste varão
e quereria, se teu irmão por boa sorte
conduziu-me à moradia de boa sorte.
Talvez venha, pois são firmes oráculos
de Lóxias e demito mântica de mortais. 400

CORO

Agora mais que antes alegres, Electra,
esquentamos o coração, pois talvez
com árduo avanço venha a boa sorte!

ΗΛΕΚΤΡΑ

ὦ τλῆμον, εἰδὼς δωμάτων χρείαν σέθεν
τί τούσδ' ἐδέξω μείζονας σαυτοῦ ξένους; 405

ΑΥΤΟΥΡΓΟΣ

τί δ'; εἴπερ εἰσὶν ὡς δοκοῦσιν εὐγενεῖς,
οὐκ ἔν τε μικροῖς ἔν τε μὴ στέρξουσ' ὁμῶς;

ΗΛΕΚΤΡΑ

ἐπεί νυν ἐξήμαρτες ἐν σμικροῖσιν ὤν,
ἔλθ' ὡς παλαιὸν τροφέ' ἐμοῦ φίλον πατρός,
ὃς ἀμφὶ ποταμὸν Τάναον Ἀργείας ὅρους 410
τέμνοντα γαίας Σπαρτιάτιδός τε γῆς
ποίμναις ὁμαρτεῖ πόλεος ἐκβεβλημένος·
κέλευε δ' †αὐτὸν τόνδ' ἐς δόμους ἀφιγμένον†
ἐλθεῖν ξένιά τ' ἐς δαῖτα πορσῦναί τινα.
ἡσθήσεταί τοι καὶ προσεύξεται θεοῖς, 415
ζῶντ' εἰσακούσας παῖδ' ὃν ἐκσῴζει ποτέ.
οὐ γὰρ πατρῴων ἐκ δόμων μητρὸς πάρα
λάβοιμεν ἄν τι· πικρὰ δ' ἀγγείλαιμεν ἄν,
εἰ ζῶντ' Ὀρέστην ἡ τάλαιν' αἴσθοιτ' ἔτι.

ΑΥΤΟΥΡΓΟΣ

ἀλλ', εἰ δοκεῖ σοι, τούσδ' ἀπαγγελῶ λόγους 420
γέροντι· χώρει δ' ἐς δόμους ὅσον τάχος
καὶ τἄνδον ἐξάρτυε. πολλά τοι γυνὴ
χρῄζουσ' ἂν εὕροι δαιτὶ προσφορήματα.
ἔστιν δὲ δὴ τοσαῦτά γ' ἐν δόμοις ἔτι
ὥσθ' ἕν γ' ἐπ' ἦμαρ τούσδε πληρῶσαι βορᾶς. 425
ἐν τοῖς τοιούτοις δ' ἡνίκ' ἂν γνώμη πέσηι,
σκοπῶ τὰ χρήμαθ' ὡς ἔχει μέγα σθένος
ξένοις τε δοῦναι σῶμά τ' ἐς νόσους πεσὸν
δαπάναισι σῶσαι· τῆς δ' ἐφ' ἡμέραν βορᾶς
ἐς σμικρὸν ἥκει· πᾶς γὰρ ἐμπλησθεὶς ἀνὴρ 430
ὁ πλούσιός τε χὠ πένης ἴσον φέρει.

ELECTRA

Mísero, ciente da penúria de tua casa,
por que recebeste estes nobres hóspedes? 405

LAVRADOR

Por quê? Sendo nobres como parece,
não prezarão igual o pouco e o lauto?

ELECTRA

Visto que erraste por estar com pouco,
vai ao antigo preceptor de meu caro pai,
que, à beira do rio Tânao, ao delimitar 410
os confins das terras espartana e argiva,
acompanha os rebanhos, banido da urbe.
Exorta-o a vir a esse que veio em casa
e a preparar-lhe refeição hospitaleira.
Ele se alegrará e fará prece aos Deuses 415
ao ouvir que vive o filho que já salvou.
Não da casa paterna, de junto da mãe,
teríamos algo, e seria amargo anúncio,
se a mísera soubesse que Orestes vive.

LAVRADOR

Se assim pensas, direi essas palavras 420
ao velho. Vai para casa o mais rápido
e arruma a casa! Se quisesse, a mulher
inventaria para a ceia muitos produtos.
Há um tanto em casa ainda, no mínimo
de modo a fartá-los de pasto por um dia. 425
Quando cai em tais cismas o pensamento,
vejo como o dinheiro tem grande força
para servir o hóspede e salvar o doente
com os custos. Ao repasto de cada dia
o pouco basta, pois quando já saciado, 430
opulento e pobre, todo varão tem igual.

ΧΟΡΟΣ

κλειναὶ νᾶες, αἵ ποτ' ἔβατε Τροίαν Est. 1
τοῖς ἀμετρήτοις ἐρετμοῖς
πέμπουσαι χορεύματα Νηρήιδων,
ἵν' ὁ φίλαυλος ἔπαλλε δελ- 435
φὶς πρώιραις κυανεμβόλοι-
σιν εἱλισσόμενος,
πορεύων τὸν τᾶς Θέτιδος
κοῦφον ἅλμα ποδῶν Ἀχιλῆ
σὺν Ἀγαμέμνονι Τρωίας 440
ἐπὶ Σιμουντίδας ἀκτάς.

Νηρῆιδες δ' Εὐβοῖδας ἄκρας λιποῦσαι Ant. 1
μόχθους ἀσπιστὰς ἀκμόνων
Ἡφαίστου χρυσέων ἔφερον τευχέων,
ἀνά τε Πήλιον ἀνά τ' ἐρυ- 445
μνᾶς Ὄσσας ἱερὰς νάπας
Νυμφαίας σκοπιὰς
†κόραι μάτευον† ἔνθα πατὴρ [Milton]
ἱππότας τρέφεν Ἑλλάδι φῶς
Θέτιδος εἰναλίας γόνον 450
ταχύπορον πόδ' Ἀτρείδαις.

Ἰλιόθεν δ' ἔκλυόν τινος ἐν λιμέσιν Est. 2
Ναυπλίοις βεβῶτος
τᾶς σᾶς, ὦ Θέτιδος παῖ,
κλεινᾶς ἀσπίδος ἐν κύκλωι 455
τοιάδε σήματα †δείματα
Φρύγια† τετύχθαι·
περιδρόμωι μὲν ἴτυος ἕδραι
Περσέα λαιμοτόμαν ὑπὲρ ἁλὸς
ποτανοῖσι πεδίλοις κορυφὰν Γοργόνος ἴσχειν, 460

[*Primeiro estásimo* (432-486)]

CORO

Ínclitas naus, que fostes a Troia, Est. 1
com os remos imensos,
seguindo coros de Nereidas,
onde o delfim amigo da flauta 435
salta circundando
proas de negro esporão,
levando o filho de Tétis,
leve salto dos pés, Aquiles,
com Agamêmnon às praias 440
do rio Simoente em Troia.

As Nereidas deixando alta Eubeia Ant. 1
levavam o escudo de áurea bigorna
lavrado por fadigas de Hefesto
ao Pélion e aos sagrados vales 445
da sombria Ossa,
mirantes das Ninfas,
moças buscadoras, onde o pai [Milton]
cavaleiro criou a luz da Grécia,
o filho de Tétis marinha, 450
o celerípede, para os Atridas.

Ouvi de alguém vindo de Troia Est. 2
ao porto de Náuplia,
ó filho de Tétis,
tais signos inscritos no círculo 455
de teu ínclito escudo
terríveis aos frígios:
Perseu na sede circular do orbe
com sandálias aladas sobre o mar
segura a cabeça cortada de Górgona, 460

Διὸς ἀγγέλωι σὺν Ἑρμᾶι,
τῶι Μαίας ἀγροτῆρι κούρωι

ἐν δὲ μέσωι κατέλαμπε σάκει φαέθων — Ant. 2
κύκλος ἁλίοιο — 465
ἵπποις ἂμ πτεροέσσαις
ἄστρων τ' αἰθέριοι χοροί,
Πλειάδες Ὑάδες, †Ἕκτορος
ὄμμασι† τροπαῖοι·
ἐπὶ δὲ χρυσοτύπωι κράνει — 470
Σφίγγες ὄνυξιν ἀοίδιμον ἄγραν
φέρουσαι· περιπλεύρωι δὲ κύτει πύρπνοος ἔσπευ-
δε δρόμωι λέαινα χαλαῖς
Πειρηναῖον ὁρῶσα πῶλον. — 475

ἄορι δ' ἐν φονίωι τετραβάμονες ἵπποι ἔπαλλον, — Epodo
κελαινὰ δ' ἀμφὶ νῶθ' ἵετο κόνις.
τοιῶνδ' ἄνακτα δοριπόνων
ἔκανεν ἀνδρῶν, Τυνδαρί, — 480
σὰ λέχεα, κακόφρον κόρα.
τοιγάρ σοί ποτ' οὐρανίδαι — 483
πέμψουσιν θανάτου δίκαν.
ἔτ' ἔτι φόνιον ὑπὸ δέραν — 485
ὄψομαι αἷμα χυθὲν σιδάρωι.

ΠΡΕΣΒΥΣ
ποῦ ποῦ νεᾶνις πότνι' ἐμὴ δέσποινά τε,
Ἀγαμέμνονος παῖς, ὅν ποτ' ἐξέθρεψ' ἐγώ;
ὡς πρόσβασιν τῶνδ' ὀρθίαν οἴκων ἔχει
ῥυσῶι γέροντι τῶιδε προσβῆναι ποδί. — 490
ὅμως δὲ πρός γε τοὺς φίλους ἐξελκτέον
διπλῆν ἄκανθαν καὶ παλίρροπον γόνυ.
ὦ θύγατερ (ἄρτι γάρ σε πρὸς δόμοις ὁρῶ),

com o correio de Zeus, Hermes,
o silvícola filho de Maia.

No meio do escudo brilha fúlgido — Ant. 2
o círculo de Sol — 465
com as éguas aladas
e celestes coros de astros,
Plêiades, Híades evitadas
dos olhos de Heitor.
No elmo feito de ouro — 470
Esfinges com as encantadas caças
nas unhas. Nos flancos da couraça
a ígnea leoa apressa as garras
ao ver o potro de Pirene. — 475

No gládio cruel quatro éguas galopam, — Epodo
a negra poeira jorra às costas.
Tuas núpcias, ó malevolente
mulher Tindárida, mataram — 480
o rei de guerreiros tais.
Que os Deuses celestes — 483
te enviem justa morte!
Ainda, ainda de tua goela verei — 485
o sangue cruel vertido por ferro.

[*Segundo episódio* (487-698)]

ANCIÃO
Onde a jovem senhora minha rainha
filha de Agamêmnon, ao qual criei?
Que íngreme é o acesso desta casa
para este velho decrépito pôr o pé! — 490
Contudo, aos amigos, devo puxar
espinha dobrada e vacilante joelho.
Ó filha, diante de casa agora te vejo,

ἥκω φέρων σοι τῶν ἐμῶν βοσκημάτων
ποίμνης νεογνὸν θρέμμ' ὑποσπάσας τόδε 495
στεφάνους τε τευχέων τ' ἐξελὼν τυρεύματα,
πολιόν τε θησαύρισμα Διονύσου τόδε
ὀσμῆι κατῆρες, σμικρὸν ἀλλ' ἐπεσβαλεῖν
ἡδὺ σκύφον τοῦδ' ἀσθενεστέρωι ποτῶι.
ἴτω φέρων τις τοῖς ξένοις τάδ' ἐς δόμους. 500
ἐγὼ δὲ τρύχει τῶιδ' ἐμῶν πέπλων κόρας
δακρύοισι τέγξας ἐξομόρξασθαι θέλω.

ΗΛΕΚΤΡΑ

τί δ', ὦ γεραιέ, διάβροχον τόδ' ὄμμ' ἔχεις;
μῶν τἀμὰ διὰ χρόνου σ' ἀνέμνησεν κακῶν;
ἢ τὰς Ὀρέστου τλήμονας φυγὰς στένεις 505
καὶ πατέρα τὸν ἐμόν, ὅν ποτ' ἐν χεροῖν ἔχων
ἀνόνητ' ἔθρεψάς σοί τε καὶ τοῖς σοῖς φίλοις;

ΠΡΕΣΒΥΣ

ἀνόνηθ'· ὅμως δ' οὖν τοῦτό γ' οὐκ ἠνεσχόμην·
ἦλθον γὰρ αὐτοῦ πρὸς τάφον πάρεργ' ὁδοῦ
καὶ προσπεσὼν ἔκλαυσ' ἐρημίας τυχών, 510
σπονδάς τε, λύσας ἀσκὸν ὃν φέρω ξένοις,
ἔσπεισα, τύμβωι δ' ἀμφέθηκα μυρσίνας.
πυρᾶς δ' ἔπ' αὐτῆς οἶν μελάγχιμον πόκωι
σφάγιον ἐσεῖδον αἷμά τ' οὐ πάλαι χυθὲν
ξανθῆς τε χαίτης βοστρύχους κεκαρμένους. 515
κἀθαύμασ', ὦ παῖ, τίς ποτ' ἀνθρώπων ἔτλη
πρὸς τύμβον ἐλθεῖν· οὐ γὰρ Ἀργείων γέ τις.
ἀλλ' ἦλθ' ἴσως που σὸς κασίγνητος λάθραι,
μολὼν δ' ἐθαύμασ' ἄθλιον τύμβον πατρός.
σκέψαι δὲ χαίτην προστιθεῖσα σῆι κόμηι, 520
εἰ χρῶμα ταὐτὸν κουρίμης ἔσται τριχός·
φιλεῖ γάρ, αἷμα ταὐτὸν οἷς ἂν ἦι πατρός,
τὰ πόλλ' ὅμοια σώματος πεφυκέναι.

venho trazendo-te de meus rebanhos
este filhote novo, que separei da tropa, 495
grinaldas, queijos, que tirei das caixas,
e este grisalho tesouro de Dioniso cá
rico de aroma, lançar a pequena mas
doce taça dele na bebida mais fraca.
Vão levá-los aos hóspedes em casa! 500
Quero com este trapo de meu manto
enxugar as pupilas úmidas de pranto.

ELECTRA

Ó ancião, por que tens aí úmido olhar?
Meus males no tempo lembram os teus?
Ou lastimas o exílio do mísero Orestes 505
e meu pai? Outrora o tiveste nos braços
e criaste sem proveito para ti e os teus.

ANCIÃO

Sem proveito. Isso porém não suportei,
pois fui à tumba dele, perto do percurso,
e prostrado pranteei, ao ver a desolação, 510
e libações do odre trazido aos hóspedes
libei e cobri a tumba com ramos de mirto.
Na pira mesma, vi negra ovelha velosa
degolada e sangue vertido há não muito
e madeixas cortadas de loira cabeleira. 515
Admirei, ó filha, quem afinal ousou
ir à tumba, pois não é nenhum argivo;
mas talvez o teu irmão veio às ocultas,
veio e admirou a mísera tumba do pai.
Examina os cachos comparados aos teus, 520
se a cor será a mesma do cabelo cortado.
Os do mesmo sangue paterno tendem
a ter muitas semelhanças de nascença.

ΗΛΕΚΤΡΑ

οὐκ ἄξι' ἀνδρός, ὦ γέρον, σοφοῦ λέγεις,
εἰ κρυπτὸν ἐς γῆν τήνδ' ἂν Αἰγίσθου φόβωι 525
δοκεῖς ἀδελφὸν τὸν ἐμὸν εὐθαρσῆ μολεῖν.
ἔπειτα χαίτης πῶς συνοίσεται πλόκος,
ὁ μὲν παλαίστραις ἀνδρὸς εὐγενοῦς τραφείς,
ὁ δὲ κτενισμοῖς θῆλυς; ἀλλ' ἀμήχανον.
πολλοῖς δ' ἂν εὕροις βοστρύχους ὁμοπτέρους 530
καὶ μὴ γεγῶσιν αἵματος ταὐτοῦ, γέρον.

ΠΡΕΣΒΥΣ

σὺ δ' εἰς ἴχνος βᾶσ' ἀρβύλης σκέψαι βάσιν
εἰ σύμμετρος σῶι ποδὶ γενήσεται, τέκνον.

ΗΛΕΚΤΡΑ

πῶς δ' ἂν γένοιτ' ἂν ἐν κραταιλέωι πέδωι
γαίας ποδῶν ἔκμακτρον; εἰ δ' ἔστιν τόδε, 535
δυοῖν ἀδελφοῖν ποὺς ἂν οὐ γένοιτ' ἴσος
ἀνδρός τε καὶ γυναικός, ἀλλ' ἄρσην κρατεῖ.

ΠΡΕΣΒΥΣ

οὐκ ἔστιν, εἰ καὶ γῆν κασίγνητος μολὼν
κερκίδος ὅτωι γνοίης ἂν ἐξύφασμα σῆς,
ἐν ὧι ποτ' αὐτὸν ἐξέκλεψα μὴ θανεῖν; 540

ΗΛΕΚΤΡΑ

οὐκ οἶσθ', Ὀρέστης ἡνίκ' ἐκπίπτει χθονός,
νέαν μ' ἔτ' οὖσαν; εἰ δὲ κἄκρεκον πέπλους,
πῶς ἂν τότ' ὢν παῖς ταὐτὰ νῦν ἔχοι φάρη,
εἰ μὴ ξυναύξοινθ' οἱ πέπλοι τῶι σώματι;
ἀλλ' ἤ τις αὐτοῦ τάφον ἐποικτίρας ξένος 545
†ἐκείρατ' ἢ τῆσδε σκοποὺς λαβὼν χθονός†.

ELECTRA

Ó velho, não falas digno de varão sábio,
se pensas que por temor de Egisto veio 525
oculto a esta terra meu intrépido irmão.
Depois, como conferir o cacho de cabelo,
o de nobre varão, crescido nos estádios,
e o feminino, penteado? Não é possível.
Em muitos verias madeixas semelhantes, 530
velho, e em não natos do mesmo sangue.

ANCIÃO

Pisa tu no vestígio da bota e olha o passo,
se virá a ser simétrico com teu pé, ó filha!

ELECTRA

Como haveria no chão rochoso da terra
as impressões dos pés? Se há pegadas, 535
não seriam iguais os pés de dois irmãos,
de varão e de mulher, mas dele é maior.

ANCIÃO

Se o irmão ainda viesse à terra, não há
tecido de teu tear, que tu reconhecesses,
no qual outrora o escamoteei da morte? 540

ELECTRA

Não sabes que, ao ser Orestes banido,
eu ainda era nova? Se é que teci vestes,
se ele era novo, como as vestiria hoje,
se as vestes não crescem com o corpo?
Ou um hóspede, por dó de sua tumba, 545
fez tonsura, ou por espiões nesta terra.

ΠΡΕΣΒΥΣ

οἱ δὲ ξένοι ποῦ; βούλομαι γὰρ εἰσιδὼν
αὐτοὺς ἐρέσθαι σοῦ κασιγνήτου πέρι.

ΗΛΕΚΤΡΑ

οἵδ' ἐκ δόμων βαίνουσι λαιψηρῶι ποδί.

ΠΡΕΣΒΥΣ

ἀλλ' εὐγενεῖς μέν, ἐν δὲ κιβδήλωι τόδε· 550
πολλοὶ γὰρ ὄντες εὐγενεῖς εἰσιν κακοί.
ὅμως δὲ χαίρειν τοὺς ξένους προσεννέπω.

ΟΡΕΣΤΗΣ

χαῖρ', ὦ γεραιέ. τοῦ ποτ', Ἠλέκτρα, τόδε
παλαιὸν ἀνδρὸς λείψανον φίλων κυρεῖ;

ΗΛΕΚΤΡΑ

οὗτος τὸν ἁμὸν πατέρ' ἔθρεψεν, ὦ ξένε. 555

ΟΡΕΣΤΗΣ

τί φήις; ὅδ' ὃς σὸν ἐξέκλεψε σύγγονον;

ΗΛΕΚΤΡΑ

ὅδ' ἔσθ' ὁ σώσας κεῖνον, εἴπερ ἔστ' ἔτι.

ΟΡΕΣΤΗΣ

ἔα·
τί μ' ἐσδέδορκεν ὥσπερ ἀργύρου σκοπῶν 558
λαμπρὸν χαρακτῆρ'; ἦ προσεικάζει μέ τωι;

ΗΛΕΚΤΡΑ

ἴσως Ὀρέστου σ' ἥλιχ' ἥδεται βλέπων. 560

ΟΡΕΣΤΗΣ

φίλου γε φωτός. τί δὲ κυκλεῖ πέριξ πόδα;

ANCIÃO

Onde os forasteiros? Quero vê-los
e indagá-los a respeito do teu irmão.

ELECTRA

Eles saem de casa com rápido passo.

ANCIÃO

São nobres sim, mas isso é em falso, 550
muitos por serem nobres são maus.
Aos forasteiros todavia digo "salve!"

ORESTES

Salve, ó ancião! De qual dos amigos,
Electra, é esta antiga relíquia viril?

ELECTRA

Este instruiu nosso pai, ó forasteiro. 555

ORESTES

Que dizes? O que ocultou teu irmão?

ELECTRA

Este é o que o salvou, se ainda vive.

ORESTES

Éa!
Por que me olha como se visse a marca 558
brilhante da prata? A que me compara?

ELECTRA

Igual me apraz te ver coevo de Orestes. 560

ORESTES

De meu chefe. Por que me circundas?

ΗΛΕΚΤΡΑ

καὐτὴ τόδ' εἰσορῶσα θαυμάζω, ξένε.

ΠΡΕΣΒΥΣ

ὦ πότνι', εὔχου, θύγατερ Ἠλέκτρα, θεοῖς.

ΗΛΕΚΤΡΑ

τί τῶν ἀπόντων ἢ τί τῶν ὄντων πέρι;

ΠΡΕΣΒΥΣ

λαβεῖν φίλον θησαυρόν, ὃν φαίνει θεός. 565

ΗΛΕΚΤΡΑ

ἰδού· καλῶ θεούς. ἢ τί δὴ λέγεις, γέρον;

ΠΡΕΣΒΥΣ

βλέψον νυν ἐς τόνδ', ὦ τέκνον, τὸν φίλτατον.

ΗΛΕΚΤΡΑ

πάλαι δέδορκα· μὴ σύ γ' οὐκέτ' εὖ φρονεῖς;

ΠΡΕΣΒΥΣ

οὐκ εὖ φρονῶ 'γὼ σὸν κασίγνητον βλέπων;

ΗΛΕΚΤΡΑ

πῶς εἶπας, ὦ γεραί', ἀνέλπιστον λόγον; 570

ΠΡΕΣΒΥΣ

ὁρᾶν Ὀρέστην τόνδε τὸν Ἀγαμέμνονος.

ΗΛΕΚΤΡΑ

ποῖον χαρακτῆρ' εἰσιδών, ὧι πείσομαι;

ELECTRA
Também eu ao ver admiro, forasteiro.

ANCIÃO
Senhora, filha Electra, ora aos Deuses!

ELECTRA
Por algo ausente ou por algo presente?

ANCIÃO
Ter o teu tesouro, que o Deus mostra. 565

ELECTRA
Vê, invoco Deuses. Que dizes, velho?

ANCIÃO
Olha, pois, para ele, o caríssimo, filha!

ELECTRA
Há muito vejo. Não mais te sentes bem?

ANCIÃO
Não me sinto bem por ver o teu irmão?

ELECTRA
Que palavra inopinada dizes, ó ancião? 570

ANCIÃO
Ver este Orestes filho de Agamêmnon.

ELECTRA
Assim me persuado por ver que marca?

ΠΡΕΣΒΥΣ

οὐλὴν παρ’ ὀφρύν, ἥν ποτ’ ἐν πατρὸς δόμοις
νεβρὸν διώκων σοῦ μέθ’ ᾑμάχθη πεσών.

ΗΛΕΚΤΡΑ

πῶς φῄς; ὁρῶ μὲν πτώματος τεκμήριον. 575

ΠΡΕΣΒΥΣ

ἔπειτα μέλλεις προσπίτνειν τοῖς φιλτάτοις;

ΗΛΕΚΤΡΑ

ἀλλ’ οὐκέτ’, ὦ γεραιέ· συμβόλοισι γὰρ
τοῖς σοῖς πέπεισμαι θυμόν. ὦ χρόνωι φανείς,
ἔχω σ’ ἀέλπτως

ΟΡΕΣΤΗΣ

κἀξ ἐμοῦ γ’ ἔχηι χρόνωι.

ΗΛΕΚΤΡΑ

οὐδέποτε δόξασ’.

ΟΡΕΣΤΗΣ

οὐδ’ ἐγὼ γὰρ ἤλπισα. 580

ΗΛΕΚΤΡΑ

ἐκεῖνος εἶ σύ;

ΟΡΕΣΤΗΣ

σύμμαχός γέ σοι μόνος.
ἢν δ’ ἀνσπάσωμαί γ’ ὃν μετέρχομαι βόλον
<σωτὴρ ἂν εἴην ἐξ ἀμηχάνων κακῶν>. [Kovacs]
πέποιθα δ’· ἢ χρὴ μηκέθ’ ἡγεῖσθαι θεούς,
εἰ τἄδικ’ ἔσται τῆς δίκης ὑπέρτερα.

ANCIÃO

A cicatriz na sobrancelha, ferida ao cair
acossando gamo contigo na casa do pai.

ELECTRA

Que dizes? Vejo sim a prova da queda. 575

ANCIÃO

Então vais abraçar os mais caros a ti?

ELECTRA

Mas, ó velho, não mais, pois com sinais
teus persuadi o ânimo! Ó visto a tempo,
tenho-te sem esperar!

ORESTES

E eu a ti, a tempo.

ELECTRA

Já descrente.

ORESTES

Nem mesmo eu esperei. 580

ELECTRA

Ele és tu?

ORESTES

Teu único aliado de guerra.
Se puder colher a rede que arremesso,
seria o salvador de males impossíveis. [Kovacs]
Confio, ou não devo mais ter Deuses,
se injustiças forem mais que a justiça.

ΧΟΡΟΣ

ἔμολες ἔμολες, ὤ, χρόνιος ἁμέρα, 585
κατέλαμψας, ἔδειξας ἐμφανῆ
πόλει πυρσόν, ὃς παλαιᾶι φυγᾶι
πατρίων ἀπὸ δωμάτων τάλας
ἀλαίνων ἔβα.
θεὸς αὖ θεὸς ἁμετέραν τις ἄγει 590
νίκαν, ὦ φίλα.
ἄνεχε χέρας, ἄνεχε λόγον, ἵει λιτὰς
ἐς θεούς, τύχαι σοι τύχαι
κασίγνητον ἐμβατεῦσαι πόλιν. 595

ΟΡΕΣΤΗΣ

εἶέν· φίλας μὲν ἡδονὰς ἀσπασμάτων
ἔχω, χρόνωι δὲ καὖθις αὐτὰ δώσομεν.
σὺ δ', ὦ γεραιέ, καίριος γὰρ ἤλυθες,
λέξον, τί δρῶν ἂν φονέα τεισαίμην πατρὸς
μητέρα τε <τὴν> κοινωνὸν ἀνοσίων γάμων; 600
ἔστιν τί μοι κατ' Ἄργος εὐμενὲς φίλων;
ἢ πάντ' ἀνεσκευάσμεθ', ὥσπερ αἱ τύχαι;
τῶι ξυγγένωμαι; νύχιος ἢ καθ' ἡμέραν;
ποίαν ὁδὸν τραπώμεθ' εἰς ἐχθροὺς ἐμούς;

ΠΡΕΣΒΥΣ

ὦ τέκνον, οὐδεὶς δυστυχοῦντί σοι φίλος. 605
εὕρημα γάρ τοι χρῆμα γίγνεται τόδε,
κοινῆι μετασχεῖν τἀγαθοῦ καὶ τοῦ κακοῦ.
σὺ δ' (ἐκ βάθρων γὰρ πᾶς ἀνήιρησαι φίλοις
οὐδ' ἐλλέλοιπας ἐλπίδ') ἴσθι μου κλύων·
ἐν χειρὶ τῆι σῆι πάντ' ἔχεις καὶ τῆι τύχηι, 610
πατρῷιον οἶκον καὶ πόλιν λαβεῖν σέθεν.

ΟΡΕΣΤΗΣ

τί δῆτα δρῶντες τοῦδ' ἂν ἐξικοίμεθα;

CORO

Vieste! Vieste! Ó dia tardio, 585
brilhaste, mostraste fulgente
archote à urbe, antes exilado
longe da casa paterna mísero
foi errante.
Deus, aliás, Deus guia 590
nossa vitória, ó amiga.
Ergue mãos, ergue voz, suplica
aos Deuses, por sorte, por sorte
teu irmão tomar posse da urbe! 595

ORESTES

Seja! Nossos prazeres de abraços
guardo, a tempo daremos outros.
Tu, ancião, vieste oportuno, diz
como puniríamos matador do pai
e mãe cúmplice de ímpias núpcias? 600
Em Argos tenho amigos anuentes?
Ou fomos pilhados, assim a sorte?
Quem cooptar? À noite, ou de dia?
Que via voltar aos meus inimigos?

ANCIÃO

Filho, na má sorte não tens amigo; 605
esta ocorrência se torna um achado,
compartilhar bem e mal em comum.
Tu aos amigos estás todo destruído
e sem esperança. Ouve-me e sabe:
tens em tua mão tudo e por sorte 610
para teres paterna casa e urbe tua.

ORESTES

Que fazer para conseguirmos isso?

ΠΡΕΣΒΥΣ

κτανὼν Θυέστου παῖδα σήν τε μητέρα.

ΟΡΕΣΤΗΣ

ἥκω ‘πὶ τόνδε στέφανον· ἀλλὰ πῶς λάβω;

ΠΡΕΣΒΥΣ

τειχέων μὲν ἐλθὼν ἐντὸς οὐδ’ ἂν εἰ θέλοις. 615

ΟΡΕΣΤΗΣ

φρουραῖς κέκασται δεξιαῖς τε δορυφόρων;

ΠΡΕΣΒΥΣ

ἔγνως· φοβεῖται γάρ σε κοὐχ εὕδει σαφῶς.

ΟΡΕΣΤΗΣ

εἶέν· σὺ δὴ τοὐνθένδε βούλευσον, γέρον.

ΠΡΕΣΒΥΣ

τἄμ’ οὖν ἄκουσον· ἄρτι γάρ μ’ ἐσῆλθέ τι.

ΟΡΕΣΤΗΣ

ἐσθλόν τι μηνύσειας, αἰσθοίμην δ’ ἐγώ. 620

ΠΡΕΣΒΥΣ

Αἴγισθον εἶδον, ἡνίχ’ εἷρπον ἐνθάδε.

ΟΡΕΣΤΗΣ

προσηκάμην τὸ ῥηθέν. ἐν ποίοις τόποις;

ΠΡΕΣΒΥΣ

ἀγρῶν πέλας τῶνδ’, ἱπποφορβίων ἔπι.

ΟΡΕΣΤΗΣ

τί δρῶνθ’; ὁρῶ γὰρ ἐλπίδ’ ἐξ ἀμηχάνων.

ANCIÃO

Matar o filho de Tiestes e tua mãe.

ORESTES

Venho por essa láurea, mas como?

ANCIÃO

Não dentro dos muros, se quisesses. 615

ORESTES

Ele tem vigias e mãos de lanceiros?

ANCIÃO

Sabes. Teme-te, e claro não dorme.

ORESTES

Seja! Propõe-nos o plano, ancião!

ANCIÃO

Ouve-me, pois já me ocorreu algo!

ORESTES

Mostres algo bom, possa eu saber! 620

ANCIÃO

Vi Egisto, quando eu vinha para cá.

ORESTES

Compreendi o relato. Em que lugar?

ANCIÃO

Perto destes campos, nos estábulos.

ORESTES

Que fazia? Vejo esperança no impasse.

ΠΡΕΣΒΥΣ

Νύμφαις ἐπόρσυν' ἔροτιν, ὡς ἔδοξέ μοι. 625

ΟΡΕΣΤΗΣ

τροφεῖα παίδων ἢ πρὸ μέλλοντος τόκου;

ΠΡΕΣΒΥΣ

οὐκ οἶδα πλὴν ἕν· βουσφαγεῖν ὡπλίζετο.

ΟΡΕΣΤΗΣ

πόσων μετ' ἀνδρῶν; ἢ μόνος δμώων μέτα;

ΠΡΕΣΒΥΣ

οὐδεὶς παρῆν Ἀργεῖος, οἰκεία δὲ χείρ.

ΟΡΕΣΤΗΣ

οὔ πού τις ὅστις γνωριεῖ μ' ἰδών, γέρον; 630

ΠΡΕΣΒΥΣ

δμῶες μέν εἰσιν, οἳ σέ γ' οὐκ εἶδόν ποτε.

ΟΡΕΣΤΗΣ

ἡμῖν ἂν εἶεν, εἰ κρατοῖμεν, εὐμενεῖς;

ΠΡΕΣΒΥΣ

δούλων γὰρ ἴδιον τοῦτο, σοὶ δὲ σύμφορον.

ΟΡΕΣΤΗΣ

πῶς οὖν ἂν αὐτῶι πλησιασθείην ποτέ;

ΠΡΕΣΒΥΣ

στείχων ὅθεν σε βουθυτῶν ἐσόψεται. 635

ΟΡΕΣΤΗΣ

ὁδὸν παρ' αὐτήν, ὡς ἔοικ', ἀγροὺς ἔχει.

ANCIÃO
Pareceu-me que festejava as Ninfas. 625

ELECTRA
Criação de filhos ou próximo parto?

ANCIÃO
Não sei senão que ele imolaria boi.

ORESTES
Com quantos varões? Ou só servos?

ANCIÃO
Nenhum era argivo, mas mão servil.

ORESTES
Há quem me reconheça se vir, velho? 630

ANCIÃO
São servos que não te viram jamais.

ORESTES
Seriam benevolentes, se vencermos?

ANCIÃO
Isso é próprio de servos, e útil a ti.

ORESTES
Como afinal me aproximaria dele?

ANCIÃO
Indo aonde ele te verá ao imolar rês. 635

ORESTES
Os campos, creio, ladeiam esta via.

ΠΡΕΣΒΥΣ

ὅθεν <γ’> ἰδών σε δαιτὶ κοινωνὸν καλεῖ.

ΟΡΕΣΤΗΣ

πικρόν γε συνθοινάτορ’, ἢν θεὸς θέληι.

ΠΡΕΣΒΥΣ

τοὐνθένδε πρὸς τὸ πῖπτον αὐτὸς ἐννόει.

ΟΡΕΣΤΗΣ

καλῶς ἔλεξας. ἡ τεκοῦσα δ’ ἐστὶ ποῦ; 640

ΠΡΕΣΒΥΣ

Ἄργει· παρέσται δ’ οὖν πόσει θοίνην ἔπι.

ΟΡΕΣΤΗΣ

τί δ’ οὐχ ἅμ’ ἐξωρμᾶτ’ ἐμὴ μήτηρ πόσει;

ΠΡΕΣΒΥΣ

ψόγον τρέμουσα δημοτῶν ἐλείπετο.

ΟΡΕΣΤΗΣ

ξυνῆχ’· ὕποπτος οὖσα γιγνώσκει πόλει.

ΠΡΕΣΒΥΣ

τοιαῦτα· μισεῖται γὰρ ἀνόσιος γυνή. 645

ΟΡΕΣΤΗΣ

πῶς οὖν; ἐκείνην τόνδε τ’ ἐν ταὐτῶι κτενῶ;

ΗΛΕΚΤΡΑ

ἐγὼ φόνον γε μητρὸς ἐξαρτύσομαι.

ΟΡΕΣΤΗΣ

καὶ μὴν ἐκεῖνά γ’ ἡ τύχη θήσει καλῶς.

ANCIÃO

Aí ao te ver convidará para a festa.

ORESTES

Pungente conviva, se Deus quiser!

ANCIÃO

Depois tu mesmo vês o que se dá.

ORESTES

Falaste bem, mas a mãe, onde está? 640

ANCIÃO

Em Argos, mas virá à festa do marido.

ORESTES

Por que a mãe não veio com o marido?

ANCIÃO

Por temer a voz do povo, atrasou-se.

ORESTES

Entendo; sabe que é suspeita na urbe.

ANCIÃO

Assim é, pois odeia-se mulher ímpia. 645

ORESTES

Como? Matarei juntos uma e outro?

ELECTRA

Eu mesma proverei a morte da mãe.

ORESTES

E quanto àquilo, a sorte fará bem.

ΗΛΕΚΤΡΑ
ὑπηρετείτω μὲν δυοῖν ὄντοιν ὅδε.

ΟΡΕΣΤΗΣ
ἔσται τάδ'· εὑρίσκεις δὲ μητρὶ πῶς φόνον; 650

ΗΛΕΚΤΡΑ
λέγ', ὦ γεραιέ, τάδε Κλυταιμήστραι μολών.
λεχώ μ' ἀπάγγελλ' οὖσαν ἄρσενος τόκωι.

ΠΡΕΣΒΥΣ
πότερα πάλαι τεκοῦσαν ἢ νεωστὶ δή;

ΗΛΕΚΤΡΑ
δέχ' ἡλίους, ἐν οἷσιν ἁγνεύει λεχώ.

ΠΡΕΣΒΥΣ
καὶ δὴ τί τοῦτο μητρὶ προσβάλλει φόνον; 655

ΗΛΕΚΤΡΑ
ἥξει κλύουσα λόχιά μου νοσήματα.

ΠΡΕΣΒΥΣ
πόθεν; †τί δ'† αὐτῆι σοῦ μέλειν δοκεῖς, τέκνον;

ΗΛΕΚΤΡΑ
ναί· καὶ δακρύσει γ' ἀξίωμ' ἐμῶν τόκων.

ΠΡΕΣΒΥΣ
ἴσως· πάλιν μοι μῦθον ἐς καμπὴν ἄγε.

ΗΛΕΚΤΡΑ
ἐλθοῦσα μέντοι δῆλον ὡς ἀπόλλυται. 660

ELECTRA

Sirva-nos este ancião a ambos nós.

ORESTES

Assim será. Vês que morte da mãe? 650

ELECTRA

Ancião, vai e diz a Clitemnestra isto!
Anuncia meu parto ser de filho varão!

ANCIÃO

Há muito tempo, ou há pouco tempo?

ELECTRA

Há dez sóis, nos quais o parto é puro.

ANCIÃO

E por que é que isso dá morte à mãe? 655

ELECTRA

Virá ao ouvir que convalesço do parto.

ANCIÃO

Como? Crês que ela pense em ti, filha?

ELECTRA

Sim! E chorará a condição de meu filho.

ANCIÃO

Talvez. Vai ao termo do que me dizes!

ELECTRA

É claro que, vindo, ela decerto morre. 660

ΠΡΕΣΒΥΣ

καὶ μὴν ἐπ' αὐτάς γ' εἶσι σῶν δόμων πύλας.

ΗΛΕΚΤΡΑ

οὔκουν τραπέσθαι σμικρὸν εἰς Ἅιδου τότε;

ΠΡΕΣΒΥΣ

εἰ γὰρ θάνοιμι τοῦτ' ἰδὼν ἐγώ ποτε.

ΗΛΕΚΤΡΑ

πρώτιστα μέν νυν τῶιδ' ὑφήγησαι, γέρον.

ΠΡΕΣΒΥΣ

Αἴγισθος ἔνθα νῦν θυηπολεῖ θεοῖς; 665

ΗΛΕΚΤΡΑ

ἔπειτ' ἀπαντῶν μητρὶ τἀπ' ἐμοῦ φράσον.

ΠΡΕΣΒΥΣ

ὥστ' αὐτά γ' ἐκ σοῦ στόματος εἰρῆσθαι δοκεῖν.

ΗΛΕΚΤΡΑ

σὸν ἔργον ἤδη· πρόσθεν εἴληχας φόνου.

ΟΡΕΣΤΗΣ

στείχοιμ' ἄν, εἴ τις ἡγεμὼν γίγνοιθ' ὁδοῦ.

ΠΡΕΣΒΥΣ

καὶ μὴν ἐγὼ πέμποιμ' ἂν οὐκ ἀκουσίως. 670

ΟΡΕΣΤΗΣ

ὦ Ζεῦ πατρῷιε καὶ τροπαῖ' ἐχθρῶν ἐμῶν

ΗΛΕΚΤΡΑ

ἴκτιρέ γ' ἡμᾶς· οἰκτρὰ γὰρ πεπόνθαμεν.

ANCIÃO

Por certo, virá às portas de tua casa.

ELECTRA

Não é a volta leve para as de Hades?

ANCIÃO

Ah, se eu morresse tendo visto isso!

ELECTRA

Primeiro, mostra-lhe o caminho, velho!

ANCIÃO

Onde agora Egisto imola aos Deuses? 665

ELECTRA

Depois, vai e diz à mãe o que eu disse!

ANCIÃO

Parecendo a mesma palavra de tua boca.

ELECTRA

Já é tua missão! Coube-te matar antes.

ORESTES

Iria, se tivesse um guia do caminho.

ANCIÃO

Eu decerto o escoltaria sem coerção. 670

ORESTES

Ó Zeus pátrio e eversor de inimigos!

ELECTRA

Condói-te de nós, sofremos misérias!

ΠΡΕΣΒΥΣ

οἴκτιρε δῆτα σοῦ γε φύντας ἐκγόνους.

ΟΡΕΣΤΗΣ

Ἥρα τε βωμῶν ἣ Μυκηναίων κρατεῖς

ΗΛΕΚΤΡΑ

νίκην δὸς ἡμῖν, εἰ δίκαι' αἰτούμεθα. 675

ΠΡΕΣΒΥΣ

δὸς δῆτα πατρὸς τοῖσδε τιμωρὸν δίκην.

ΟΡΕΣΤΗΣ

σύ τ' ὦ κάτω γῆς ἀνοσίως οἰκῶν πάτερ

ΗΛΕΚΤΡΑ

καὶ Γαῖ' ἄνασσα, χεῖρας ἣι δίδωμ' ἐμάς

ΠΡΕΣΒΥΣ

ἄμυν' ἄμυνε τοῖσδε φιλτάτοις τέκνοις.

ΟΡΕΣΤΗΣ

νῦν πάντα νεκρὸν ἐλθὲ σύμμαχον λαβὼν 680

ΗΛΕΚΤΡΑ

οἵπερ γε σὺν σοὶ Φρύγας ἀνήλωσαν δορί

ΠΡΕΣΒΥΣ

χὤσοι στυγοῦσιν ἀνοσίους μιάστορας. 685

ΟΡΕΣΤΗΣ

ἤκουσας, ὦ δείν' ἐξ ἐμῆς μητρὸς παθών; 682

ΠΡΕΣΒΥΣ

πάντ', οἶδ', ἀκούει τάδε πατήρ· στείχειν δ' ἀκμή. 684

ANCIÃO
Condói-te dos filhos nascidos de ti!

ORESTES
Ó Hera, rainha dos altares micênios!

ELECTRA
Dá-nos vitória, se te pedimos justiça! 675

ANCIÃO
Dá-lhes justiça defensora de seu pai!

ORESTES
Tu, pai, por ilícito na casa dos ínferos...

ELECTRA
... e rainha Terra, a quem dou as mãos...

ANCIÃO
... defende, defende os caríssimos filhos!

ORESTES
Vem agora, e todos os mortos aliados... 680

ELECTRA
... que contigo venceram frígios com lança

ANCIÃO
... e que têm horror a ilícitos poluidores! 683

ORESTES
Ouviste, ó maltratado por minha mãe? 682

ANCIÃO
Sim, tudo isso o pai ouve. É hora de ir. 684

ΗΛΕΚΤΡΑ

πάντ', οἶδα· πρὸς τάδ' ἄνδρα γίγνεσθαί σε χρή. 693
[καί σοι προφωνῶ πρὸς τάδ' Αἴγισθον θανεῖν· 685
ὡς εἰ παλαισθεὶς πτῶμα θανάσιμον πεσῆι,
τέθνηκα κἀγὼ μηδέ με ζῶσαν λέγε·
παίσω κάρα γὰρ τοὐμὸν ἀμφήκει ξίφει.
δόμων ἔσω βᾶσ' εὐτρεπὲς ποιήσομαι.]
ὡς ἢν μὲν ἔλθηι πύστις εὐτυχὴς σέθεν, 690
ὀλολύξεται πᾶν δῶμα· θνήισκοντος δέ σου
τἀναντί' ἔσται τῶνδε· ταῦτα σοὶ λέγω. 692
ὑμεῖς δέ μοι, γυναῖκες, εὖ πυρσεύετε 694
κραυγὴν ἀγῶνος τοῦδε· φρουρήσω δ' ἐγὼ 695
πρόχειρον ἔγχος χειρὶ βαστάζουσ' ἐμῆι.
οὐ γάρ ποτ' ἐχθροῖς τοῖς ἐμοῖς νικωμένη
δίκην ὑφέξω, σῶμ' ἐμὸν καθυβρίσαι.

ΧΟΡΟΣ

ἀταλᾶς ὑπὸ †ματέρος Ἀργείων† Est. 1
ὀρέων ποτὲ κληδὼν 700
ἐν πολιαῖσι μένει φήμαις
εὐαρμόστοις ἐν καλάμοις
Πᾶνα μοῦσαν ἡδύθροον
πνέοντ', ἀγρῶν ταμίαν,
χρυσέαν ἄρνα καλλίποκον 705
πορεῦσαι. πετρίνοις δ' ἐπι-
στὰς κᾶρυξ ἰαχεῖ βάθροις·
Ἀγορὰν ἀγοράν, Μυκη-
ναῖοι, στείχετε μακαρίων
ὀψόμενοι τυράννων 710
φάσματα †δείματα.
χοροὶ δ'† Ἀτρειδῶν ἐγέραιρον οἴκους.

ELECTRA

Sim, tudo; diante disso deves ser varão, 693
e diante disso te predigo Egisto morto, 685
como, se sucumbido cais a queda letal,
também estou morta, não me digas viva,
golpearei o coração com bigúmea faca,
entrarei em casa e lá farei o disponível;
como, se vier notícia tua de boa sorte, 690
ressoarei toda a casa, mas se morreres
será ao contrário disso. Isso eu te digo. 692
Vós, mulheres, bem claro assinalai-me 694
com gritos esse combate, e aguardarei 695
mantendo em minha mão arma pronta.
Nunca, se vencida por meus inimigos,
suportarei a retaliação de ser ultrajada.

[*Segundo estásimo* (699-746)]

CORO

Sob a mãe alma dos montes Est. 1
micênios outrora — o rumor 700
mora em palavras grisalhas —
Pã soprando nos caniços
bem combinados dulcíssona
Musa ao cuidar dos campos
traz áureo anho de belo velo. 705
Na plataforma de pedra
o arauto de pé proclama:
"Vinde à ágora, à ágora,
ó micênios, vinde ver
com os reis venturosos 710
as visões formidáveis."
Honram coros a Casa dos Atridas.

θυμέλαι δ᾽ ἐπίτναντο χρυσήλατοι, Ant. 1
σελαγεῖτο δ᾽ ἀν᾽ ἄστυ
πῦρ ἐπιβώμιον Ἀργείων· 715
λωτὸς δὲ φθόγγον κελάδει
κάλλιστον, Μουσᾶν θεράπων,
μολπαὶ δ᾽ ηὔξοντ᾽ ἐραταὶ
χρυσέας ἀρνὸς †ἐπίλογοι†
Θυέστου· κρυφίαις γὰρ εὐ- 720
ναῖς πείσας ἄλοχον φίλαν
Ἀτρέως, τέρας ἐκκομί-
ζει πρὸς δώματα· νεόμενος δ᾽
εἰς ἀγόρους ἀυτεῖ
τὰν κερόεσσαν ἔχειν 725
χρυσεόμαλλον κατὰ δῶμα ποίμναν.

τότε δὴ τότε <δὴ> φαεν- Est. 2
νὰς ἄστρων μετέβασ᾽ ὁδοὺς
Ζεὺς καὶ φέγγος ἀελίου
λευκόν τε πρόσωπον ἀοῦς, 730
τὰ δ᾽ ἕσπερα νῶτ᾽ ἐλαύνει
θερμᾶι φλογὶ θεοπύρωι,
νεφέλαι δ᾽ ἔνυδροι πρὸς ἄρκτον,
ξηραί τ᾽ Ἀμμωνίδες ἕδραι
φθίνουσ᾽ ἀπειρόδροσοι, 735
καλλίστων ὄμβρων Διόθεν στερεῖσαι.

λέγεται <τάδε>, τὰν δὲ πί- Ant. 2
στιν σμικρὰν παρ᾽ ἔμοιγ᾽ ἔχει,
στρέψαι θερμὰν ἀέλιον
χρυσωπὸν ἕδραν ἀλλάξαν- 740
τα δυστυχίαι βροτείωι
θνατᾶς ἕνεκεν δίκας.
φοβεροὶ δὲ βροτοῖσι μῦθοι
κέρδος πρὸς θεῶν θεραπείαν.

Altares de ouro se abrem Ant. 1
e resplendece pela cidade
o fogo nas aras dos argivos. 715
A flauta servente de Musas
ressoa os belíssimos sons.
As danças crescem amáveis
em louvor do áureo anho
de Tiestes. Em secreto leito 720
persuadiu a esposa legítima
de Atreu e levou para casa
o portento e proclama
perante a assembleia
que conserva em casa 725
o cornígero cordeiro de áureo velo.

Naquele dia, naquele dia, Est. 2
Zeus mudou as luzentes sendas
dos Astros e o fulgor do Sol
e o radioso rosto de Aurora, 730
e impele para o tardio dorso
com flama ardente de ígneo Deus
as nuvens chuvosas para a Ursa,
e os secos domínios de Ámon
mínguam sem ter orvalho, 735
por falta de belas chuvas de Zeus.

Isso assim se conta, mas Ant. 2
tem pouco crédito comigo
que o Sol de áurea visão
revolte a ardente morada 740
com má sorte de mortal
por justiça de mortal.
Palavras terríveis aos mortais,
boas ao culto dos Deuses;

ὧν οὐ μνασθεῖσα πόσιν 745
κτείνεις, κλεινῶν συγγενέτειρ' ἀδελφῶν.

ΧΟΡΟΣ

ἔα ἔα·
φίλαι, βοῆς ἠκούσατ', ἢ δοκὼ κενὴ 747
ὑπῆλθέ μ', ὥστε νερτέρας βροντῆς Διός;
ἰδού, τάδ' οὐκ ἄσημα πνεύματ' αἴρεται.
δέσποιν', ἄμειψον δώματ', Ἠλέκτρα, τάδε. 750

ΗΛΕΚΤΡΑ

φίλαι, τί χρῆμα; πῶς ἀγῶνος ἥκομεν;

ΧΟΡΟΣ

οὐκ οἶδα πλὴν ἕν· φόνιον οἰμωγὴν κλύω.

ΗΛΕΚΤΡΑ

ἤκουσα κἀγώ, τηλόθεν μὲν ἀλλ' ὅμως.

ΧΟΡΟΣ

μακρὰν γὰρ ἕρπει γῆρυς, ἐμφανής γε μήν.

ΗΛΕΚΤΡΑ

Ἀργεῖος ὁ στεναγμὸς ἢ φίλων ἐμῶν; 755

ΧΟΡΟΣ

οὐκ οἶδα· πᾶν γὰρ μείγνυται μέλος βοῆς.

ΗΛΕΚΤΡΑ

σφαγὴν ἀυτεῖς τῆιδέ μοι· τί μέλλομεν;

ΧΟΡΟΣ

ἔπισχε, τρανῶς ὡς μάθηις τύχας σέθεν.

delas imêmore, matas 745
o marido, irmã de célebres irmãos.

[*Terceiro episódio* (747-858)]

CORO

Éa éa!
Amigas, ouvistes grito, ou falsa ilusão 747
me veio qual subtérreo trovão de Zeus?
Vê, não sem sinais os ventos se erguem.
Rainha, volta defronte da casa, Electra! 750

ELECTRA

Amigas, que é? Como foi a nossa luta?

CORO

Só sei que ouvi um gemido de morte.

ELECTRA

Também ouvi, longínquo no entanto.

CORO

Avança de longe a voz, clara porém.

ELECTRA

Gemido argivo, ou de meus amigos? 755

CORO

Não sei, todo som de grito se mistura.

ELECTRA

Dizes-me morte. Por que retardamos?

CORO

Espera! Saibas claro qual é tua sorte!

ΗΛΕΚΤΡΑ
οὐκ ἔστι· νικώμεσθα· ποῦ γὰρ ἄγγελοι;

ΧΟΡΟΣ
ἥξουσιν· οὔτοι βασιλέα φαῦλον κτανεῖν. 760

ΑΓΓΕΛΟΣ
ὦ καλλίνικοι παρθένοι Μυκηνίδες,
νικῶντ' Ὀρέστην πᾶσιν ἀγγέλλω φίλοις,
Ἀγαμέμνονος δὲ φονέα κείμενον πέδωι
Αἴγισθον· ἀλλὰ θεοῖσιν εὔχεσθαι χρεών.

ΗΛΕΚΤΡΑ
τίς δ' εἶ σύ; πῶς μοι πιστὰ σημαίνεις τάδε; 765

ΑΓΓΕΛΟΣ
οὐκ οἶσθ' ἀδελφοῦ μ' εἰσορῶσα πρόσπολον;

ΗΛΕΚΤΡΑ
ὦ φίλτατ', ἔκ τοι δείματος δυσγνωσίαν
εἶχον προσώπου· νῦν δὲ γιγνώσκω σε δή.
τί φῄς; τέθνηκε πατρὸς ἐμοῦ στυγνὸς φονεύς;

ΑΓΓΕΛΟΣ
τέθνηκε· δίς σοι ταὔθ', ἃ γοῦν βούληι, λέγω. 770

ΗΛΕΚΤΡΑ
ὦ θεοί, Δίκη τε πάνθ' ὁρῶσ', ἦλθές ποτε.
ποίωι τρόπωι δὲ καὶ τίνι ῥυθμῶι φόνου
κτείνει Θυέστου παῖδα; βούλομαι μαθεῖν.

ΑΓΓΕΛΟΣ
ἐπεὶ μελάθρων τῶνδ' ἀπήραμεν πόδα,
ἐσβάντες ἦιμεν δίκροτον εἰς ἁμαξιτὸν 775
ἔνθ' ἦν ὁ καινὸς τῶν Μυκηναίων· ἄναξ.

ELECTRA
Não é. Perdemos. Onde o mensageiro?

CORO
Virá mensageiro. Matar rei não é pouco. 760

MENSAGEIRO
Ó moças de bela vitória micênias, a todos
os nossos anuncio que Orestes venceu
e o matador de Agamêmnon jaz no chão,
Egisto. É necessário orarmos aos Deuses.

ELECTRA
Quem és tu? Como confiar no que dizes? 765

MENSAGEIRO
Não sabes me ver o servo de teu irmão?

ELECTRA
Ó caríssimo, de medo tornou-se difícil
reconhecer o rosto, mas já reconheço.
Que dizes? Morto quem matou meu pai?

MENSAGEIRO
Está morto, repito para ti o que pedes. 770

ELECTRA
Ó Deuses, e Justiça onividente, vieste!
De que modo e por que meios mortais
matou o filho de Tiestes? Quero saber.

MENSAGEIRO
Ao afastarmos o passo fora desta casa,
entramos numa dúplice via carroçável, 775
onde estava o recente rei dos micênios.

κυρεῖ δὲ κήποις ἐν καταρρύτοις βεβώς,
δρέπων τερείνης μυρσίνης κάραι πλόκους·
ἰδὼν δ' ἀυτεῖ· Χαίρετ', ὦ ξένοι· τίνες
πόθεν πορεύεσθ' ἔστε τ' ἐκ ποίας χθονός; 780
ὁ δ' εἶπ' Ὀρέστης· Θεσσαλοί· πρὸς δ' Ἀλφεὸν
θύσοντες ἐρχόμεσθ' Ὀλυμπίωι Διί.
κλύων δὲ ταῦτ' Αἴγισθος ἐννέπει τάδε·
Νῦν μὲν παρ' ἡμῖν χρὴ συνεστίους ὁμοῦ
θοίνης γενέσθαι· τυγχάνω δὲ βουθυτῶν 785
Νύμφαις· ἑῶιοι δ' ἐξαναστάντες λέχους
ἐς ταὐτὸν ἥξετ'. ἀλλ' ἴωμεν ἐς δόμους —
καὶ ταῦθ' ἅμ' ἠγόρευε καὶ χερὸς λαβὼν
παρῆγεν ἡμᾶς — οὐδ' ἀπαρνεῖσθαι χρεών.
ἐπεὶ δ' ἐν οἴκοις ἦμεν, ἐννέπει τάδε· 790
λούτρ' ὡς τάχιστα τοῖς ξένοις τις αἰρέτω,
ὡς ἀμφὶ βωμὸν στῶσι χερνίβων πέλας.
ἀλλ' εἶπ' Ὀρέστης· Ἀρτίως ἡγνίσμεθα
εἰ δὲ ξένους ἀστοῖσι συνθύειν χρεών,
Αἴγισθ', ἕτοιμοι κοὐκ ἀπαρνούμεσθ', ἄναξ. 795
τοῦτον μὲν οὖν μεθεῖσαν ἐκ μέσου λόγον·
λόγχας δὲ θέντες δεσπότου φρουρήματα
δμῶες πρὸς ἔργον πάντες ἵεσαν χέρας·
οἱ μὲν σφαγεῖον ἔφερον, οἱ δ' ἦιρον κανᾶ,
ἄλλοι δὲ πῦρ ἀνῆπτον ἀμφί τ' ἐσχάραις 800
λέβητας ὤρθουν· πᾶσα δ' ἐκτύπει στέγη.
λαβὼν δὲ προχύτας μητρὸς εὐνέτης σέθεν
ἔβαλλε βωμούς, τοιάδ' ἐννέπων ἔπη·
Νύμφαι πετραῖαι, πολλάκις με βουθυτεῖν
καὶ τὴν κατ' οἴκους Τυνδαρίδα δάμαρτ' ἐμὴν 805
πράσσοντας ὡς νῦν, τοὺς δ' ἐμοὺς ἐχθροὺς κακῶς —
λέγων Ὀρέστην καὶ σέ. δεσπότης δ' ἐμὸς
τἀναντί' ηὔχετ', οὐ γεγωνίσκων λόγους,
λαβεῖν πατρῶια δώματ'. ἐκ κανοῦ δ' ἑλὼν
Αἴγισθος ὀρθὴν σφαγίδα, μοσχείαν τρίχα 810
τεμὼν ἐφ' ἁγνὸν πῦρ ἔθηκε δεξιᾶι,

Encontrava-se ele nos jardins irrigados
colhendo coroa trançada de tenro mirto.
Ao ver, fala: "Salve, hóspedes! Quem
sois? Donde viestes? De que terra sois?" 780
Disse Orestes: "Tessálios, ao rio Alfeu
vamos para o sacrifício a Zeus Olímpio."
Ao ouvir isso, Egisto dá estas ordens:
"Hoje é necessário participar conosco
da festa, por sorte fazemos imolação 785
às Ninfas. À Aurora levantai do leito
e chegareis lá. Mas entremos em casa!"
— Assim falou e pegou-nos pela mão
e conduziu: — "Não deveis dizer não".
Ao entrarmos em casa, dá estas ordens: 790
"Depressa, trazei ablução aos hóspedes,
que vão ao altar perto das lustrações."
Mas disse Orestes: "Há pouco fizemos
ablução purificante nas águas do rio.
Se é necessário forasteiros participar, 795
rei Egisto, prontos, não dizemos não."
Proferiram essas palavras entre eles.
Depuseram lanças, proteção do dono,
os servos e deram todos mãos à obra.
Uns levavam a vítima, outros, cestos, 800
outros acendiam o fogo e nos braseiros
erguiam caldeirões, toda a casa ressoava.
Pegou as primícias o esposo de tua mãe
e espalhou-as no altar, a exortar assim:
"Ninfas das pedras, sempre imolemos 805
eu e minha esposa Tindárida, em casa,
bem, como agora; os inimigos, mal!"
Ele visava Orestes e a ti. Meu patrão
sem emitir som suplicava ao contrário
ter a casa paterna. Egisto tirou do cesto 810
o reto cutelo, cortou pelos da novilha

κἄσφαξ' ἐπ' ὤμων μόσχον ὡς ἦραν χεροῖν
δμῶες, λέγει δὲ σῶι κασιγνήτωι τάδε·
῞Εν τῶν καλῶν κομποῦσι τοῖσι Θεσσαλοῖς
εἶναι τόδ', ὅστις ταῦρον ἀρταμεῖ καλῶς 815
ἵππους τ' ὀχμάζει· λαβὲ σίδηρον, ὦ ξένε,
δεῖξόν τε φήμην ἔτυμον ἀμφὶ Θεσσαλῶν.
ὁ δ' εὐκρότητον Δωρίδ' ἁρπάσας χεροῖν,
ῥίψας ἀπ' ὤμων εὐπρεπῆ πορπάματα,
Πυλάδην μὲν εἵλετ' ἐν πόνοις ὑπηρέτην, 820
δμῶας δ' ἀπωθεῖ· καὶ λαβὼν μόσχου πόδα
λευκὰς ἐγύμνου σάρκας ἐκτείνων χέρα·
λουτροῖσι καθαροῖς ποταμίων ῥείθρων ἄπο.
θᾶσσον δὲ βύρσαν ἐξέδειρεν ἢ δρομεὺς
δισσοὺς διαύλους ἱππίους διήνυσεν, 825
κἀνεῖτο λαγόνας. ἱερὰ δ' ἐς χεῖρας λαβὼν
Αἴγισθος ἤθρει. καὶ λοβὸς μὲν οὐ προσῆν
σπλάγχνοις, πύλαι δὲ καὶ δοχαὶ χολῆς πέλας
κακὰς ἔφαινον τῶι σκοποῦντι προσβολάς.
χὠ μὲν σκυθράζει, δεσπότης δ' ἀνιστορεῖ· 830
Τί χρῆμ' ἀθυμεῖς; Ὦ ξέν', ὀρρωδῶ τινα
δόλον θυραῖον. ἔστι δ' ἔχθιστος βροτῶν
Ἀγαμέμνονος παῖς πολέμιός τ' ἐμοῖς δόμοις.
ὁ δ' εἶπε· Φυγάδος δῆτα δειμαίνεις δόλον,
πόλεως ἀνάσσων; οὐχ, ὅπως παστήρια 835
θοινασόμεσθα, Φθιάδ' ἀντὶ Δωρικῆς
οἴσει τις ἡμῖν κοπίδ' ἀναρρῆξαι χέλυν;
λαβὼν δὲ κόπτει. σπλάγχνα δ' Αἴγισθος λαβὼν
ἤθρει διαιρῶν. τοῦ δὲ νεύοντος κάτω
ὄνυχας ἔπ' ἄκρους στὰς κασίγνητος σέθεν 840
ἐς σφονδύλους ἔπαισε, νωτιαῖα δὲ
ἔρρηξεν ἄρθρα· πᾶν δὲ σῶμ' ἄνω κάτω
ἤσπαιρεν ἠλέλιζε δυσθνήισκων φόνωι.
δμῶες δ' ἰδόντες εὐθὺς ἦιξαν ἐς δόρυ,
πολλοὶ μάχεσθαι πρὸς δύ'· ἀνδρείας δ' ὕπο 845
ἔστησαν ἀντίπρωιρα σείοντες βέλη

e pôs no fogo sagrado com a destra,
feriu a novilha, erguida aos ombros
por servos, e assim diz a teu irmão:
"Entre os bens os tessálios contam 815
ser hábil na arte de trinchar touro
e domar cavalo. Pega ferro, hóspede,
e demonstra essa fama dos tessálios!"
Ele pegou bem forjada faca dórica,
tirou dos ombros magnífico manto, 820
escolheu Pílades auxiliar no ofício,
afasta servos, pega pelo pé a novilha,
despe alvas carnes, esticando o braço,
e esfolou mais veloz que o cavaleiro
percorre o duplo percurso a cavalo, 825
e abriu os flancos. Egisto examinou
as vísceras nas mãos. O lóbulo do fígado
não havia e perto vasos e vesícula biliar
davam maus sinais a quem examinava.
Ele entristece, e o meu patrão pergunta: 830
"Por que desanimas?" — "Hóspede, temo
dolo externo. É o mais odioso mortal
filho de Agamêmnon hostil à minha casa."
O outro disse: "Temes dolo de exilado
tu o rei da urbe? Para fruirmos a festa, 835
não nos trarão faca de romper o peito
ftíada em vez de dórica? Pega e corta!"
Egisto pegando as entranhas examinava
dividindo. Quando ele abaixou a cabeça,
o teu irmão se ergue na ponta dos pés, 840
e golpeia vértebras e quebra a espinha
dorsal, e o corpo todo em convulsão
vibrava, estertorava em difícil morte.
Ao virem, os servos saltam às armas,
muitos em luta com dois. Corajosos, 845
resistem de frente brandindo as facas

Πυλάδης Ὀρέστης τ'. εἶπε δ'· Οὐχὶ δυσμενὴς
ἥκω πόλει τῆιδ' οὐδ' ἐμοῖς ὀπάοσιν,
φονέα δὲ πατρὸς ἀντετιμωρησάμην
τλήμων Ὀρέστης· ἀλλὰ μή με καίνετε, 850
πατρὸς παλαιοὶ δμῶες. οἱ δ', ἐπεὶ λόγων
ἤκουσαν, ἔσχον κάμακας· ἐγνώσθη δ' ὑπὸ
γέροντος ἐν δόμοισιν ἀρχαίου τινός.
στέφουσι δ' εὐθὺς σοῦ κασιγνήτου κάρα
χαίροντες ἀλαλάζοντες. ἔρχεται δὲ σοὶ 855
κάρα 'πιδείξων, οὐχὶ Γοργόνος φέρων
ἀλλ' ὃν στυγεῖς Αἴγισθον. αἷμα δ' αἵματος
πικρὸς δανεισμὸς ἦλθε τῶι θανόντι νῦν.

ΧΟΡΟΣ

θὲς ἐς χορόν, ὦ φίλα, ἴχνος, ὡς νεβρὸς οὐράνιον Est.
πήδημα κουφίζουσα σὺν ἀγλαΐαι. 861
νικᾶι στεφαναφόρα κρείσσω τῶν παρ' Ἀλφειοῦ
ῥεέθροις τελέσας
κασίγνητος σέθεν· ἀλλ' ὑπάειδε
καλλίνικον ὠιδὰν ἐμῶι χορῶι. 865

ΗΛΕΚΤΡΑ

ὦ φέγγος, ὦ τέθριππον ἡλίου σέλας,
ὦ γαῖα καὶ νὺξ ἣν ἐδερκόμην πάρος,
νῦν ὄμμα τοὐμὸν ἀμπτυχαί τ' ἐλεύθεροι,
ἐπεὶ πατρὸς πέπτωκεν Αἴγισθος φονεύς.
φέρ', οἷα δὴ 'χω καὶ δόμοι κεύθουσί μου 870
κόμης ἀγάλματ' ἐξενέγκωμεν, φίλαι,
στέψω τ' ἀδελφοῦ κρᾶτα τοῦ νικηφόρου.

ΧΟΡΟΣ

σὺ μέν νυν ἀγάλματ' ἄειρε κρατί· τὸ δ' ἁμέτερον Ant.
χωρήσεται Μούσαισι χόρευμα φίλον. 875

Orestes e Pílades. E disse: "Não venho
hostil a esta urbe nem a meus servos,
e por minha vez puni a morte do pai,
mísero Orestes. Mas não me mateis, 850
velhos servos do pai!" Eles ouvindo
retiveram as lanças, e foi reconhecido
por um ancião, velho servente da casa.
Logo coroaram a cabeça de teu irmão,
jubilosos, com alaridos. Ele vem a ti, 855
para mostrar, não a cabeça de Górgona,
mas de Egisto odiado. Sangue por sangue,
amarga veio a conta a esse agora morto.

[*Terceiro estásimo* (859-879)]

CORO

Amiga, põe o pé no coro qual corça no céu Est.
salta levitando com esplendor! 861
Mais coroado que os do rio Alfeu
teu irmão tem a vitória.
Mas canta com o meu coro
o canto da bela vitória! 865

ELECTRA

Ó luz, ó esplêndida quadriga do Sol,
ó Terra e Noite que antes contemplei,
agora meu olhar e despertar são livres,
quando jaz Egisto que matou meu pai.
Bem! Levemos os adornos de cabelos 870
que tenho e minha casa oculta, amigas!
Coroarei a cabeça do irmão vitorioso.

CORO

Ergue o adorno da cabeça! O nosso Ant.
coro caro às Musas dançará. 875

νῦν οἱ πάρος ἀμετέρας γαίας τυραννεύσουσι φίλοι βασιλῆς
δικαίως, τοὺς ἀδίκους καθελόντες. 878
ἀλλ' ἴτω ξύναυλος βοὰ χαρᾶι.

ΗΛΕΚΤΡΑ

ὦ καλλίνικε, πατρὸς ἐκ νικηφόρου 880
γεγώς, Ὀρέστα, τῆς ὑπ' Ἰλίωι μάχης,
δέξαι κόμης σῆς βοστρύχων ἀνδήματα.
ἥκεις γὰρ οὐκ ἀχρεῖον ἔκπλεθρον δραμὼν
ἀγῶν' ἐς οἴκους ἀλλὰ πολέμιον κτανὼν
Αἴγισθον, ὃς σὸν πατέρα κἀμὸν ὤλεσεν. 885
σύ τ', ὦ παρασπίστ', ἀνδρὸς εὐσεβεστάτου
παίδευμα, Πυλάδη, στέφανον ἐξ ἐμῆς χερὸς
δέχου· φέρηι γὰρ καὶ σὺ τῶιδ' ἴσον μέρος
ἀγῶνος. αἰεὶ δ' εὐτυχεῖς φαίνοισθέ μοι.

ΟΡΕΣΤΗΣ

θεοὺς μὲν ἡγοῦ πρῶτον, Ἠλέκτρα, τύχης 890
ἀρχηγέτας τῆσδ', εἶτα κἄμ' ἐπαίνεσον
τὸν τῶν θεῶν τε τῆς τύχης θ' ὑπηρέτην.
ἥκω γὰρ οὐ λόγοισιν ἀλλ' ἔργοις κτανὼν
Αἴγισθον· †ὡς δὲ τῶι σάφ' εἰδέναι τάδε
προσθῶμεν†, αὐτὸν τὸν θανόντα σοι φέρω, 895
ὃν εἴτε χρήιζεις θηρσὶν ἁρπαγὴν πρόθες,
ἢ σκῦλον οἰωνοῖσιν, αἰθέρος τέκνοις,
πήξασ' ἔρεισον σκόλοπι· σὸς γάρ ἐστι νῦν
δοῦλος, πάροιθε δεσπότης κεκλημένος.

ΗΛΕΚΤΡΑ

αἰσχύνομαι μέν, βούλομαι δ' εἰπεῖν ὅμως. 900

ΟΡΕΣΤΗΣ

τί χρῆμα; λέξον· ὡς φόβου γ' ἔξωθεν εἶ.

Agora antigos reis de nossa terra serão
nossos reis justos, mortos os injustos. 878
Que seja o grito uníssono à alegria!

[*Quarto episódio* (880-1146)]

ELECTRA

Ó Orestes de bela vitória nascido 880
de pai vitorioso na batalha de Ílion,
aceita coroa nos cachos de teus cabelos!
Não vens à casa ao correr inútil prova
de seis pletros, mas ao matar o inimigo
Egisto, que eliminou o teu e meu pai. 885
E tu, escudeiro, educado por piedoso
varão, Pílades, toma de minhas mãos
a coroa! Tens participação igual à dele
na prova. Seja sempre boa vossa sorte!

ORESTES

Electra, considera primeiro os Deuses, 890
condutores da sorte, depois, louva-me,
a mim, servente dos Deuses e da sorte!
Venho, matei Egisto não com palavras,
mas com atos. Para que acrescentemos
claro saber ao fato, transporto o morto. 895
Se queres, expõe-no à rapina de feras
ou à pilhagem de aves filhas do céu!
Fixa e apoia na estaca, pois antes dito
senhor da casa, agora está submetido!

ELECTRA

Tenho pudor, todavia quero dizer. 900

ORESTES

O quê? Diz! Estás fora de perigo!

ΗΛΕΚΤΡΑ
νεκροὺς ὑβρίζειν, μή μέ τις φθόνωι βάληι.

ΟΡΕΣΤΗΣ
οὐκ ἔστιν οὐδεὶς ὅστις ἂν μέμψαιτό σε.

ΗΛΕΚΤΡΑ
δυσάρεστος ἡμῶν καὶ φιλόψογος πόλις.

ΟΡΕΣΤΗΣ
λέγ' εἴ τι χρήιζεις, σύγγον'· ἀσπόνδοισι γὰρ 905
νόμοισιν ἔχθραν τῶιδε συμβεβλήκαμεν.

ΗΛΕΚΤΡΑ
εἶέν· τίν' ἀρχὴν πρῶτά σ' ἐξείπω κακῶν,
ποίας τελευτάς; τίνα μέσον τάξω λόγον;
καὶ μὴν δι' ὄρθρων γ' οὔποτ' ἐξελίμπανον
θρυλοῦσ' ἅ γ' εἰπεῖν ἤθελον κατ' ὄμμα σόν, 910
εἰ δὴ γενοίμην δειμάτων ἐλευθέρα
τῶν πρόσθε. νῦν οὖν ἔσμεν· ἀποδώσω δέ σοι
ἐκεῖν' ἅ σε ζῶντ' ἤθελον λέξαι κακά.
ἀπώλεσάς με κὠρφανὴν φίλου πατρὸς
καὶ τόνδ' ἔθηκας, οὐδὲν ἠδικημένος, 915
κἄγημας αἰσχρῶς μητέρ' ἄνδρα τ' ἔκτανες
στρατηλατοῦνθ' Ἕλλησιν, οὐκ ἐλθὼν Φρύγας.
ἐς τοῦτο δ' ἦλθες ἀμαθίας ὥστ' ἤλπισας
ὡς ἐς σὲ μὲν δὴ μητέρ' οὐχ ἕξεις κακὴν
γήμας, ἐμοῦ δὲ πατρὸς ἠδίκει λέχη. 920
ἴστω δ', ὅταν τις διολέσας δάμαρτά του
κρυπταῖσιν εὐναῖς εἶτ' ἀναγκασθῆι λαβεῖν,
δύστηνός ἐστιν, εἰ δοκεῖ τὸ σωφρονεῖν
ἐκεῖ μὲν αὐτὴν οὐκ ἔχειν, παρ' οἷ δ' ἔχειν.
ἄλγιστα δ' ὤικεις, οὐ δοκῶν οἰκεῖν κακῶς· 925
ἤιδησθα γὰρ δῆτ' ἀνόσιον γήμας γάμον,
μήτηρ δὲ σ' ἄνδρα δυσσεβῆ κεκτημένη.

ELECTRA
Ultrajar mortos, não me neguem!

ORESTES
Ninguém há que te repreendesse.

ELECTRA
Nosso implacável censor é a urbe.

ORESTES
Diz se queres algo, irmã! Com leis 905
sem tréguas a ele reservamos ódio.

ELECTRA
Seja! Qual dos males digo primeiro?
Qual, por fim? O que porei no meio?
Deveras nas alvoradas nunca cessei
de repetir o que te queria dizer diante, 910
se me tornasse livre de antigo temor.
Agora estamos livres, e devolverei
os males que eu queria dizer-te vivo.
Mataste e fizeste órfãos de nosso pai
a mim e a ele, sem ter tido injustiça; 915
por vis núpcias da mãe, mataste varão
chefe de tropa grego sem ir aos frígios.
Tanta foi tua ignorância que esperaste
não ter má para ti a mãe desposada,
injusto com as núpcias de meu pai. 920
Sabe que quem seduz esposa alheia
obrigado a tê-la em núpcias secretas
está mal se crê que ela não soube lá
ser prudente mas que com ele saiba.
Vivias péssimo, sem crer viver mal. 925
Sabias que tuas núpcias eram ilícitas
e a mãe sabia ser ímpio seu marido.

ἄμφω πονηρὼ δ' ὄντ' ἀνηιρεῖσθον τύχην
κείνη τε τὴν σὴν καὶ σὺ τοὐκείνης κακόν.
πᾶσιν δ' ἐν Ἀργείοισιν ἤκουες τάδε· 930
Ὁ τῆς γυναικός, οὐχὶ τἀνδρὸς ἡ γυνή.
καίτοι τόδ' αἰσχρόν, προστατεῖν γε δωμάτων
γυναῖκα, μὴ τὸν ἄνδρα· κἀκείνους στυγῶ
τοὺς παῖδας, ὅστις τοῦ μὲν ἄρσενος πατρὸς
οὐκ ὠνόμασται, τῆς δὲ μητρὸς ἐν πόλει. 935
ἐπίσημα γὰρ γήμαντι καὶ μείζω λέχη
τἀνδρὸς μὲν οὐδείς, τῶν δὲ θηλειῶν λόγος.
ὃ δ' ἠπάτα σε πλεῖστον οὐκ ἐγνωκότα,
ηὔχεις τις εἶναι τοῖσι χρήμασι σθένων·
τὰ δ' οὐδὲν εἰ μὴ βραχὺν ὁμιλῆσαι χρόνον. 940
ἡ γὰρ φύσις βέβαιος, οὐ τὰ χρήματα.
ἡ μὲν γὰρ αἰεὶ παραμένουσ' αἵρει κακά·
ὁ δ' ὄλβος ἀδίκως καὶ μετὰ σκαιῶν ξυνὼν
ἐξέπτατ' οἴκων, σμικρὸν ἀνθήσας χρόνον.
ἃ δ' ἐς γυναῖκας (παρθένωι γὰρ οὐ καλὸν 945
λέγειν) σιωπῶ, γνωρίμως δ' αἰνίξομαι.
ὕβριζες, ὡς δὴ βασιλικοὺς ἔχων δόμους
κάλλει τ' ἀραρώς. ἀλλ' ἔμοιγ' εἴη πόσις
μὴ παρθενωπὸς ἀλλὰ τἀνδρείου τρόπου.
τὰ γὰρ τέκν' αὐτῶν Ἄρεος ἐκκρεμάννυται, 950
τὰ δ' εὐπρεπῆ δὴ κόσμος ἐν χοροῖς μόνον.
ἔρρ', οὐδὲν εἰδὼς ὧν ἐφευρεθεὶς χρόνωι
δίκην δέδωκας. ὧδέ τις κακοῦργος ὢν
μή μοι τὸ πρῶτον βῆμ' ἐὰν δράμηι καλῶς
νικᾶν δοκείτω τὴν Δίκην, πρὶν ἂν πέρας 955
γραμμῆς ἵκηται καὶ τέλος κάμψηι βίου.

ΧΟΡΟΣ

ἔπραξε δεινά, δεινὰ δ' ἀντέδωκέ σοι
καὶ τῶιδ'· ἔχει γὰρ ἡ Δίκη μέγα σθένος.

Ambos vis, assumistes vossa sorte,
ela, à tua vileza, e tu, à sua vileza.
Entre todos os argivos, ouvias isto: 930
"o da mulher", não "a do marido."
Mas eis o vexame, presidir a casa
a mulher, não o marido. Abomino
os filhos que se na urbe nomeiam
não por nome do pai mas da mãe. 935
Se desposada insigne e mais forte,
não se diz o varão, mas a mulher.
O teu maior engano irreconhecido:
presumias ser por força de posses
que nada são sem longo convívio. 940
A índole é constante, não as posses,
a sempre resistente vence os males.
A riqueza injusta e sócia de sinistros
voa de casa, florescida breve tempo.
Quanto a mulheres calo, não convém 945
moça falar, mas meu enigma se sabe.
Excedias, porque tinhas a casa real
e pela beleza, mas seja meu marido
não com cara de moça, mas viril,
e os seus filhos são afeitos a Ares, 950
mas os vistosos, só adorno de coro!
Vai-te sem saber que pego a tempo
deste justiça! Quem é tão maléfico,
se primeiro correu bem, não creia
que vence Justiça, antes de atingir 955
o termo da pista e de findar a vida!

CORO

Tratou mal e permutou mal contigo
e com este. Justiça tem grande força.

ΗΛΕΚΤΡΑ

εἶέν· κομίζειν τοῦδε σῶμ' ἔσω χρεὼν
σκότωι τε δοῦναι, δμῶες, ὡς, ὅταν μόληι 960
μήτηρ, σφαγῆς πάροιθε μὴ 'σίδηι νεκρόν.

ΟΡΕΣΤΗΣ

ἐπίσχες· ἐμβάλωμεν εἰς ἄλλον λόγον.

ΗΛΕΚΤΡΑ

τί δ'; ἐκ Μυκηνῶν μῶν βοηδρόμους ὁρᾶις;

ΟΡΕΣΤΗΣ

οὔκ, ἀλλὰ τὴν τεκοῦσαν ἥ μ' ἐγείνατο.

ΗΛΕΚΤΡΑ

καλῶς ἄρ' ἄρκυν ἐς μέσην πορεύεται. 965
καὶ μὴν ὄχοις γε καὶ στολῆι λαμπρύνεται.

ΟΡΕΣΤΗΣ

τί δῆτα δρῶμεν; μητέρ' ἦ φονεύσομεν;

ΗΛΕΚΤΡΑ

μῶν σ' οἶκτος εἷλε, μητρὸς ὡς εἶδες δέμας;

ΟΡΕΣΤΗΣ

φεῦ·
πῶς γὰρ κτάνω νιν, ἥ μ' ἔθρεψε κἄτεκεν; 969

ΗΛΕΚΤΡΑ

ὥσπερ πατέρα σὸν ἥδε κἀμὸν ὤλεσεν. 970

ΟΡΕΣΤΗΣ

ὦ Φοῖβε, πολλήν γ' ἀμαθίαν ἐθέσπισας.

ELECTRA

Seja! Urge recolher seu corpo em casa
e dá-lo às trevas, servos! Quando vier, 960
a mãe não o veja morto antes da degola!

ORESTES

Espera! Tratemos de outro assunto.

ELECTRA

Qual? Vês os reforços de Micenas?

ORESTES

Não, mas a genitora que me gerou.

ELECTRA

Ora, vai bem para o meio da rede 965
e brilha pela viatura e pelas vestes.

ORESTES

O que faremos? Mataremos a mãe?

ELECTRA

Dó te toma ao vires o vulto da mãe?

ORESTES

Pheû!
Como matar a que me criou e gerou? 969

ELECTRA

Tal como ela matou o teu e meu pai. 970

ORESTES

Ó Febo, muita insciência vaticinaste!

ΗΛΕΚΤΡΑ

ὅπου δ' Ἀπόλλων σκαιὸς ἦι, τίνες σοφοί;

ΟΡΕΣΤΗΣ

ὅστις μ' ἔχρησας μητέρ', ἣν οὐ χρῆν, κτανεῖν.

ΗΛΕΚΤΡΑ

βλάπτηι δὲ δὴ τί πατρὶ τιμωρῶν σέθεν;

ΟΡΕΣΤΗΣ

μητροκτόνος νῦν φεύξομαι, τόθ' ἁγνὸς ὤν. 975

ΗΛΕΚΤΡΑ

καὶ μή γ' ἀμύνων πατρὶ δυσσεβὴς ἔσηι.

ΟΡΕΣΤΗΣ

ἐγὦιδα· μητρὸς δ' οὐ φόνου δώσω δίκας;

ΗΛΕΚΤΡΑ

τί δ' ἢν πατρώιαν διαμεθῆις τιμωρίαν;

ΟΡΕΣΤΗΣ

ἆρ' αὔτ' ἀλάστωρ εἶπ' ἀπεικασθεὶς θεῶι;

ΗΛΕΚΤΡΑ

ἱερὸν καθίζων τρίποδ'; ἐγὼ μὲν οὐ δοκῶ. 980

ΟΡΕΣΤΗΣ

οὔ τἂν πιθοίμην εὖ μεμαντεῦσθαι τάδε.

ΗΛΕΚΤΡΑ

οὐ μὴ κακισθεὶς εἰς ἀνανδρίαν πεσῆι,
ἀλλ' εἶ τὸν αὐτὸν τῆιδ' ὑποστήσων δόλον
ὧι καὶ πόσιν καθεῖλεν †Αἴγισθον κτανών†;

ELECTRA
Onde Apolo é sinistro, quem é sábio?

ORESTES
Disseste-me matar mãe que não devia.

ELECTRA
O que te impede de vingar o teu pai?

ORESTES
Matricida serei foragido, antes puro. 975

ELECTRA
Se não defenderes o pai, serás ímpio.

ORESTES
Eu sei. Não pagarei a morte da mãe?

ELECTRA
E se descuidas da vindicta paterna?

ORESTES
Ilatente o disse em figura de Deus?

ELECTRA
Sentado no sacro tripé? Não creio! 980

ORESTES
Não confiaria ter dito bom oráculo.

ELECTRA
Não caias envilecido em covardia,
mas vai preparar-lhe o mesmo dolo
que pegou e matou o marido Egisto!

ΟΡΕΣΤΗΣ

ἔσειμι· δεινοῦ δ' ἄρχομαι προβήματος, 985
καὶ δεινὰ δράσω γ'. εἰ θεοῖς δοκεῖ τάδε,
ἔστω· πικρὸν δ' οὐχ ἡδὺ τἀγώνισμά μοι.

ΧΟΡΟΣ

ἰώ,
βασίλεια γύναι χθονὸς Ἀργείας, 988
παῖ Τυνδάρεω,
καὶ τοῖν ἀγαθοῖν ξύγγονε κούροιν 990
Διός, οἳ φλογερὰν αἰθέρ' ἐν ἄστροις
ναίουσι, βροτῶν ἐν ἁλὸς ῥοθίοις
τιμὰς σωτῆρας ἔχοντες·
χαῖρε, σεβίζω σ' ἴσα καὶ μάκαρας
πλούτου μεγάλης τ' εὐδαιμονίας. 995
τὰς σὰς δὲ τύχας θεραπεύεσθαι
†καιρός, ὦ βασίλεια†.

ΚΛΥΤΑΙΜΗΣΤΡΑ

ἔκβητ' ἀπήνης, Τρωιάδες, χειρὸς δ' ἐμῆς
λάβεσθ', ἵν' ἔξω τοῦδ' ὄχου στήσω πόδα.
σκύλοισι μὲν γὰρ θεῶν κεκόσμηνται δόμοι 1000
Φρυγίοις, ἐγὼ δὲ τάσδε, Τρωιάδος χθονὸς
ἐξαίρετ', ἀντὶ παιδὸς ἣν ἀπώλεσα
σμικρὸν γέρας, καλὸν δὲ κέκτημαι δόμοις.

ΗΛΕΚΤΡΑ

οὔκουν ἐγώ (δούλη γὰρ ἐκβεβλημένη
δόμων πατρώιων δυστυχεῖς οἰκῶ δόμους), 1005
μῆτερ, λάβωμαι μακαρίας τῆς σῆς χερός;

ΚΛΥΤΑΙΜΗΣΤΡΑ

δοῦλαι πάρεισιν αἵδε· μὴ σύ μοι πόνει.

ORESTES

Irei. Principio o terrível preâmbulo 985
e terrível farei. Se aos Deuses apraz,
seja! Árdua, não doce, a minha luta.

CORO

Ió!
Rainha mulher da terra argiva, 988
filha de Tindáreo,
irmã de ambos os dois bons filhos 990
de Zeus, que entre astros habitam
o fúlgido céu e nas vagas do mar
têm honras salvadoras de mortais.
Salve! Venero-te igual às Deusas
pela riqueza e por ter bom Nume. 995
É hora de honrar
tua sorte, ó rainha!

CLITEMNESTRA

Descei do carro, troianas! A mão
tomai, para eu sair desta viatura!
Os templos dos Deuses têm espólios 1000
frígios, mas eu estas seletas troianas
obtive em vez da filha, que perdi,
parco prêmio, mas belo para a casa.

ELECTRA

Ó mãe, ainda que eu servente banida
da casa do pai tenha casa de má sorte, 1005
não devo tomar a tua venturosa mão?

CLITEMNESTRA

Disponho das servas; não te canses!

ΗΛΕΚΤΡΑ

τί δ'; αἰχμάλωτόν τοί μ' ἀπῴκισας δόμων,
ᾑρημένων δὲ δωμάτων ᾑρήμεθα,
ὡς αἵδε, πατρὸς ὀρφανοὶ λελειμμένοι. 1010

ΚΛΥΤΑΙΜΗΣΤΡΑ

τοιαῦτα μέντοι σὸς πατὴρ βουλεύματα
ἐς οὓς ἐχρῆν ἥκιστ' ἐβούλευσεν φίλων.
λέξω δέ· καίτοι δόξ' ὅταν λάβηι κακὴ
γυναῖκα, γλώσσηι πικρότης ἔνεστί τις·
ὡς μὲν παρ' ἡμῖν, οὐ κακῶς· τὸ πρᾶγμα δὲ 1015
μαθόντας, ἢν μὲν ἀξίως μισεῖν ἔχηι,
στυγεῖν δίκαιον· εἰ δὲ μή, τί δεῖ στυγεῖν;
ἡμᾶς δ' ἔδωκε Τυνδάρεως τῶι σῶι πατρὶ
οὐχ ὥστε θνήισκειν οὐδ' ἃ γειναίμην ἐγώ.
κεῖνος δὲ παῖδα τὴν ἐμὴν Ἀχιλλέως 1020
λέκτροισι πείσας ᾤιχετ' ἐκ δόμων ἄγων
πρυμνοῦχον Αὖλιν, ἔνθ' ὑπερτείνας πυρᾶς
λευκὴν διήμησ' Ἰφιγόνης παρηίδα.
κεἰ μὲν πόλεως ἅλωσιν ἐξιώμενος
ἢ δῶμ' ὀνήσων τἆλλα τ' ἐκσώιζων τέκνα 1025
ἔκτεινε πολλῶν μίαν ὕπερ, συγγνώστ' ἂν ἦν.
νῦν δ' οὕνεχ' Ἑλένη μάργος ἦν ὅ τ' αὖ λαβὼν
ἄλοχον κολάζειν προδότιν οὐκ ἠπίστατο,
τούτων ἕκατι παῖδ' ἐμὴν διώλεσεν.
ἐπὶ τοῖσδε τοίνυν καίπερ ἠδικημένη 1030
οὐκ ἠγριώμην οὐδ' ἂν ἔκτανον πόσιν.
ἀλλ' ἦλθ' ἔχων μοι μαινάδ' ἔνθεον κόρην
λέκτροις τ' ἐπεισέφρηκε, καὶ νύμφα δύο
ἐν τοῖσιν αὐτοῖς δώμασιν κατεῖχ' ὁμοῦ.
μῶρον μὲν οὖν γυναῖκες, οὐκ ἄλλως λέγω· 1035
ὅταν δ', ὑπόντος τοῦδ', ἁμαρτάνηι πόσις
τἄνδον παρώσας λέκτρα, μιμεῖσθαι θέλει
γυνὴ τὸν ἄνδρα χἄτερον κτᾶσθαι φίλον.
κἄπειτ' ἐν ἡμῖν ὁ ψόγος λαμπρύνεται,

ELECTRA
Por quê? Tiraste-me cativa de casa,
e vencida a casa, fomos vencidas,
como essas, ficamos órfãs de pai. 1010

CLITEMNESTRA
Tais desígnios, todavia, teu pai teve
contra quem dos seus menos devia.
Direi. Quando mau renome alcança
mulher, há na língua um amargor.
Assim conosco não menos. Vede 1015
a questão, e se merecer vosso ódio,
odiai com justiça; se não, por quê?
Tindáreo nos concedeu ao teu pai
não para morrer, nem meus filhos.
Persuadiu que casaria minha filha 1020
com Aquiles e de casa a conduziu
à portuária Áulida, onde pôs sobre
pira e ceifou a alva face de Ifigênia.
Se para repelir a destruição da urbe,
ou servir à casa e salvar outros filhos, 1025
por muitos matasse um, teria escusa.
Mas porque Helena era sim devassa
e o marido não soube punir traição,
por causa disso, matou minha filha.
Nisso, ainda que sofrendo injustiça, 1030
não enfureci, nem mataria o marido.
Mas veio com moça louca de Deus
e levou ao leito, e as duas esposas
ele mantinha na mesma casa junto.
Tontas são as mulheres, não nego. 1035
Suposto isso, quando o marido erra
por desdém ao leito, a mulher tende
a imitar ao varão e obter outro seu.
Reprovação depois brilha sobre nós,

οἱ δ' αἴτιοι τῶνδ' οὐ κλύουσ' ἄνδρες κακῶς. 1040
εἰ δ' ἐκ δόμων ἥρπαστο Μενέλεως λάθραι,
κτανεῖν μ' Ὀρέστην χρῆν, κασιγνήτης πόσιν
Μενέλαον ὡς σώσαιμι; σὸς δὲ πῶς πατὴρ
ἠνέσχετ' ἂν ταῦτ'; εἶτα τὸν μὲν οὐ θανεῖν
κτείνοντα χρῆν τἄμ', ἐμὲ δὲ πρὸς κείνου παθεῖν 1045
<κτείνουσαν αὐτοῦ παῖδας οὐκ ἐλάσσονα>;
ἔκτειν', ἐτρέφθην ἧιπερ ἦν πορεύσιμον
πρὸς τοὺς ἐκείνωι πολεμίους. φίλων γὰρ ἂν
τίς ἂν φόνου σοῦ πατρὸς ἐκοινώνησέ μοι;
λέγ' εἴ τι χρῄζεις κἀντίθες παρρησίαι,
ὅπως τέθνηκε σὸς πατὴρ οὐκ ἐνδίκως. 1050

ΧΟΡΟΣ
δίκαι' ἔλεξας, ἡ δίκη δ' αἰσχρῶς ἔχει.
γυναῖκα γὰρ χρὴ πάντα συγχωρεῖν πόσει,
ἥτις φρενήρης· ἧι δὲ μὴ δοκεῖ τάδε,
οὐδ' εἰς ἀριθμὸν τῶν ἐμῶν ἥκει λόγων.

ΗΛΕΚΤΡΑ
μέμνησο, μῆτερ, οὓς ἔλεξας ὑστάτους 1055
λόγους, διδοῦσα πρὸς σέ μοι παρρησίαν.

ΚΛΥΤΑΙΜΗΣΤΡΑ
καὶ νῦν γέ φημι κοὐκ ἀπαρνοῦμαι, τέκνον.

ΗΛΕΚΤΡΑ
ἆρ' ἂν κλύουσα, μῆτερ, εἶτ' ἔρξαις κακῶς;

ΚΛΥΤΑΙΜΗΣΤΡΑ
†οὐκ ἔστι, τῆι σῆι δ' ἡδὺ προσθήσω φρενί†.

ΗΛΕΚΤΡΑ
λέγοιμ' ἄν· ἀρχὴ δ' ἥδε μοι προοιμίου· 1060
εἴθ' εἶχες, ὦ τεκοῦσα, βελτίους φρένας.

essa culpa não compromete os varões. 1040
Se de casa levassem Menelau velado,
eu deveria matar Orestes, para salvar
Menelau, marido da irmã? E teu pai
suportaria isso? Não deveria morrer
ele por matar os meus, e dele sofrer 1045
eu não menos, se lhe matasse filhos?
Matei, voltei-me aos seus inimigos,
como era viável. Quem dos amigos
conviria comigo na morte de teu pai?
Fala, se quiseres, e livre contradiz
se teu pai não foi morto com justiça. 1050

CORO

Falaste com justiça, e a justiça é vil.
A mulher deve ceder ao marido sempre,
a prudente, mas a que assim não pensa
não vem ao número de minhas contas.

ELECTRA

Lembra-te, mãe, das últimas palavras 1055
tuas, ao conceder-me livre lhe falar.

CLITEMNESTRA

Agora ainda o digo e não nego, filha.

ELECTRA

Se ouvisses, mãe, depois farias mal?

CLITEMNESTRA

Não, nunca! Serei mais doce contigo.

ELECTRA

Eu diria, eis o princípio do proêmio, 1060
tivesses, mãe, melhores sentimentos!

τὸ μὲν γὰρ εἶδος αἶνον ἄξιον φέρειν
Ἑλένης τε καὶ σοῦ, δύο δ’ ἔφυτε συγγόνω,
ἄμφω ματαίω Κάστορός τ’ οὐκ ἀξίω.
ἡ μὲν γὰρ ἁρπασθεῖσ’ ἑκοῦσ’ ἀπώλετο, 1065
σὺ δ’ ἄνδρ’ ἄριστον Ἑλλάδος διώλεσας,
σκῆψιν προτείνουσ’ ὡς ὑπὲρ τέκνου πόσιν
ἔκτεινας· οὐ γάρ <σ’> ὡς ἔγωγ’ ἴσασιν εὖ.
ἥτις, θυγατρὸς πρὶν κεκυρῶσθαι σφαγάς,
νέον τ’ ἀπ’ οἴκων ἀνδρὸς ἐξωρμημένου, 1070
ξανθὸν κατόπτρωι πλόκαμον ἐξήσκεις κόμης.
γυνὴ δ’ ἀπόντος ἀνδρὸς ἥτις ἐκ δόμων
ἐς κάλλος ἀσκεῖ, διάγραφ’ ὡς οὖσαν κακήν.
οὐδὲν γὰρ αὐτὴν δεῖ θύρασιν εὐπρεπὲς
φαίνειν πρόσωπον, ἤν τι μὴ ζητῆι κακόν. 1075
μόνην δὲ πασῶν οἶδ’ ἐγὼ σ’ Ἑλληνίδων,
εἰ μὲν τὰ Τρώων εὐτυχοῖ, κεχαρμένην,
εἰ δ’ ἥσσον’ εἴη, συννέφουσαν ὄμματα,
Ἀγαμέμνον’ οὐ χρῄιζουσαν ἐκ Τροίας μολεῖν.
καίτοι καλῶς γε σωφρονεῖν παρεῖχέ σοι· 1080
ἄνδρ’ εἶχες οὐ κακίον’ Αἰγίσθου πόσιν,
ὃν Ἑλλὰς αὑτῆς εἵλετο στρατηλάτην·
Ἑλένης δ’ ἀδελφῆς τοιάδ’ ἐξειργασμένης
ἐξῆν κλέος σοι μέγα λαβεῖν· τὰ γὰρ κακὰ
παράδειγμα τοῖς ἐσθλοῖσιν εἴσοψίν τ’ ἔχει. 1085
εἰ δ’, ὡς λέγεις, σὴν θυγατέρ’ ἔκτεινεν πατήρ,
ἐγὼ τί σ’ ἠδίκησ’ ἐμός τε σύγγονος;
πῶς οὐ πόσιν κτείνασα πατρώιους δόμους
ἡμῖν προσῆψας, ἀλλ’ ἐπηνέγκω λέχει
τἀλλότρια, μισθοῦ τοὺς γάμους ὠνουμένη, 1090
κοὔτ’ ἀντιφεύγει παιδὸς ἀντὶ σοῦ πόσις
οὔτ’ ἀντ’ ἐμοῦ τέθνηκε, δὶς τόσως ἐμὲ
κτείνας ἀδελφῆς ζῶσαν; εἰ δ’ ἀμείψεται
φόνον δικάζων φόνος, ἀποκτενῶ σ’ ἐγὼ
καὶ παῖς Ὀρέστης πατρὶ τιμωρούμενοι. 1095
εἰ γὰρ δίκαι’ ἐκεῖνα, καὶ τάδ’ ἔνδικα.

Pela forma sois dignas de ouvir loas
Helena e tu, mas sois ambas as irmãs
duas frívolas e não dignas de Castor.
Ela raptada de bom grado sucumbiu, 1065
e tu mataste o melhor varão da Grécia,
alegando a defesa da filha, destruíste
o marido. Não bem te sabem qual eu.
Antes de sancionada a morte da filha,
quando recente a partida do marido, 1070
trançavas ao espelho o loiro cabelo.
Se, ausente o varão, a mulher se faz
bela fora de casa, cancela que é má!
Ela não deve nunca mostrar à porta
belo rosto, se não busca algum mal. 1075
Eu sei que só tu, de todas as gregas,
te alegrarias, se troianos fossem bem,
nublarias a vista, se fossem vencidos,
não querias que o rei viesse de Troia.
Mas tiveste ocasião de ser prudente: 1080
tinhas marido, não inferior a Egisto,
eleito por Grécia o chefe das tropas;
porque Helena irmã teve tal fim,
poderias ter grande glória, maus
exemplos dão evidência aos bons. 1085
Se, como dizes, o pai matou a filha,
que injustiça te fiz eu e meu irmão?
Se o mataste, por que não nos deste
a casa paterna, mas dotaste o leito
com bens alheios comprando núpcias? 1090
Teu marido não foi banido em vez
do filho, nem morto por mim, mas
ele viva me matou dúplice da irmã.
Se for justo morte por morte, mato-te
eu e Orestes, filho vingador do pai. 1095
Se aquilo é justo, isto também o é.

[ὅστις δὲ πλοῦτον ἢ εὐγένειαν εἰσιδὼν
γαμεῖ πονηρὰν μῶρός ἐστι· μικρὰ γὰρ
μεγάλων ἀμείνω σώφρον' ἐν δόμοις λέχη.

ΧΟΡΟΣ

τύχῃ γυναικῶν ἐς γάμους. τὰ μὲν γὰρ εὖ, 1100
τὰ δ' οὐ καλῶς πίπτοντα δέρκομαι βροτῶν.]

ΚΛΥΤΑΙΜΗΣΤΡΑ

ὦ παῖ, πέφυκας πατέρα σὸν στέργειν ἀεί.
ἔστιν δὲ καὶ τόδ'· οἱ μέν εἰσιν ἀρσένων,
οἱ δ' αὖ φιλοῦσι μητέρας μᾶλλον πατρός.
συγγνώσομαί σοι· καὶ γὰρ οὐχ οὕτως ἄγαν 1105
χαίρω τι, τέκνον, τοῖς δεδραμένοις ἐμοί. 1106
οἴμοι τάλαινα τῶν ἐμῶν βουλευμάτων· 1109
ὡς μᾶλλον ἢ χρῆν ἤλασ' εἰς ὀργὴν πόσει. 1110

ΗΛΕΚΤΡΑ

ὀψὲ στενάζεις, ἡνίκ' οὐκ ἔχεις ἄκη.
πατὴρ μὲν οὖν τέθνηκε· τὸν δ' ἔξω χθονὸς
πῶς οὐ κομίζῃ παῖδ' ἀλητεύοντα σόν;

ΚΛΥΤΑΙΜΗΣΤΡΑ

δέδοικα· τοὐμὸν δ', οὐχὶ τοὐκείνου σκοπῶ.
πατρὸς γάρ, ὡς λέγουσι, θυμοῦται φόνῳ. 1115

ΗΛΕΚΤΡΑ

τί δ' αὖ πόσιν σὸν ἄγριον εἰς ἡμᾶς ἔχεις;

ΚΛΥΤΑΙΜΗΣΤΡΑ

τρόποι τοιοῦτοι· καὶ σὺ δ' αὐθάδης ἔφυς.

ΗΛΕΚΤΡΑ

ἀλγῶ γάρ· ἀλλὰ παύσομαι θυμουμένη.

Quem, por ver a riqueza e a nobreza,
desposa mulher má, é tonto. Melhor
pobre e casto leito em casa que rico.

CORO

Sorte, núpcias de mulheres. Ora bem, 1100
ora mal, vejo cair a sorte dos mortais.

CLITEMNESTRA

Ó filha, tu és sempre amor por teu pai.
Ainda vige que uns são em prol do pai,
outros tendem às mães mais que ao pai.
Quero compreender-te. Filha, não tenho 1105
tanta alegria com o que me aconteceu. 1106
Oímoi! Que sofro por meus desígnios, 1109
por ira maior do que devia ao marido! 1110

ELECTRA

Lastimas tarde, quando não há remédio.
O pai está morto, e foragido da terra
por que não acolhes teu filho errante?

CLITEMNESTRA

Tenho medo e penso em mim, não nele,
irado, como dizem, com a morte do pai. 1115

ELECTRA

Por que o teu marido é rude conosco?

CLITEMNESTRA

Tais os modos, também foste ríspida.

ELECTRA

Sofro dores, mas cessarei a minha ira.

ΚΛΥΤΑΙΜΗΣΤΡΑ

καὶ μὴν ἐκεῖνος οὐκέτ' ἔσται σοι βαρύς.

ΗΛΕΚΤΡΑ

φρονεῖ μέγ'· ἐν γὰρ τοῖς ἐμοῖς ναίει δόμοις. 1120

ΚΛΥΤΑΙΜΗΣΤΡΑ

ὁρᾶις; ἀν' αὖ σὺ ζωπυρεῖς νείκη νέα.

ΗΛΕΚΤΡΑ

σιγῶ· δέδοικα γάρ νιν ὡς δέδοικ' ἐγώ.

ΚΛΥΤΑΙΜΗΣΤΡΑ

παῦσαι λόγων τῶνδ'. ἀλλὰ τί μ' ἐκάλεις, τέκνον;

ΗΛΕΚΤΡΑ

ἤκουσας, οἶμαι, τῶν ἐμῶν λοχευμάτων·
τούτων ὕπερ μοι θῦσον (οὐ γὰρ οἶδ' ἐγώ) 1125
δεκάτην σελήνην παιδὸς ὡς νομίζεται.
τρίβων γὰρ οὐκ εἰμ', ἄτοκος οὖσ' ἐν τῶι πάρος.

ΚΛΥΤΑΙΜΗΣΤΡΑ

ἄλλης τόδ' ἔργον, ἥ σ' ἔλυσεν ἐκ τόκων.

ΗΛΕΚΤΡΑ

αὐτὴ 'λόχευον κἄτεκον μόνη βρέφος.

ΚΛΥΤΑΙΜΗΣΤΡΑ

οὕτως ἀγείτων οἶκος ἵδρυται φίλων; 1130

ΗΛΕΚΤΡΑ

πένητας οὐδεὶς βούλεται κτᾶσθαι φίλους. 1131

ΚΛΥΤΑΙΜΗΣΤΡΑ

σὺ δ' ὧδ' ἄλουτος καὶ δυσείματος χρόα 1107

CLITEMNESTRA
Ele também não será opressivo a ti.

ELECTRA
É soberbo de morar em minha casa. 1120

CLITEMNESTRA
Vês? Outra vez reatiças novas rixas.

ELECTRA
Calo, tenho medo dele, como tenho!

CLITEMNESTRA
Basta! Por que me chamaste, filha?

ELECTRA
Ouviste, creio, falar do meu parto.
Sacrifica por mim, pois isso ignoro, 1125
na décima lua da criança, como sói,
pois sou inexperiente de filho antes!

CLITEMNESTRA
Isso é função da que fez o teu parto.

ELECTRA
A sós partejei e dei à luz a criança.

CLITEMNESTRA
A casa está tão isolada de amigos? 1130

ELECTRA
Ninguém quer pobres por amigos. 1131

CLITEMNESTRA
Tão sem banho e malvestida, tu, 1107

λεχὼ νεογνῶν ἐκ τόκων πεπαυμένη; 1108
ἀλλ' εἶμι, παιδὸς ἀριθμὸν ὡς τελεσφόρον 1132
θύσω θεοῖσι. σοὶ δ' ὅταν πράξω χάριν
τήνδ', εἶμ' ἐπ' ἀγρὸν οὗ πόσις θυηπολεῖ
Νύμφαισιν. ἀλλὰ τούσδ' ὄχους, ὀπάονες, 1135
φάτναις ἄγοντες πρόσθεθ'· ἡνίκ' ἂν δέ με
δοκῆτε θυσίας τῆσδ' ἀπηλλάχθαι θεοῖς,
πάρεστε· δεῖ γὰρ καὶ πόσει δοῦναι χάριν.

ΗΛΕΚΤΡΑ

χώρει πένητας ἐς δόμους· φρούρει δέ μοι
μή σ' αἰθαλώσηι πολύκαπνον στέγος πέπλους. 1140
θύσεις γὰρ οἷα χρή σε δαίμοσιν θύη.
κανοῦν δ' ἐνῆρκται καὶ τεθηγμένη σφαγίς,
ἥπερ καθεῖλε ταῦρον, οὗ πέλας πεσῆι
πληγεῖσα· νυμφεύσηι δὲ κάν Ἅιδου δόμοις
ὧιπερ ξυνηῦδες ἐν φάει. τοσήνδ' ἐγὼ 1145
δώσω χάριν σοι, σὺ δὲ δίκην ἐμοὶ πατρός.

ΧΟΡΟΣ

ἀμοιβαὶ κακῶν· μετάτροποι πνέου- Est. 1
σιν αὖραι δόμων. τότε μὲν <ἐν> λουτροῖς
ἔπεσεν ἐμὸς ἐμὸς ἀρχέτας,
ἰάχησε δὲ στέγα λάινοί 1150
τε θριγκοὶ δόμων, τάδ' ἐνέποντος· Ὦ
σχέτλιε, τί με, γύναι, φονεύσεις φίλαν
πατρίδα δεκέτεσι
σποραῖσιν ἐλθόντ' ἐμάν;
<...
....>

παλίρρους δὲ τάνδ' ὑπάγεται δίκα Ant. 1
διαδρόμου λέχους, μέλεον ἃ πόσιν 1156

parturiente saída de recente parto? 1108
Mas irei, e dado o dia da criança, 1132
sagrarei aos Deuses. Feita a graça,
irei ao campo onde o marido imola
às Ninfas. Servos, levai este carro 1135
à cocheira, e quando vos parecer
ter concluído sagração aos Deuses,
vinde! Devo agradar ainda o marido.

ELECTRA
Entra na pobre casa! Toma cuidado,
não manche o manto o fumoso teto! 1140
Farás a sagração que deves a Numes.
Pronta está a cesta, aguçada a espada,
que matou o touro, perto dele cairás
golpeada, na casa de Hades noivarás
com quem te uniste à luz. Eu te darei 1145
tal graça, e tu, a mim, a justiça do pai.

[*Quarto estásimo* (1147-1232)]

CORO
Alternados males, mudadas auras Est. 1
sopram de casa. Outrora no banho
caiu o meu — meu — comandante,
e ecoou o teto e pétreos frisos 1150
da casa, ao dizer: "Ó mísera
mulher, por que me matas,
vindo à minha terra pátria
na décima semeadura?"
<..
....>

Réflua Justiça do leito desfeito Ant. 1
denuncia aquela que, ao voltar 1156

χρόνιον ἱκόμενον εἰς οἴκους
Κυκλώπειά τ' οὐράνια τείχε' ὀ-
ξυθήκτωι †βέλους ἔκανεν† αὐτόχειρ,
πέλεκυν ἐν χεροῖν λαβοῦσ'. ὦ τλάμων 1160
πόσις, ὅτι ποτὲ τὰν
τάλαιναν ἔσχεν κακόν.
ὀρεία τις ὡς λέαιν' ὀργάδων
δρύοχα νεμομένα τάδε κατήνυσεν.

ΚΛΥΤΑΙΜΗΣΤΡΑ (ἔσωθεν)

ὦ τέκνα, πρὸς θεῶν, μὴ κτάνητε μητέρα. 1165

ΧΟΡΟΣ

κλύεις ὑπώροφον βοάν;

ΚΛΥΤΑΙΜΗΣΤΡΑ

ἰώ μοί μοι.

ΧΟΡΟΣ

ὤιμωξα κἀγὼ πρὸς τέκνων χειρουμένης.
νέμει τοι δίκαν θεός, ὅταν τύχηι.
σχέτλια μὲν ἔπαθες, ἀνόσια δ' εἰργάσω, 1170
τάλαιν', εὐνέταν.

ἀλλ' οἵδε μητρὸς νεοφόνοις ἐν αἵμασιν
πεφυρμένοι βαίνουσιν ἐξ οἴκων πόδα
< >
τροπαῖα, δείγματ' ἀθλίων προσφαγμάτων.
οὐκ ἔστιν οὐδεὶς οἶκος ἀθλιώτερος 1175
τῶν Ταντάλείων οὐδ' ἔφυ ποτ' ἐκγόνων.

ΟΡΕΣΤΗΣ

ἰὼ Γᾶ καὶ Ζεῦ πανδερκέτα Est. 1
βροτῶν, ἴδετε τάδ' ἔργα φόνι-
α μυσαρά, δίγονα σώματ' ἐν 1180

o mísero marido tarde ao lar
e aos muros ciclópicos celestes,
matou-o com o aguçado gume
do machado nas mãos. Ó 1160
mísero marido, que afinal
ele obteve por mal a mísera!
Qual leoa montesa ocupando
o próximo campo ela agiu.

CLITEMNESTRA (dentro)
Filhos, por Deuses, não mateis a mãe! 1165

CORO
Ouves um clamor sob o teto?

CLITEMNESTRA
Ió moí moi!

CORO
Também a chorei, morta por filhos.
Deus distribui justiça com a sorte.
Sofreste misérias, infligiste ilícitos 1170
ao marido, mísera!

Sujos do sangue recente da mãe,
estes dão passos para fora de casa.
Troféus, mostras de míseras vítimas!
Não há nem houve casa mais mísera 1175
que a de Tântalo e sua descendência!

ORESTES
Iò! Terra e Zeus onisciente dos mortais, Est. 1
vede estes feitos sanguinários horrendos,
dobres corpos jazem 1180

†χθονὶ κείμενα πλαγᾶι†
χερὸς ὕπ' ἐμᾶς, ἄποιν' ἐμῶν
πημάτων <................................ 1181
....>

ΗΛΕΚΤΡΑ
δακρύτ' ἄγαν, ὦ σύγγον', αἰτία δ' ἐγώ.
διὰ πυρὸς ἔμολον ἁ τάλαινα ματρὶ τᾶιδ',
ἅ μ' ἔτικτε κούραν.

ΧΟΡΟΣ
ἰὼ τύχας †σᾶς τύχας 1185
μᾶτερ τεκοῦσ'†
ἄλαστα μέλεα καὶ πέρα
παθοῦσα σῶν τέκνων ὑπαί.
πατρὸς δ' ἔτεισας φόνον δικαίως.

ΟΡΕΣΤΗΣ
ἰὼ Φοῖβ', ἀνύμνησας δίκαι' Ant. 1
ἄφαντα, φανερὰ δ' ἐξέπρα- 1191
ξας ἄχεα, φόνια δ' ὤπασας
λάχε' ἀπὸ γᾶς Ἑλλανίδος.
τίνα δ' ἑτέραν μόλω πόλιν;
τίς ξένος, τίς εὐσεβὴς 1195
ἐμὸν κάρα προσόψεται
ματέρα κτανόντος;

ΗΛΕΚΤΡΑ
ἰὼ ἰώ μοι. ποῖ δ' ἐγώ, τίν' ἐς χορόν,
τίνα γάμον εἶμι; τίς πόσις με δέξεται
νυμφικὰς ἐς εὐνάς; 1200

ΧΟΡΟΣ
πάλιν πάλιν φρόνημα σὸν
μετεστάθη πρὸς αὔραν·

no chão golpeados
por meu braço, ressarcimento dos meus
sofrimentos. <................................ 1181
....>

ELECTRA

Muito pranteias, irmão! Sou a causa,
mísera fui em fúria contra esta mãe
de quem sou filha!

CORO

Iò, sorte! Tua sorte, 1185
ó mãe que geraste
ilatentes males e a mais
sofreste dos teus filhos!
Com justiça pagaste a morte do pai.

ORESTES

Iò! Febo, cantaste justiça Ant. 1
invisível, fizeste visíveis 1191
dores, e concedeste sortes
cruéis da terra grega.
A que outra urbe ir?
Que hospedeiro, quem 1195
pio olhará meu rosto
de matador da mãe?

ELECTRA

Iò ió moi! Aonde, a que coro,
a que núpcias irei? Que marido
no leito nupcial me receberá? 1200

CORO

Mais uma vez teu pensamento
mudou-se ao sopro do vento,

φρονεῖς γὰρ ὅσια νῦν, τότ’ οὐ
φρονοῦσα, δεινὰ δ’ εἰργάσω,
φίλα, κασίγνητον οὐ θέλοντα. 1205

ΟΡΕΣΤΗΣ

κατεῖδες οἷον ἁ τάλαιν’ ἔξω πέπλων Est. 2
ἔβαλεν ἔδειξε μαστὸν ἐν φοναῖσιν,
ἰώ μοι, πρὸς πέδωι
τιθεῖσα γόνιμα μέλεα; τακόμαν δ’ ἐγώ.

ΧΟΡΟΣ

σάφ’ οἶδα· δι’ ὀδύνας ἔβας, 1210
ἰήιον κλύων γόον
ματρὸς ἅ σ’ ἔτικτεν.

ΟΡΕΣΤΗΣ

βοὰν δ’ ἔλασκε τάνδε, πρὸς γένυν ἐμὰν Ant. 2
τιθεῖσα χεῖρα· Τέκος ἐμόν, λιταίνω. 1215
παρήιδων τ’ ἐξ ἐμᾶν
ἐκρίμναθ’, ὥστε χέρας ἐμὰς λιπεῖν βέλος.

ΧΟΡΟΣ

τάλαινα. πῶς <δ’> ἔτλας φόνον
δι’ ὀμμάτων ἰδεῖν σέθεν
ματρὸς ἐκπνεούσας; 1220

ΟΡΕΣΤΗΣ

ἐγὼ μὲν ἐπιβαλὼν φάρη κόραις ἐμαῖς Est. 3
φασγάνωι κατηρξάμαν
ματέρος ἔσω δέρας μεθείς.

ΗΛΕΚΤΡΑ

ἐγὼ δέ <γ’> ἐπεκέλευσά σοι
ξίφους τ’ ἐφηψάμαν ἅμα. 1225
δεινότατον παθέων ἔρεξα.

agora pensas o lícito, antes não
pensavas, e fizeste algo terrível,
amiga, a teu irmão discordante. 1205

ORESTES

Viste como das vestes se despiu Est. 2
a mísera e mostrou seio à morte?
Ió moi! No campo tornou ela
o corpo materno e confundi-me!

CORO

Bem sei, tiveste dores 1210
ouvindo choroso gemido
da mãe que te gerou.

ORESTES

Clamou com a mão em meu Ant. 2
queixo: "Filho meu, suplico." 1215
E suspendeu-se de meu rosto
de modo a mão soltar a faca.

CORO

Mísera! Como suportaste
ver com teus olhos a morte
de tua mãe estertorante? 1220

ORESTES

Cobri com o manto minhas Est. 3
pupilas e consagrei a espada
lançando ao pescoço da mãe.

ELECTRA

Exortei-te e junto contigo
desferi a faca. Cometi 1225
a mais terrível calamidade.

ΟΡΕΣΤΗΣ

λαβοῦ, κάλυπτε μέλεα ματέρος πέπλοις Ant. 3
<καὶ> καθάρμοσον σφαγάς.
φονέας ἔτικτες ἆρά σοι.

ΗΛΕΚΤΡΑ

ἰδού, φίλαι τε κοὐ φίλαι 1230
φάρεα τάδ' ἀμφιβάλλομεν,
τέρμα κακῶν μεγάλων δόμοισιν.

ΧΟΡΟΣ

ἀλλ' οἵδε δόμων ὕπερ ἀκροτάτων
βαίνουσί τινες δαίμονες ἢ θεῶν
τῶν οὐρανίων· οὐ γὰρ θνητῶν γ' 1235
ἥδε κέλευθος. τί ποτ' ἐς φανερὰν
ὄψιν βαίνουσι βροτοῖσιν;

ΚΑΣΤΩΡ

Ἀγαμέμνονος παῖ, κλῦθι· δίπτυχοι δέ σε
καλοῦσι μητρὸς σύγγονοι Διόσκοροι,
Κάστωρ κασίγνητός τε Πολυδεύκης ὅδε. 1240
δεινὸν δὲ ναυσὶν ἀρτίως πόντου σάλον
παύσαντ' ἀφίγμεθ' Ἄργος, ὡς ἐσείδομεν
σφαγὰς ἀδελφῆς τῆσδε, μητέρος δὲ σῆς.
δίκαια μέν νυν ἥδ' ἔχει, σὺ δ' οὐχὶ δρᾶις.
Φοῖβος δέ, Φοῖβος — ἀλλ' ἄναξ γάρ ἐστ' ἐμός, 1245
σιγῶ· σοφὸς δ' ὢν οὐκ ἔχρησέ σοι σοφά.
αἰνεῖν δ' ἀνάγκη ταῦτα· τἀντεῦθεν δὲ χρὴ
πράσσειν ἃ Μοῖρα Ζεύς τ' ἔκρανε σοῦ πέρι.
Πυλάδηι μὲν Ἠλέκτραν δὸς ἄλοχον ἐς δόμους,
σὺ δ' Ἄργος ἔκλιπ'· οὐ γὰρ ἔστι σοὶ πόλιν 1250
τήνδ' ἐμβατεύειν, μητέρα κτείναντα σήν.
δειναὶ δὲ Κῆρές <σ'> αἱ κυνώπιδες θεαὶ

CORO

Pega! Cobre o corpo da mãe — Ant. 3
com mantos! Compõe lesões!
Ora, geraste os teus matadores!

ELECTRA

Olha! Amigas e inimigas — 1230
envolvemos neste manto,
termo de grandes males em casa.

[*Êxodo* (1233-1358)]

CORO

Mas eis acima dos cimos da casa
alguns Numes ou Deuses andam
celestes, pois este caminho não é — 1235
de mortais. Por que estes afinal
vêm à vista manifesta a mortais?

DIÓSCORO

Filho de Agamêmnon, ouve! Chamam-te
os gêmeos irmãos da mãe Dióscoros,
Castor, e este é o irmão Polideuces. — 1240
O terrível aos navios tremor do mar
cessamos e viemos a Argos ao virmos
a imolação de nossa irmã e tua mãe.
Ela tem justiça, não és tu quem age,
Febo sim, Febo, mas ele é o rei meu, — 1245
calo, ele sábio não te vaticinou sábio.
É coercivo anuir a isso, é necessário
ser o que Parte e Zeus te validaram.
Dá Electra a Pílades em casamento,
tu, deixa Argos, pois não podes ter — 1250
esta urbe sendo matador de tua mãe.
Terríveis Cisões, as Deusas caninas,

τροχηλατήσουσ' ἐμμανῆ πλανώμενον.
ἐλθὼν δ' Ἀθήνας Παλλάδος σεμνὸν βρέτας
πρόσπτυξον· εἵρξει γάρ νιν ἐπτοημένας 1255
δεινοῖς δράκουσιν ὥστε μὴ ψαύειν σέθεν,
γοργῶφ' ὑπερτείνουσα σῶι κάραι κύκλον.
ἔστιν δ' Ἄρεώς τις ὄχθος, οὗ πρῶτον θεοὶ
ἕζοντ' ἐπὶ ψήφοισιν αἵματος πέρι,
Ἁλιρρόθιον ὅτ' ἔκταν' ὠμόφρων Ἄρης, 1260
μῆνιν θυγατρὸς ἀνοσίων νυμφευμάτων,
πόντου κρέοντος παῖδ', ἵν' εὐσεβεστάτη
ψήφου βεβαία τ' ἐστὶν ἐκ τούτου θέσις.
ἐνταῦθα καὶ σὲ δεῖ δραμεῖν φόνου πέρι.
ἴσαι δέ σ' ἐκσώσουσι μὴ θανεῖν δίκηι 1265
ψῆφοι τεθεῖσαι· Λοξίας γὰρ αἰτίαν
ἐς αὑτὸν οἴσει, μητέρος χρήσας φόνον.
καὶ τοῖσι λοιποῖς ὅδε νόμος τεθήσεται,
νικᾶν ἴσαις ψήφοισι τὸν φεύγοντ' ἀεί.
δειναὶ μὲν οὖν θεαὶ τῶιδ' ἄχει πεπληγμέναι 1270
πάγον παρ' αὐτὸν χάσμα δύσονται χθονός,
σεμνὸν βροτοῖσιν εὐσεβέσι χρηστήριον.
σὲ δ' Ἀρκάδων χρὴ πόλιν ἐπ' Ἀλφειοῦ ῥοαῖς
οἰκεῖν Λυκαίου πλησίον σηκώματος·
ἐπώνυμος δὲ σοῦ πόλις κεκλήσεται. 1275
σοὶ μὲν τάδ' εἶπον. τόνδε δ' Αἰγίσθου νέκυν
Ἄργους πολῖται γῆς καλύψουσιν τάφωι.
μητέρα δὲ τὴν σὴν ἄρτι Ναυπλίαν παρὼν
Μενέλαος, ἐξ οὗ Τρωϊκὴν εἷλε χθόνα,
Ἑλένη τε θάψει· Πρωτέως γὰρ ἐκ δόμων 1280
ἥκει λιποῦσ' Αἴγυπτον οὐδ' ἦλθεν Φρύγας·
Ζεὺς δ', ὡς ἔρις γένοιτο καὶ φόνος βροτῶν,
εἴδωλον Ἑλένης ἐξέπεμψ' ἐς Ἴλιον.
Πυλάδης μὲν οὖν κόρην τε καὶ δάμαρτ' ἔχων
Ἀχαιίδος γῆς οἴκαδ' ἐκπορευέτω, 1285
καὶ τὸν λόγωι σὸν πενθερὸν κομιζέτω
Φωκέων ἐς αἶαν καὶ δότω πλούτου βάθος.

rodopiarão enlouquecido andarilho.
Vai à santa estátua de Palas Atena
e suplica, pois afastará terrificadas 1255
por terríveis serpes, sem te tocarem,
cercando-te com o círculo gorgôneo.
Na Pedra de Ares Deuses primeiro
sentaram-se e votaram sobre sangue,
quando Ares cruel matou Halirrótio, 1260
o filho do rei marinho, por ira das
ilícitas núpcias da filha, onde mais
santa e firme vige a lei da votação.
Aí deves também correr da morte.
Sendo iguais te salvarão da morte 1265
os votos dados, Lóxias assumirá
a causa por ter dito morte da mãe.
E no porvir esta lei estará vigente,
réu com votos iguais sempre vence.
Terríveis Deusas golpeadas de dor 1270
terão fenda na terra perto da pedra,
venerável oráculo de mortais pios.
Tu em urbe de árcades no rio Alfeu
deves viver junto ao horto de Liceu
e de nome teu a urbe será chamada. 1275
Assim te disse. Cidadãos de Argos
darão sepultura ao corpo de Egisto.
Menelau e Helena, já em Náuplia
agora que capturou a terra troiana,
darão à tua mãe. Da casa de Proteu 1280
desde o Egito vem, não foi à Frígia.
Zeus, para a rixa e morte de mortais,
enviou a imagem de Helena a Ílion.
Que Pílades, com a moça e esposa,
retorne da terra aqueia para casa, 1285
e conduza o assim dito cunhado
à terra fócia, e dê funda riqueza.

σὺ δ' Ἰσθμίας γῆς αὐχέν' ἐμβαίνων ποδὶ
χώρει πρὸς ὄχθον Κεκροπίας εὐδαίμονα.
πεπρωμένην γὰρ μοῖραν ἐκπλήσας φόνου 1290
εὐδαιμονήσεις τῶνδ' ἀπαλλαχθεὶς πόνων.

ΧΟΡΟΣ
ὦ παῖδε Διός, θέμις ἐς φθογγὰς
τὰς ὑμετέρας ἡμῖν πελάθειν;

ΚΑΣΤΩΡ
θέμις, οὐ μυσαραῖς τοῖσδε σφαγίοις. 1294

ΧΟΡΟΣ
πῶς ὄντε θεὼ τῆσδέ τ' ἀδελφὼ 1298
τῆς καπφθιμένης οὐκ ἠρκέσατον
Κῆρας μελάθροις; 1300

ΚΑΣΤΩΡ
μοῖρά τ' ἀνάγκη τ' ἦγ' ἐς τὸ χρεὼν
Φοίβου τ' ἄσοφοι γλώσσης ἐνοπαί. 1302

ΗΛΕΚΤΡΑ
κἀμοὶ μύθου μέτα, Τυνδαρίδαι; 1295

ΚΑΣΤΩΡ
καὶ σοί· Φοίβωι τήνδ' ἀναθήσω 1296
πρᾶξιν φονίαν. 1297

ΗΛΕΚΤΡΑ
τίς δ' ἔμ' Ἀπόλλων, ποῖοι χρησμοὶ 1303
φονίαν ἔδοσαν μητρὶ γενέσθαι;

ΚΑΣΤΩΡ
κοιναὶ πράξεις, κοινοὶ δὲ πότμοι, 1305

Tu, passando pela terra do istmo,
vai à numinosa pedra de Cécrops.
Cumprida a parte dada de morte, 1290
terás bom Nume, livre dos males.

CORO

Ó filhos de Zeus, lícito nos será
aproximarmos das vossas vozes?

DIÓSCORO

Lícito é aos não sujos de sangue. 1294

CORO

Como, se sois Deuses irmãos 1298
desta morta, não defendestes
ambos das Cisões esta morada? 1300

DIÓSCORO

Parte e Coerção levaram ao necessário,
e as falas não sábias da língua de Febo. 1302

ELECTRA

Tindáridas, posso também falar? 1295

DIÓSCORO

Podes. Atribuo a Febo 1296
esta situação funesta. 1297

ELECTRA

Que Apolo, que oráculos 1303
me deram matar a mãe?

DIÓSCORO

Atos comuns, sortes comuns. 1305

μία δ' ἀμφοτέρους
ἄτη πατέρων διέκναισεν.

ΟΡΕΣΤΗΣ
ὦ σύγγονέ μοι, χρονίαν σ' ἐσιδὼν
τῶν σῶν εὐθὺς φίλτρων στέρομαι
καὶ σ' ἀπολείψω σοῦ λειπόμενος. 1310

ΚΑΣΤΩΡ
πόσις ἔστ' αὐτῆι καὶ δόμος· οὐχ ἥδ'
οἰκτρὰ πέπονθεν, πλὴν ὅτι λείπει
πόλιν Ἀργείων.

ΗΛΕΚΤΡΑ
καὶ τίνες ἄλλαι στοναχαὶ μείζους
ἢ γῆς πατρίας ὅρον ἐκλείπειν; 1315

ΟΡΕΣΤΗΣ
ἀλλ' ἐγὼ οἴκων ἔξειμι πατρὸς
καὶ ἐπ' ἀλλοτρίαις ψήφοισι φόνον
μητρὸς ὑφέξω.

ΚΑΣΤΩΡ
ὁσίαν, θάρσει, Παλλάδος ἥξεις
πόλιν· ἀλλ' ἀνέχου. 1320

ΗΛΕΚΤΡΑ
περί μοι στέρνοις στέρνα πρόσαψον,
σύγγονε φίλτατε·
διὰ γὰρ ζευγνῦσ' ἡμᾶς πατρίων
μελάθρων μητρὸς φόνιοι κατάραι.

ΟΡΕΣΤΗΣ
βάλε, πρόσπτυξον σῶμα· θανόντος δ' 1325
ὡς ἐπὶ τύμβωι καταθρήνησον.

Uma Erronia dos pais
a ambos vos dilacerou.

ORESTES
Ó minha irmã, tarde te vejo,
cedo estou sem teus encantos,
eu te deixarei por ti deixado. 1310

DIÓSCORO
Ela tem marido e casa,
e não tem tristeza, salvo
ir-se da urbe dos argivos.

ELECTRA
Que outro gemido é maior
que deixar o limite da pátria? 1315

ORESTES
Mas eu sairei da casa do pai
e submeterei a morte da mãe
à votação alheia.

DIÓSCORO
Ânimo! Irás à sacra urbe
de Palas. Vamos, suporta! 1320

ELECTRA
Abraça-me com o peito
no peito, caríssimo irmão!
Cruéis imprecações da mãe
nos afastam da casa do pai.

ORESTES
Vem! Abraça-me e pranteia 1325
como em túmulo de morto!

ΚΑΣΤΩΡ

φεῦ φεῦ· δεινὸν τόδ' ἐγηρύσω
καὶ θεοῖσι κλύειν.
ἔνι γὰρ κἀμοὶ τοῖς τ' οὐρανίδαις
οἶκτος θνητῶν πολυμόχθων. 1330

ΟΡΕΣΤΗΣ

οὐκέτι σ' ὄψομαι.

ΗΛΕΚΤΡΑ

οὐδ' ἐγὼ ἐς σὸν βλέφαρον πελάσω.

ΟΡΕΣΤΗΣ

τάδε λοίσθιά μοι προσφθέγματά σου.

ΗΛΕΚΤΡΑ

ὦ χαῖρε, πόλις·
χαίρετε δ' ὑμεῖς πολλά, πολίτιδες. 1335

ΟΡΕΣΤΗΣ

ὦ πιστοτάτη, στείχεις ἤδη;

ΗΛΕΚΤΡΑ

στείχω βλέφαρον τέγγουσ' ἁπαλόν.

ΟΡΕΣΤΗΣ

Πυλάδη, χαίρων ἴθι, νυμφεύου 1340
δέμας Ἠλέκτρας.

ΚΑΣΤΩΡ

τοῖσδε μελήσει γάμος. ἀλλὰ κύνας
τάσδ' ὑποφεύγων στεῖχ' ἐπ' Ἀθηνῶν·
δεινὸν γὰρ ἴχνος βάλλουσ' ἐπὶ σοὶ
χειροδράκοντες χρῶτα κελαιναί, 1345
δεινῶν ὀδυνῶν καρπὸν ἔχουσαι·

DIÓSCORO

Pheû! Pheû! Até aos Deuses
é terrível ouvir o que disseste.
Há em mim e nos filhos do Céu
dó dos mortais de muitas fatigas. 1330

ORESTES

Não mais te verei.

ELECTRA

Não estarei diante de teus olhos.

ORESTES

Esse é teu último gesto a mim.

ELECTRA

Salve, ó urbe!
Salve, ó vós, mulheres da urbe! 1335

ORESTES

Ó tu, a mais leal, tu já te vais?

ELECTRA

Vou, com olhos ternos úmidos.

ORESTES

Salve, Pílades! Vai! 1340
Casa-te com Electra!

DIÓSCORO

Cuidem eles de núpcias! Foge tu
dessas cadelas! Vai para Atenas!
Terrível pegada põe a teu encalço
as de pele turva e mãos de serpes, 1345
donas do fruto das terríveis dores.

νὼ δ' ἐπὶ πόντον Σικελὸν σπουδῆι
σώσοντε νεῶν πρώιρας ἐνάλους.
διὰ δ' αἰθερίας στείχοντε πλακὸς
τοῖς μὲν μυσαροῖς οὐκ ἐπαρήγομεν, 1350
οἷσιν δ' ὅσιον καὶ τὸ δίκαιον
φίλον ἐν βιότωι, τούτους χαλεπῶν
ἐκλύοντες μόχθων σώιζομεν.
οὕτως ἀδικεῖν μηδεὶς θελέτω
μηδ' ἐπιόρκων μέτα συμπλείτω· 1355
θεὸς ὢν θνητοῖς ἀγορεύω.

ΧΟΡΟΣ

χαίρετε· χαίρειν δ' ὅστις δύναται
καὶ ξυντυχίαι μή τινι κάμνει
θνητῶν εὐδαίμονα πράσσει.

Nós ambos no mar siciliano prontos
salvaremos proas de navios salinas.
Ao percorrermos sideral amplidão,
não socorremos os conspurcados, 1350
mas quem tem em conta na vida
o lícito e o justo nós preservamos,
porque livramos de difíceis fadigas.
Assim ninguém queira ser injusto
e ninguém navegue com perjuros. 1355
Sendo Deus, anuncio aos mortais.

CORO

Salve! Quem pode saudar
e com a sorte não se fatiga
tem entre mortais bom Nume.

HÉRACLES

Héracles e a interlocução com o Nume

Jaa Torrano

Na tragédia *Héracles* de Eurípides, a questão da justiça se apresenta e se desenvolve entrelaçada à interlocução com o Nume. Ao acompanharmos a emersão e os desdobramentos da noção de justiça nesta tragédia, e ao discernirmos onde e como se pressente e se ressente a intervenção do Nume no curso dos acontecimentos, poderemos observar e compreender como se dá a interlocução com o Nume. Quem é o Nume? Alertemo-nos de que não é uma pessoa nem uma entidade, mas a relação dinâmica entre o que se destina e o seu destino, situando-se, pois, na intersecção entre o transcendente e o imanente, e aí mesmo nessa intersecção se deixaria perceber como a interface entre o mortal a caminho de seu destino e o Deus qualquer que seja que lhe preside o destino.

No prólogo, o velho Anfitrião de Argos, ufano de ter compartilhado leito com Zeus, rememora os antecedentes e situa a ação em Tebas. Banido de Argos por ter matado involuntariamente o seu sogro Eléctrion, Anfitrião fixou-se em Tebas, onde seu filho Héracles desposa a filha do rei Creonte, Mégara; mas, deixando a esposa e os filhos em Tebas, Héracles retorna a Argos para negociar com o rei Euristeu o retorno do pai Anfitrião a Argos e aceita como preço desse retorno a tarefa de civilizar a terra. Enquanto Héracles está empenhado em seu último trabalho — o de trazer da casa de Hades o cão de três cabeças Cérbero —, um usurpador, vindo de Eubeia e valendo-se de ter o mesmo nome que o outrora rei Lico, marido de Dirce, mata o rei Creonte, toma o poder e, para evitar retaliação, quer exterminar toda a família do rei morto, constituída pela filha Mégara, os três filhos dela com Héracles e o próprio Anfitrião. Ameaçados, estes se asilam no altar de Zeus, onde se encontram privados de alimentos, conforto e auxílio de amigos.

Dá-se, então, o contraponto entre o pai e a esposa de Héracles. Anfitrião, confiante no retorno do herói e na salvação que este trará aos seus, propõe que, sem forças para agir, permaneçam no asilo do altar, ganhem tempo e mantenham as esperanças. Mégara prevê que eles vão morrer, ao constatar que não há rota de fuga, com todas as saídas vigiadas por guardas, nem há mais amigos em que confiar. Ante o retardamento dos males proposto por Anfitrião, ela pergunta se ele quer mais dor ou se ama tanto a vida, e queixa-se de que "doloroso o tempo intermédio morde" (v. 94). Anfitrião reitera sua confiança no retorno de Héracles, recomenda à sua nora serenidade e o furtivo reconforto das crianças, e faz um surpreendente elogio das esperanças, que, para os antigos, em geral, têm a dupla marca da privação e da possibilidade de decepção. Dada a diversidade dos destinos de cada um, ambos estão certos e suas atitudes diversas são adequadas ao que os espera a cada um.

No párodo, o coro de anciãos parece multiplicar a figura impotente e confiante de Anfitrião. Na estrofe, descrevendo-se como "velho cantor de nênias", compara-se ao "cisne", cuja cor grisalha remete à velhice e cujo canto, segundo o simbolismo tradicional, é o prenúncio de sua própria morte,[1] e ressalta sua inaptidão para agir ao descrever-se como "só voz e vulto noturno/ de noctívagos sonhos" (vv. 112-3), e saúda com afeição os filhos, o pai e a esposa de Héracles. Na antístrofe, para superar os limites impostos pela velhice, exorta-se ao mútuo auxílio e à solidariedade da antiga parceria. No epodo, volta-se com admiração aos filhos de Héracles.

No primeiro episódio, Lico, o recente tirano de Tebas, constrange Anfitrião e Mégara com a ameaça de morte iminente, desdenha a esperança do retorno de Héracles, e desdenha de Héracles mesmo, cujo valor e coragem nega, com o argumento de que arco e flechas são armas de covardes. Por fim, se diz não inclemente, mas precavido, pois já que matou o antigo rei Creonte e tem o trono, não pode permitir que os descendentes sobrevivam e executem a retaliação.

Ao replicar, Anfitrião primeiro roga que Zeus defenda a parte de Zeus de seu filho, depois evoca os Deuses e os gigantes e centauros adversários de Héracles como testemunhas de sua coragem; em seguida, declara o arco uma invenção de sábio, explica sua superioridade estratégica e vantagens táticas sobre a lança, e conclui que na luta o arqueiro é o mais eficiente em maltratar o inimigo e preservar-se. Voltando-se à atual situação, argumenta que somente a covardia de Lico o faz temer e matar as crianças, mas a situação seria reversa se Zeus tivesse espíri-

---

[1] Cf. Platão, *Fédon*, 85a.

to justo com eles; propõe a comutação da morte em exílio, e aconselha Lico a evitar a violência para não vir a sofrê-la quando o vento divino lhe virar a sorte. Por fim, repreende Tebas e a Grécia pela indiferença e ingratidão com o benfeitor Héracles, e lastima a decrepitude que não lhe deixou forças para defender os seus.

Lico, em represália, ordena que os servos recolham lenha, empilhem ao redor do altar, onde se asila a família de Héracles, e ateiem fogo para que se saiba que é seu o poder na região, e ameaça de maus-tratos também o coro por lamentar a sorte dos Heraclidas.

Os versos 252-74, atribuídos a Anfitrião pelos manuscritos e ao corifeu pelos editores modernos, refletem a indignação e fúria ante a atitude abusiva de Lico, atestam a solicitude solidária própria da amizade, mas resolvem-se na constatação de que a decrepitude tolheu as forças necessárias a toda intervenção eficaz a favor dos amigos necessitados de amparo e defesa. E explicam a tirania de Lico pela sedição e más decisões que debilitaram o Estado de Tebas.

Mégara agradece a intervenção dos velhos, e conclama Anfitrião a ouvi-la. Com recursos a lugares-comuns e frases feitas e com apelo ao código de honra homérico, segundo o qual o riso do inimigo é o pior ultraje, Mégara argumenta que 1) a morte é terrível, mas é canhestro lutar contra o necessário; 2) devem evitar a morte pelo fogo, o que seria motivo de riso dos inimigos; 3) as glórias pregressas proíbem covardia, pois o vexame dos filhos enxovalha o pai nobre; 4) ninguém retornou de Hades, nem Héracles retornaria; 5) suplicar pelo exílio seria aceitar mísera penúria por salvação; 6) e, portanto, a única evasão possível dos males presentes seria o suicídio: “ousa conosco a morte, que te espera!” (v. 307); 7) no fecho, retoma o início: é imprudente resistir à sorte vinda dos Deuses, isto é: 1) é canhestro lutar contra o necessário.

A argumentação de Mégara remete o coro à consciência de sua decrepitude e à reiteração de sua incapacidade de intervir em favor dos amigos. Anfitrião, aparentemente tocado pelas palavras de Mégara, se defende: nem covardia nem anelo de vida o impede de morrer, mas o desejo de salvar os netos; parecendo isso impossível, pede, então, a Lico, a graça de ele e a mãe morrerem antes que as crianças, para não as ver agonizantes. Mégara, por sua vez, pede a Lico um acréscimo de graça à graça: permitir que ela retorne ao palácio para prover os filhos de adornos fúnebres. Lico, numa demonstração de magnanimidade do poder, concede o pedido.

Ao se ver sem esperança de salvar seus netos, Anfitrião repreende Zeus acusando-o de falsidade, de traição e de não saber preservar seus amigos, considerando-se, embora mortal, maior que o grande Deus "em valor" (*aretêi*, v. 342), e conclui que Zeus ou é um Deus ignorante, ou não é justo. Esta reprimenda a Zeus mostra o grau de desespero de Anfitrião, bem como a resignação de Mégara à morte iminente mostra sua sombria interlocução com o seu próprio destino. Um certo agnosticismo é parte integrante da piedade grega arcaica, pois o pensamento mítico supõe que a condição do conhecimento seja a afinidade e certa identidade entre o sujeito e o objeto do conhecimento, de tal modo que as palavras dos mortais sobre os Deuses dizem mais dos mortais que dos Deuses, mas as atitudes dos mortais em cada circunstância de sua vida dizem muito, senão tudo, de seus pressentimentos e ressentimentos na interlocução com o Nume, isto é, com o Deus que preside e assiste a seu destino.

O primeiro estásimo celebra Héracles supostamente morto, e tanto refuta o ataque ao herói pelo tirano Lico (vv. 145-64) quanto completa sua defesa por Anfitrião (vv. 170-205). A celebração tenta sobrepor a glória das proezas às injunções da ausência; o oximoro do verso inicial ("lúgubre na boa sorte", *aílinon mèn ep' eutykheî*, v. 348) prenuncia essa tensão entre fausta glória e infausta ausência; nos quatro primeiros versos, o Deus Apolo, de quem a tradição também diz *Mousagétes* ("condutor de Musas"), se apresenta como o modelo divino do canto e da dança perfeitos, mas em tom de lástima.

São três pares de estrofe e antístrofe, sendo cada estrofe seguida por um mesodo e cada antístrofe por um epodo. Na primeira estrofe, elegendo-se o modelo do citaredo Febo (Apolo), propõe-se hinear a coroa de lutas do filho que se foi às trevas da terra e dos ínferos, seja ele de Zeus ou de Anfritrião. Nessa coroa citam-se doze lutas: 1) no primeiro mesodo, a matança do leão de Nemeia, de cuja pele fez sua veste emblemática; 2) na primeira antístrofe, a vitória sobre os Centauros, de que são testemunhas o rio Peneu, o monte Pélion, planícies e vales da Tessália; 3) no primeiro epodo, a captura da corça, cuja galhada de ouro consagrou ao templo de Ártemis em Énoe, na Ática; 4) na segunda estrofe, a domação das éguas do rei trácio Diomedes, que comiam carne humana; 5) no segundo mesodo, a morte de Cicno ("Cisne"), filho de Ares, que assaltava os peregrinos de Apolo a caminho de Delfos, mas a referência ao rio Anauro situa a ação na Tessália; 6) na segunda antístrofe, colheita de maçãs de ouro no jardim das Hespérides, filhas da Noite, além do rio Oceano, no extremo oeste; 7) na mesma antístrofe (na mesma viagem?), acalmou as águas para os mortais, o que em geral se entende como expurgar a pirataria dos mares; 8) no segundo epodo, susteve o Céu em substituição de Atlas, cujas colunas se identificaram com Gibraltar, no então extremo ocidente, perto do jardim das Hespérides; 9) na terceira estrofe, a vitória sobre as Amazonas, cuja rainha despojou do cinto, que consagrou ao santuário de Hera em Micenas; 10) no terceiro mesodo, a morte da hidra de Lerna, cujas cabeças cortadas queimava, senão renasciam; 11) no mesmo mesodo, a morte de Gérion, dito pastor de Eriteia ("País Rubro", isto é, "do sol poente", situado no extremo oeste); 12) na terceira antístrofe, a última proeza é o descenso aos ínferos, onde se crê encerrado o herói, o que remete à casa erma, sem amigos, sob ameaça e na expectativa ansiosa pelo retorno do herói salvador. No terceiro epodo, o coro mais uma vez lamenta a força e o vigor perdidos e a incapacidade de proteger a família ameaçada. Ao concluir o estásimo, o coro anuncia a comovente visão de Anfitrião e dos Heraclidas, vestidos com trajes funerários, conduzidos por Mégara.

No segundo episódio, diante do palácio, Mégara, os filhos e Anfitrião esperam o transpasse. Mégara pergunta por seu algoz, designando-o como *hiereús* e *sphageús* ("sacerdote" e "degolador", isto é, "quem sagra" e "quem sangra", v. 451), segundo o uso, comum à tragédia, de descrever homicídio em termos de sacrifício. Em seguida, invoca sua "infausta Parte" (*Moîra dystálain'*, v. 455), interpelando o Nume, que lhe preside o destino e que lhe parece revelar-se na morte iminente e hedionda em mãos do usurpador do trono de seu pai. Em contraste com o lúgubre presente, evoca a boa esperança perdida com os planos paternos para cada um dos três filhos: o primeiro herdaria do pai Argos e a emblemática pele de leão, sendo o leão emblema de Argos; o segundo herdaria Tebas e a clava, símbolo de Tebas; e o terceiro, Ecália, conquistada com arco e flechas. A mãe, por sua vez, escolheu para cada um noiva de Atenas, de Esparta e de Tebas, mas agora se revela que terão por noivas as Cisões (*Kêras*, v. 481), filhas da Noite imortal, e o avô paterno, como substituto do pai supostamente falecido, será consogro de Hades, segundo o tropo, usual da tragédia, de aludir a jovens mortos antes das núpcias como noiva de Hades, ou noivo de Perséfone (ou, como aqui, Cisão). Por fim, como se despedindo, Mégara afaga os filhos com abraços e beijos, e invoca o marido Héracles, suposto morto, para que lhes surja e valha, ainda que como espectro.

Apesar de já ter repreendido Zeus acusando-o de falsidade, de traição, de inépcia e de injustiça,[2] Anfitrião o conclama de novo à salvação dos seus, mas aparentemente sem grande esperança, pois antes recomendara à nora que desse boas-vindas aos ínferos, e logo após se despede de seus amigos presentes no coro, com recomendações de que desfrutassem a doçura da vida, não obstante a imprevisibilidade da sorte e a instabilidade da riqueza e da glória.

A entrada súbita de Héracles desfaz as imprecações de Anfitrião a Zeus; a dúvida incrédula de Mégara e a redução de Anfitrião ao silêncio ressaltam o impacto da surpresa. Héracles, por sua vez, se surpreende com o que vê: os filhos com adornos de mortos, a esposa junto a varões (o coro descrito como "turba de varões", v. 257) e o pai, ambos em prantos. A esticomitia (vv. 538-61) entre Héracles e Mégara o põe a par dos infortúnios domésticos. Héracles reconforta os seus e anuncia sangrenta e devastadora vingança contra o regicida usurpador e contra os tebanos traidores aliados do novo tirano.

No entanto, uma ambiguidade numinosa transparece nas palavras com que Héracles justifica o seu dever de vingança, pois ao se perguntar por que se diria belo o seu combate contra hidra e leão sob ordens de Euristeu, acrescenta a condição: *tôn d'emôn téknon/ ouk ekponéso thánaton?*, que — atendo-me à intenção do herói — traduzi "se meus filhos/ eu não livrar da morte?", mas que — atendo-nos à voz do Nume — também significa: "se de meus filhos/ não executar a morte?" (vv. 580-1). Essa ambiguidade numinosa repercute nas palavras consecutivas do herói: "Ora, Héracles/ de bela vitória não serei como antes" (vv. 581-2), que preveem a ironia atroz que o epíteto *kallínikos* ("de bela vitória") referente a ele terá depois (v. 1046). A interlocução com o Nume aqui assim se anuncia com toda clareza, mas permanece velada e imperceptível antes de se mostrar nos fatos.

Não obstante a palavra "vingança" soar depreciativa a nossos ouvidos modernos e uma vingança tão extensa e meticulosa nos parecer uma enormidade, o coro aprova e considera "justa" (*díkaia*, v. 583) a anunciada vingança de Héracles, o que a meu ver significa que neste caso o coro considera a vingança proporcional à ofensa. Na Grécia

---

[2] Cf. vv. 399-447.

clássica, a justiça judiciária é vista como uma extensão legítima da vingança pessoal e consideram-se ambas complementares, mas considera-se injusta e, portanto, ímpia a vingança cujo alcance excede a gravidade da ofensa. Por exemplo, na *Oresteia* de Ésquilo, a vingança de Agamêmnon contra Páris se revela injusta e ímpia, dada a desproporção entre o crime (rapto da esposa do hospedeiro) e a punição (destruição do império de Príamo), enquanto a vingança de Orestes, que pune a morte de seu pai com a morte dos homicidas, é apresentada como piedosa obediência ao oráculo de Apolo.

Também Anfitrião aprova o anúncio vindicativo de Héracles, mas recomenda cuidado com os muitos aliados do usurpador. Ecoando a palavra "sedição" (*stásei*, vv. 34, 273, 543, 590), descreve os aliados do tirano: pobres, amotinados, que roubam os vizinhos e lhes dilapidam os bens no ócio e em aparente prosperidade.[3] Héracles tranquiliza o ancião, minimizando as consequências de os inimigos o terem visto ao entrar na urbe, mas assegurando-lhe que não o viram, porque alertado por um presságio acautelou-se e às ocultas retornou à terra.

Anfitrião aconselha Héracles a entrar e saudar a Deusa Héstia, e esperar o tirano Lico dentro de casa, onde em segurança o surpreenderia quando lhe viesse matar o pai, a esposa e os filhos. Héracles aceita o conselho, e confirma que desceu aos ínferos, donde trouxe à força o cão tricéfalo Cérbero, por ora oculto no bosque de Deméter Ctônia em Hermíone, na Argólida, sem que o rei Euristeu ainda soubesse de seu retorno, e — como se justificasse a prolongada demora — explica que se atrasou sob a terra para resgatar o rei ateniense Teseu, já feliz, são e salvo em sua pátria Atenas; por fim, conduz consigo os seus para dentro de casa.

O demorado esforço de Héracles nos ínferos para resgatar e salvar Teseu se revela verdadeira interação tácita com o Nume quando — na última cena do êxodo — Teseu em reciprocidade resgata Héracles do desespero e o salva do suicídio, conduzindo-o a Atenas para ser purificado da poluência.

No segundo estásimo, na primeira estrofe, o coro louva a juventude por sua beleza, e despreza a velhice por ser lúgubre e letal, com votos de que desaparecesse do convívio dos mortais. Na primeira antístrofe, supõe que se os Deuses pensassem como os varões, com o po-

---

[3] Cf. Eurípides, *As Suplicantes*, vv. 232-43 e Platão, *República*, 555d.

der divino e o pensamento humano, dariam aos mortais valorosos serem jovens duas vezes consecutivas, de modo a distinguirem-se os bons e os vis, pois os Deuses não impuseram claro limite entre uns e outros, e o curso da vida não os revela, mas indistintamente lhes aumenta a riqueza. Este anseio por sinal distintivo de bons e vis retoma a mesma imagem já usada por Eurípides em *Medeia* (vv. 516-9) e em *Hipólito* (vv. 925-31), e a fantasia de duas juventudes consecutivas de certo modo alude às núpcias olímpias de Héracles e Juventude (Hebe).[4] Na segunda estrofe, o coro celebra o próprio canto por ser epifania das Graças, das Musas, de Memória e de Dioniso, dito "Brômio vinícola" (*Brómion oinodátan*, v. 682) e por louvar, com estas presenças divinas, a bela vitória de Héracles. Na segunda antístrofe, compara o peã délio de Apolo e Ártemis com o próprio canto em louvor de Héracles, cujo valor excede a nobreza e cujas proezas livraram os mortais de feras terríveis.

No terceiro episódio, o tirano Lico e o velho Anfitrião se encontram diante do palácio, num diálogo marcado pelo expediente da astúcia e pela consequente ironia: Lico desconhece o retorno e a espreita de Héracles dentro do palácio, Anfitrião age como Lico esperava que o inimigo inerme agisse; a ironia se instala nesse descompasso entre o dissimulado saber de Anfitrião e a falsa expectativa de Lico. O tirano pergunta pela esposa e pelos filhos de Héracles, o ancião supõe que ela suplique ante o altar de Héstia no interior do lar e invoque em vão o marido morto. O tirano ordena que o ancião a busque, mas este alega escrúpulo de participar da carnificina. O tirano se diz sem medo e entra incauto, crendo que busca suas vítimas, quando a vítima será ele próprio. A fala de Anfitrião a Lico e depois ao coro sobre a situação de Lico (vv. 726-34) lembra a fala de Dioniso a Penteu e depois ao coro sobre a similar situação de Penteu.[5] Em ambas, a ironia se consuma com a celebração da justiça.

No terceiro estásimo, na primeira estrofe, o coro saúda a mudança dos males, o retorno de Héracles desde Hades e a iminente morte de Lico como manifestação da justiça divina e motivo de júbilo. Ouvem-se gemidos de Lico dentro do palácio. Na primeira antístrofe, o coro interpreta os gemidos como prelúdio da morte, e o lamentoso apelo de Lico a Tebas declarando-se morto por dolo integra-se ao canto e ofere-

---

[4] Cf. Hesíodo, *Teogonia*, vv. 950-5 e Eurípides, *Os Heraclidas*, 910-8.

[5] Cf. *As Bacas*, vv. 964, 967, 971-6.

ce ao coro a prova de que os Deuses punem os injustos e os imprudentes que os ofendem. Na segunda estrofe, o coro conclama à dança ritual e festiva da inopinada restauração do antigo rei no poder; considera-se Héracles continuidade do rei anterior (*ho dè palaíteros/ krateî*, vv. 769-70) por ser o genro dele. Na segunda antístrofe, reitera-se que os Deuses punem os injustos e atendem os lícitos, e reafirma-se a doutrina trágica da condenação da riqueza como corruptora e instigadora de injustiça. Na terceira estrofe, conclamam-se os rios tebanos Ismeno, Dirce e Asopo, as ruas de Tebas e os montes Parnaso e Hélicon à celebração jubilosa de Tebas. Na terceira antístrofe, celebra-se a dupla filiação de Héracles, filho do mortal Anfitrião e de Zeus, entendendo-se seu retorno desde Hades e sua vitória sobre Lico tanto como prova dessa dupla filiação quanto como uma demonstração da justiça dos Deuses.

No quarto episódio, a reconfortante doutrina de que os Deuses são justos, preocupam-se com os justos e punem os injustos, aparentemente confirmada pelo retorno e retaliação de Héracles, sofre inesperado abalo que a problematiza e transpõe para novo patamar. No alto da casa, na plataforma dita *theologeîon* — porque nela falam personagens divinas —, surgem Íris e Fúria, para terror dos anciãos do coro. Íris explica a finalidade da visita: destruir a família de Héracles, pois enquanto realizava seus trabalhos civilizatórios, a necessidade e Zeus Pai impediam Hera de golpeá-lo, mas concluídos os trabalhos, Hera lhe envia Fúria para que saiba qual é a cólera dela contra ele.

Por que a cólera de Hera contra Héracles? Íris alega: "Não os Deuses, mas mortais/ serão grandes, se ele não servir justiça" (vv. 841-2). A isso, Fúria mesma se contrapõe, tentando aconselhar Hera e atestando que Héracles é benfeitor de homens e de Deuses: "civilizou ínvia região e mar selvagem,/ restaurou sozinho as honras de Deuses" (vv. 851-2). Se Héracles é não só inocente, mas benfeitor de homens e de Deuses, por que deve ser punido (*dóntos díken*, "servir justiça", v. 842)?

A meu ver, esse trecho sugere que seu delito contra Hera reside em que "civilizou ínvia região e mar selvagem", não obstante a contrapartida de que "restaurou sozinho as honras de Deuses". Se por Hera devemos entender o fundamento divino do âmbito doméstico e familiar, haveria transposição e, por isso, transgressão desse âmbito na atividade civilizatória do herói — dito filho de Zeus, mas não de Hera — e esta filiação mítica significaria participação no âmbito de Zeus, mas privação do âmbito de Hera?

A invocação de Sol por Fúria, filha da Noite, para que ele testemunhe que sob coerção ela age contra Héracles, ressalta o caráter problemático da justiça divina, incompreensível até para os Deuses subalternos que a viabilizam. O paradoxo de a filha da Noite invocar o Sol por testemunho realça a incongruência de a justiça divina ultrapassar o entendimento dos Deuses subalternos que a servem e movem. Por outro lado, a conexão e colaboração entre justiça e necessidade — "antes que concluísse acerbos trabalhos/ o fado (*tò khré*) o preservava" (vv. 827-8) — mostra que a justiça é inerente à partilha das honras por Zeus e à atribuição delas por ele aos Deuses e aos mortais.

Diante da casa, o coro imagina o que acontece no interior da casa, primeiro por inferência da aparição de Fúria, descrita como Górgona de olhos rutilantes e com muitos silvos de cem serpentes, e depois continua imaginando por inferência das exclamações assombradas de Anfitrião dentro da casa. Em contraste e negação dos termos do transe dionisíaco, a possessão de Fúria se descreve como a inversão sanguinária do beatífico arrebatamento báquico (vv. 879, 889-90, 892-3, 986). Por fim, o coro constata que Fúria cumpre sua promessa de romper vigas do teto e arruinar a casa (vv. 865, 904-5), e ouve-se a equivocada interpelação de Anfitrião a Palas Atena (vv. 906-8). O desabamento do teto é a imagem metonímica da destruição da família. O equívoco de Anfitrião reside em atribuir a Palas Atena a causa da destruição, quando na verdade ela impedia que a destruição prosseguisse, mas ainda que equivocada a fala de Anfitrião dava a justa medida da amplitude e gravidade da ruína.

O mensageiro é um servo que no interior da casa presenciou a sequência dos acontecimentos. Seu relato minucioso principia no momento inicial da lustração com que Héracles, em companhia do pai, esposa e os três filhos, se purificaria da morte do tirano Lico; descreve os primeiros sintomas do delírio — silêncio e absorção, olhos revirados e injetados de sangue, baba espumosa e riso demente —, reproduz as palavras delirantes dirigidas ao pai, descreve o comportamento sintomático do delírio, o constrangimento perplexo dos servos, a perseguição e matança dos familiares, e a intervenção de Palas Atena, que o impede de matar o pai, ao golpeá-lo com uma pedra e induzi-lo ao sono.

No quarto estásimo, não organizado em estrofe e antístrofe, o coro compara o furor sanguinário de Héracles com a matança dos noivos pelas Danaides na mesma noite de suas núpcias coagidas, e com a matança do filho Ítis perpetrada pela mãe Procne em retaliação ao estupro de sua irmã Filomela por seu marido Tereu, para concluir, em cada um desses casos, que os males de Héracles são muito piores que os seus precedentes míticos. O coro se pergunta como prantear os mortos com canto e dança fúnebres, quando anuncia que as portas se abrem e se vê a cena no interior do palácio: os filhos mortos e, mergulhado no sono, o pai amarrado com muitos laços às colunas do palácio.

O êxodo se compõe de quatro cenas. A primeira cena lembra a do párodo de *Orestes*: enquanto Héracles (como Orestes) dorme, Anfitrião temeroso pede (como Electra) ao coro que se afaste em silêncio para não perturbar o sono sobrevindo ao delírio de Héracles (como ao de Orestes). Na segunda cena, Héracles desperta, sem se lembrar do que fez, nem reconhecer onde se encontra, e dialoga com Anfitrião, que o induz ao reconhecimento dos mortos ao seu redor e lhe revela que, quando possesso do furor enviado por Hera, executou a matança dos filhos e da esposa. Cônscio de seu infortúnio, Héracles pensa em matar-se, quando avista a aproximação de seu primo Teseu, e pergunta-se como impedir que a poluência de seu filicídio (e uxoricídio) contamine o primo que o visita.

Na terceira cena, enquanto Héracles permanece calado e com a cabeça coberta, Teseu explica a Anfitrião que, alertado por rumor de que Lico usurpara o trono de Tebas e movia guerra aos Heraclidas, veio de Atenas com forças militares em auxílio a Héracles, que o resgatara dos ínferos. Ao ver o chão cheio de mortos, supõe ter chegado demasiado tarde. Anfitrião o põe a par da situação, e Teseu lhe pede que retire o manto de sobre o rosto de Héracles.

A quarta cena, em que Teseu resgata Héracles do desespero e o salva do suicídio persuadindo-o a suportar a enormidade de seu infortúnio, é reconhecida como o elogio da amizade, e certamente o é, mas é sobretudo o cumprimento da interlocução com o Nume. As reprovações de Héracles a Zeus e a Hera antes dizem respeito ao herói que aos Deuses, retratando-o com os sentimentos comuns dos homens comuns, que, imersos em seus sofrimentos, veem o curso dos acontecimentos circunscrito ao horizonte de sua restrita visão. Nessa prisão do sofrimento, a amizade se apresenta pela participação em Zeus (*Zeùs Phílios*).

Ὑπόθεσις Ἡρακλέους

Ἡρακλῆς γήμας Μεγάραν τὴν Κρέοντος παῖδας ἐξ αὐτῆς ἐγέννησε á   ñ, καταλιπὼν δὲ τούτους ἐν ταῖς Θήβαις αὐτὸς εἰς Ἄργος ἦλθεν Εὐρυσθεῖ τοὺς ἄθλους ἐκπονήσων. πάντων δὲ περιγενόμενος ἐπὶ πᾶσιν εἰς Ἅιδου κατῆλθεν καὶ πολὺν ἐκεῖ διατρίψας χρόνον δόξαν ἀπέλιπε παρὰ τοῖς ζῶσιν ὡς εἴη τεθνηκώς. στασιάσαντες δὲ οἱ Θηβαῖοι πρὸς τὸν δυνάστην Κρέοντα Λύκον ἐκ τῆς Εὐβοίας κατήγαγον...

τὰ τοῦ δράματος πρόσωπα·Ἀμφιτρύων, Μεγάρα, άχορόςñ, Λύκος, Ἡρακλῆς, Ἶρις, Λύσσα, άἐξñάγγελος, Θησεύς.

Argumento

Héracles desposou Mégara, filha de Creonte, e teve filhos dela. Deixou-os em Tebas e foi a Argos para executar os trabalhos de Euristeu. Tendo vencido a todos em tudo, desceu à morada de Hades e por passar muito tempo lá deu aos vivos a impressão de que estivesse morto. Rebelados contra a soberania de Creonte, os tebanos reconduziram Lico de Eubeia...

Personagens do drama: Anfitrião, Mégara, coro, Lico, Héracles, Íris, Fúria, Mensageiro, Teseu.

Drama representado cerca de 415 a.C.

Ἡρακλῆς

ΑΜΦΙΤΡΥΩΝ

Τίς τὸν Διὸς σύλλεκτρον οὐκ οἶδεν βροτῶν,
Ἀργεῖον Ἀμφιτρύων', ὃν Ἀλκαῖός ποτε
ἔτιχθ' ὁ Περσέως, πατέρα τόνδ' Ἡρακλέους;
ὃς τάσδε Θήβας ἔσχον, ἔνθ' ὁ γηγενὴς
σπαρτῶν στάχυς ἔβλαστεν, ὧν γένους Ἄρης 5
ἔσωσ' ἀριθμὸν ὀλίγον, οἳ Κάδμου πόλιν
τεκνοῦσι παίδων παισίν· ἔνθεν ἐξέφυ
Κρέων Μενοικέως παῖς, ἄναξ τῆσδε χθονός.
Κρέων δὲ Μεγάρας τῆσδε γίγνεται πατήρ,
ἣν πάντες ὑμεναίοισι Καδμεῖοί ποτε 10
λωτῶι συνηλάλαξαν ἡνίκ' εἰς ἐμοὺς
δόμους ὁ κλεινὸς Ἡρακλῆς νιν ἤγετο.
λιπὼν δὲ Θήβας, οὗ κατωικίσθην ἐγώ,
Μεγάραν τε τήνδε πενθερούς τε παῖς ἐμὸς
Ἀργεῖα τείχη καὶ Κυκλωπίαν πόλιν 15
ὠρέξατ' οἰκεῖν, ἣν ἐγὼ φεύγω κτανὼν
Ἠλεκτρύωνα. συμφορὰς δὲ τὰς ἐμὰς
ἐξευμαρίζων καὶ πάτραν οἰκεῖν θέλων
καθόδου δίδωσι μισθὸν Εὐρυσθεῖ μέγαν,
ἐξημερῶσαι γαῖαν, εἴθ' Ἥρας ὕπο 20
κέντροις δαμασθεὶς εἴτε τοῦ χρεὼν μέτα.
καὶ τοὺς μὲν ἄλλους ἐξεμόχθησεν πόνους,
τὸ λοίσθιον δὲ Ταινάρου διὰ στόμα
βέβηκ' ἐς Ἅιδου τὸν τρισώματον κύνα

Héracles

[*Prólogo* (1-106)]

ANFITRIÃO

Quem não conhece o comborço de Zeus,
Anfitrião de Argos? Alceu, filho de Perseu,
tal me gerou outrora, a mim, pai de Héracles.
Fixei-me nesta Tebas, onde floriu terrígena
espiga dos semeados, de quem Ares salvou 5
exíguo número, e povoam a urbe de Cadmo
com os filhos de seus filhos, donde nasceu
Creonte, filho de Meneceu, rei deste solo.
Creonte vem a ser pai de Mégara, esta
que aclamaram com himeneus e flauta 10
todos os cadmeus, quando em minha
casa o ínclito Héracles a desposou.
Deixando Tebas, onde me estabeleci,
e a esta Mégara e sogros, o meu filho
quis viver na praça argiva e ciclópica 15
urbe, donde fui banido por ter matado
Eléctrion. Facilitando minha situação,
e desejoso de viver na pátria, paga
a Euristeu vultoso preço do retorno,
civilizar a terra ou dominado por 20
ferrão de Hera ou por ter esse fado.
Executou todos os outros trabalhos.
Por último, pela boca do cabo Tênaro,
foi à casa de Hades, para trazer à luz

ἐς φῶς ἀνάξων, ἔνθεν οὐχ ἥκει πάλιν. 25
γέρων δὲ δή τις ἔστι Καδμείων λόγος
ὡς ἦν πάρος Δίρκης τις εὐνήτωρ Λύκος
τὴν ἑπτάπυργον τήνδε δεσπόζων πόλιν,
τὼ λευκοπώλω πρὶν τυραννῆσαι χθονὸς
Ἀμφίον’ ἠδὲ Ζῆθον, ἐκγόνω Διός. 30
οὗ ταὐτὸν ὄνομα παῖς πατρὸς κεκλημένος,
Καδμεῖος οὐκ ὢν ἀλλ’ ἀπ’ Εὐβοίας μολών,
κτείνει Κρέοντα καὶ κτανὼν ἄρχει χθονός,
στάσει νοσοῦσαν τήνδ’ ἐπεσπεσὼν πόλιν.
ἡμῖν δὲ κῆδος ἐς Κρέοντ’ ἀνημμένον 35
κακὸν μέγιστον, ὡς ἔοικε, γίγνεται.
τοὐμοῦ γὰρ ὄντος παιδὸς ἐν μυχοῖς χθονὸς
ὁ καινὸς οὗτος τῆσδε γῆς ἄρχων Λύκος
τοὺς Ἡρακλείους παῖδας ἐξελεῖν θέλει
κτανὼν δάμαρτά <θ’>, ὡς φόνωι σβέσηι φόνον, 40
κἄμ’ (εἴ τι δὴ χρὴ κἄμ’ ἐν ἀνδράσιν λέγειν,
γέροντ’ ἀχρεῖον), μή ποθ’ οἵδ’ ἠνδρωμένοι
μήτρωσιν ἐκπράξωσιν αἵματος δίκην.
ἐγὼ δέ (λείπει γάρ με τοῖσδ’ ἐν δώμασιν
τροφὸν τέκνων οἰκουρόν, ἡνίκα χθονὸς 45
μέλαιναν ὄρφνην εἰσέβαινε, παῖς ἐμός)
σὺν μητρί, τέκνα μὴ θάνωσ’ Ἡρακλέους,
βωμὸν καθίζω τόνδε σωτῆρος Διός,
ὃν καλλινίκου δορὸς ἄγαλμ’ ἱδρύσατο
Μινύας κρατήσας οὑμὸς εὐγενὴς τόκος. 50
πάντων δὲ χρεῖοι τάσδ’ ἕδρας φυλάσσομεν,
σίτων ποτῶν ἐσθῆτος, ἀστρώτωι πέδωι
πλευρὰς τιθέντες· ἐκ γὰρ ἐσφραγισμένοι
δόμων καθήμεθ’ ἀπορίαι σωτηρίας.
φίλων δὲ τοὺς μὲν οὐ σαφεῖς ὁρῶ φίλους, 55
οἱ δ’ ὄντες ὀρθῶς ἀδύνατοι προσωφελεῖν.
τοιοῦτον ἀνθρώποισιν ἡ δυσπραξία·
ἧς μήποθ’ ὅστις καὶ μέσως εὔνους ἐμοὶ
τύχοι, φίλων ἔλεγχον ἀψευδέστατον.

o tríplice cão, donde não regressou. 25
Há uma palavra antiga dos cadmeus
de que outrora Lico, marido de Dirce,
foi soberano desta urbe de sete portas,
antes de serem reis os potros brancos
Anfíon e Zeto, rebentos ambos de Zeus. 30
Um filho com o mesmo nome do pai,
sem ser cadmeu, mas vindo de Eubeia,
matou Creonte e assim domina o solo
atacando esta urbe doente de sedição.
Nossa aliança firmada com Creonte, 35
ao que parece, tornou-se o pior mal.
Estando meu filho no fundo do chão,
Lico, o novo governante desta terra,
quer matar filhos e mulher de Héracles
para extinguir o sangue com sangue, 40
e a mim, se entre varões devo contar
velho inútil, para que quando adultos
não façam justiça do sangue materno.
O meu filho me deixou neste palácio
para criar os filhos e guardar a casa, 45
ao entrar nas negras trevas do solo.
Que os filhos de Héracles não morram,
com a mãe, no altar de Zeus salvador,
que meu nobre filho ergueu — imagem
da vitoriosa lança, ao vencer os mínias! 50
Mantemos este posto, faltos de tudo,
pão, água e vestes, com as costelas
no chão sem leito. Excluídos de casa
estamos sem os meios de salvação.
Em alguns amigos não vejo verdade, 55
outros deveras não podem socorrer.
Tal é para os homens o infortúnio,
não atinja os que bem me querem,
a mais verídica prova de amizade!

ΜΕΓΑΡΑ

ὦ πρέσβυ, Ταφίων ὅς ποτ᾽ ἐξεῖλες πόλιν 60
στρατηλατήσας κλεινὰ Καδμείων δορός,
ὡς οὐδὲν ἀνθρώποισι τῶν θείων σαφές.
ἐγὼ γὰρ οὔτ᾽ ἐς πατέρ᾽ ἀπηλάθην τύχης,
ὃς οὕνεκ᾽ ὄλβου μέγας ἐκομπάσθη ποτὲ
ἔχων τυραννίδ᾽, ἧς μακραὶ λόγχαι πέρι 65
πηδῶσ᾽ ἔρωτι σώματ᾽ εἰς εὐδαίμονα,
ἔχων δὲ τέκνα· κἄμ᾽ ἔδωκε παιδὶ σῶι,
ἐπίσημον εὐνὴν Ἡρακλεῖ συνοικίσας.
καὶ νῦν ἐκεῖνα μὲν θανόντ᾽ ἀνέπτατο,
ἐγὼ δὲ καὶ σὺ μέλλομεν θνήισκειν, γέρον, 70
οἵ θ᾽ Ἡράκλειοι παῖδες, οὓς ὑπὸ πτεροῖς
σώιζω νεοσσοὺς ὄρνις ὣς ὑφειμένους.
οἱ δ᾽ εἰς ἔλεγχον ἄλλος ἄλλοθεν πίτνων
Ὦ μῆτερ, αὐδᾶι, ποῖ πατὴρ ἄπεστι γῆς;
τί δρᾶι, πόθ᾽ ἥξει; τῶι νέωι δ᾽ ἐσφαλμένοι 75
ζητοῦσι τὸν τεκόντ᾽, ἐγὼ δὲ διαφέρω
λόγοισι μυθεύουσα. θαυμάζων δ᾽ ὅταν
πύλαι ψοφῶσι πᾶς ἀνίστησιν πόδα,
ὡς πρὸς πατρῶιον προσπεσούμενοι γόνυ.
νῦν οὖν τίν᾽ ἐλπίδ᾽ ἢ πόρον σωτηρίας 80
ἐξευμαρίζηι, πρέσβυ; πρὸς σὲ γὰρ βλέπω.
ὡς οὔτε γαίας ὅρι᾽ ἂν ἐκβαῖμεν λάθραι
(φυλακαὶ γὰρ ἡμῶν κρείσσονες κατ᾽ ἐξόδους)
οὔτ᾽ ἐν φίλοισιν ἐλπίδες σωτηρίας
ἔτ᾽ εἰσὶν ἡμῖν. ἥντιν᾽ οὖν γνώμην ἔχεις 85
λέγ᾽ ἐς τὸ κοινόν, μὴ θανεῖν ἕτοιμον ἦι.

ΑΜΦΙΤΡΥΩΝ

ὦ θύγατερ, οὔτοι ῥάιδιον τὰ τοιάδε 88
φαύλως παραινεῖν σπουδάσαντ᾽ ἄνευ πόνου· 89
χρόνον δὲ μηκύνωμεν ὄντες ἀσθενεῖς. 87

MÉGARA

Ó velho, eversor da urbe dos táfios, 60
ínclito chefe de tropas dos cadmeus,
nada do divino para homens é claro!
Não fui exclusa da sorte de meu pai,
que foi muito louvado por seu fausto
ao ter o poder, por amor de que saltam 65
longas lanças contra os de bom Nume,
e ao procriar: ele me deu ao teu filho
ao casar-me insigne leito com Héracles.
Agora aquilo se extinguiu e se evolou,
eu e tu, ó ancião, nós vamos morrer, 70
e os filhos de Héracles, que conservo
sob as asas qual ave envolve filhotes.
Cada um de um lado eles perguntam,
"Ó mãe, diz, onde está longe o pai?
Que faz? Quando virá?" Vacilantes 75
perguntam pelo pai, eu os entretenho
contando contos. Com espanto quando
as portas rangem, todos erguem o pé,
como para caírem aos joelhos do pai.
Agora que esperança, que salvação, 80
terias à mão, ó velho? Olho para ti.
Ocultos não sairíamos destes lindes,
há vigias superiores a nós nas saídas,
e esperanças de salvação nos amigos
não temos mais. Que sentença tens, 85
diz-nos, que não seja pronta morte.

ANFITRIÃO

Ó filha, tais conselhos não é fácil 88
dizer às pressas simples sem custo. 89
Tenhamos tempo, se não temos força! 87

ΜΕΓΑΡΑ

λύπης τι προσδεῖς ἢ φιλεῖς οὕτω φάος; 90

ΑΜΦΙΤΡΥΩΝ

καὶ τῶιδε χαίρω καὶ φιλῶ τὰς ἐλπίδας.

ΜΕΓΑΡΑ

κἀγώ· δοκεῖν δὲ τἀδόκητ' οὐ χρή, γέρον.

ΑΜΦΙΤΡΥΩΝ

ἐν ταῖς ἀναβολαῖς τῶν κακῶν ἔνεστ' ἄκη.

ΜΕΓΑΡΑ

ὁ δ' ἐν μέσωι γε λυπρὸς ὢν δάκνει χρόνος.

ΑΜΦΙΤΡΥΩΝ

γένοιτο μέντἂν, θύγατερ, οὔριος δρόμος 95
ἐκ τῶν παρόντων τῶνδ' ἐμοὶ καὶ σοὶ κακῶν
ἔλθοι τ' ἔτ' ἂν παῖς οὑμός, εὐνήτωρ δὲ σός.
ἀλλ' ἡσύχαζε καὶ δακρυρρόους τέκνων
πηγὰς ἀφαίρει καὶ παρευκήλει λόγοις,
κλέπτουσα μύθοις ἀθλίους κλοπὰς ὅμως. 100
κάμνουσι γάρ τοι καὶ βροτῶν αἱ συμφοραί,
καὶ πνεύματ' ἀνέμων οὐκ ἀεὶ ῥώμην ἔχει,
οἵ τ' εὐτυχοῦντες διὰ τέλους οὐκ εὐτυχεῖς·
ἐξίσταται γὰρ πάντ' ἀπ' ἀλλήλων δίχα.
οὗτος δ' ἀνὴρ ἄριστος ὅστις ἐλπίσιν 105
πέποιθεν αἰεί· τὸ δ' ἀπορεῖν ἀνδρὸς κακοῦ.

ΧΟΡΟΣ

ὑψόροφα μέλαθρα καὶ γεραι- Est.
ὰ δέμνι' ἀμφὶ βάκτροις
ἔρεισμα θέμενος ἐστάλην

MÉGARA
Queres mais dor ou amas sim a luz? 90

ANFITRIÃO
Assim me alegro e amo as esperanças.

MÉGARA
Sim! Imprevisto não se prevê, velho!

ANFITRIÃO
O remédio está em retardar os males.

MÉGARA
Doloroso o tempo intermédio morde.

ANFITRIÃO
Ó filha, seja-nos favorável a fuga 95
de meus e de teus males presentes!
Venha ainda meu filho, teu esposo!
Vamos, serena-te, afasta dos filhos
as fontes chorosas, afaga com falas
furtiva ao falar com míseros furtos! 100
As injunções de mortais se fadigam,
os ventos não sopram fortes sempre,
os de boa sorte no fim não tem boa
sorte, tudo se distancia um de outro.
Exímio é o varão que em esperanças 105
confia sempre, o impasse é covarde.

[*Párodo* (107-137)]

CORO
Ao moradio de alto teto Est.
e ao velho leito vim
apoiado no bastão,

ἰηλέμων γέρων ἀοι- 110
δὸς ὥστε πολιὸς ὄρνις,
ἔπεα μόνον καὶ δόκημα νυκτερω-
πὸν ἐννύχων ὀνείρων,
τρομερὰ μὲν ἀλλ' ὅμως πρόθυμ',
ὦ τέκεα τέκεα πατρὸς ἀπάτορ', 115
ὦ γεραιὲ σύ τε τάλαινα μᾶτερ, ἃ τὸν <ἐν> Ἀίδα δόμοις
πόσιν ἀναστενάζεις.

†μὴ προκάμητε πόδα† βαρύ τε κῶ- Ant.
λον ὥστε πρὸς πετραῖον 120
λέπας †ζυγηφόρον πῶλον
ἀνέντες ὡς βάρος φέρον
τροχηλάτοιο πώλου†.
λαβοῦ χερῶν καὶ πέπλων, ὅτου λέλοι-
πε ποδὸς ἀμαυρὸν ἴχνος. 125
γέρων γέροντα παρακόμιζ',
ὧι ξύνοπλα δόρατα νέα νέωι 128
τὸ πάρος ἐν ἡλίκων πόνοις 127
ξυνῆν ποτ', εὐκλεεστάτας 129
πατρίδος οὐκ ὀνείδη. 130

ἴδετε πατέρος ὡς γορ- Epodo
γῶπες αἵδε προσφερεῖς
ὀμμάτων αὐγαί,
τὸ δὲ κακοτυχὲς οὐ λέλοιπεν ἐκ τέκνων
οὐδ' ἀποίχεται χάρις. 135
Ἑλλὰς ὦ ξυμμάχους
οἵους οἵους ὀλέσασα
τούσδ' ἀποστερήσηι.

ἀλλ' εἰσορῶ γὰρ τόνδε δωμάτων πέλας
Λύκον περῶντα, τῆσδε κοίρανον χθονός.

velho cantor de nênias 110
qual cisne grisalho,
só voz e vulto noturno
de noctívagos sonhos,
trêmulo, mas animado,
ó filhos, filhos de pai órfãos, 115
ó velho, e tu, mísera mãe,
que lamentas o marido
já ido à casa de Hades!

Não canseis pé e perna Ant.
pesada, tal qual potro 120
no jugo sobe pétrea
ladeira com o peso
do carro de rodas!
Pega na mão e no manto
de quem deixa rastro dúbio! 125
O velho escolte o velho
com quem jovem com jovens 128
armados nas fainas da idade 127
já conviveu sem desonra 129
da mais gloriosa pátria! 130

Vede como se parece Epodo
com o pai este brilho
gorgôneo nos olhos!
Desde cedo má sorte não cessa,
mas a graça não se foi.
Ó Grécia, que aliados, 135
que aliados perderás
se os destruíres!

Mas vejo perto da casa
vem Lico rei deste solo.

ΛΥΚΟΣ

τὸν Ἡράκλειον πατέρα καὶ ξυνάορον, 140
εἰ χρή μ', ἐρωτῶ· χρὴ δ', ἐπεί γε δεσπότης
ὑμῶν καθέστηχ', ἱστορεῖν ἃ βούλομαι.
τίν' ἐς χρόνον ζητεῖτε μηκῦναι βίον;
τίν' ἐλπίδ' ἀλκήν τ' εἰσορᾶτε μὴ θανεῖν;
ἦ τὸν παρ' Ἅιδηι πατέρα τῶνδε κείμενον 145
πιστεύεθ' ἥξειν; ὡς ὑπὲρ τὴν ἀξίαν
τὸ πένθος αἴρεσθ', εἰ θανεῖν ὑμᾶς χρεών,
σὺ μὲν καθ' Ἑλλάδ' ἐκβαλὼν κόμπους κενοὺς
ὡς σύγγαμός σοι Ζεὺς τέκνου τε κοινεών,
σὺ δ' ὡς ἀρίστου φωτὸς ἐκλήθης δάμαρ. 150
τί δὴ τὸ σεμνὸν σῶι κατείργασται πόσει,
ὕδραν ἕλειον εἰ διώλεσε κτανὼν
ἢ τὸν Νέμειον θῆρ', ὃν ἐν βρόχοις ἑλὼν
βραχίονός φησ' ἀγχόναισιν ἐξελεῖν;
τοῖσδ' ἐξαγωνίζεσθε; τῶνδ' ἄρ' οὕνεκα 155
τοὺς Ἡρακλείους παῖδας οὐ θνήισκειν χρεών;
ὁ δ' ἔσχε δόξαν οὐδὲν ὢν εὐψυχίας
θηρῶν ἐν αἰχμῆι, τἄλλα δ' οὐδὲν ἄλκιμος,
ὃς οὔποτ' ἀσπίδ' ἔσχε πρὸς λαιᾶι χερὶ
οὐδ' ἦλθε λόγχης ἐγγὺς ἀλλὰ τόξ' ἔχων, 160
κάκιστον ὅπλον, τῆι φυγῆι πρόχειρος ἦν.
ἀνδρὸς δ' ἔλεγχος οὐχὶ τόξ' εὐψυχίας
ἀλλ' ὃς μένων βλέπει τε κἀντιδέρκεται
δορὸς ταχεῖαν ἄλοκα τάξιν ἐμβεβώς.
ἔχει δὲ τοὐμὸν οὐκ ἀναίδειαν, γέρον, 165
ἀλλ' εὐλάβειαν· οἶδα γὰρ κατακτανὼν
Κρέοντα πατέρα τῆσδε καὶ θρόνους ἔχων.
οὔκουν τραφέντων τῶνδε τιμωροὺς ἐμοὶ
χρήιζω λιπέσθαι, τῶν δεδραμένων δίκην.

[*Primeiro episódio* (140-347)]

LICO

Aos pai e par de Héracles, se necessário, 140
indago, e porque me tornei vosso rei
é necessário perguntar o que necessito.
Quanto tempo buscais prolongar a vida?
Que fé e defesa vedes contra a morte?
Ou credes que lhes virá o pai que jaz 145
junto de Hades? Quão além do valor
guardais luto, se é necessário morrer,
tu na Grécia com o vão alarde de ter
Zeus núpcias e filhos comuns contigo,
e tu, por ser dita dona de exímio varão. 150
Qual é o venerável feito de teu esposo,
se ele feriu e matou a hidra do pântano
ou a fera de Nemeia já presas na rede
e diz que matou ao sufocar no braço?
Assim travais combate? É necessário 155
por isso que Heraclidas não morram?
Ele fez fama, não sendo nada valente
na luta com feras nem tendo resistência,
nunca teve escudo no braço esquerdo,
nem foi perto da lança, mas com arco, 160
a mais vil arma, era propenso à fuga.
O arco não é prova de valentia viril,
mas esperar, ver e encarar de frente
veloz sulco de lança, firme no posto.
Em mim não há inclemência, velho, 165
mas precaução; pois sei que matei
o pai dela Creonte e tenho o trono.
Não quero que, por eles se criarem,
reste quem me puna por meus feitos.

ΑΜΦΙΤΡΥΩΝ

τῶι τοῦ Διὸς μὲν Ζεὺς ἀμυνέτω μέρει 170
παιδός· τὸ δ' εἰς ἔμ', Ἡράκλεις, ἐμοὶ μέλει
λόγοισι τὴν τοῦδ' ἀμαθίαν ὑπὲρ σέθεν
δεῖξαι· κακῶς γάρ σ' οὐκ ἐατέον κλύειν.
πρῶτον μὲν οὖν τἄρρητ' (ἐν ἀρρήτοισι γὰρ
τὴν σὴν νομίζω δειλίαν, Ἡράκλεες) 175
σὺν μάρτυσιν θεοῖς δεῖ μ' ἀπαλλάξαι σέθεν.
Διὸς κεραυνὸν ἠρόμην τέθριππά τε
ἐν οἷς βεβηκὼς τοῖσι γῆς βλαστήμασιν
Γίγασι πλευροῖς πτήν' ἐναρμόσας βέλη
τὸν καλλίνικον μετὰ θεῶν ἐκώμασεν· 180
τετρασκελές θ' ὕβρισμα, Κενταύρων γένος,
Φολόην ἐπελθών, ὦ κάκιστε βασιλέων,
ἐροῦ τίν' ἄνδρ' ἄριστον ἐγκρίνειαν ἄν·
ἢ οὐ παῖδα τὸν ἐμόν, ὃν σὺ φὴις εἶναι δοκεῖν;
Δίρφυν τ' ἐρωτῶν ἥ σ' ἔθρεψ' Ἀβαντίδα, 185
οὐκ ἄν <σ'> ἐπαινέσειεν· οὐ γὰρ ἔσθ' ὅπου
ἐσθλόν τι δράσας μάρτυρ' ἂν λάβοις πάτραν.
τὸ πάνσοφον δ' εὕρημα, τοξήρη σαγήν,
μέμφηι· κλύων νυν τἀπ' ἐμοῦ σοφὸς γενοῦ.
ἀνὴρ ὁπλίτης δοῦλός ἐστι τῶν ὅπλων 190
θραύσας τε λόγχην οὐκ ἔχει τῶι σώματι 193
θάνατον ἀμῦναι, μίαν ἔχων ἀλκὴν μόνον· 194
καὶ τοῖσι συνταχθεῖσιν οὖσι μὴ ἀγαθοῖς 191
αὐτὸς τέθνηκε δειλίαι τῆι τῶν πέλας. 192
ὅσοι δὲ τόξοις χεῖρ' ἔχουσιν εὔστοχον, 195
ἓν μὲν τὸ λῶιστον, μυρίους οἰστοὺς ἀφεὶς
ἄλλοις τὸ σῶμα ῥύεται μὴ κατθανεῖν,
ἑκὰς δ' ἀφεστὼς πολεμίους ἀμύνεται
τυφλοῖς ὁρῶντας οὐτάσας τοξεύμασιν
τὸ σῶμά τ' οὐ δίδωσι τοῖς ἐναντίοις, 200
ἐν εὐφυλάκτωι δ' ἐστί. τοῦτο δ' ἐν μάχηι
σοφὸν μάλιστα, δρῶντα πολεμίους κακῶς
σώιζειν τὸ σῶμα, μὴ 'κ τύχης ὡρμισμένον.

ANFITRIÃO

Defenda Zeus a parte de Zeus de seu 170
filho! Importa-me, Héracles, mostrar
com razões a ignorância dele sobre ti,
é preciso não permitir que te difamem.
Primeiro, com Deuses por testemunha,
devo afastar o nefando de ti, Héracles, 175
por nefando entendo a covardia em ti.
Interpelei o raio de Zeus e a quadriga
em que ele atacou com alados dardos
os flancos de Gigantes florões da terra
e com os Deuses festejou bela vitória. 180
Interroga tu em Fóloe, ó vilíssimo rei,
os ultrajantes quadrúpedes Centauros,
quem teriam em conta de exímio varão,
senão meu filho, que tu dizes ilusório.
Inquirida Dírfis Abancíada tua nutriz, 185
ela não te louvaria, pois não há como
a pátria testemunhe um ato nobre teu.
Invenção de sábio, arma de arqueiro,
reprovas, ouve-me tu e torna-te sábio!
O varão armado depende das armas, 190
se a lança se parte, não pode por si 193
repelir a morte, com uma só defesa; 194
e se os companheiros não são bons, 191
ele morre pela inépcia dos próximos. 192
Quem tem arco na mão e boa mira, 195
tem maior vantagem, após mil setas,
com outras mil se defende da morte,
e longe afastado repele os inimigos,
ferindo quem vê com flechas cegas,
não expõe o corpo aos confrontados, 200
mas fica bem guardado. Isso na luta
é o mais hábil, maltratar os inimigos
e preservar-se não ancorado à sorte.

λόγοι μὲν οἵδε τοῖσι σοῖς ἐναντίαν
γνώμην ἔχουσι τῶν καθεστώτων πέρι. 205
παῖδας δὲ δὴ τί τούσδ' ἀποκτεῖναι θέλεις;
τί σ' οἵδ' ἔδρασαν; ἕν τί σ' ἡγοῦμαι σοφόν,
εἰ τῶν ἀρίστων τἄκγον' αὐτὸς ὢν κακὸς
δέδοικας. ἀλλὰ τοῦθ' ὅμως ἡμῖν βαρύ,
εἰ δειλίας σῆς κατθανούμεθ' οὕνεκα, 210
ὃ χρῆν σ' ὑφ' ἡμῶν τῶν ἀμεινόνων παθεῖν,
εἰ Ζεὺς δικαίας εἶχεν εἰς ἡμᾶς φρένας.
εἰ δ' οὖν ἔχειν γῆς σκῆπτρα τῆσδ' αὐτὸς θέλεις,
ἔασον ἡμᾶς φυγάδας ἐξελθεῖν χθονός·
βίαι δὲ δράσηις μηδὲν ἢ πείσηι βίαν 215
ὅταν θεοῦ σοι πνεῦμα μεταβαλὸν τύχηι.
φεῦ·
ὦ γαῖα Κάδμου (καὶ γὰρ ἐς σ' ἀφίξομαι 217
λόγους ὀνειδιστῆρας ἐνδατούμενος),
τοιαῦτ' ἀμύνεθ' Ἡρακλεῖ τέκνοισί τε;
Μινύαις ὃς εἷς ἅπασι διὰ μάχης μολὼν 220
Θήβας ἔθηκεν ὄμμ' ἐλεύθερον βλέπειν.
οὐδ' Ἑλλάδ' ἤινεσ' (οὐδ' ἀνέξομαί ποτε
σιγῶν) κακίστην λαμβάνων ἐς παῖδ' ἐμόν,
ἣν χρῆν νεοσσοῖς τοῖσδε πῦρ λόγχας ὅπλα
φέρουσαν ἐλθεῖν, ποντίων καθαρμάτων 225
χέρσου τ' ἀμοιβὰς ὧν †ἐμόχθησεν πατήρ†. [Reiske]
τὰ δ', ὦ τέκν', ὑμῖν οὔτε Θηβαίων πόλις
οὔθ' Ἑλλὰς ἀρκεῖ· πρὸς δ' ἔμ' ἀσθενῆ φίλον
δεδόρκατ', οὐδὲν ὄντα πλὴν γλώσσης ψόφον.
ῥώμη γὰρ ἐκλέλοιπεν ἣν πρὶν εἴχομεν, 230
γήραι δὲ τρομερὰ γυῖα κἀμαυρὸν σθένος.
εἰ δ' ἦ νέος τε κἄτι σώματος κρατῶν,
λαβὼν ἂν ἔγχος τοῦδε τοὺς ξανθοὺς πλόκους
καθημάτωσ' ἄν, ὥστ' Ἀτλαντικῶν πέραν
φεύγειν ὅρων ἂν δειλίαι τοὐμὸν δόρυ. 235

Estas palavras têm sentido contrário
às tuas a respeito das tuas posições. 205
Por que queres matar estas crianças?
Que te fizeram elas? Só te acho sábio,
se tens medo dos filhos dos exímios
por seres vil. Mas temos este agravo,
se por covardia tua vamos morrer, 210
o que devias sofrer de nós, melhores,
se Zeus conosco tivesse espírito justo.
Se tu queres ter o cetro desta terra,
deixa-nos sair banidos deste solo!
Não ajas violento ou sofres violência 215
quando vento divino te virar a sorte!
Pheû!
Ó terra de Cadmo, também a ti irei 217
distribuindo palavras de repreensão,
assim defendeis Héracles e filhos?
Ao enfrentar a sós todos os mínias, 220
ele fez Tebas ver com olhos livres.
Não aprovei Grécia, não suportarei
calar-me, se a vejo pior a meu filho;
ela devia trazer fogo, lanças, armas
a estes filhos em troca de expurgos 225
de mar e terra, que o pai cumpriu. [Reiske]
Ó filhos, não vos protege Tebas
nem Grécia! Vede, amigo inerme
não sou nada senão som de voz!
Cessou o vigor que tínhamos antes, 230
velho tem mão trêmula e força dúbia.
Se eu fosse jovem e ainda possante,
ensanguentaria seus loiros cachos
com a lança de modo a fugir além
das raias de Atlas de medo da lança. 235

ΧΟΡΟΣ
ἆρ' οὐκ ἀφορμὰς τοῖς λόγοισιν ἀγαθοὶ
θνητῶν ἔχουσι, κἂν βραδύς τις ἦι λέγειν;

ΛΥΚΟΣ
σὺ μὲν λέγ' ἡμᾶς οἷς πεπύργωσαι λόγοις,
ἐγὼ δὲ δράσω σ' ἀντὶ τῶν λόγων κακῶς.
ἄγ', οἱ μὲν Ἑλικῶν', οἱ δὲ Παρνασοῦ πτυχὰς 240
τέμνειν ἄνωχθ' ἐλθόντες ὑλουργοὺς δρυὸς
κορμούς· ἐπειδὰν δ' ἐσκομισθῶσιν πόλει
βωμὸν πέριξ νήσαντες ἀμφήρη ξύλα
ἐμπίμπρατ' αὐτῶν κἀκπυροῦτε σώματα
πάντων, ἵν' εἰδῶσ' οὕνεκ' οὐχ ὁ κατθανὼν 245
κρατεῖ χθονὸς τῆσδ' ἀλλ' ἐγὼ τὰ νῦν τάδε.
ὑμεῖς δέ, πρέσβεις, ταῖς ἐμαῖς ἐναντίοι
γνώμαισιν ὄντες, οὐ μόνον στενάξετε
τοὺς Ἡρακλείους παῖδας ἀλλὰ καὶ δόμου
τύχας, ὅταν πάσχηι τι, μεμνήσεσθε δὲ 250
δοῦλοι γεγῶτες τῆς ἐμῆς τυραννίδος.

ΧΟΡΟΣ
ὦ γῆς λοχεύμαθ', οὓς Ἄρης σπείρει ποτὲ
λάβρον δράκοντος ἐξερημώσας γένυν,
οὐ σκῆπτρα, χειρὸς δεξιᾶς ἐρείσματα,
ἀρεῖτε καὶ τοῦδ' ἀνδρὸς ἀνόσιον κάρα 255
καθαιματώσεθ', ὅστις οὐ Καδμεῖος ὢν
ἄρχει κάκιστος τῶν ἐμῶν ἔπηλυς ὤν;
ἀλλ' οὐκ ἐμοῦ γε δεσπόσεις χαίρων ποτὲ
οὐδ' ἁπόνησα πόλλ' ἐγὼ καμὼν χερὶ
ἕξεις. ἀπέρρων δ' ἔνθεν ἦλθες ἐνθάδε 260
ὕβριζ'. ἐμοῦ γὰρ ζῶντος οὐ κτενεῖς ποτε
τοὺς Ἡρακλείους παῖδας· οὐ τοσόνδε γῆς
ἔνερθ' ἐκεῖνος κρύπτεται λιπὼν τέκνα.
ἐπεὶ σὺ μὲν γῆν τήνδε διολέσας ἔχεις,
ὁ δ' ὠφελήσας ἀξίων οὐ τυγχάνει· 265

CORO
Ora, ainda que tardem falar, não são
eloquentes os bons entre os mortais?

LICO
Fala-nos tu palavras em que és forte,
por essas palavras eu te maltratarei.
Ide uns ao Hélicon, outros aos vales 240
do Parnaso, mandai lenheiros cortar
troncos de carvalho! Trazei à urbe,
empilhai ao redor de todo o altar,
acendei a lenha e queimai a todos
para que saibam que agora o morto 245
não tem poder neste solo, mas eu!
Ó velhos, sendo avessos ao meu
pensamento, não só lamentareis
os Heraclidas, mas também a sorte
da casa, ao sofrerdes, e lembrareis 250
que sois servos da minha realeza.

CORO
Ó filhos da terra, que Ares semeou
devastando a boca voraz da serpente,
não tereis bordões, apoio da destra,
e ensanguentareis a ímpia cabeça 255
desse varão que governa os meus
não sendo cadmeu, mas o pior ádvena?
Mas não serás meu rei impunemente,
nem o que obtive com muita fadiga
terás na mão. Some lá donde vieste, 260
ultraja lá! Se eu viver, não matarás
os Heraclidas. Não sob tanta terra
aquele se esconde longe dos filhos.
Tu por destruíres ocupas esta terra,
e o benfeitor não tem a sorte digna. 265

κἄπειτα πράσσω πόλλ' ἐγὼ φίλους ἐμοὺς
θανόντας εὖ δρῶν, οὗ φίλων μάλιστα δεῖ;
ὦ δεξιὰ χείρ, ὡς ποθεῖς λαβεῖν δόρυ,
ἐν δ' ἀσθενείαι τὸν πόθον διώλεσας.
ἐπεί σ' ἔπαυσ' ἂν δοῦλον ἐννέποντά με 270
καὶ τάσδε Θήβας εὐκλεῶς ὠνήσαμεν,
ἐν αἷς σὺ χαίρεις. οὐ γὰρ εὖ φρονεῖ πόλις
στάσει νοσοῦσα καὶ κακοῖς βουλεύμασιν·
οὐ γάρ ποτ' ἂν σὲ δεσπότην ἐκτήσατο.

ΜΕΓΑΡΑ

γέροντες, αἰνῶ· τῶν φίλων γὰρ οὕνεκα 275
ὀργὰς δικαίας τοὺς φίλους ἔχειν χρεών.
ἡμῶν δ' ἕκατι δεσπόταις θυμούμενοι
πάθητε μηδέν. τῆς δ' ἐμῆς, Ἀμφιτρύων,
γνώμης ἄκουσον, ἤν τί σοι δοκῶ λέγειν.
ἐγὼ φιλῶ μὲν τέκνα· πῶς γὰρ οὐ φιλῶ 280
ἅτικτον, ἁμόχθησα; καὶ τὸ κατθανεῖν
δεινὸν νομίζω· τῶι δ' ἀναγκαίωι τρόπωι
ὃς ἀντιτείνει σκαιὸν ἡγοῦμαι βροτῶν.
ἡμᾶς δ', ἐπειδὴ δεῖ θανεῖν, θνήισκειν χρεὼν
μὴ πυρὶ καταξανθέντας, ἐχθροῖσιν γέλων 285
διδόντας, οὑμοὶ τοῦ θανεῖν μεῖζον κακόν.
ὀφείλομεν γὰρ πολλὰ δώμασιν καλά·
σὲ μὲν δόκησις ἔλαβεν εὐκλεὴς δορός,
ὥστ' οὐκ ἀνεκτὸν δειλίας θανεῖν σ' ὕπο,
οὑμὸς δ' ἀμαρτύρητος εὐκλεὴς πόσις, 290
ὃς τούσδε παῖδας οὐκ ἂν ἐκσῶσαι θέλοι
δόξαν κακὴν λαβόντας· οἱ γὰρ εὐγενεῖς
κάμνουσι τοῖς αἰσχροῖσι τῶν τέκνων ὕπερ·
ἐμοί τε μίμημ' ἀνδρὸς οὐκ ἀπωστέον.
σκέψαι δὲ τὴν σὴν ἐλπίδ' ἧι λογίζομαι· 295
ἥξειν νομίζεις παῖδα σὸν γαίας ὕπο;
καὶ τίς θανόντων ἦλθεν ἐξ Ἅιδου πάλιν;
ἀλλ' ὡς λόγοισι τόνδε μαλθάξαιμεν ἄν;

Faço muito, se faço bem a amigos
mortos, onde mais faltam amigos?
Ó destra, que ardes por ter a lança,
destruíste o ardor na falta de força!
Eu te calaria de me dizeres servo 270
e glorioso seria útil a esta Tebas,
onde estás impune. Néscia urbe,
doente de sedição e más decisões,
pois tu não serias nunca seu rei!

MÉGARA

Velhos, aprovo, pois os amigos 275
por amigos devem ter justa ira.
Quanto a mim, não sofrais nada
furiosos com reis! Anfitrião, ouve
meu juízo, se te parece verdadeiro!
Eu amo os filhos. Como não amar 280
o que gerei, de que cuidei? A morte
julgo terrível e considero canhestro
o mortal que contraria o necessário.
Se morrermos, não morramos nós
comidos por fogo, riso de inimigos, 285
para mim um mal pior que a morte!
Devemos muitos bens a esta casa:
gloriosa fama de guerra te tomou,
que não podes morrer por covardia,
meu esposo tem glória improvável, 290
ele não quereria salvar estes filhos
se fossem infames; os bem-nascidos
sofrem com vexames de seus filhos;
não devo me furtar a imitar o varão.
Vê como considero tua esperança. 295
Crês que teu filho virá de sob a terra?
E qual dos mortos retornou de Hades?
Mas como com palavras o aplacaríamos?

ἥκιστα· φεύγειν σκαιὸν ἄνδρ' ἐχθρὸν χρεών,
σοφοῖσι δ' εἴκειν καὶ τεθραμμένοις καλῶς· 300
ῥᾶιον γὰρ αἰδοῖ σ' ὑποβαλὼν φίλ' ἂν τέμοις.
ἤδη δ' ἐσῆλθέ μ' εἰ παραιτησαίμεθα
φυγὰς τέκνων τῶνδ'· ἀλλὰ καὶ τόδ' ἄθλιον
πενίαι σὺν οἰκτρᾶι περιβαλεῖν σωτηρίαν,
ὡς τὰ ξένων πρόσωπα φεύγουσιν φίλοις 305
ἓν ἦμαρ ἡδὺ βλέμμ' ἔχειν φασὶν μόνον.
τόλμα μεθ' ἡμῶν θάνατον, ὃς μένει σ' ὅμως.
προκαλούμεθ' εὐγένειαν, ὦ γέρον, σέθεν·
τὰς τῶν θεῶν γὰρ ὅστις ἐκμοχθεῖ τύχας
πρόθυμός ἐστιν, ἡ προθυμία δ' ἄφρων· 310
ὃ χρὴ γὰρ οὐδεὶς μὴ χρεὼν θήσει ποτέ.

ΧΟΡΟΣ

εἰ μὲν σθενόντων τῶν ἐμῶν βραχιόνων
ἦν τίς σ' ὑβρίζων, ῥαιδίως ἔπαυσά τἄν·
νῦν δ' οὐδέν ἐσμεν. σὸν δὲ τοὐντεῦθεν σκοπεῖν
ὅπως διώσηι τὰς τύχας, Ἀμφιτρύων. 315

ΑΜΦΙΤΡΥΩΝ

οὔτοι τὸ δειλὸν οὐδὲ τοῦ βίου πόθος
θανεῖν ἐρύκει μ', ἀλλὰ παιδὶ βούλομαι
σῶσαι τέκν'· ἄλλως δ' ἀδυνάτων ἔοικ' ἐρᾶν.
ἰδού, πάρεστιν ἥδε φασγάνωι δέρη
κεντεῖν φονεύειν ἱέναι πέτρας ἄπο. 320
μίαν δὲ νῶιν δὸς χάριν, ἄναξ, ἱκνούμεθα·
κτεῖνόν με καὶ τήνδ' ἀθλίαν παίδων πάρος,
ὡς μὴ τέκν' εἰσίδωμεν, ἀνόσιον θέαν,
ψυχορραγοῦντα καὶ καλοῦντα μητέρα
πατρός τε πατέρα. τἄλλα δ', εἰ πρόθυμος εἶ, 325
πρᾶσσ'· οὐ γὰρ ἀλκὴν ἔχομεν ὥστε μὴ θανεῖν.

ΜΕΓΑΡΑ

κἀγώ σ' ἱκνοῦμαι χάριτι προσθεῖναι χάριν,

Não! Deve-se fugir do sinistro varão
hostil e ceder aos sábios e bem-criados. 300
Com respeito farias acordo mais fácil.
Já me ocorreu se pediríamos súplices
o exílio destes filhos, mas isso é mísero,
envolver a salvação em mísera penúria,
pois dizem que rostos de hospedeiros 305
olham doce um só dia a seus exilados.
Ousa conosco a morte, que te espera!
Provoco tua nobre natureza, ó velho.
Quem suporta sorte vinda dos Deuses
é ardoroso, mas o ardor é imprudente. 310
Se não urgir, ninguém fará o urgente.

CORO

Se quando meus braços eram fortes
te ultrajassem, facilmente impediria,
mas ora nada somos. Doravante tu
verás como repelir a sorte, Anfitrião. 315

ANFITRIÃO

Nem a covardia nem o apego à vida
me impede a morte, mas quero salvar
filhos do filho, mas parece impossível.
Olha, é possível ferir este pescoço com
espada, matar, precipitar do penhasco. 320
Dá-nos uma graça, ó rei! Suplicamos,
mata-nos e à mísera antes dos filhos,
para que não vejamos — ilícita visão —
filhos agonizantes chamando a mãe
e o pai do pai. Aliás, se és ardoroso, 325
faz; não temos forças de não morrer.

MÉGARA

Eu te suplico dar mais graça à graça,

<ἡμῖν> ἵν' ἀμφοῖν εἷς ὑπουργήσῃς διπλᾶ·
κόσμον πάρες μοι παισὶ προσθεῖναι νεκρῶν,
δόμους ἀνοίξας (νῦν γὰρ ἐκκεκλῄιμεθα), 330
ὡς ἀλλὰ ταῦτά γ' ἀπολάχωσ' οἴκων πατρός.

ΛΥΚΟΣ

ἔσται τάδ'· οἴγειν κλῇθρα προσπόλοις λέγω.
κοσμεῖσθ' ἔσω μολόντες· οὐ φθονῶ πέπλων.
ὅταν δὲ κόσμον περιβάλησθε σώμασιν
ἥξω πρὸς ὑμᾶς νερτέραι δώσων χθονί. 335

ΜΕΓΑΡΑ

ὦ τέκν', ὁμαρτεῖτ' ἀθλίωι μητρὸς ποδὶ
πατρῷιον ἐς μέλαθρον, οὗ τῆς οὐσίας
ἄλλοι κρατοῦσι, τὸ δ' ὄνομ' ἔσθ' ἡμῶν ἔτι.

ΑΜΦΙΤΡΥΩΝ

ὦ Ζεῦ, μάτην ἄρ' ὁμόγαμόν σ' ἐκτησάμην,
μάτην δὲ παιδὸς κοινεῶν' ἐκλῄιζομεν· 340
σὺ δ' ἦσθ' ἄρ' ἧσσον ἢ 'δόκεις εἶναι φίλος.
ἀρετῆι σε νικῶ θνητὸς ὢν θεὸν μέγαν·
παῖδας γὰρ οὐ προύδωκα τοὺς Ἡρακλέους.
σὺ δ' ἐς μὲν εὐνὰς κρύφιος ἠπίστω μολεῖν,
τἀλλότρια λέκτρα δόντος οὐδενὸς λαβών, 345
σώιζειν δὲ τοὺς σοὺς οὐκ ἐπίστασαι φίλους.
ἀμαθής τις εἶ θεὸς ἢ δίκαιος οὐκ ἔφυς.

ΧΟΡΟΣ

αἴλινον μὲν ἐπ' εὐτυχεῖ Est. 1
μολπᾶι Φοῖβος ἰαχεῖ
τὰν καλλίφθογγον κιθάραν 350
ἐλαύνων πλήκτρωι χρυσέωι·
ἐγὼ δὲ τὸν γᾶς ἐνέρων τ'

para fazeres a ambos nós favor duplo.
Deixa-me dar aos filhos adorno fúnebre!
Abre o palácio, estamos trancados fora, 330
para que tenham isso da casa paterna!

LICO

Assim será. Digo a servos abram travas.
Entrai e enfeitai! Não vos nego mantos.
Quando os cobrirdes com os adornos,
virei para vos dar aos ínferos sob o solo. 335

MÉGARA

Ó filhos, segui o mísero passo da mãe
até a casa do pai, onde outros dispõem
dos bens, mas o renome ainda é nosso!

ANFITRIÃO

Ó Zeus, vãs tivemos as mesmas núpcias
e celebrávamos em vão o filho comum. 340
Ora, tu foste menos amigo que pareces.
Mortal, em valor te venço, grande Deus,
pois não sou traidor dos filhos de Héracles.
Tu soubeste o oculto percurso da cama,
pegando alheio leito que ninguém deu, 345
mas não sabes preservar os teus amigos.
Talvez sejas ínscio Deus, ou não és justo.

[*Primeiro estásimo* (348-441)]

CORO

Lúgubre na boa sorte Est. 1
da dança, Febo retine
a bem sonora cítara 350
com o áureo plectro.
Ao filho lá nas trevas

ἐς ὄρφναν μολόντα παῖδ',
εἴτε Διός νιν εἴπω
εἴτ' Ἀμφιτρύωνος ἶνιν,
ὑμνῆσαι στεφάνωμα μό- 355
χθων δι' εὐλογίας θέλω.
γενναίων δ' ἀρεταὶ πόνων
τοῖς θανοῦσιν ἄγαλμα.

πρῶτον μὲν Διὸς ἄλσος Mesodo 1
ἠρήμωσε λέοντος, 360
πυρσῷ δ' ἀμφεκαλύφθη
ξανθὸν κρᾶτ' ἐπινωτίσας
δεινοῦ χάσματι θηρός.

τάν τ' ὀρεινόμον ἀγρίων Ant. 1
Κενταύρων ποτὲ γένναν 365
ἔστρωσεν τόξοις φονίοις,
ἐναίρων πτανοῖς βέλεσιν.
ξύνοιδε Πηνειὸς ὁ καλ-
λιδίνας μακραί τ' ἄρου-
ραι πεδίων ἄκαρποι
καὶ Πηλιάδες θεράπναι 370
σύγχορτοί θ' Ὁμόλας ἔναυ-
λοι, πεύκαισιν ὅθεν χέρας
πληροῦντες χθόνα Θεσσάλων
ἱππείαις ἐδάμαζον.

τάν τε χρυσοκάρανον Epodo 1
δόρκα ποικιλόνωτον 376
συλήτειραν ἀγρωστᾶν
κτείνας θηροφόνον θεὰν
Οἰνωᾶτιν ἀγάλλει.

τεθρίππων τ' ἐπέβα Est. 2
καὶ ψαλίοις ἐδάμασσε πώ-

da terra e dos ínferos,
seja o filho de Zeus,
seja o de Anfitrião,
quero hinear a coroa 355
das lutas com louvor.
Brios de boas fadigas
é o adorno dos mortos.

Antes livrou do leão Mesodo 1
o arvoredo de Zeus, 360
vestiu a pele fulva
com a cabeça loira
nas fauces da fera.

Abateu a prole montesa Ant. 1
dos selvagens Centauros 365
com o sanguinário arco,
matou com setas aladas.
Atestam-no remoinhoso
Peneu, os vastos campos
sem frutos das planícies,
os moradios do Pélion 370
e vales vizinhos de Hómole
de onde em cavalgadas
com o pinho em punho
dominavam a Tessália.

Ao matar a auricórnia Epodo 1
corça de dorso malhado 376
predadora de camponeses
reverencia a caçadora
Deusa de Énoe.

Pisou na quadriga Est. 2
e com freio domou éguas

λους Διομήδεος, αἳ φονίαισι φάτ- 381
ναις ἀχάλιν' ἐθόαζον
κάθαιμα γένυσι σῖτα,
χαρμοναῖσιν ἀνδροβρῶσι 385
δυστράπεζοι· πέραν
δ' ἀργυρορρύτων Ἕβρου
διεπέρασεν ὄχθων, 387
Μυκηναίωι πονῶν τυράννωι.

ἄν τε Μηλιάδ' ἀκτὰν Mesodo 2
Ἀναύρου παρὰ παγὰς 390
Κύκνον ξεινοδαΐκταν
τόξοις ὤλεσεν, Ἀμφαναί-
ας οἰκήτορ' ἄμεικτον.

ὑμνωιδούς τε κόρας Ant. 2
ἤλυθεν ἑσπέριόν <τ'> ἐς αὐ- 395
λὰν χρύσεον πετάλων ἄπο μηλοφό-
ρων χερὶ καρπὸν ἀμέρξων,
δράκοντα πυρσόνωτον,
ὅς <σφ'> ἄπλατον ἀμφελικτὸς 398
ἕλικ' ἐφρούρει, κτανών·
ποντίας θ' ἁλὸς μυχοὺς 400
εἰσέβαινε, θνατοῖς
γαλανείας τιθεὶς ἐρετμοῖς.

οὐρανοῦ θ' ὑπὸ μέσσαν Epodo 2
ἐλαύνει χέρας ἕδραν,
Ἄτλαντος δόμον ἐλθών, 405
ἀστρωπούς τε κατέσχεν οἴ-
κους εὐανορίαι θεῶν.

τὸν ἱππευτάν τ' Ἀμαζόνων στρατὸν Est. 3
Μαιῶτιν ἀμφὶ πολυπόταμον
ἔβα δι' ἄξεινον οἶδμα λίμνας, 410

de Diomedes que infrenes 381
nos cochos cruentos moíam
nos dentes ração sangrenta
no gozo voraz de varões, 385
más comensais. E além
das margens argíricas
do Hebro avançou, 387
servo do rei micênio.

Nas orlas de Mális Mesodo 2
à beira do rio Anauro 390
com arco matou Cicno
algoz de hóspedes
difícil em Anfaneia.

Foi às moças cantoras Ant. 2
e ao pátio vespertino 395
para colher áureo fruto
das ramas das macieiras,
quando matou guardiã
serpente de dorso fulvo 398
enrolada em rolo terrível.
No recesso do salso mar 400
entrou levando bonança
aos remos dos mortais.

Alonga os braços sob Epodo 2
metade da base do Céu
ao ir à casa de Atlas 405
e susteve com vigor
o lar sideral dos Deuses.

À tropa equestre de Amazonas Est. 3
junto à Meótis de muitos rios
foi por inóspita onda marinha 410

τίν᾽ οὐκ ἀφ᾽ Ἑλλανίας
ἄγορον ἁλίσας φίλων,
κόρας Ἀρείας †πλέων [Kovacs]
χρυσεοστόλου φάρους† [Kovacs]
ζωστῆρος ὀλεθρίους ἄγρας· 415
τὰ κλεινὰ δ᾽ Ἑλλὰς ἔλαβε βαρ-
βάρου κόρας λάφυρα καὶ
σώιζεται Μυκήναις.

τάν τε μυριόκρανον Mesodo 3
πολύφονον κύνα Λέρνας 420
ὕδραν ἐξεπύρωσεν,
βέλεσί τ᾽ ἀμφέβαλ᾽ <ἰόν>,
τὸν τρισώματον οἷσιν ἔ-
κτα βοτῆρ᾽ Ἐρυθείας.

δρόμων τ᾽ ἄλλων ἀγάλματ᾽ εὐτυχῆ Ant. 3
διῆλθε τόν <τε> πολυδάκρυον 426
ἔπλευσ᾽ ἐς Ἅιδαν, πόνων τελευτάν,
ἵν᾽ ἐκπεραίνει τάλας
βίοτον οὐδ᾽ ἔβα πάλιν.
στέγαι δ᾽ ἔρημοι φίλων, 430
τὰν δ᾽ ἀνόστιμον τέκνων
Χάρωνος ἐπιμένει πλάτα
βίου κέλευθον ἄθεον ἄδι-
κον· ἐς δὲ σὰς χέρας βλέπει
δώματ᾽ οὐ παρόντος. 435

εἰ δ᾽ ἐγὼ σθένος ἥβων Epodo 3
δόρυ τ᾽ ἔπαλλον ἐν αἰχμᾶι
Καδμείων τε σύνηβοι,
τέκεσιν ἂν προπαρέσταν
ἀλκᾶι· νῦν δ᾽ ἀπολείπομαι 440
τᾶς εὐδαίμονος ἥβας.

ao reunir na Grécia
o grupo de amigos
em busca do cinto [Kovacs]
do manto dourado [Kovacs]
da filha de Ares, funesta caça. 415
A Grécia teve o espólio célebre
da virgem bárbara
e conserva em Micenas.

Queimou com fogo Mesodo 3
a cadela de mil cabeças 420
facínora hidra de Lerna.
Untou de veneno a flecha
e matou o tricorpóreo
pastor de Eriteia.

Outras provas, adorno fausto, Ant. 3
já venceu e ao lúgubre Hades 426
navegou, remate das fadigas,
onde mísero concluiu
a vida e não voltou.
A casa está sem amigos. 430
O barco de Cáron espera
o trajeto sem retorno
sem Deus nem justiça
da vida dos filhos; a casa
vê teus braços ausentes. 435

Se vibrasse quando jovem Epodo 3
a força e lança na batalha
com meus pares cadmeus,
daríamos proteção aos filhos
com força, mas ora me falta 440
a juventude de bom Nume.

ἀλλ’ ἐσορῶ γὰρ τούσδε φθιμένων
ἔνδυτ’ ἔχοντας,
τοὺς τοῦ μεγάλου δή ποτε παῖδας
τὸ πρὶν Ἡρακλέους, ἄλοχόν τε φίλην 445
†ὑπὸ σειραίοις ποσὶν† ἕλκουσαν
τέκνα καὶ γεραιὸν πατέρ’ Ἡρακλέους.
δύστηνος ἐγώ,
δακρύων ὡς οὐ δύναμαι κατέχειν
γραίας ὄσσων ἔτι πηγάς. 450

ΜΕΓΑΡΑ

εἶέν· τίς ἱερεύς, τίς σφαγεὺς τῶν δυσπότμων;
[ἢ τῆς ταλαίνης τῆς ἐμῆς ψυχῆς φονεύς;]
ἕτοιμ’ ἄγειν τὰ θύματ’ εἰς Ἅιδου τάδε.
ὦ τέκν’, ἀγόμεθα ζεῦγος οὐ καλὸν νεκρῶν,
ὁμοῦ γέροντες καὶ νέοι καὶ μητέρες. 455
ὦ μοῖρα δυστάλαιν’ ἐμή τε καὶ τέκνων
τῶνδ’, οὓς πανύστατ’ ὄμμασιν προσδέρκομαι.
ἐτέκομεν ὑμᾶς, πολεμίοις δ’ ἐθρεψάμην
ὕβρισμα κἀπίχαρμα καὶ διαφθοράν.
φεῦ·
ἦ πολύ γε δόξης ἐξέπεσον εὐέλπιδος, 460
ἣν πατρὸς ὑμῶν ἐκ λόγων ποτ’ ἤλπισα.
σοὶ μὲν γὰρ Ἄργος ἔνεμ’ ὁ κατθανὼν πατήρ,
Εὐρυσθέως δ’ ἔμελλες οἰκήσειν δόμους
τῆς καλλικάρπου κράτος ἔχων Πελασγίας,
στολήν τε θηρὸς ἀμφέβαλλε σῶι κάραι 465
λέοντος, ἧιπερ αὐτὸς ἐξωπλίζετο.
σὺ δ’ ἦσθα Θηβῶν τῶν φιλαρμάτων ἄναξ
ἔγκληρα πεδία τἀμὰ γῆς κεκτημένος,
ὡς ἐξέπειθες τὸν κατασπείραντά σε,
ἐς δεξιάν τε σὴν ἀλεξητήριον 470
ξύλον καθίει δαίδαλον, ψευδῆ δόσιν.

Mas eu vejo vestidos
com vestes de finados
os filhos do antes grande
Héracles e a sua esposa 445
puxar no mesmo passo
filhos e velho pai de Héracles.
Não posso mais, mísero,
conter a velha fonte
dos olhos em pranto. 450

[*Segundo episódio* (451-636)]

MÉGARA

Seja! Quem sagra, quem sangra infaustos?
Quem é o matador de minha mísera vida?
Prontas as vítimas a levar à casa de Hades.
Ó filhos, não belo jugo de mortos nos leva
de uma só vez a velhos e jovens e mães! 455
Ó infausta Parte, minha e dos filhos,
vejo-os pela última vez ante os olhos!
Geramos-vos e criei para que inimigos
ultrajassem, rejubilassem e destruíssem.
Pheû!
Decaí muito de crer na boa esperança 460
que já esperei com razão de vosso pai!
O teu pai falecido te outorgou Argos
e devias residir na casa de Euristeu
com poder na Pelásgia de belos frutos,
envolvia tua cabeça com pele de feroz 465
leão, com a qual ele mesmo se revestia.
Serias rei de tebanos amigos de carros
herdeiro das minhas planícies de terra,
como tu persuadias o que te semeou,
e depositava em tua destra defensor 470
lenho trabalhado, mentirosa doação.

σοὶ δ' ἣν ἔπερσε τοῖς ἑκηβόλοις ποτὲ
τόξοισι δώσειν Οἰχαλίαν ὑπέσχετο.
τρεῖς δ' ὄντας <ὑμᾶς> τριπτύχοις τυραννίσιν
πατὴρ ἐπύργου, μέγα φρονῶν εὐανδρίαι. 475
ἐγὼ δὲ νύμφας ἠκροθινιαζόμην
κήδη συνάψουσ' ἔκ τ' Ἀθηναίων χθονὸς
Σπάρτης τε Θηβῶν θ', ὡς ἀνημμένοι κάλωις
πρυμνησίοισι βίον ἔχοιτ' εὐδαίμονα.
καὶ ταῦτα φροῦδα· μεταβαλοῦσα δ' ἡ τύχη 480
νύμφας μὲν ὑμῖν Κῆρας ἀντέδωκ' ἔχειν,
ἐμοὶ δὲ δάκρυα λουτρὰ δυστήνωι φέρειν.
πατὴρ δὲ πατρὸς ἑστιᾶι γάμους ὅδε,
Ἅιδην νομίζων πενθερόν, κῆδος πικρόν.
ὤμοι, τίν' ὑμῶν πρῶτον ἢ τίν' ὕστατον 485
πρὸς στέρνα θῶμαι; τῶι προσαρμόσω στόμα;
τίνος λάβωμαι; πῶς ἂν ὡς ξουθόπτερος
μέλισσα συνενέγκαιμ' ἂν ἐκ πάντων γόους,
ἐς ἓν δ' ἐνεγκοῦσ' ἀθρόον ἀποδοίην δάκρυ;
ὦ φίλτατ', εἴ τις φθόγγος εἰσακούεται 490
θνητῶν παρ' Ἅιδηι, σοὶ τάδ', Ἡράκλεις, λέγω·
θνήισκει πατὴρ σὸς καὶ τέκν', ὄλλυμαι δ' ἐγώ,
ἣ πρὶν μακαρία διὰ σ' ἐκληιζόμην βροτοῖς.
ἄρηξον, ἐλθέ· καὶ σκιὰ φάνηθί μοι.
ἅλις γὰρ ἐλθὼν κἂν ὄναρ γένοιο σύ· 495
κακοὶ γάρ εἰσιν οἳ τέκνα κτείνουσι σά.

ΑΜΦΙΤΡΥΩΝ

σὺ μὲν τὰ νέρθεν εὐτρεπῆ ποιοῦ, γύναι·
ἐγὼ δὲ σ', ὦ Ζεῦ, χεῖρ' ἐς οὐρανὸν δικὼν
αὐδῶ, τέκνοισιν εἴ τι τοισίδ' ὠφελεῖν
μέλλεις, ἀμύνειν, ὡς τάχ' οὐδὲν ἀρκέσεις. 500
καίτοι κέκλησαι πολλάκις· μάτην πονῶ·
θανεῖν γάρ, ὡς ἔοικ', ἀναγκαίως ἔχει.
ἀλλ', ὦ γέροντες, σμικρὰ μὲν τὰ τοῦ βίου,
τοῦτον δ' ὅπως ἥδιστα διαπεράσατε

Prometeu-te dar a Ecália que um dia
devastou com setas de longo alcance.
Por serdes três, com tríplice realeza
o pai vos fez fortes, ufano do vigor. 475
Eu disporia, para o vosso casamento,
de noivas seletas, da terra de Atenas,
Esparta e Tebas, para que amarrados
pela popa vivêsseis com bom Nume.
Isso já foi. Com a mudança da sorte, 480
dei-vos ter, em vez de noivas, Cisões,
e a mim, mísera, o banho de pranto.
Aqui o pai do pai festeja as núpcias
consogro de Hades, amarga aliança.
Ómoi! Qual de vós primeiro, qual último 485
apertar ao peito? Em qual dar um beijo?
Qual abraçar? Qual abelha de asas fulvas,
como eu recolheria os gemidos de todos
e da colheita faria um compacto pranto?
Ó caríssimo, se alguma voz de mortais 490
junto a Hades se ouve, digo-te, Héracles,
teu pai e filhos morrem, sucumbo eu,
antes dita por mortais venturosa de ti.
Socorre! Vem! Se espectro, surge-me!
Basta vires, ainda que sejas em sonho! 495
Há os maus que matam os teus filhos.

ANFITRIÃO

Ó mulher, dá boas-vindas aos ínferos!
Eu por ti, ó Zeus, ao céu vibro o braço
e brado, se deves ser útil a estes filhos,
defendei-os, porque logo não bastarás! 500
Muitas vezes foste invocado, vã fadiga,
pois, ao que parece, é preciso morrer.
Mas, ó anciãos, breve é a vida. Ide
por ela com a maior doçura possível

ἐξ ἡμέρας ἐς νύκτα μὴ λυπούμενοι. 505
ὡς ἐλπίδας μὲν ὁ χρόνος οὐκ ἐπίσταται
σώιζειν, τὸ δ' αὑτοῦ σπουδάσας διέπτατο.
ὁρᾶτ' ἔμ' ὅσπερ ἦ περίβλεπτος βροτοῖς
ὀνομαστὰ πράσσων, καί μ' ἀφείλεθ' ἡ τύχη
ὥσπερ πτερὸν πρὸς αἰθέρ' ἡμέραι μιᾶι. 510
ὁ δ' ὄλβος ὁ μέγας ἥ τε δόξ' οὐκ οἶδ' ὅτωι
βέβαιός ἐστι. χαίρετ'· ἄνδρα γὰρ φίλον
πανύστατον νῦν, ἥλικες, δεδόρκατε.

ΜΕΓΑΡΑ

ἔα·
ὦ πρέσβυ, λεύσσω τἀμὰ φίλτατ', ἢ τί φῶ; 514

ΑΜΦΙΤΡΥΩΝ

οὐκ οἶδα, θύγατερ· ἀφασία δὲ κἄμ' ἔχει. 515

ΜΕΓΑΡΑ

ὅδ' ἐστὶν ὃν γῆς νέρθεν εἰσηκούομεν,
εἰ μή γ' ὄνειρον ἐν φάει τι λεύσσομεν.
τί φημί; ποῖ' ὄνειρα κηραίνουσ' ὁρῶ;
οὐκ ἔσθ' ὅδ' ἄλλος ἀντὶ σοῦ παιδός, γέρον.
δεῦρ', ὦ τέκν', ἐκκρίμνασθε πατρώιων πέπλων, 520
ἴτ' ἐγκονεῖτε, μὴ μεθῆτ', ἐπεὶ Διὸς
σωτῆρος ὑμῖν οὐδέν ἐσθ' ὅδ' ὕστερος.

ΗΡΑΚΛΗΣ

ὦ χαῖρε μέλαθρον πρόπυλά θ' ἑστίας ἐμῆς,
ὡς ἄσμενός σ' ἐσεῖδον ἐς φάος μολών.
ἔα· τί χρῆμα; τέκν' ὁρῶ πρὸ δωμάτων 525
στολμοῖσι νεκρῶν κρᾶτας ἐξεστεμμένα
ὄχλωι τ' ἐν ἀνδρῶν τὴν ἐμὴν ξυνάορον
πατέρα τε δακρύοντα συμφορὰς τίνας;
φέρ' ἐκπύθωμαι τῶνδε πλησίον σταθείς·
γύναι, τί καινὸν ἦλθε δώμασιν χρέος; 530

sem vos afligir de dia nem de noite. 505
O tempo não sabe salvar esperanças,
mas voa cuidadoso consigo mesmo.
Vede-me! Fui conspícuo entre mortais
por ter renome e a sorte me arrebatou
em um só dia tal qual pássaro no céu. 510
A grande riqueza e a glória não sabem
com quem ser estáveis. Adeus! Vede
pela última vez agora o amigo, colegas!

MÉGARA

Éa!
Velho, vejo o caríssimo, ou que dizer? 514

ANFITRIÃO

Não sei, filha! Faltam-me as palavras. 515

MÉGARA

Ele é aquele que tínhamos sob a terra,
se não vemos um sonho à luz do dia.
Que digo? Que sonho tão aflita vejo?
Ó velho, não é outro senão teu filho!
Vinde, filhos! Atai-vos à veste do pai! 520
Vinde, depressa, não solteis, que ele
não vos é menos que Zeus salvador!

HÉRACLES

Salve, ó teto e vestíbulo de meu lar,
com que prazer te avisto ao vir à luz!
Éa! O quê! Os filhos diante de casa 525
vejo coroados com adorno de mortos
e, na turba de varões, minha esposa
e meu pai prantearem que infortúnio?
Que me aproxime deles e tente saber!
Mulher, que novidade houve em casa? 530

ΜΕΓΑΡΑ

ὦ φίλτατ' ἀνδρῶν

ΑΜΦΙΤΡΥΩΝ

ὦ φάος μολὼν πατρί

ΜΕΓΑΡΑ

ἥκεις, ἐσώθης εἰς ἀκμὴν ἐλθὼν φίλοις;

ΗΡΑΚΛΗΣ

τί φής; τίν' ἐς ταραγμὸν ἥκομεν, πάτερ;

ΜΕΓΑΡΑ

διωλλύμεσθα· σὺ δέ, γέρον, σύγγνωθί μοι,
εἰ πρόσθεν ἥρπασ' ἃ σὲ λέγειν πρὸς τόνδ' ἐχρῆν· 535
τὸ θῆλυ γάρ πως μᾶλλον οἰκτρὸν ἀρσένων,
καὶ τἄμ' ἔθνῃσκε τέκν', ἀπωλλύμην δ' ἐγώ.

ΗΡΑΚΛΗΣ

Ἄπολλον, οἵοις φροιμίοις ἄρχῃ λόγου.

ΜΕΓΑΡΑ

τεθνᾶσ' ἀδελφοὶ καὶ πατὴρ οὑμὸς γέρων.

ΗΡΑΚΛΗΣ

πῶς φής; τί δράσας ἢ μόρου ποίου τυχών; 540

ΜΕΓΑΡΑ

Λύκος σφ' ὁ καινὸς γῆς ἄναξ διώλεσεν.

ΗΡΑΚΛΗΣ

ὅπλοις ἀπαντῶν ἢ νοσησάσης χθονός;

ΜΕΓΑΡΑ

στάσει· τὸ Κάδμου δ' ἑπτάπυλον ἔχει κράτος.

MÉGARA
Ó caríssimo!

ANFITRIÃO
Ó luz advinda ao pai!

MÉGARA
Vieste, vens salvo à hora dos teus?

HÉRACLES
Que dizes? Que nos perturba, ó pai?

MÉGARA
Sucumbíamos! Perdoa-me tu, ó velho,
se antecipei o que tu lhe devias dizer! 535
O feminino chora mais do que o viril
e morriam os meus filhos, eu perecia.

HÉRACLES
Apolo! Que proêmio principia a fala!

MÉGARA
Mortos os irmãos e o meu velho pai.

HÉRACLES
Que dizes? Que fez? Que sorte teve? 540

MÉGARA
O novo rei da terra, Lico, os matou.

HÉRACLES
Em luta armada ou distúrbio da terra?

MÉGARA
Motim. Tem o poder septívio de Cadmo.

ΗΡΑΚΛΗΣ

τί δῆτα πρὸς σὲ καὶ γέροντ' ἦλθεν φόβος;

ΜΕΓΑΡΑ

κτείνειν ἔμελλε πατέρα κἀμὲ καὶ τέκνα. 545

ΗΡΑΚΛΗΣ

τί φῄς; τί ταρβῶν ὀρφάνευμ' ἐμῶν τέκνων;

ΜΕΓΑΡΑ

μή ποτε Κρέοντος θάνατον ἐκτεισαίατο.

ΗΡΑΚΛΗΣ

κόσμος δὲ παίδων τίς ὅδε νερτέροις πρέπων;

ΜΕΓΑΡΑ

θανάτου τάδ' ἤδη περιβόλαι' ἐνήμμεθα.

ΗΡΑΚΛΗΣ

καὶ πρὸς βίαν ἐθνῄσκετ'; ὦ τλήμων ἐγώ. 550

ΜΕΓΑΡΑ

φίλων <γ'> ἔρημοι· σὲ δὲ θανόντ' ἠκούομεν.

ΗΡΑΚΛΗΣ

πόθεν δ' ἐς ὑμᾶς ἥδ' ἐσῆλθ' ἀθυμία;

ΜΕΓΑΡΑ

Εὐρυσθέως κήρυκες ἤγγελλον τάδε.

ΗΡΑΚΛΗΣ

τί δ' ἐξελείπετ' οἶκον ἑστίαν τ' ἐμήν;

ΜΕΓΑΡΑ

βίαι, πατὴρ μὲν ἐκπεσὼν στρωτοῦ λέχους 555

HÉRACLES
Por que o pavor te veio a ti e ao velho?

MÉGARA
Ele ia matar o pai, a mim e aos filhos. 545

HÉRACLES
Que dizes? Que temia de meus órfãos?

MÉGARA
Que eles punissem a morte de Creonte.

HÉRACLES
Por que os filhos têm adorno dos ínferos?

MÉGARA
Vestimos já os paramentos da morte.

HÉRACLES
Éreis mortos à força? Mísero de mim! 550

MÉGARA
Sem amigos, ouvimos que morreste.

HÉRACLES
Por que esse desânimo vos tomou?

MÉGARA
Arautos de Euristeu assim anunciaram.

HÉRACLES
Por que deixastes a minha casa e lar?

MÉGARA
À força, o pai tirado da cama jacente. 555

ΗΡΑΚΛΗΣ
κοὐκ ἔσχεν αἰδὼς τὸν γέροντ᾽ ἀτιμάσαι;

ΜΕΓΑΡΑ
αἰδώς; ἀποικεῖ τῆσδε τῆς θεοῦ πρόσω.

ΗΡΑΚΛΗΣ
οὕτω δ᾽ ἀπόντες ἐσπανίζομεν φίλων;

ΜΕΓΑΡΑ
φίλοι γάρ εἰσιν ἀνδρὶ δυστυχεῖ τίνες;

ΗΡΑΚΛΗΣ
μάχας δὲ Μινυῶν ἃς ἔτλην ἀπέπτυσαν; 560

ΜΕΓΑΡΑ
ἄφιλον, ἵν᾽ αὖθίς σοι λέγω, τὸ δυστυχές.

ΗΡΑΚΛΗΣ
οὐ ῥίψεθ᾽ Ἅιδου τάσδε περιβολὰς κόμης
καὶ φῶς ἀναβλέψεσθε, τοῦ κάτω σκότου
φίλας ἀμοιβὰς ὄμμασιν δεδορκότες;
ἐγὼ δέ, νῦν γὰρ τῆς ἐμῆς ἔργον χερός, 565
πρῶτον μὲν εἶμι καὶ κατασκάψω δόμους
καινῶν τυράννων, κρᾶτα δ᾽ ἀνόσιον τεμὼν
ῥίψω κυνῶν ἕλκημα· Καδμείων δ᾽ ὅσους
κακοὺς ἐφηῦρον εὖ παθόντας ἐξ ἐμοῦ
τῶι καλλινίκωι τῶιδ᾽ ὅπλωι χειρώσομαι, 570
τοὺς δὲ πτερωτοῖς διαφορῶν τοξεύμασιν
νεκρῶν ἅπαντ᾽ Ἰσμηνὸν ἐμπλήσω φόνου,
Δίρκης τε νᾶμα λευκὸν αἱμαχθήσεται.
τῶι γάρ μ᾽ ἀμύνειν μᾶλλον ἢ δάμαρτι χρὴ
καὶ παισὶ καὶ γέροντι; χαιρόντων πόνοι· 575
μάτην γὰρ αὐτοὺς τῶνδε μᾶλλον ἤνυσα.
καὶ δεῖ μ᾽ ὑπὲρ τῶνδ᾽, εἴπερ οἵδ᾽ ὑπὲρ πατρός,

HÉRACLES
Não tinha pudor de ultrajar o velho?

MÉGARA
Pudor? Habita distante desse Deus.

HÉRACLES
Tenho ausente tão poucos amigos?

MÉGARA
Que amigos possui o de má sorte?

HÉRACLES
Cospem na guerra que fiz aos mínias? 560

MÉGARA
A má sorte não tem amigos, repito.

HÉRACLES
Tirai do cabelo esse capuz de Hades!
Vede outra vez a luz e com os olhos
vede meu retorno das ínferas trevas!
Agora que a ação cabe a meu braço 565
primeiro irei e devastarei o palácio
do novo tirano, decapitarei o ímpio,
e darei picado a cães, e os cadmeus,
beneficiários meus, descobertos maus,
domarei com esta arma de bela vitória 570
e disparando as setas aladas farei cheio
de sangue de mortos todo o rio Ismeno
e farei sangrenta a água clara de Dirce.
Quem devo defender mais que esposa,
filhos e o velho? Saúdem-se os feitos! 575
Em vão os fiz mais do que este outro.
Devo defendê-los, se em minha defesa

θνήισκειν ἀμύνοντ᾽· ἢ τί φήσομεν καλὸν
ὕδραι μὲν ἐλθεῖν ἐς μάχην λέοντί τε
Εὐρυσθέως πομπαῖσι, τῶν δ᾽ ἐμῶν τέκνων 580
οὐκ ἐκπονήσω θάνατον; οὐκ ἄρ᾽ Ἡρακλῆς
ὁ καλλίνικος ὡς πάροιθε λέξομαι.

ΧΟΡΟΣ

δίκαια τοὺς τεκόντας ὠφελεῖν τέκνα
πατέρα τε πρέσβυν τήν τε κοινωνὸν γάμων.

ΑΜΦΙΤΡΥΩΝ

πρὸς σοῦ μέν, ὦ παῖ, τοῖς φίλοις <τ᾽> εἶναι φίλον 585
τά τ᾽ ἐχθρὰ μισεῖν· ἀλλὰ μὴ ᾽πείγου λίαν.

ΗΡΑΚΛΗΣ

τί δ᾽ ἐστὶ τῶνδε θᾶσσον ἢ χρεών, πάτερ;

ΑΜΦΙΤΡΥΩΝ

πολλοὺς πένητας, ὀλβίους δὲ τῶι λόγωι
δοκοῦντας εἶναι συμμάχους ἄναξ ἔχει,
οἳ στάσιν ἔθηκαν καὶ διώλεσαν πόλιν 590
ἐφ᾽ ἁρπαγαῖσι τῶν πέλας, τὰ δ᾽ ἐν δόμοις
δαπάναισι φροῦδα διαφυγόνθ᾽ ὑπ᾽ ἀργίας.
ὤφθης <δ᾽> ἐσελθὼν πόλιν· ἐπεὶ δ᾽ ὤφθης, ὅρα
ἐχθροὺς ἀθροίσας μὴ παρὰ γνώμην πέσηις.

ΗΡΑΚΛΗΣ

μέλει μὲν οὐδὲν εἴ με πᾶσ᾽ εἶδεν πόλις· 595
ὄρνιν δ᾽ ἰδών τιν᾽ οὐκ ἐν αἰσίοις ἕδραις
ἔγνων πόνον τιν᾽ ἐς δόμους πεπτωκότα,
ὥστ᾽ ἐκ προνοίας κρύφιος εἰσῆλθον χθόνα.

ΑΜΦΙΤΡΥΩΝ

καλῶς· παρελθών νυν πρόσειπέ θ᾽ Ἑστίαν
καὶ δὸς πατρώιοις δώμασιν σὸν ὄμμ᾽ ἰδεῖν. 600

deviam morrer. Ou por que diremos
ser belo o combate contra hidra e leão
a mando de Euristeu, se meus filhos 580
eu não livrar da morte? Ora, Héracles
da bela vitória não serei como antes.

CORO

É justo que o pai seja útil aos filhos,
ao pai ancião e à parceira de núpcias.

ANFITRIÃO

É teu, filho, ser amável aos amigos 585
e odiar inimigos, mas não te afoites!

HÉRACLES

Que vai mais veloz do que deve, pai?

ANFITRIÃO

O rei tem por aliados muitos pobres,
parecendo prósperos, quando falam;
com sedição eles destruíram a urbe 590
roubando vizinhos, e os bens da casa
se foram gastos dissipados pelo ócio.
Foste visto ao entrar na urbe, e visto
vê teus inimigos e não caias incauto!

HÉRACLES

Não me importa se toda a urbe me viu, 595
mas ao ver auspício de modo infausto,
soube que um mal ocorrera em casa
e por prudência vim escondido à terra.

ANFITRIÃO

Bem. Entra então e cumprimenta Héstia!
Permite que a casa paterna veja teu rosto! 600

ἥξει γὰρ αὐτὸς σὴν δάμαρτα καὶ τέκνα
ἕλξων φονεύσων κἄμ' ἐπισφάξων ἄναξ.
μένοντι δ' αὐτοῦ πάντα σοι γενήσεται
τῆι τ' ἀσφαλείαι κερδανεῖς· πόλιν δὲ σὴν
μὴ πρὶν ταράξηις πρὶν τόδ' εὖ θέσθαι, τέκνον. 605

ΗΡΑΚΛΗΣ

δράσω τάδ'· εὖ γὰρ εἶπας· εἶμ' ἔσω δόμων.
χρόνωι δ' ἀνελθὼν ἐξ ἀνηλίων μυχῶν
Ἅιδου Κόρης <τ'> ἔνερθεν οὐκ ἀτιμάσω
θεοὺς προσειπεῖν πρῶτα τοὺς κατὰ στέγας.

ΑΜΦΙΤΡΥΩΝ

ἦλθες γὰρ ὄντως δώματ' εἰς Ἅιδου, τέκνον; 610

ΗΡΑΚΛΗΣ

καὶ θῆρά γ' ἐς φῶς τὸν τρίκρανον ἤγαγον.

ΑΜΦΙΤΡΥΩΝ

μάχηι κρατήσας ἢ θεᾶς δωρήμασιν;

ΗΡΑΚΛΗΣ

μάχηι· τὰ μυστῶν δ' ὄργι' εὐτύχησ' ἰδών.

ΑΜΦΙΤΡΥΩΝ

ἦ καὶ κατ' οἴκους ἐστὶν Εὐρυσθέως ὁ θήρ;

ΗΡΑΚΛΗΣ

Χθονίας νιν ἄλσος Ἑρμιών τ' ἔχει πόλις. 615

ΑΜΦΙΤΡΥΩΝ

οὐδ' οἶδεν Εὐρυσθεύς σε γῆς ἥκοντ' ἄνω;

ΗΡΑΚΛΗΣ

οὐκ οἶδ', ἵν' ἐλθὼν τἀνθάδ' εἰδείην πάρος.

O rei mesmo virá para arrastar e matar
a tua esposa e teus filhos e me degolar.
Se permaneceres aqui, terás tudo contigo
e ganharás em segurança. Não perturbes
tua urbe antes de bem dispor isto, filho! 605

HÉRACLES

Assim farei. Tens razão. Irei ao palácio.
A tempo, ao retornar do fundo sem sol
de Hades e dos ínferos da Filha, primeiro
não deixarei de saudar os Deuses da casa.

ANFITRIÃO

Foste de fato ao palácio de Hades, filho? 610

HÉRACLES

E conduzi à luz a besta de três cabeças.

ANFITRIÃO

Venceste na luta ou por dons da Deusa?

HÉRACLES

Na luta. Por boa sorte vi os ritos místicos.

ANFITRIÃO

E a fera de Euristeu está no seu palácio?

HÉRACLES

No bosque de Ctônia, urbe de Hermíone. 615

ANFITRIÃO

Euristeu não sabe que vieste à superfície?

HÉRACLES

Não, porque vim antes para saber daqui.

ΑΜΦΙΤΡΥΩΝ

χρόνον δὲ πῶς τοσοῦτον ἦσθ' ὑπὸ χθονί;

ΗΡΑΚΛΗΣ

Θησέα κομίζων ἐχρόνισ' <ἐξ> Ἅιδου, πάτερ.

ΑΜΦΙΤΡΥΩΝ

καὶ ποῦ 'στιν; ἦ γῆς πατρίδος οἴχεται πέδον; 620

ΗΡΑΚΛΗΣ

βέβηκ' Ἀθήνας νέρθεν ἄσμενος φυγών.
ἀλλ' εἶ' ὁμαρτεῖτ', ὦ τέκν', ἐς δόμους πατρί·
καλλίονές τἄρ' εἴσοδοι τῶν ἐξόδων
πάρεισιν ὑμῖν. ἀλλὰ θάρσος ἴσχετε
καὶ νάματ' ὄσσων μηκέτ' ἐξανίετε, 625
σύ τ', ὦ γύναι μοι, σύλλογον ψυχῆς λαβὲ
τρόμου τε παῦσαι, καὶ μέθεσθ' ἐμῶν πέπλων·
οὐ γὰρ πτερωτὸς οὐδὲ φευξείω φίλους.
ἆ,
οἵδ' οὐκ ἀφιᾶσ' ἀλλ' ἀνάπτονται πέπλων 629
τοσῷδε μᾶλλον· ὧδ' ἔβητ' ἐπὶ ξυροῦ; 630
ἄξω λαβών γε τούσδ' ἐφολκίδας χεροῖν,
ναῦς δ' ὣς ἐφέλξω· καὶ γὰρ οὐκ ἀναίνομαι
θεράπευμα τέκνων. πάντα τἀνθρώπων ἴσα·
φιλοῦσι παῖδας οἵ τ' ἀμείνονες βροτῶν
οἵ τ' οὐδὲν ὄντες· χρήμασιν δὲ διάφοροι· 635
ἔχουσιν, οἱ δ' οὔ· πᾶν δὲ φιλότεκνον γένος.

ΧΟΡΟΣ

ἁ νεότας μοι φίλον· ἄ- Est. 1
χθος δὲ τὸ γῆρας αἰεὶ
βαρύτερον Αἴτνας σκοπέλων
ἐπὶ κρατὶ κεῖται, βλεφάρων 640

ANFITRIÃO

Como estiveste tanto tempo sob a terra?

HÉRACLES

Atrasei-me ao trazer Teseu de Hades, pai!

ANFITRIÃO

Onde está ele? Partiu para a terra pátria? 620

HÉRACLES

Foi para Atenas, feliz fugido dos ínferos.
Mas, ó filhos, segui vosso pai ao palácio!
Ora, mais belos para vós são os acessos
que as saídas, mas mantende a coragem
e não mais desateis as águas dos olhos! 625
Tu, ó minha mulher, tem tento da vida,
cessa de tremer e solta do meu manto!
Não tenho asas e não fugirei dos meus.
Â!
Eles não soltam, mas atam-se ao manto 629
tanto mais! Tanto estivestes sob espada? 630
Conduzirei com as mãos estes barcos
e rebocarei qual navio. Não me omito
em servir aos filhos. Todo homem é igual
no amor aos filhos, os mais ricos mortais
e os que nada são. Diferem por seus bens, 635
uns têm, outros não. Todos amam os filhos.

[*Segundo estásimo* (637-700)]

CORO

A juventude me é grata Est. 1
e a velhice sempre grave
pesa mais que os cimos de Etna
sobre a cabeça, tenebrosa 640

σκοτεινὸν φάος ἐπικαλύψαν.
μή μοι μήτ' Ἀσιήτιδος
τυραννίδος ὄλβος εἴη,
μὴ χρυσοῦ δώματα πλήρη 645
τᾶς ἥβας ἀντιλαβεῖν,
ἃ καλλίστα μὲν ἐν ὄλβωι,
καλλίστα δ' ἐν πενίαι.
τὸ δὲ λυγρὸν φόνιόν τε γῆρας μισῶ· κατὰ κυμάτων δ' 650
ἔρροι μηδέ ποτ' ὤφελεν
θνατῶν δώματα καὶ πόλεις
ἐλθεῖν, ἀλλὰ κατ' αἰθέρ' αἰεὶ πτεροῖσι φορείσθω.

εἰ δὲ θεοῖς ἦν ξύνεσις Ant. 1
καὶ σοφία κατ' ἄνδρας, 656
δίδυμον ἂν ἥβαν ἔφερον,
φανερὸν χαρακτῆρ' ἀρετᾶς 659
ὅσοισιν μέτα, καὶ θανόντες 660
εἰς αὐγὰς πάλιν ἁλίου
δισσοὺς ἂν ἔβαν διαύλους,
ἁ δυσγένεια δ' ἁπλοῦν ἂν
εἶχε ζόας βίοτον,
καὶ τῶιδ' ἂν τούς τε κακοὺς ἦν 665
γνῶναι καὶ τοὺς ἀγαθούς,
ἴσον ἅτ' ἐν νεφέλαισιν ἄ-
στρων ναύταις ἀριθμὸς πέλει.
νῦν δ' οὐδεὶς ὅρος ἐκ θεῶν
χρηστοῖς οὐδὲ κακοῖς σαφής, 670
ἀλλ' εἱλισσόμενός τις αἰ-
ὼν πλοῦτον μόνον αὔξει.

οὐ παύσομαι τὰς Χάριτας Est. 2
ταῖς Μούσαισιν συγκαταμει-
γνύς, ἡδίσταν συζυγίαν. 675

ocultando a luz dos olhos.
Não tivesse opulência
de realeza asiática, nem
palácio cheio de ouro, 645
em vez de juventude!
Ela é bela na opulência,
bela também na penúria.
A lúgubre e letal velhice
detesto. Que nas ondas 650
ela suma! Nunca devia
vir às casas e às urbes
dos mortais, mas voasse
no céu sempre com asas!

Se Deuses tivessem tino Ant. 1
e destreza como varões, 656
fariam dupla juventude
manifesto traço de valor 659
de todos os valorosos e 660
mortos teriam o retorno
de volta aos raios do sol
e a vileza só poderia
uma vez viver a vida.
Assim se poderia saber 665
quem é vil e quem bom,
qual nautas têm o número
dos astros entre as nuvens.
De fato, não é dos Deuses
limite claro de bons e vis 670
mas uma vida girando
só aumenta a opulência.

Não cessarei de jungir Est. 2
as Graças às Musas,
a mais doce parceria. 675

μὴ ζώιην μετ' ἀμουσίας,
αἰεὶ δ' ἐν στεφάνοισιν εἴην·
ἔτι τοι γέρων ἀοιδὸς
κελαδῶ Μναμοσύναν,
ἔτι τὰν Ἡρακλέους 680
καλλίνικον ἀείδω
παρά τε Βρόμιον οἰνοδόταν
παρά τε χέλυος ἑπτατόνου
μολπὰν καὶ Λίβυν αὐλόν.
οὔπω καταπαύσομεν 685
Μούσας αἵ μ' ἐχόρευσαν.

παιᾶνα μὲν Δηλιάδες Ant. 2
<ναῶν> ὑμνοῦσ' ἀμφὶ πύλας
τὸν Λατοῦς εὔπαιδα γόνον,
εἱλίσσουσαι καλλίχοροι· 690
παιᾶνας δ' ἐπὶ σοῖς μελάθροις
κύκνος ὣς γέρων ἀοιδὸς
πολιᾶν ἐκ γενύων
κελαδήσω· τὸ γὰρ εὖ
τοῖς ὕμνοισιν ὑπάρχει. 695
Διὸς ὁ παῖς· τᾶς δ' εὐγενίας
πλέον ὑπερβάλλων <ἀρετᾶι>
μοχθήσας τὸν ἄκυμον
θῆκεν βίοτον βροτοῖς
πέρσας δείματα θηρῶν. 700

ΛΥΚΟΣ

ἐς καιρὸν οἴκων, Ἀμφιτρύων, ἔξω περᾷς·
χρόνος γὰρ ἤδη δαρὸς ἐξ ὅτου πέπλοις
κοσμεῖσθε σῶμα καὶ νεκρῶν ἀγάλμασιν.
ἀλλ' εἶα παῖδας καὶ δάμαρθ' Ἡρακλέους

Que não viva sem Musa
e seja sempre coroado!
Ainda velho cantor
celebro Memória,
ainda a bela vitória 680
de Héracles canto
com Brômio vinícola
e com a dança da lira
septicorde e flauta líbia.
Não cessarei as Musas 685
que me fazem dançar.

Delíades hineiam peã Ant. 2
à porta do templo,
a bela prole de Leto,
girando o belo coro. 690
Peãs em tua casa
velho aedo qual cisne
com lábios grisalhos
celebrarei, o bem
subsiste nos hinos. 695
Filho de Zeus no valor
indo além da nobreza
com fadigas fez a vida
dos mortais sem marola
ao destruir feras terríveis. 700

[*Terceiro episódio* (701-734)]

LICO
Ó Anfitrião, oportuno tu sais do palácio,
o tempo já é longo desde que com mantos
e adornos de mortos enfeitais vosso corpo.
Mas, *eîa*, aos filhos e esposa de Héracles

ἔξω κέλευε τῶνδε φαίνεσθαι δόμων, 705
ἐφ' οἷς ὑπέστητ' αὐτεπάγγελτοι θανεῖν.

ΑΜΦΙΤΡΥΩΝ

ἄναξ, διώκεις μ' ἀθλίως πεπραγότα
ὕβριν θ' ὑβρίζεις ἐπὶ θανοῦσι τοῖς ἐμοῖς·
ἃ χρῆν σε μετρίως, κεἰ κρατεῖς, σπουδὴν ἔχειν.
ἐπεὶ δ' ἀνάγκην προστίθης ἡμῖν θανεῖν, 710
στέργειν ἀνάγκη· δραστέον δ' ἃ σοὶ δοκεῖ.

ΛΥΚΟΣ

ποῦ δῆτα Μεγάρα; ποῦ τέκν' Ἀλκμήνης γόνου;

ΑΜΦΙΤΡΥΩΝ

δοκῶ μὲν αὐτήν, ὡς θύραθεν εἰκάσαι

ΛΥΚΟΣ

τί χρῆμα; δόξης τίνος ἔχεις τεκμήριον;

ΑΜΦΙΤΡΥΩΝ

ἱκέτιν πρὸς ἁγνοῖς Ἑστίας θάσσειν βάθροις 715

ΛΥΚΟΣ

ἀνόνητά γ' ἱκετεύουσαν ἐκσῶσαι βίον.

ΑΜΦΙΤΡΥΩΝ

καὶ τὸν θανόντα γ' ἀνακαλεῖν μάτην πόσιν.

ΛΥΚΟΣ

ὁ δ' οὐ πάρεστιν οὐδὲ μὴ μόληι ποτέ.

ΑΜΦΙΤΡΥΩΝ

οὔκ, εἴ γε μή τις θεῶν ἀναστήσειέ νιν.

manda que se mostrem fora do palácio 705
como vós mesmos prometestes morrer!

ANFITRIÃO

Rei, persegues-me em situação mísera
e ultrajas ultrajes contra meus mortos,
mesmo no poder devias ser moderado.
Já que nos impões a coerção de morrer, 710
é coercitivo consentir. Seja como crês!

LICO

E Mégara? E filhos do filho de Alcmena?

ANFITRIÃO

A conjecturar desde fora, creio que ela...

LICO

Que coisa? Tens indício de que parece?

ANFITRIÃO

Está súplice ante o altar puro de Héstia. 715

LICO

Inútil súplica para que preserve a vida.

ANFITRIÃO

E ainda invoca em vão o marido morto.

LICO

Ele não está presente e não virá nunca.

ANFITRIÃO

Não, se um dos Deuses não o restituir.

ΛΥΚΟΣ

χώρει πρὸς αὐτὴν κἀκκόμιζε δωμάτων. 720

ΑΜΦΙΤΡΥΩΝ

μέτοχος ἂν εἴην τοῦ φόνου δράσας τόδε.

ΛΥΚΟΣ

ἡμεῖς <δ’>, ἐπειδὴ σοὶ τόδ’ ἔστ’ ἐνθύμιον,
οἱ δειμάτων ἔξωθεν ἐκπορεύσομεν
σὺν μητρὶ παῖδας. δεῦρ’ ἕπεσθε, πρόσπολοι,
ὡς ἂν σχολὴν λεύσσωμεν ἄσμενοι πόνων. 725

ΑΜΦΙΤΡΥΩΝ

σὺ δ’ οὖν ἴθ’, ἔρχηι δ’ οἷ χρεών· τὰ δ’ ἄλλ’ ἴσως
ἄλλωι μελήσει. προσδόκα δὲ δρῶν κακῶς
κακόν τι πράξειν. ὦ γέροντες, ἐς καλὸν
στείχει, βρόχοισι δ’ ἀρκύων κεκλήισεται
ξιφηφόροισι, τοὺς πέλας δοκῶν κτενεῖν 730
ὁ παγκάκιστος. εἶμι δ’, ὡς ἴδω νεκρὸν
πίπτοντ’· ἔχει γὰρ ἡδονὰς θνήισκων ἀνὴρ
ἐχθρὸς τίνων τε τῶν δεδραμένων δίκην.

ΧΟΡΟΣ

μεταβολὰ κακῶν· μέγας ὁ πρόσθ’ ἄναξ Est. 1
πάλιν ὑποστρέφει βίοτον ἐξ Ἅιδα. 736
ἰὼ 738
δίκα καὶ θεῶν παλίρρους πότμος.
[—] ἦλθες χρόνωι μὲν οὗ δίκην δώσεις θανών, 740
ὕβρεις ὑβρίζων εἰς ἀμείνονας σέθεν.
[—] χαρμοναὶ δακρύων ἔδοσαν ἐκβολάς·
πάλιν ἔμολεν,
ἃ πάρος οὔποτε διὰ φρενὸς ἤλπισ’ ἂν 745
παθεῖν, γᾶς ἄναξ.

LICO

Vai até ela e conduze-a fora do palácio. 720

ANFITRIÃO

Agindo assim eu participaria da morte.

LICO

Já que essa é a tua preocupação, nós,
os sem medo, operaremos o transporte
de mãe e filhos. Vinde, segui, servos,
para felizes vermos pausa de fadigas! 725

ANFITRIÃO

Vai, então, tu! Vai como deves! O mais
importa a outro. Má situação espera
quem age mal. Ó velhos, por bem
ele vai e nos afiados laços das redes
será preso, se crê matar os vizinhos 730
o pior de todos! Irei para vê-lo cair
morto. O varão inimigo ao morrer
dá prazer e justiça pelas suas ações.

[*Terceiro estásimo* (735-814)]

CORO

— Males mudam, o antes grande rei Est. 1
de volta retorna à vida desde Hades! 736
Iò! 738
Justiça e refluente lance dos Deuses!
— Vieste a tempo de morto dares paga 740
por teus ultrajes aos melhores que tu.
— Regozijos deram vazão às lágrimas;
o rei da terra veio de volta,
como antes não esperaria 745
nunca me acontecer.

[—] ἀλλ', ὦ γεραιοί, καὶ τὰ δωμάτων ἔσω
σκοπῶμεν, εἰ πράσσει τις ὡς ἐγὼ θέλω.

ΛΥΚΟΣ (ἔσωθεν)

ἰώ μοί μοι. 750

ΧΟΡΟΣ

τόδε κατάρχεται μέλος ἐμοὶ κλύειν Ant. 1
φίλιον ἐν δόμοις· θάνατος οὐ πόρσω. 752
βοᾶι
φόνου φροίμιον στενάζων ἄναξ. 753

ΛΥΚΟΣ (ἔσωθεν)

ὦ πᾶσα Κάδμου γαῖ', ἀπόλλυμαι δόλωι.

ΧΟΡΟΣ

καὶ γὰρ διώλλυς· ἀντίποινα δ' ἐκτίνων 755
τόλμα, διδούς γε τῶν δεδραμένων δίκην.
[—] τίς ὁ θεοὺς ἀνομίαι χραίνων, θνατὸς ὤν,
ἄφρονα λόγον
†οὐρανίων μακάρων† κατέβαλ' ὡς ἄρ' οὐ
σθένουσιν θεοί;
[—] γέροντες, οὐκέτ' ἔστι δυσσεβὴς ἀνήρ. 760
σιγᾶι μέλαθρα· πρὸς χοροὺς τραπώμεθα.
[φίλοι γὰρ εὐτυχοῦσιν οὓς ἐγὼ θέλω.]

χοροὶ χοροὶ Est. 2
καὶ θαλίαι μέλουσι Θή-
βας ἱερὸν κατ' ἄστυ.
μεταλλαγαὶ γὰρ δακρύων, 765
μεταλλαγαὶ συντυχίας
<   > ἔτεκον ἀοιδάς.
βέβακ' ἄναξ ὁ καινός, ὁ δὲ παλαίτερος
κρατεῖ, λιμένα λιπών γε τὸν Ἀχερόντιον. 770
δοκημάτων ἐκτὸς ἦλθεν ἐλπίς.

— Mas, ó velhos, dentro do palácio
vejamos se lá está como eu quero!

LICO (dentro)

Ió moí moi! 750

CORO

— Esta canção para mim grata de ouvir Ant. 1
começa em casa, não demora a morte. 752
O rei
com gemidos grita o proêmio da morte. 753

LICO (dentro)

Ó terra de Cadmo toda, morro por dolo!

CORO

— Pois destruías. Sê forte ao pagar 755
o preço e dar justiça por teus atos!
— Que insólito ofensor dos Deuses
mortal disse imprudente
que os celestes venturosos Deuses
não têm força?
— Velhos, o ímpio varão já não vive. 760
Cala-se a casa, voltemos às danças!
[Amigos têm boa sorte como quero.]

Danças, danças Est. 2
e festas tomam
Tebas, urbe sacra.
Mudanças dos prantos, 765
mudanças das sortes
geraram estes cantos.
O rei novo se foi e o mais antigo
domina, vindo desde Aqueronte. 770
Sem expectativa veio esperança.

θεοὶ θεοὶ Ant. 2
τῶν ἀδίκων μέλουσι καὶ 772
τῶν ὁσίων ἐπάιειν.
ὁ χρυσὸς ἅ τ᾽ εὐτυχία
φρενῶν βροτοὺς ἐξάγεται 775
δύνασιν ἄδικον ἐφέλκων.
†χρόνου γὰρ οὔτις ἔτλα τὸ πάλιν εἰσορᾶν†·
νόμον παρέμενος ἀνομίαι χάριν διδοὺς
ἔθραυσεν ὄλβου κελαινὸν ἅρμα. 780

Ἰσμήν᾽ ὦ στεφαναφόρει Est. 3
ξεσταί θ᾽ ἑπταπύλου πόλεως
ἀναχορεύσατ᾽ ἀγυιαὶ
Δίρκα θ᾽ ἁ καλλιρρέεθρος,
σύν τ᾽ Ἀσωπιάδες κόραι 785
πατρὸς ὕδωρ βᾶτε λιποῦσαι συναοιδοὶ
Νύμφαι τὸν Ἡρακλέους
καλλίνικον ἀγῶνα. 789
Πυθίου δενδρῶτι πέτρα 790
Μουσᾶν θ᾽ Ἑλικωνίδων δώματα,
αὔξετ᾽ εὐγαθεῖ κελάδωι
ἐμὰν πόλιν, ἐμὰ τείχη,
σπαρτῶν ἵνα γένος ἐφάνθη,
χαλκασπίδων λόχος, ὃς γᾶν 795
τέκνων τέκνοις μεταμείβει,
Θήβαις ἱερὸν φῶς.

ὦ λέκτρων δύο συγγενεῖς Ant. 3
εὐναί, θνατογενοῦς τε καὶ
Διός, ὃς ἦλθεν ἐς εὐνὰν 800
νύμφας τᾶς Περσηίδος· ὡς
πιστόν μοι τὸ παλαιὸν ἤ-
δη λέχος, ὦ Ζεῦ, σὸν ἐπ᾽ οὐκ ἐλπίδι φάνθη.
λαμπρὰν δ᾽ ἔδειξ᾽ ὁ χρόνος 805
τὰν Ἡρακλέος ἀλκάν·

Os Deuses, os Deuses Ant. 2
cuidam dos injustos 772
e de ouvir os lícitos.
Ouro e boa sorte tiram
os mortais da prudência, 775
ao dar injusto poder.
Não se ousa ver a volta do tempo:
por violar a lei e dar graça a ilícito
o carro negro da opulência quebra. 780

Ó Ismeno, coroa-te! Est. 3
Formai coros, ó polidas
vias da urbe de sete portas!
Ó Dirce de belo fluir
e filhas do Asopo, vinde 785
do rio pai, uníssonas
Ninfas, à bela vitória
da luta de Héracles! 789
Ó nemorosa pedra pítia, 790
lar das Musas do Hélicon,
exaltai com clamor jubiloso
minha urbe, minhas torres,
onde o ser semeado surgiu,
tropa de escudeiros que 795
lega a terra de pai a filho,
luz sagrada de Tebas!

Ó dois congêneres leitos Ant. 3
nupciais de varão mortal
e de Zeus, vindo ao leito 800
da noiva filha de Perseu,
tão fiel inesperada me surgiu
esta tua antiga união, ó Zeus!
O tempo mostrou claro 805
a força de Héracles, tu

ὃς γᾶς ἐξέβας θαλάμων
Πλούτωνος δῶμα λιπὼν νέρτερον.
κρείσσων μοι τύραννος ἔφυς
ἢ δυσγένει' ἀνάκτων, 810
ἃ νῦν ἐσορῶντι φαίνει
ξιφηφόρων ἐς ἀγώνων
ἅμιλλαν εἰ τὸ δίκαιον
θεοῖς ἔτ' ἀρέσκει.

ΧΟΡΟΣ

[–] ἔα ἔα· 815
ἆρ' ἐς τὸν αὐτὸν πίτυλον ἥκομεν φόβου,
γέροντες, οἷον φάσμ' ὑπὲρ δόμων ὁρῶ;
[–] φυγῆι φυγῆι
νωθὲς πέδαιρε κῶλον, ἐκποδὼν ἔλα.
[–] ὦναξ Παιάν, 820
ἀπότροπος γένοιό μοι πημάτων.

ΙΡΙΣ

θαρσεῖτε Νυκτὸς τήνδ' ὁρῶντες ἔκγονον
Λύσσαν, γέροντες, κἀμὲ τὴν θεῶν λάτριν
Ἶριν· πόλει γὰρ οὐδὲν ἥκομεν βλάβος,
ἑνὸς δ' ἐπ' ἀνδρὸς δώματα στρατεύομεν, 825
ὅν φασιν εἶναι Ζηνὸς Ἀλκμήνης τ' ἄπο.
πρὶν μὲν γὰρ ἄθλους ἐκτελευτῆσαι πικρούς,
τὸ χρή νιν ἐξέσωιζεν οὐδ' εἴα πατὴρ
Ζεύς νιν κακῶς δρᾶν οὔτ' ἔμ' οὔθ' Ἥραν ποτέ·
ἐπεὶ δὲ μόχθους διεπέρασ' Εὐρυσθέως, 830
Ἥρα προσάψαι κοινὸν αἷμ' αὐτῶι θέλει
παῖδας κατακτείναντι, συνθέλω δ' ἐγώ.
ἀλλ' εἶ' ἄτεγκτον συλλαβοῦσα καρδίαν,
Νυκτὸς κελαινῆς ἀνυμέναιε παρθένε,
μανίας τ' ἐπ' ἀνδρὶ τῶιδε καὶ παιδοκτόνους 835

saíste da cova da terra,
da casa de Plutão ínfera.
Foste-me rei mais forte
que a vileza dos chefes, 810
isso agora mostra à vista
em porfia de luta de faca
se o que é justo
ainda agrada aos Deuses.

[*Quarto episódio* (815-1015)]

CORO
— *Éa éa!* 815
Temos o mesmo ataque de Pavor,
velhos, tal visão vejo sobre a casa?
— Foge! Foge!
Move o tardo passo, vai para longe!
— Ó rei Peã, 820
sê meu defensor dos males!

ÍRIS
Sede firmes se vedes esta filha da Noite,
Fúria, velhos, e a mim, serva dos Deuses,
Íris! Não traremos nenhum dano à urbe,
mas faremos guerra à casa de um varão 825
que dizem filho de Zeus e de Alcmena.
Antes que concluísse acerbos trabalhos
o fado o preservava, não permitia o pai
Zeus que eu ou Hera lhe fizéssemos mal.
Desde que fez os trabalhos de Euristeu, 830
Hera quer lhe vincular sangue comum
ao matar os filhos e eu quero com ela.
Mas, *eîa*, com teu implacável coração,
ó virgem sem núpcias da Noite negra,
a este varão, loucura que mata os filhos, 835

φρενῶν ταραγμοὺς καὶ ποδῶν σκιρτήματα
ἔλαυνε κίνει, φόνιον ἐξίει κάλων,
ὡς ἂν πορεύσας δι' Ἀχερούσιον πόρον
τὸν καλλίπαιδα στέφανον αὐθέντηι φόνωι
γνῶι μὲν τὸν Ἥρας οἷός ἐστ' αὐτῶι χόλος, 840
μάθηι δὲ τὸν ἐμόν· ἢ θεοὶ μὲν οὐδαμοῦ,
τὰ θνητὰ δ' ἔσται μεγάλα, μὴ δόντος δίκην.

ΛΥΣΣΑ

ἐξ εὐγενοῦς μὲν πατρὸς ἔκ τε μητέρος
πέφυκα, Νυκτὸς Οὐρανοῦ τ' ἀφ' αἵματος·
†τιμάς τ' ἔχω τάσδ' οὐκ ἀγασθῆναι φίλοις† 845
οὐδ' ἥδομαι φοιτῶσ' ἐπ' ἀνθρώπων φίλους.
παραινέσαι δέ, πρὶν σφαλεῖσαν εἰσιδεῖν,
Ἥραι θέλω σοί τ', ἢν πίθησθ' ἐμοῖς λόγοις.
ἀνὴρ ὅδ' οὐκ ἄσημος οὔτ' ἐπὶ χθονὶ
οὔτ' ἐν θεοῖσιν, οὗ σύ μ' ἐσπέμπεις δόμους· 850
ἄβατον δὲ χώραν καὶ θάλασσαν ἀγρίαν
ἐξημερώσας θεῶν ἀνέστησεν μόνος
τιμὰς πιτνούσας ἀνοσίων ἀνδρῶν ὕπο.
ὥστ' οὐ παραινῶ μεγάλα βουλεῦσαι κακά.

ΙΡΙΣ

μὴ σὺ νουθέτει τά θ' Ἥρας κἀμὰ μηχανήματα. 855

ΛΥΣΣΑ

ἐς τὸ λῶιον ἐμβιβάζω σ' ἴχνος ἀντὶ τοῦ κακοῦ.

ΙΡΙΣ

οὐχὶ σωφρονεῖν γ' ἔπεμψε δεῦρό σ' ἡ Διὸς δάμαρ.

ΛΥΣΣΑ

Ἥλιον μαρτυρόμεσθα δρῶσ' ἃ δρᾶν οὐ βούλομαι.
εἰ δὲ δή μ' Ἥραι θ' ὑπουργεῖν σοί τ' ἀναγκαίως ἔχει, 859

perturbação do espírito e pulo dos pés,
impele, move, solta a corda sanguinária
para que transportando por Aqueronte
a coroa de belos filhos, mortos os seus,
saiba qual é a cólera de Hera contra ele, 840
e a minha! Não os Deuses, mas mortais
serão grandes, se ele não servir justiça.

FÚRIA

Eu sou de nobre pai e de nobre mãe
a filha da Noite e do sangue do Céu.
Tenho honras não invejadas dos meus. 845
Não me apraz visitar os caros mortais.
Antes de vê-la errar, quero aconselhar
Hera e a ti, se ouvirdes minhas falas.
Este varão não é ignoto nem na terra
nem entre Deuses e mandas-me a ele. 850
Civilizou ínvia região e mar selvagem,
restaurou sozinho as honras dos Deuses
pisadas por varões ímpios de modo que
não aconselho tramarem grandes males.

ÍRIS

Não advirtas os ardis de Hera e meus! 855

FÚRIA

Induzo-te ao melhor em vez do mal.

ÍRIS

A dama de Zeus não te mandou pensar.

FÚRIA

Ateste o Sol que faço o que não quero.
Se me é necessário servir a Hera e a ti, 859

εἰμί γ'· οὔτε πόντος οὕτω κύμασι στένων λάβρος 861
οὔτε γῆς σεισμὸς κεραυνοῦ τ' οἶστρος ὠδῖνας πνέων
οἷ' ἐγὼ στάδια δραμοῦμαι στέρνον εἰς Ἡρακλέους·
καὶ καταρρήξω μέλαθρα καὶ δόμους ἐπεμβαλῶ,
τέκν' ἀποκτείνασα πρῶτον· ὁ δὲ κανὼν οὐκ εἴσεται 865
παῖδας οὓς ἔτικτεν ἐναρών, πρὶν ἂν ἐμὰς λύσσας ἀφῆι.
ἢν ἰδού· καὶ δὴ τινάσσει κρᾶτα βαλβίδων ἄπο
καὶ διαστρόφους ἑλίσσει σῖγα γοργωποὺς κόρας,
ἀμπνοὰς δ' οὐ σωφρονίζει, ταῦρος ὣς ἐς ἐμβολήν,
δεινὰ μυκᾶται δέ. Κῆρας ἀνακαλῶ τὰς Ταρτάρου 870
τάχος ἐπιρροιβδεῖν ὁμαρτεῖν θ' ὡς κυνηγέτηι κύνας. 860
τάχα σ' ἐγὼ μᾶλλον χορεύσω καὶ καταυλήσω φόβωι. 871
στεῖχ' ἐς Οὔλυμπον πεδαίρουσ', Ἶρι, γενναῖον πόδα·
ἐς δόμους δ' ἡμεῖς ἄφαντοι δυσόμεσθ' Ἡρακλέους.

ΧΟΡΟΣ

ὀτοτοτοῖ, στέναξον· ἀποκείρεται 875
σὸν ἄνθος πόλεος, ὁ Διὸς ἔκγονος,
μέλεος Ἑλλάς, ἃ τὸν εὐεργέταν
ἀποβαλεῖς ὀλεῖς μανιάσιν λύσσαις
χορευθέντ' ἐναύλοις.

βέβακεν ἐν δίφροισιν ἁ πολύστονος, 880
ἅρμασι δ' ἐνδίδωσι
κέντρον ὡς ἐπὶ λώβαι
Νυκτὸς Γοργὼν ἑκατογκεφάλοις
ὄφεων ἰαχήμασι Λύσσα μαρμαρωπός. 883

ταχὺ τὸν εὐτυχῆ μετέβαλεν δαίμων,
ταχὺ δὲ πρὸς πατρὸς τέκν' ἐκπνεύσεται. 885

ΑΜΦΙΤΡΥΩΝ (ἔσωθεν)
ἰώ μοι μέλεος.

irei. Nem o mar geme tão forte em ondas, 861
nem terremoto nem ferrão de raio aflige
como eu percorrerei o peito de Héracles.
Romperei vigas do teto e farei ruir a casa
ao matar os filhos e ao matar não saberá 865
que os mata antes que afaste minhas fúrias.
Olha lá! Desde a partida ele vibra a cabeça
e calado gira gorgôneas pupilas reviradas,
não respira sereno e qual touro em ataque
muge terrível. Invoco as Cisões de Tártaro 870
que rosnem e sigam quais cães ao caçador. 860
Já te farei dançar mais e flautarei no pavor. 871
Vai, Íris, ao Olimpo com o teu nobre passo!
Nós invisíveis invadiremos a casa de Héracles.

CORO

Ototototoî! Geme! Estão cortando 875
tua flor da urbe, filho de Zeus!
Mísera Grécia, perderás, matarás
teu benfeitor enquanto ele dança
com loucas fúrias ao som de flauta!

Muito panteada subiu no carro 880
e no veículo oferece
ferrão como para ferir
Górgona filha da Noite com silvos
de cem serpes Fúria de olhos fúlgidos. 883

O Nume já mudou a boa sorte,
os filhos já são mortos pelo pai. 885

ANFITRIÃO (dentro)

Ió moi! Mísero!

ΧΟΡΟΣ

ἰὼ Ζεῦ, τὸ σὸν γένος ἄγονον αὐτίκα 886
λυσσάδες ὠμοβρῶτες ἄδικοι Ποιναὶ
κακοῖσιν ἐκπετάσουσιν. 887

ΑΜΦΙΤΡΥΩΝ

ἰὼ στέγαι.

ΧΟΡΟΣ

κατάρχεται χορεύματ' ἄτερ τυπάνων
οὐ Βρομίου κεχαρισμένα θύρσωι 890

ΑΜΦΙΤΡΥΩΝ

ἰὼ δόμοι.

ΧΟΡΟΣ

πρὸς αἵματ', οὐχὶ τᾶς Διονυσιάδος
βοτρύων ἐπὶ χεύμασι λοιβᾶς.

ΑΜΦΙΤΡΥΩΝ

φυγῆι, τέκν', ἐξορμᾶτε.

ΧΟΡΟΣ

δάιον τόδε
δάιον μέλος ἐπαυλεῖται. 895
κυναγετεῖ τέκνων διωγμόν· οὔποτ' ἄκραντα δόμοισι
Λύσσα βακχεύσει.

ΑΜΦΙΤΡΥΩΝ

αἰαῖ κακῶν. 899

ΧΟΡΟΣ

αἰαῖ δῆτα τὸν γεραιὸν ὡς στένω 900
πατέρα τάν τε παιδοτρόφον, <ἆι> μάταν
τέκεα γεννᾶται.

CORO

Iò! Zeus, teu filho já não tem filhos, 886
furiosas vorazes injustas Punições
estenderão os males. 887

ANFITRIÃO

Iò! Telhados!

CORO

Iniciam coros sem tímpanos
ingratos ao tirso de Brômio. 890

ANFITRIÃO

Iò! Palácio!

CORO

Sanguinários, sem as libações
dionisíacas dos jorros de uva!

ANFITRIÃO

Ide em fuga, filhos!

CORO

Hostil esta
hostil melodia flauteia. 895
Dá caça aos filhos, não inócua
Fúria debacará em casa.

ANFITRIÃO

Aiaî! Que males! 899

CORO

Aiaî! Choro o velho pai 900
e a mãe nutriz de filhos,
a que em vão procriou!

ἰδοὺ ἰδού,
θύελλα σείει δῶμα, συμπίπτει στέγη. 905

ΑΜΦΙΤΡΥΩΝ
ἢ ἤ· τί δρᾶις, ὦ Διὸς παῖ, μελάθρωι;
τάραγμα ταρτάρειον ὡς ἐπ' Ἐγκελάδωι ποτέ, Παλλάς, 908
ἐς δόμους πέμπεις.

ΕΞΑΓΓΕΛΟΣ
ὦ λευκὰ γῆραι σώματ

ΧΟΡΟΣ
ἀνακαλεῖς με τίνα 910
βοάν;

ΕΞΑΓΓΕΛΟΣ
ἄλαστα τἀν δόμοισι.

ΧΟΡΟΣ
μάντιν οὐχ
ἕτερον ἄξομαι.

ΕΞΑΓΓΕΛΟΣ
τεθνᾶσι παῖδες.

ΧΟΡΟΣ
αἰαῖ.

ΕΞΑΓΓΕΛΟΣ
στενάζεθ' ὡς στενακτά.

ΧΟΡΟΣ
δάιοι φόνοι,
δάιοι δὲ τοκέων χέρες. 915

Olha! Olha! O vendaval
sacode a casa, o teto cai. 905

ANFITRIÃO

È é! Que fazes em casa, filha de Zeus?
Tu, Palas, qual outrora contra Encélado, 908
envias para casa a confusão de Tártaro?

MENSAGEIRO

Ó grisalhos anciãos...

CORO

Com que clamor 910
me chamas?

MENSAGEIRO

Ilatentes em casa!

CORO

Outro
adivinho não levarei!

MENSAGEIRO

Estão mortos os filhos!

CORO

Aiaî!

MENSAGEIRO

Pranteai o pranto!

CORO

Hostis matanças,
hostis mãos paternas! 915

ΕΞΑΓΓΕΛΟΣ

οὐκ ἄν τις εἴποι μᾶλλον ἢ πεπόνθαμεν.

ΧΟΡΟΣ

πῶς παισὶ στενακτὰν ἄταν ἄταν
πατέρος ἀμφαίνεις;
λέγε τίνα τρόπον ἔσυτο θεόθεν ἐπὶ μέλαθρα κακὰ τάδε < > τλάμονάς 920
τε παίδων τύχας.

ΕΞΑΓΓΕΛΟΣ

ἱερὰ μὲν ἦν πάροιθεν ἐσχάρας Διὸς
καθάρσι᾽ οἴκων, γῆς ἄνακτ᾽ ἐπεὶ κτανὼν
<ἐξέβαλε> τῶνδε δωμάτων Ἡρακλέης·
χορὸς δὲ καλλίμορφος εἱστήκει τέκνων 925
πατήρ τε Μεγάρα τ᾽, ἐν κύκλωι δ᾽ ἤδη κανοῦν
εἵλικτο βωμοῦ, φθέγμα δ᾽ ὅσιον εἴχομεν.
μέλλων δὲ δαλὸν χειρὶ δεξιᾶι φέρειν,
ἐς χέρνιβ᾽ ὡς βάψειεν, Ἀλκμήνης τόκος
ἔστη σιωπῆι. καὶ χρονίζοντος πατρὸς 930
παῖδες προσέσχον ὄμμ᾽· ὁ δ᾽ οὐκέθ᾽ αὑτὸς ἦν,
ἀλλ᾽ ἐν στροφαῖσιν ὀμμάτων ἐφθαρμένος
ῥίζας τ᾽ ἐν ὄσσοις αἱματῶπας ἐκβαλὼν
ἀφρὸν κατέσταζ᾽ εὐτρίχου γενειάδος.
ἔλεξε δ᾽ ἅμα γέλωτι παραπεπληγμένωι· 935
Πάτερ, τί θύω πρὶν κτανεῖν Εὐρυσθέα
καθάρσιον πῦρ καὶ πόνους διπλοῦς ἔχω;
ἔργον μιᾶς μοι χειρὸς εὖ θέσθαι τάδε.
ὅταν δ᾽ ἐνέγκω δεῦρο κρᾶτ᾽ Εὐρυσθέως
ἐπὶ τοῖσι νῦν θανοῦσιν ἁγνιῶ χέρας. 940
ἐκχεῖτε πηγάς, ῥίπτετ᾽ ἐκ χειρῶν κανᾶ.
τίς μοι δίδωσι τόξα; τίς <δ᾽> ὅπλον χερός;
πρὸς τὰς Μυκήνας εἶμι· λάζυσθαι χρεὼν
μοχλοὺς δικέλλας θ᾽ ὥστε Κυκλώπων βάθρα

MENSAGEIRO

Não se diria mais que nossa dor!

CORO

Como dos filhos revelas a miserável
ruína, ruína do pai?
Diz como estes males
dos Deuses caíram sobre esta casa 920
e sobre a sorte miserável dos filhos!

MENSAGEIRO

As oferendas ante o altar de Zeus
eram lustrais da casa, porque Héracles
matou e tirou de casa o rei da terra.
Estavam o formoso coro dos filhos, 925
o pai e Mégara. O cesto já circulara
o altar e mantínhamos lícita a voz.
Com a tocha na destra para imergir
na água lustral, o filho de Alcmena
ficou em silêncio e ao demorar o pai 930
os filhos olham, não era mais o mesmo,
mas com olhos revirados, perdido,
com as raízes dos olhos sanguíneas,
gotejava espuma no queixo peludo
e começou a falar com túrbido riso: 935
"Pai, por que faço o fogo lustral antes
de matar Euristeu e duplico a faina?
De uma só vez posso fazer isto bem.
Quando trouxer o crânio de Euristeu,
purificarei as mãos por esses mortos. 940
Derramai as águas! Deixai os cestos!
Quem me traz setas? Quem, armas?
Irei a Micenas. Alavancas e forquilhas
devo levar e abater com o curvo ferro

φοίνικι κανόνι καὶ τύκοις ἡρμοσμένα 945
στρεπτῶι σιδήρωι συντριαινῶσαι πάλιν.
ἐκ τοῦδε βαίνων ἅρματ' οὐκ ἔχων ἔχειν
ἔφασκε δίφρου τ' εἰσέβαινεν ἄντυγα
κἄθεινε, κέντρωι δῆθεν ὡς θείνων, χερί.
διπλοῦς δ' ὀπαδοῖς ἦν γέλως φόβος θ' ὁμοῦ, 950
καί τις τόδ' εἶπεν, ἄλλος εἰς ἄλλον δρακών·
Παίζει πρὸς ἡμᾶς δεσπότης ἢ μαίνεται;
ὁ δ' εἷρπ' ἄνω τε καὶ κάτω κατὰ στέγας,
μέσον δ' ἐς ἀνδρῶν' ἐσπεσὼν Νίσου πόλιν
ἥκειν ἔφασκε, δωμάτων τ' ἔσω βεβὼς 955
κλιθεὶς ἐς οὖδας ὡς ἔχει σκευάζεται
θοίνην. διελθὼν δ' ὡς βραχὺν χρόνον μονῆς
Ἰσθμοῦ ναπαίας ἔλεγε προσβαίνειν πλάκας.
κἀνταῦθα γυμνὸν σῶμα θεὶς πορπαμάτων
πρὸς οὐδέν' ἡμιλλᾶτο κἀκηρύσσετο 960
αὐτὸς πρὸς αὑτοῦ καλλίνικος οὐδενός,
ἀκοὴν ὑπειπών. δεινὰ δ' Εὐρυσθεῖ βρέμων
ἦν ἐν Μυκήναις τῶι λόγωι. πατὴρ δέ νιν
θιγὼν κραταιᾶς χειρὸς ἐννέπει τάδε·
Ὦ παῖ, τί πάσχεις; τίς ὁ τρόπος ξενώσεως 965
τῆσδ'; οὔ τί που φόνος σ' ἐβάκχευσεν νεκρῶν
οὓς ἄρτι καίνεις; ὁ δέ νιν Εὐρυσθέως δοκῶν
πατέρα προταρβοῦνθ' ἱκέσιον ψαύειν χερὸς
ὠθεῖ, φαρέτραν δ' εὐτρεπῆ σκευάζεται
καὶ τόξ' ἑαυτοῦ παισί, τοὺς Εὐρυσθέως 970
δοκῶν φονεύειν. οἱ δὲ ταρβοῦντες φόβωι
ὤρουον ἄλλος ἄλλοσ', ἐς πέπλους ὁ μὲν
μητρὸς ταλαίνης, ὁ δ' ὑπὸ κίονος σκιάν,
ἄλλος δὲ βωμὸν ὄρνις ὣς ἔπτηξ' ὕπο.
βοᾶι δὲ μήτηρ· Ὦ τεκών, τί δρᾶις; τέκνα 975
κτείνεις; βοᾶι δὲ πρέσβυς οἰκετῶν τ' ὄχλος.
ὁ δ' ἐξελίσσων παῖδα κίονος κύκλωι
τόρνευμα δεινὸν ποδός, ἐναντίον σταθεὶς

outra vez os alicerces dos Ciclopes 945
feitos com rubro prumo e com cinzéis."
Andando, então, dizia ter um carro
sem o ter e subia à boleia do carro
e golpeava como se com aguilhão.
Servos tinham riso e pavor juntos, 950
e entreolhando-se, um deles disse:
"O rei brinca conosco ou está louco?"
Ele andava pela casa acima e abaixo
e cai no meio do salão e diz chegar
à urbe de Niso, e estando em casa, 955
caído ao chão como está, prepara
a refeição. Em pouco tempo diz
chegar ao nemoroso chão do Istmo.
Então ele se despiu de suas vestes,
batia-se com ninguém e ele mesmo 960
solicitou atenção e anunciou-se a si
vencedor de nada. Bramindo terrível
a Euristeu, na fala estava em Micenas.
O pai lhe toca a mão robusta e diz:
"Que tens, filho? Que modos esses? 965
Não te torna Baco a recente morte
dos que mataste?" Crendo que o pai
de Euristeu lhe toca a mão tímido súplice,
ele repele e prepara disponível a aljava
e setas contra os seus filhos, crendo 970
matar os de Euristeu. Trépidos de pavor
cada um vai para um lado, um ao manto
da mãe, outro sob a sombra da coluna,
outro qual ave se recolheu sob o altar.
A mãe grita: "Que fazes, filho? Matas 975
os filhos?" O pai e os servos gritam.
Ele, circundando ao redor da coluna
o terrível giro do pé, ao defrontar,

βάλλει πρὸς ἧπαρ· ὕπτιος δὲ λαΐνους
ὀρθοστάτας ἔδευσεν ἐκπνέων βίον. 980
ὁ δ' ἠλάλαξε κἀπεκόμπασεν τάδε·
Εἷς μὲν νεοσσὸς ὅδε θανὼν Εὐρυσθέως
ἔχθραν πατρῴαν ἐκτίνων πέπτωκέ μοι.
ἄλλωι δ' ἐπεῖχε τόξ', ὃς ἀμφὶ βωμίαν
ἔπτηξε κρηπῖδ' ὡς λεληθέναι δοκῶν. 985
φθάνει δ' ὁ τλήμων γόνασι προσπεσὼν πατρὸς
καὶ πρὸς γένειον χεῖρα καὶ δέρην βαλὼν
Ὦ φίλτατ', αὐδᾶι, μή μ' ἀποκτείνῃς, πάτερ·
σός εἰμι, σὸς παῖς· οὐ τὸν Εὐρυσθέως ὀλεῖς.
ὁ δ' ἀγριωπὸν ὄμμα Γοργόνος στρέφων, 990
ὡς ἐντὸς ἔστη παῖς λυγροῦ τοξεύματος
μυδροκτύπον μίμημ' ὑπὲρ κάρα βαλὼν
ξύλον καθῆκε παιδὸς ἐς ξανθὸν κάρα,
ἔρρηξε δ' ὀστᾶ. δεύτερον δὲ παῖδ' ἑλὼν
χωρεῖ τρίτον θῦμ' ὡς ἐπισφάξων δυοῖν. 995
ἀλλὰ φθάνει νιν ἡ τάλαιν' ἔσω δόμων
μήτηρ ὑπεκλαβοῦσα καὶ κλῄει πύλας.
ὁ δ' ὡς ἐπ' αὐτοῖς δὴ Κυκλωπίοισιν ὢν
σκάπτει μοχλεύει θύρετρα κἀκβαλὼν σταθμὰ
δάμαρτα καὶ παῖδ' ἑνὶ κατέστρωσεν βέλει. 1000
κἀνθένδε πρὸς γέροντος ἱππεύει φόνον·
ἀλλ' ἦλθεν εἰκών, ὡς ὁρᾶν ἐφαίνετο
Παλλάς, κραδαίνουσ' ἔγχος †ἐπὶ λόφῳ κέαρ†,
κἄρριψε πέτρον στέρνον εἰς Ἡρακλέους,
ὅς νιν φόνου μαργῶντος ἔσχε κἀς ὕπνον 1005
καθῆκε· πίτνει δ' ἐς πέδον πρὸς κίονα
νῶτον πατάξας, ὃς πεσήμασι στέγης
διχορραγὴς ἔκειτο κρηπίδων ἔπι.
ἡμεῖς δ' ἐλευθεροῦντες ἐκ δρασμῶν πόδα 1010
σὺν τῶι γέροντι δεσμὰ σειραίων βρόχων 1009
ἀνήπτομεν πρὸς κίον', ὡς λήξας ὕπνου 1011
μηδὲν προσεργάσαιτο τοῖς δεδραμένοις.

atinge no fígado o filho, que caiu
e expirando regou pétreas colunas. 980
Ele soltou alarido e assim alardeou:
"Este filho de Euristeu aqui morto
caiu pagando-me o ódio do pai."
Mirava a seta em outro, recolhido
à base do altar como se se ocultasse. 985
O pobre logo cai aos joelhos do pai
e com a mão ao queixo e ao pescoço
diz: "Ó caríssimo pai, não me mates,
sou teu, teu filho, não de Euristeu!"
Ao girar o olhar selvagem de Górgona, 990
quando o filho fica sob o lúgubre tiro,
batendo no crânio qual se malha ferro,
soltou a clava no crânio loiro do filho
e quebrou os ossos. Pegou outro filho
e foi ao terceiro como a imolar ambos. 995
Mas antes disso a mísera mãe os leva
para dentro de casa e tranca as portas.
Como se atacasse os muros ciclópicos,
escava, alavanca porta e retira portais
e com único tiro mata a esposa e filho. 1000
Ele depois galopeia para matar o velho,
mas veio a imagem que à vista parecia
Palas brandindo na mão a lança no alto
e jogou uma pedra no peito de Héracles,
que o reteve da furente morte e lançou 1005
no sono. Cai no chão colidindo as costas
numa coluna que com a queda do teto
jazia quebrada em duas sobre as bases.
Nós, ao ter os pés livres fora das fugas, 1010
com auxílio do velho atamos cadeias 1009
de laços de corda à coluna para não 1011
fazer outros feitos ao cessar o sono.

εὕδει δ' ὁ τλήμων ὕπνον οὐκ εὐδαίμονα
παῖδας φονεύσας καὶ δάμαρτ'. ἐγὼ μὲν οὖν
οὐκ οἶδα θνητῶν ὅστις ἀθλιώτερος. 1015

ΧΟΡΟΣ

ὁ φόνος ἦν ὃν Ἀργολὶς ἔχει πέτρα
τότε μὲν περισαμότατος καὶ ἄπιστος Ἑλλάδι
τῶν Δαναοῦ παίδων·
τάδε δ' ὑπερέβαλεν παρέδραμεν τὰ τότε
κακὰ τάλανι διογενεῖ κόρωι. 1020

μονότεκνον Πρόκνης φόνον ἔχω λέξαι
θυόμενον Μούσαις· σὺ δὲ τέκνα τρίγον', ὦ
δάιε, τεκόμενος
λυσσάδι συγκατειργάσω μοίραι.
αἰαῖ, τίνα στεναγμὸν 1025
ἢ γόον ἢ φθιτῶν ὠιδὰν ἢ τίν' Ἅιδα χορὸν ἀχήσω;
φεῦ φεῦ·
ἴδεσθε, διάνδιχα κλῇθρα
κλίνεται ὑψιπύλων δόμων. 1030
ἰώ μοι·
ἴδεσθε δὲ τέκνα πρὸ πατρὸς
ἄθλια κείμενα δυστάνου,
εὕδοντος ὕπνον δεινὸν ἐκ παίδων φόνου,
περὶ δὲ δεσμὰ καὶ πολύβροχ' ἁμμάτων 1035
ἐρείσμαθ' Ἡράκλειον
ἀμφὶ δέμας τάδε λαΐνοις
ἀνημμένα κίοσιν οἴκων.

O mísero desperta do sono infausto
tendo matado esposa e filhos. Ignoro
quem dentre mortais é mais miserável. 1015

[*Quarto estásimo* (1016-1038)]

CORO
A morte que a pedra argiva guarda
celebérrima e incrível na Grécia
outrora foi pelas filhas de Dânao.
Estes males do mísero filho de Zeus
superam, ultrapassam os de outrora. 1020

Posso dizer a morte do filho de Procne
sacrificado a Musas, mas tu, ó terrível,
pai de três filhos,
com furiosa sorte os mataste a todos.
Aiaî! Que pranto? 1025
Que ais? Que canto de finados? Que dança
de Hades ecoarei?
Pheû! Pheû!
Vede! Caem duplas trancas
no palácio de altas portas. 1030
Ió moi!
Vede! Os míseros filhos
jazem ante o mísero pai dormindo
sono terrível após morte dos filhos.
Estas cadeias atam com nós 1035
estrênuos de muitos laços
o corpo de Héracles junto
às pétreas colunas do palácio.

[*Êxodo* (1039-1428)]

ΧΟΡΟΣ

ὁ δ' ὥς τις ὄρνις ἄπτερον καταστένων
ὠδῖνα τέκνων πρέσβυς ὑστέρωι ποδὶ 1040
πικρὰν διώκων ἤλυσιν πάρεσθ' ὅδε.

ΑΜΦΙΤΡΥΩΝ

Καδμεῖοι γέροντες, οὐ σῖγα σῖγα τὸν ὕπνωι παρειμένον ἐάσετ' ἐκ-
λαθέσθαι κακῶν;

ΧΟΡΟΣ

κατὰ σὲ δακρύοις στένω, πρέσβυ, καὶ 1045
τέκεα καὶ τὸ καλλίνικον κάρα.

ΑΜΦΙΤΡΥΩΝ

ἑκαστέρω πρόβατε, μὴ
κτυπεῖτε, μὴ βοᾶτε, μὴ
τὸν εὔδι' ἰαύονθ'
ὑπνώδεά τ' εὐνᾶς 1050
ἐγείρετε.

ΧΟΡΟΣ

οἴμοι,
φόνος ὅσος ὅδ'

ΑΜΦΙΤΡΥΩΝ

ἆ ἆ, διά μ' ὀλεῖτε.

ΧΟΡΟΣ

κεχυμένος ἐπαντέλλει.

ΑΜΦΙΤΡΥΩΝ

οὐκ ἀτρεμαῖα θρῆνον αἰ-
άξετ', ὦ γέροντες;

CORO

Qual pássaro a gemer a dor implume
dos filhos, este ancião de tardo passo — 1040
está aqui perseguindo amarga marcha.

ANFITRIÃO

Velhos cadmeus, silêncio! Silêncio!
Não o deixareis entregue ao sono
esquecer-se dos males?

CORO

Com lágrimas te lastimo, velho, — 1045
aos filhos e ao belo vencedor.

ANFITRIÃO

Ide mais longe
sem ruído nem grito!
Não desperteis
esse que dorme — 1050
sereno sono!

CORO

Oímoi!
Quanta morte!

ANFITRIÃO

Â â! Matar-me-eis!

CORO

Vertido surge.

ANFITRIÃO

Ó velhos, não gemereis
quieto pranto?

ἢ δέσμ’ ἀνεγειρόμενος χαλάσας ἀπολεῖ πόλιν, 1055
ἀπὸ δὲ πατέρα, μέλαθρά τε καταρρήξει. 1057

ΧΟΡΟΣ

ἀδύνατ’ ἀδύνατά μοι.

ΑΜΦΙΤΡΥΩΝ

σῖγα, πνοὰς μάθω· φέρε, πρὸς οὖς βάλω. 1060

ΧΟΡΟΣ

εὕδει;

ΑΜΦΙΤΡΥΩΝ

ναί, εὕδει <γ’> ὕπνον ἄυπνον ὀλόμενον ὃς ἔκανεν ἄλοχον, ἔκανε δὲ ψαλμῶι
τέκεα τοξήρει.

ΧΟΡΟΣ

στέναζέ νυν

ΑΜΦΙΤΡΥΩΝ

στενάζω.

ΧΟΡΟΣ

τέκνων ὄλεθρον

ΑΜΦΙΤΡΥΩΝ

ὤμοι. 1065

ΧΟΡΟΣ

σέθεν τε παιδός

ΑΜΦΙΤΡΥΩΝ

αἰαῖ.

Se desperto soltar cadeias destruirá 1055
a urbe e o pai e demolirá o palácio. 1057

CORO
Impossível! Impossível para mim!

ANFITRIÃO
Silêncio! Ouça respirar! Preste atenção! 1060

CORO
Dorme?

ANFITRIÃO
Dorme sono insone funesto
quem matou a esposa e ao som do arco
matou os filhos.

CORO
Lastima-o!

ANFITRIÃO
Lastimo.

CORO
A morte dos filhos.

ANFITRIÃO
Ómoi! 1065

CORO
E de teu filho.

ANFITRIÃO
Aiaî!

ΧΟΡΟΣ
ὦ πρέσβυ.

ΑΜΦΙΤΡΥΩΝ
σῖγα σῖγα·
παλίντροπος ἐξεπεγειρόμενος στρέφεται· φέρε,
ἀπόκρυφον δέμας ὑπὸ μέλαθρον κρύψω. 1070

ΧΟΡΟΣ
θάρσει· νὺξ ἔχει βλέφαρα παιδὶ σῶι.

ΑΜΦΙΤΡΥΩΝ
ὁρᾶθ' ὁρᾶτε. τὸ φάος ἐκ- 1073
λιπεῖν μὲν ἐπὶ κακοῖσιν οὐ
φεύγω τάλας, ἀλλ' εἴ με κανεῖ πατέρ' ὄντα, 1075
πρὸς δὲ κακοῖς κακὰ μήσε-
ται πρὸς Ἐρινύσι θ' αἷμα
σύγγονον ἕξει.

ΧΟΡΟΣ
τότε θανεῖν σ' ἐχρῆν ὅτε δάμαρτι σᾶι
φόνον ὁμοσπόρων ἔμολες ἐκπράξας, 1079
Ταφίων περίκλυστον ἄστυ πέρσας. 1080

ΑΜΦΙΤΡΥΩΝ
φυγὰν φυγάν, γέροντες, ἀποπρὸ δωμάτων
διώκετε· φεύγετε μάργον
ἄνδρ' ἐπεγειρόμενον.
<ἢ> τάχα φόνον ἕτερον ἐπὶ φόνωι βαλὼν 1085
ἀν' αὖ βακχεύσει Καδμείων πόλιν.

ΧΟΡΟΣ
ὦ Ζεῦ, τί παῖδ' ἤχθηρας ὧδ' ὑπερκότως
τὸν σόν, κακῶν δὲ πέλαγος ἐς τόδ' ἤγαγες;

CORO

Ó velho!

ANFITRIÃO

Silêncio! Silêncio!
Ele retornando despertado acorda.
Vamos! Ocultar-me-ei oculto no palácio. 1070

CORO

Ânimo! Noite cobre os olhos de teu filho.

ANFITRIÃO

Vede! Vede! Mísero 1073
não evito deixar a luz nos males,
mas se me matar, a mim, seu pai, 1075
urdirá males além dos males,
e além de Erínies
cometerá morte congênere.

CORO

Devias ter morrido ao vir de punir
por tua esposa a morte dos irmãos 1079
e destruir a ínclita cidade dos táfios! 1080

ANFITRIÃO

Em fuga, em fuga, velhos, correi
longe de casa! Evitai
o varão furioso ao despertar!
Ou com outra morte após morte 1085
ainda debacará na urbe dos cadmeus.

CORO

Ó Zeus, por que tens tanto ódio ao filho
teu e o conduziste a este pélago de males?

ΗΡΑΚΛΗΣ

ἔα·

ἔμπνους μέν εἰμι καὶ δέδορχ’ ἅπερ με δεῖ, 1089

αἰθέρα τε καὶ γῆν τόξα θ’ ἡλίου τάδε. 1090

ὡς <δ’> ἐν κλύδωνι καὶ φρενῶν ταράγματι

πέπτωκα δεινῶι καὶ πνοὰς θερμὰς πνέω

μετάρσι’, οὐ βέβαια πλευμόνων ἄπο.

ἰδού, τί δεσμοῖς ναῦς ὅπως ὡρμισμένος

νεανίαν θώρακα καὶ βραχίονα 1095

πρὸς ἡμιθραύστωι λαΐνωι τυκίσματι

ἧμαι, νεκροῖσι γείτονας θάκους ἔχων;

πτερωτὰ δ’ ἔγχη τόξα τ’ ἔσπαρται πέδωι,

ἃ πρὶν παρασπίζοντ’ ἐμοῖς βραχίοσιν

ἔσωιζε πλευρὰς ἐξ ἐμοῦ τ’ ἐσώιζετο. 1100

οὔ που κατῆλθον αὖθις εἰς Ἅιδου πάλιν,

Εὐρυσθέως δίαυλον ἐξ Ἅιδου μολών;

ἀλλ’ οὔτε Σισύφειον εἰσορῶ πέτρον

Πλούτωνά τ’ οὐδὲ σκῆπτρα Δήμητρος κόρης.

ἔκ τοι πέπληγμαι· ποῦ ποτ’ ὢν ἀμηχανῶ; 1105

ὠή, τίς ἐγγὺς ἢ πρόσω φίλων ἐμῶν,

δύσγνοιαν ὅστις τὴν ἐμὴν ἰάσεται;

σαφῶς γὰρ οὐδὲν οἶδα τῶν εἰωθότων.

ΑΜΦΙΤΡΥΩΝ

γέροντες, ἔλθω τῶν ἐμῶν κακῶν πέλας;

ΧΟΡΟΣ

κἄγωγε σὺν σοί, μὴ προδοὺς τὰς συμφοράς. 1110

ΗΡΑΚΛΗΣ

πάτερ, τί κλαίεις καὶ συναμπίσχηι κόρας,

τοῦ φιλτάτου σοι τηλόθεν παιδὸς βεβώς;

ΑΜΦΙΤΡΥΩΝ

ὦ τέκνον· εἶ γὰρ καὶ κακῶς πράσσων ἐμός.

HÉRACLES

Éa!

Respiro e contemplo o que preciso, 1089
o fulgor, a terra e estes raios do sol. 1090
Qual em tormenta e turvação terrível
da mente caí e respiro sopro quente
suspenso inconstante dos pulmões.
Por que, qual navio nas cordas,
atado o peito e o braço varonil 1095
à pétrea coluna partida ao meio,
estou sentado vizinho a mortos?
Aladas lanças e setas jazem no chão,
elas antes escudando meus braços
salvavam flancos, salvas por mim. 1100
Não desci de volta à casa de Hades
após ir e vir do Hades por Euristeu?
Mas não vejo o pedregulho de Sísifo,
Plutão ou cetro da filha de Deméter.
Surpreso, não sei onde é que estou. 1105
Oé! Qual dos meus, perto ou longe,
há de sanear meu desconhecimento?
Nada de costumeiro conheço claro.

ANFITRIÃO

Velhos, vou perto de meus males?

CORO

Vou contigo, sem trair a situação. 1110

HÉRACLES

Pai, por que choras e cobres os olhos,
parado longe do caríssimo filho teu?

ANFITRIÃO

Ó filho, és meu, ainda que mal sejas.

ΗΡΑΚΛΗΣ

πράσσω δ' ἐγὼ τί λυπρὸν οὗ δακρυρροεῖς;

ΑΜΦΙΤΡΥΩΝ

ἃ κἂν θεῶν τις, εἰ μάθοι, καταστένοι. 1115

ΗΡΑΚΛΗΣ

μέγας γ' ὁ κόμπος, τὴν τύχην δ' οὔπω λέγεις.

ΑΜΦΙΤΡΥΩΝ

ὁρᾶις γὰρ αὐτός, εἰ φρονῶν ἤδη κυρεῖς.

ΗΡΑΚΛΗΣ

εἴπ' εἴ τι καινὸν ὑπογράφηι τὠμῶι βίωι.

ΑΜΦΙΤΡΥΩΝ

εἰ μηκέθ' Ἅιδου βάκχος εἶ, φράσαιμεν ἄν.

ΗΡΑΚΛΗΣ

παπαῖ, τόδ' ὡς ὕποπτον ἠινίξω πάλιν. 1120

ΑΜΦΙΤΡΥΩΝ

καί σ' εἰ βεβαίως εὖ φρονεῖς ἤδη σκοπῶ.

ΗΡΑΚΛΗΣ

οὐ γάρ τι βακχεύσας γε μέμνημαι φρένας.

ΑΜΦΙΤΡΥΩΝ

λύσω, γέροντες, δεσμὰ παιδός, ἢ τί δρῶ;

ΗΡΑΚΛΗΣ

καὶ τόν γε δήσαντ' εἴπ'· ἀναινόμεσθα γάρ.

ΑΜΦΙΤΡΥΩΝ

τοσοῦτον ἴσθι τῶν κακῶν, τὰ δ' ἄλλ' ἔα. 1125

HÉRACLES
Que mal tenho eu por que pranteias?

ANFITRIÃO
O que Deus, se soubesse, lastimaria. 1115

HÉRACLES
Grande alarde, mas não dizes a sorte.

ANFITRIÃO
Vês tu mesmo, se já tens lucidez.

HÉRACLES
Diz se algo é novo em minha vida.

ANFITRIÃO
Se não és mais Baco de Hades, sim.

HÉRACLES
Papaî! Repetiste o enigma suspeito. 1120

ANFITRIÃO
Ainda te examino se já estás lúcido.

HÉRACLES
Não me lembra ter o espírito báquico.

ANFITRIÃO
Solto as cadeias do filho ou que faço?

HÉRACLES
E diz quem as pôs, que desaprovamos.

ANFITRIÃO
Sabe tanto dos males! Omite o mais! 1125

ΗΡΑΚΛΗΣ

ἀρκεῖ σιωπὴ γὰρ μαθεῖν ὃ βούλομαι;

ΑΜΦΙΤΡΥΩΝ

ὦ Ζεῦ, παρ᾽ Ἥρας ἆρ᾽ ὁρᾶις θρόνων τάδε;

ΗΡΑΚΛΗΣ

ἀλλ᾽ ἦ τι κεῖθεν πολέμιον πεπόνθαμεν;

ΑΜΦΙΤΡΥΩΝ

τὴν θεὸν ἐάσας τὰ σὰ περιστέλλου κακά.

ΗΡΑΚΛΗΣ

ἀπωλόμεσθα· συμφορὰν λέξεις τινά. 1130

ΑΜΦΙΤΡΥΩΝ

ἰδού, θέασαι τάδε τέκνων πεσήματα.

ΗΡΑΚΛΗΣ

οἴμοι· τίν᾽ ὄψιν τήνδε δέρκομαι τάλας;

ΑΜΦΙΤΡΥΩΝ

ἀπόλεμον, ὦ παῖ, πόλεμον ἔσπευσας τέκνοις.

ΗΡΑΚΛΗΣ

τί πόλεμον εἶπας; τούσδε τίς διώλεσεν;

ΑΜΦΙΤΡΥΩΝ

σὺ καὶ σὰ τόξα καὶ θεῶν ὃς αἴτιος. 1135

ΗΡΑΚΛΗΣ

τί φῄς; τί δράσας; ὦ κάκ᾽ ἀγγέλλων πάτερ.

ΑΜΦΙΤΡΥΩΝ

μανείς· ἐρωτᾶις δ᾽ ἄθλι᾽ ἑρμηνεύματα.

HÉRACLES

Basta o silêncio saber o que busco?

ANFITRIÃO

Ó Zeus, vês isto do trono de Hera?

HÉRACLES

Dela sofremos tratamento hostil?

ANFITRIÃO

Deixa a Deusa, cuida de teus males!

HÉRACLES

Sucumbimos, dirás uma situação. 1130

ANFITRIÃO

Vê! Constata que jazem estes filhos!

HÉRACLES

Oímoi! Que vista esta vejo mísero!

ANFITRIÃO

Sem guerra, filho, guerreaste os filhos.

HÉRACLES

Que guerra dizes? Quem os matou?

ANFITRIÃO

Tu e teu arco e o Deus que é causa. 1135

HÉRACLES

Que dizes? Que fiz? Pai mau núncio.

ANFITRIÃO

Louco, mas pedes as míseras lições.

ΗΡΑΚΛΗΣ

ἦ καὶ δάμαρτός εἰμ' ἐγὼ φονεὺς ἐμῆς;

ΑΜΦΙΤΡΥΩΝ

μιᾶς ἅπαντα χειρὸς ἔργα σῆς τάδε.

ΗΡΑΚΛΗΣ

αἰαῖ· στεναγμῶν γάρ με περιβάλλει νέφος. 1140

ΑΜΦΙΤΡΥΩΝ

τούτων ἕκατι σὰς καταστένω τύχας.

ΗΡΑΚΛΗΣ

ἦ γὰρ συνήραξ' οἶκον †ἢ βάκχευσ' ἐμόν†;

ΑΜΦΙΤΡΥΩΝ

οὐκ οἶδα πλὴν ἕν· πάντα δυστυχεῖ τὰ σά.

ΗΡΑΚΛΗΣ

ποῦ δ' οἶστρος ἡμᾶς ἔλαβε; ποῦ διώλεσεν;

ΑΜΦΙΤΡΥΩΝ

ὅτ' ἀμφὶ βωμὸν χεῖρας ἡγνίζου πυρί. 1145

ΗΡΑΚΛΗΣ

οἴμοι· τί δῆτα φείδομαι ψυχῆς ἐμῆς
τῶν φιλτάτων μοι γενόμενος παίδων φονεύς;
οὐκ εἶμι πέτρας λισσάδος πρὸς ἅλματα
ἢ φάσγανον πρὸς ἧπαρ ἐξακοντίσας
τέκνοις δικαστὴς αἵματος γενήσομαι, 1150
ἢ σάρκα †τὴν ἐμὴν† ἐμπρήσας πυρὶ
δύσκλειαν ἣ μένει μ' ἀπώσομαι βίου;
ἀλλ' ἐμποδών μοι θανασίμων βουλευμάτων
Θησεὺς ὅδ' ἕρπει συγγενὴς φίλος τ' ἐμός.

HÉRACLES

Sou eu quem matou minha esposa?

ANFITRIÃO

Todos estes feitos só por tua mão.

HÉRACLES

Aiaî! Névoa de pranto me cerca. 1140

ANFITRIÃO

Por causa disso lastimo tua sorte.

HÉRACLES

Então destruí a casa ou debaquei?

ANFITRIÃO

Só sei que a má sorte é toda tua.

HÉRACLES

Onde furor nos teve? Onde ruiu?

ANFITRIÃO

No altar ao limpar mãos com fogo. 1145

HÉRACLES

Oímoi! Por que poupo minha vida,
se matei meus caríssimos filhos?
Não irei saltar do penedo polido
ou furando o fígado com a faca
farei justiça ao sangue dos filhos? 1150
Ou queimando a carne com fogo
tirarei da vida a infâmia por vir?
Mas no meio de mortal decisão
vem este meu caro primo Teseu.

ὀφθησόμεσθα καὶ τεκνοκτόνον μύσος 1155
ἐς ὄμμαθ' ἥξει φιλτάτωι ξένων ἐμῶν.
οἴμοι, τί δράσω; ποῖ κακῶν ἐρημίαν
εὕρω, πτερωτὸς ἢ κατὰ χθονὸς μολών;
φέρ', ἀμφὶ κρατὶ περιβάλω σκότον < >.
αἰσχύνομαι γὰρ τοῖς δεδραμένοις κακοῖς, 1160
καὶ τῶιδε προστρόπαιον αἷμα προσβαλὼν
οὐδὲν κακῶσαι τοὺς ἀναιτίους θέλω.

ΘΗΣΕΥΣ

ἥκω σὺν ἄλλοις, οἳ παρ' Ἀσωποῦ ῥοὰς
μένουσιν, ἔνοπλοι γῆς Ἀθηναίων κόροι,
σῶι παιδί, πρέσβυ, σύμμαχον φέρων δόρυ. 1165
κληδὼν γὰρ ἦλθεν εἰς Ἐρεχθειδῶν πόλιν
ὡς σκῆπτρα χώρας τῆσδ' ἀναρπάσας Λύκος
ἐς πόλεμον ὑμῖν καὶ μάχην καθίσταται.
τίνων δ' ἀμοιβὰς ὧν ὑπῆρξεν Ἡρακλῆς
σώσας με νέρθεν ἦλθον, εἴ τι δεῖ, γέρον, 1170
ἢ χειρὸς ὑμᾶς τῆς ἐμῆς ἢ συμμάχων.
ἔα· τί νεκρῶν τῶνδε πληθύει πέδον;
οὔ που λέλειμμαι καὶ νεωτέρων κακῶν
ὕστερος ἀφῖγμαι; τίς τάδ' ἔκτεινεν τέκνα;
τίνος γεγῶσαν τήνδ' ὁρῶ ξυνάορον; 1175
οὐ γὰρ δορός γε παῖδες ἵστανται πέλας,
ἀλλ' ἄλλο πού τι καινὸν εὑρίσκω κακόν.

ΑΜΦΙΤΡΥΩΝ

ὦ τὸν ἐλαιοφόρον ὄχθον ἔχων <ἄναξ>

ΘΗΣΕΥΣ

τί χρῆμά μ' οἰκτροῖς ἐκάλεσας προοιμίοις;

ΑΜΦΙΤΡΥΩΝ

ἐπάθομεν πάθεα μέλεα πρὸς θεῶν. 1180

Serei visto e o poluente filicídio 1155
estará à vista de meu caro hóspede.
Oímoi! Que fazer? Onde ter vácuo
de males, indo alado ou no chão?
Devo cobrir a cabeça com trevas?
Tenho vergonha das malfeitorias 1160
e não quero afligir os inocentes
levando-lhe uma funesta súplica.

TESEU

Venho com outros, que no rio Esopo
esperam, jovens atenienses armados,
com a lança aliada a teu filho, velho. 1165
O rumor chegou à urbe de Erectidas
que Lico usurpou o cetro desta terra
e move contra vós guerra e combate.
Vim em paga do que me fez Héracles
ao salvar-me dos ínferos, se careceis 1170
do meu braço, velho, ou dos aliados.
Éa! Por que o chão cheio de mortos?
Atrasei-me talvez e depois dos últimos
males cheguei? Quem matou os filhos?
Com quem era casada esta que vejo? 1175
Crianças não ficam perto de lança,
eu talvez encontre outro novo mal.

ANFITRIÃO

Ó rei residente na colina oleícola...

TESEU

Por que me fazes choroso prelúdio?

ANFITRIÃO

Sofremos míseros males dos Deuses. 1180

ΘΗΣΕΥΣ

οἱ παῖδες οἵδε τίνος ἐφ' οἷς δακρυρροεῖς;

ΑΜΦΙΤΡΥΩΝ

ἔτεκε μέν <νιν> οὑμὸς ἶνις τάλας,
τεκόμενος δ' ἔκανε φόνιον αἷμα τλάς. 1184

ΘΗΣΕΥΣ

τί φήις; τί δράσας;

ΑΜΦΙΤΡΥΩΝ

μαινομένωι πιτύλωι πλαγχθεὶς 1187
ἑκατογκεφάλου βαφαῖς ὕδρας. 1188

ΘΗΣΕΥΣ

ὦ δεινὰ λέξας.

ΑΜΦΙΤΡΥΩΝ

οἰχόμεθ' οἰχόμεθα πτανοί. 1186

ΘΗΣΕΥΣ

εὔφημα φώνει.

ΑΜΦΙΤΡΥΩΝ

βουλομένοισιν ἐπαγγέλληι. 1185

ΘΗΣΕΥΣ

Ἥρας ὅδ' ἀγών· τίς δ' ὅδ' οὐν νεκροῖς, γέρον; 1189

ΑΜΦΙΤΡΥΩΝ

ἐμὸς ἐμὸς ὅδε γόνος ὁ πολύπονος, <ὃς> ἐπὶ 1190
δόρυ γιγαντοφόνον ἦλθεν σὺν θεοῖ-
σι Φλεγραῖον ἐς πεδίον ἀσπιστάς.

TESEU

De quem são os filhos que chorais?

ANFITRIÃO

São os filhos de meu mísero filho,
mísero pai perpetrou letal massacre. 1184

TESEU

Que dizes? Por quê?

ANFITRIÃO

Por surto louco 1187
por tintura da hidra de cem cabeças. 1188

TESEU

Que terrível dizes!

ANFITRIÃO

Sumimos alados. 1186

TESEU

Diz boa palavra!

ANFITRIÃO

Pedes-me o almejado. 1185

TESEU

Isto é Hera. Velho, quem aí com mortos? 1189

ANFITRIÃO

Eis meu, meu filho laborioso que foi 1190
à guerra mata-gigantes com os Deuses
armado de escudo na planície de Flegra.

ΘΗΣΕΥΣ

φεῦ φεῦ· τίς ἀνδρῶν ὧδε δυσδαίμων ἔφυ; 1195

ΑΜΦΙΤΡΥΩΝ

οὐκ ἂν εἰδείης ἕτερον
πολυμοχθότερον πολυπλαγκτότερόν τε θνατῶν.

ΘΗΣΕΥΣ

τί γὰρ πέπλοισιν ἄθλιον κρύπτει κάρα;

ΑΜΦΙΤΡΥΩΝ

αἰδόμενος τὸ σὸν ὄμμα
καὶ φιλίαν ὁμόφυλον 1200
αἷμά τε παιδοφόνον.

ΘΗΣΕΥΣ

ἀλλ' εἰ συναλγῶν γ' ἦλθον; ἐκκάλυπτέ νιν.

ΑΜΦΙΤΡΥΩΝ

ὦ τέκνον, πάρες ἀπ' ὀμμάτων
πέπλον, ἀπόδικε, ῥέθος ἀελίωι δεῖξον.
βάρος ἀντίπαλον δακρύοις συναμιλλᾶται· 1205
ἱκετεύομεν ἀμφὶ γενειάδα καὶ 1207
γόνυ καὶ χέρα σὰν προπίτνων πολιὸν 1209
δάκρυον ἐκβαλών· ἰὼ παῖ, κατά- 1210
σχεθε λέοντος ἀγρίου θυμόν, ὧι
δρόμον ἐπὶ φόνιον ἀνόσιον ἐξάγηι
κακὰ θέλων κακοῖς συνάψαι, τέκνον.

ΘΗΣΕΥΣ

εἶέν· σὲ τὸν θάσσοντα δυστήνους ἕδρας
αὐδῶ φίλοισιν ὄμμα δεικνύναι τὸ σόν. 1215
οὐδεὶς σκότος γὰρ ὧδ' ἔχει μέλαν νέφος
ὅστις κακῶν σῶν συμφορὰν κρύψειεν ἄν.
τί μοι προσείων χεῖρα σημαίνεις φόβον;

TESEU

Pheû! Pheû! Quem nasceu tão infausto? 1195

ANFITRIÃO

Não conhecerias nenhum outro mortal
com mais fadigas nem com mais errâncias.

TESEU

Por que cobre mísero rosto com manto?

ANFITRIÃO

Por ter respeito à tua vista
e à amizade de mesma tribo 1200
e ao sangue do filicídio.

TESEU

Mas se condoído vim? Descobre-o!

ANFITRIÃO

Ó filho, retira o manto dos olhos,
joga-o fora, mostra o rosto ao sol!
Com o pranto compete contrapeso, 1205
suplicamos prostrados a teu queixo, 1207
teu joelho e tua mão com o grisalho 1209
pranto, *iò*, filho, contém o ânimo 1210
de leão rude com que extravias
em sanguinária e ilícita corrida
para atares males a males, filho!

TESEU

Seja! A ti, sentado em infausta sede,
digo que mostres o rosto aos amigos. 1215
As trevas não têm tão negra nuvem
que ocultasse o porte de teus males.
Por que com a mão assinalas pavor?

ὡς μὴ μύσος με σῶν βάληι προσφθεγμάτων;
οὐδὲν μέλει μοι σύν γε σοὶ πράσσειν κακῶς· 1220
καὶ γάρ ποτ' εὐτύχησ'. ἐκεῖσ' ἀνοιστέον
ὅτ' ἐξέσωσάς μ' ἐς φάος νεκρῶν πάρα.
χάριν δὲ γηράσκουσαν ἐχθαίρω φίλων
καὶ τῶν καλῶν μὲν ὅστις ἀπολαύειν θέλει,
συμπλεῖν δὲ τοῖς φίλοισι δυστυχοῦσιν οὔ. 1225
ἀνίστασ', ἐκκάλυψον ἄθλιον κάρα,
βλέψον πρὸς ἡμᾶς. ὅστις εὐγενὴς βροτῶν
φέρει †τὰ τῶν θεῶν γε† πτώματ' οὐδ' ἀναίνεται.

ΗΡΑΚΛΗΣ
Θησεῦ, δέδορκας τόνδ' ἀγῶν' ἐμῶν τέκνων;

ΘΗΣΕΥΣ
ἤκουσα καὶ βλέποντι σημαίνεις κακά. 1230

ΗΡΑΚΛΗΣ
τί δῆτά μου κρᾶτ' ἀνεκάλυψας ἡλίωι;

ΘΗΣΕΥΣ
τί δ'; οὐ μιαίνεις θνητὸς ὢν τὰ τῶν θεῶν.

ΗΡΑΚΛΗΣ
φεῦγ', ὦ ταλαίπωρ', ἀνόσιον μίασμ' ἐμόν.

ΘΗΣΕΥΣ
οὐδεὶς ἀλάστωρ τοῖς φίλοις ἐκ τῶν φίλων.

ΗΡΑΚΛΗΣ
ἐπῄνεσ'· εὖ δράσας δέ σ' οὐκ ἀναίνομαι. 1235

ΘΗΣΕΥΣ
ἐγὼ δὲ πάσχων εὖ τότ' οἰκτίρω σε νῦν.

Que não me polua por falar contigo?
Junto a ti não me importa estar mal. 1220
Tive outrora boa sorte; que se recorde
quando me salvaste dos mortos à luz.
Odeio que favor de amigos envelheça
e quem quer desfrutar dos bens, mas
não navegar com amigos em má sorte. 1225
Ergue-te, descobre tua mísera cabeça,
olha para nós! O mortal que for nobre,
suporta reveses dos Deuses e não nega.

HÉRACLES

Teseu, vês esta luta dos meus filhos?

TESEU

Ouvi e anuncias males a quem os vê. 1230

HÉRACLES

Por que me descobres o rosto ao sol?

TESEU

Por quê? Mortal não poluis os Deuses.

HÉRACLES

Evita, ó mísero, meu ilícito contágio!

TESEU

Não há ilatente de amigos a amigos.

HÉRACLES

Aceito; se te fiz bem, eu não rejeito. 1235

TESEU

Bem tratado antes, agora te lastimo.

ΗΡΑΚΛΗΣ

οἰκτρὸς γάρ εἰμι τἄμ’ ἀποκτείνας τέκνα;

ΘΗΣΕΥΣ

κλαίω χάριν σὴν ἐφ’ ἑτέραισι συμφοραῖς.

ΗΡΑΚΛΗΣ

ηὗρες δέ γ’ ἄλλους ἐν κακοῖσι μείζοσιν;

ΘΗΣΕΥΣ

ἅπτηι κάτωθεν οὐρανοῦ δυσπραξίαι. 1240

ΗΡΑΚΛΗΣ

τοιγὰρ παρεσκευάσμεθ’ ὥστε κατθανεῖν.

ΘΗΣΕΥΣ

<τί δῆτ’ ἔχοις ἄν, εἰ τόδ’ ἔρξειας, πλέον; [Kovacs]

ΗΡΑΚΛΗΣ

τοῖς θεῶν ἀθίκτοις ἐμβαλῶ βωμοῖς μύσος.> [Kovacs]

ΘΗΣΕΥΣ

δοκεῖς ἀπειλῶν σῶν μέλειν τι δαίμοσιν;

ΗΡΑΚΛΗΣ

αὔθαδες ὁ θεός, πρὸς δὲ τοὺς θεοὺς ἐγώ.

ΘΗΣΕΥΣ

ἴσχε στόμ’, ὡς μὴ μέγα λέγων μεῖζον πάθηις.

ΗΡΑΚΛΗΣ

γέμω κακῶν δὴ κοὐκέτ’ ἔσθ’ ὅπηι τεθῆι. 1245

ΘΗΣΕΥΣ

δράσεις δὲ δὴ τί; ποῖ φέρηι θυμούμενος;

HÉRACLES

Mereço lástima por matar os filhos?

TESEU

Choro por ti pela diversa situação.

HÉRACLES

Já viste outros em males maiores?

TESEU

Tocas debaixo o céu com o revés. 1240

HÉRACLES

Por isso estou pronto para morrer.

TESEU

Se fizesses isso, o que terias mais? [Kovacs]

HÉRACLES

Poluirei o intocável altar de Deuses. [Kovacs]

TESEU

Crês que as ameaças toquem Numes?

HÉRACLES

Duro é o Deus, e eu, com os Deuses.

TESEU

Cala-te! Não sofras mais por soberba!

HÉRACLES

Estou cheio de males, não cabe mais. 1245

TESEU

Que farás então? Aonde irás furente?

ΗΡΑΚΛΗΣ

θανών, ὅθενπερ ἦλθον, εἶμι γῆς ὕπο.

ΘΗΣΕΥΣ

εἴρηκας ἐπιτυχόντος ἀνθρώπου λόγους.

ΗΡΑΚΛΗΣ

σὺ δ’ ἐκτὸς ὢν γε συμφορᾶς με νουθετεῖς.

ΘΗΣΕΥΣ

ὁ πολλὰ δὴ τλὰς Ἡρακλῆς λέγει τάδε; 1250

ΗΡΑΚΛΗΣ

οὔκουν τοσαῦτά γ’· ἐν μέτρωι μοχθητέον.

ΘΗΣΕΥΣ

εὐεργέτης βροτοῖσι καὶ μέγας φίλος;

ΗΡΑΚΛΗΣ

οἱ δ’ οὐδὲν ὠφελοῦσί μ’, ἀλλ’ Ἥρα κρατεῖ.

ΘΗΣΕΥΣ

οὐκ ἄν <σ’> ἀνάσχοιθ’ Ἑλλὰς ἀμαθίαι θανεῖν.

ΗΡΑΚΛΗΣ

ἄκουε δή νυν, ὡς ἁμιλληθῶ λόγοις 1255
πρὸς νουθετήσεις σάς· ἀναπτύξω δέ σοι
ἀβίωτον ἡμῖν νῦν τε καὶ πάροιθεν ὄν.
πρῶτον μὲν ἐκ τοῦδ’ ἐγενόμην, ὅστις κτανὼν
μητρὸς γεραιὸν πατέρα προστρόπαιος ὢν
ἔγημε τὴν τεκοῦσαν Ἀλκμήνην ἐμέ. 1260
ὅταν δὲ κρηπὶς μὴ καταβληθῆι γένους
ὀρθῶς, ἀνάγκη δυστυχεῖν τοὺς ἐκγόνους.
Ζεὺς δ’, ὅστις ὁ Ζεύς, πολέμιόν μ’ ἐγείνατο
Ἥραι (σὺ μέντοι μηδὲν ἀχθεσθῆις, γέρον·

HÉRACLES

Morto, irei sob a terra, donde vim.

TESEU

Disseste palavras de gente fortuita.

HÉRACLES

E tu, fora da situação, me advertes.

TESEU

O perseverante Héracles fala assim? 1250

HÉRACLES

Não tanto, trabalhe-se com medida!

TESEU

Benfeitor e bom amigo dos mortais?

HÉRACLES

Eles nada me valem, mas Hera domina.

TESEU

Grécia não te suportaria inepta morte.

HÉRACLES

Ouve para que conteste com palavras 1255
as tuas advertências! Eu te explicarei
que é inviável eu viver agora e antes.
Primeiro nasci deste matador do velho
pai de minha mãe, ele assim poluído
casou-se com a minha mãe Alcmena. 1260
Quando a base do ser não se assenta
certa, força é os filhos terem má sorte.
Zeus, Zeus quem for, fez-me inimigo
de Hera (mas tu não te irrites, velho,

πατέρα γὰρ ἀντὶ Ζηνὸς ἡγοῦμαι σ' ἐγώ), 1265
ἔτ' ἐν γάλακτί τ' ὄντι γοργωποὺς ὄφεις
ἐπεισέφρησε σπαργάνοισι τοῖς ἐμοῖς
ἡ τοῦ Διὸς σύλλεκτρος, ὡς ὀλοίμεθα.
ἐπεὶ δὲ σαρκὸς περιβόλαι' ἐκτησάμην
ἡβῶντα, μόχθους οὓς ἔτλην τί δεῖ λέγειν; 1270
ποίους ποτ' ἢ λέοντας ἢ τρισωμάτους
Τυφῶνας ἢ Γίγαντας ἢ τετρασκελῆ
κενταυροπληθῆ πόλεμον οὐκ ἐξήνυσα;
τήν τ' ἀμφίκρανον καὶ παλιμβλαστῆ κύνα
ὕδραν φονεύσας μυρίων τ' ἄλλων πόνων 1275
διῆλθον ἀγέλας κἀς νεκροὺς ἀφικόμην,
Ἅιδου πυλωρὸν κύνα τρίκρανον ἐς φάος
ὅπως πορεύσαιμ' ἐντολαῖς Εὐρυσθέως.
τὸν λοίσθιον δὲ τόνδ' ἔτλην τάλας πόνον,
παιδοκτονήσας δῶμα θριγκῶσαι κακοῖς. 1280
ἥκω δ' ἀνάγκης ἐς τόδ'· οὔτ' ἐμαῖς φίλαις
Θήβαις ἐνοικεῖν ὅσιον· ἢν δὲ καὶ μένω,
ἐς ποῖον ἱερὸν ἢ πανήγυριν φίλων
εἶμ'; οὐ γὰρ ἄτας εὐπροσηγόρους ἔχω.
ἀλλ' Ἄργος ἔλθω; πῶς, ἐπεὶ φεύγω πάτραν; 1285
φέρ' ἀλλ' ἐς ἄλλην δή τιν' ὁρμήσω πόλιν;
κἄπειθ' ὑποβλεπώμεθ' ὡς ἐγνωσμένοι,
γλώσσης πικροῖς κέντροισι †κληιδουχούμενοι†·
Οὐχ οὗτος ὁ Διός, ὃς τέκν' ἔκτεινέν ποτε
δάμαρτά τ'; οὐ γῆς τῆσδ' ἀποφθαρήσεται; 1290
[κεκλημένωι δὲ φωτὶ μακαρίωι ποτὲ
αἱ μεταβολαὶ λυπηρόν· ὧι δ' ἀεὶ κακῶς
ἔστ', οὐδὲν ἀλγεῖ συγγενῶς δύστηνος ὤν.]
ἐς τοῦτο δ' ἥξειν συμφορᾶς οἶμαί ποτε·
φωνὴν γὰρ ἥσει χθὼν ἀπεννέπουσά με 1295
μὴ θιγγάνειν γῆς καὶ θάλασσα μὴ περᾶν
πηγαί τε ποταμῶν, καὶ τὸν ἁρματήλατον
Ἰξίον' ἐν δεσμοῖσιν ἐκμιμήσομαι.

eu te considero pai em vez de Zeus). 1265
Quando eu ainda mamava, pôs duas
serpentes gorgôneas em minha roupa
a esposa de Zeus, para me destruir.
Quando ganhei o vigor da juventude,
devo contar as fadigas que suportei? 1270
Que combate não travei contra leões,
ou contra tríplice Tifeu, ou gigantes,
ou cheio de quadrúpedes centauros?
Matei a cadela hidra que a seu redor
refloria cabeças e milhares de outras 1275
fadigas perfiz e cheguei aos mortos,
para trazer à luz o tricéfalo porteiro
cão de Hades, por ordem de Euristeu.
Por fim, mísero suportei esta lide,
com filicídio frisar de males a casa. 1280
Chego a esta necessidade: ser ilícito
residir em minha cara Tebas. Se fico,
a que santuário ou reunião de amigos
irei? Pois tenho intratáveis erronias.
Mas ir a Argos? Como, se expatriado? 1285
Mas deveria eu partir para outra urbe?
E quando reconhecidos sermos vistos
presos ao aguilhão de línguas amargas?
"Não é o de Zeus que matou os filhos
e a esposa? Não sumirá desta terra?" 1290
A um varão antes dito venturoso
as mudanças doem, a quem sempre
esteve mal não dói o mal congênito.
Penso que chegarei a esta situação:
o solo emitirá voz para me interditar 1295
que toque a terra, e o mar, que o cruze,
e as águas fluviais, e serei a imagem
de Ixíon que gira encadeado na roda.

[καὶ ταῦτ’ ἄριστα μηδέν’ Ἑλλήνων μ’ ὁρᾶν,
ἐν οἷσιν εὐτυχοῦντες ἦμεν ὄλβιοι.] 1300
τί δῆτά με ζῆν δεῖ; τί κέρδος ἕξομεν
βίον γ’ ἀχρεῖον ἀνόσιον κεκτημένοι;
χορευέτω δὴ Ζηνὸς ἡ κλεινὴ δάμαρ
†κρόουσ’ Ὀλύμπου δῖον ἀρβύλῃ πέδον†. [Kovacs]
ἔπραξε γὰρ βούλησιν ἣν ἐβούλετο 1305
ἄνδρ’ Ἑλλάδος τὸν πρῶτον αὐτοῖσιν βάθροις
ἄνω κάτω στρέψασα. τοιαύτηι θεῶι
τίς ἂν προσεύχοιθ’; ἣ γυναικὸς οὕνεκα
λέκτρων φθονοῦσα Ζηνὶ τοὺς εὐεργέτας
Ἑλλάδος ἀπώλεσ’ οὐδὲν ὄντας αἰτίους. 1310

ΧΟΡΟΣ

οὐκ ἔστιν ἄλλου δαιμόνων ἀγὼν ὅδε
ἢ τῆς Διὸς δάμαρτος· εὖ τόδ’ αἰσθάνηι.

ΘΗΣΕΥΣ

<ἀλλ’ εἰ θανεῖν δεῖ τῶνδ’ ἕκατι χρὴ σκοπεῖν· [Kovacs]
ἀκήρατον γὰρ εἰ βροτοῖς ἄγειν βίον [Kovacs]
θεοὶ διδοῖεν, σοὶ μόνῳ δ’ ἐφθαρμένον [Kovacs]
διεργάσασθαι σαυθόν οὐκ ἐς ἀμβολὰς> [Kovacs]
παραινέσαιμ’ ἂν μᾶλλον ἢ πάσχειν κακῶς.
οὐδεὶς δὲ θνητῶν ταῖς τύχαις ἀκήρατος,
οὐ θεῶν, ἀοιδῶν εἴπερ οὐ ψευδεῖς λόγοι. 1315
οὐ λέκτρ’ ἐν ἀλλήλοισιν, ὧν οὐδεὶς νόμος,
συνῆψαν; οὐ δεσμοῖσι διὰ τυραννίδα
πατέρας ἐκηλίδωσαν; ἀλλ’ οἰκοῦσ’ ὅμως
Ὄλυμπον ἠνέσχοντό θ’ ἡμαρτηκότες.
καίτοι τί φήσεις, εἰ σὺ μὲν θνητὸς γεγὼς 1320
φέρεις ὑπέρφευ τὰς τύχας, θεοὶ δὲ μή;
Θήβας μὲν οὖν ἔκλειπε τοῦ νόμου χάριν,
ἕπου δ’ ἅμ’ ἡμῖν πρὸς πόλισμα Παλλάδος.
ἐκεῖ χέρας σὰς ἁγνίσας μιάσματος

É melhor que não me vejam os gregos
com quem tive boa sorte e prosperei. 1300
Por que devo viver? Que lucraremos
em posse desta inútil e ilícita vida?
Que dance a ínclita esposa de Zeus
sapateando no chão divino do Olimpo! [Kovacs]
Desempenhou o desejo que desejava 1305
ao revirar o primeiro varão da Grécia
com as bases mesmas. A tal Deusa
quem faria preces? Ela, por ciúmes
de mulher no leito de Zeus, destruiu
os inocentes benfeitores da Grécia. 1310

CORO
Esta luta não é com outro Nume
que a dama de Zeus, bem se nota.

TESEU
Mas vê se deves morrer por isso! [Kovacs]
Se os Deuses dessem aos mortais [Kovacs]
terem a vida imune e só a ti perda, [Kovacs]
eu te exortaria a que te destruísses [Kovacs]
sem demora antes de sofreres males.
Mas nenhum mortal é imune à sorte,
nem Deuses, se cantores não mentem. 1315
Não coabitam leitos uns dos outros
sem lei nenhuma? Não poluem pais
com cadeias por poder? Mas habitam
o Olimpo e suportam os seus errores.
Que dirás, porém, se tu, mortal nato, 1320
excedes a sorte, mas os Deuses, não?
Deixa, pois, Tebas por causa da lei
e acompanha-me à cidadela de Palas!
Lá limparei tuas mãos de poluência,

δόμους τε δώσω χρημάτων τ' ἐμῶν μέρος. 1325
ἃ δ' ἐκ πολιτῶν δῶρ' ἔχω σώσας κόρους
δὶς ἑπτά, ταῦρον Κνώσιον κατακτανών,
σοὶ ταῦτα δώσω. πανταχοῦ δέ μοι χθονὸς
τεμένη δέδασται· ταῦτ' ἐπωνομασμένα
σέθεν τὸ λοιπὸν ἐκ βροτῶν κεκλήσεται 1330
ζῶντος· θανόντα δ', εὖτ' ἂν εἰς Ἅιδου μόλῃς,
θυσίαισι λαΐνοισί τ' ἐξογκώμασιν
τίμιον ἀνάξει πᾶσ' Ἀθηναίων πόλις.
καλὸς γὰρ ἀστοῖς στέφανος Ἑλλήνων ὕπο
ἄνδρ' ἐσθλὸν ὠφελοῦντας εὐκλείας τυχεῖν. 1335
κἀγὼ χάριν σοι τῆς ἐμῆς σωτηρίας
τήνδ' ἀντιδώσω· νῦν γὰρ εἶ χρεῖος φίλων.
[θεοὶ δ' ὅταν τιμῶσιν οὐδὲν δεῖ φίλων·
ἅλις γὰρ ὁ θεὸς ὠφελῶν ὅταν θέλῃ.]

ΗΡΑΚΛΗΣ

οἴμοι· πάρεργα < > τάδ' ἔστ' ἐμῶν κακῶν· 1340
ἐγὼ δὲ τοὺς θεοὺς οὔτε λέκτρ' ἃ μὴ θέμις
στέργειν νομίζω δεσμά τ' ἐξάπτειν χεροῖν
οὔτ' ἠξίωσα πώποτ' οὔτε πείσομαι
οὐδ' ἄλλον ἄλλου δεσπότην πεφυκέναι.
δεῖται γὰρ ὁ θεός, εἴπερ ἔστ' ὀρθῶς θεός, 1345
οὐδενός· ἀοιδῶν οἵδε δύστηνοι λόγοι.
ἐσκεψάμην δὲ καίπερ ἐν κακοῖσιν ὢν
μὴ δειλίαν ὄφλω τιν' ἐκλιπὼν φάος·
ταῖς συμφοραῖς γὰρ ὅστις οὐχ ὑφίσταται
οὐδ' ἀνδρὸς ἂν δύναιθ' ὑποστῆναι βέλος. 1350
ἐγκαρτερήσω βίοτον· εἶμι δ' ἐς πόλιν
τὴν σήν, χάριν τε μυρίαν δώρων ἔχω.
ἀτὰρ πόνων δὴ μυρίων ἐγευσάμην,
ὧν οὔτ' ἀπεῖπον οὐδέν' οὔτ' ἀπ' ὀμμάτων
ἔσταξα πηγάς, οὐδ' ἂν ᾠόμην ποτὲ 1355
ἐς τοῦθ' ἱκέσθαι, δάκρυ' ἀπ' ὀμμάτων βαλεῖν.

e darei casa e parte dos meus bens, 1325
dons da urbe por salvar sete duplos
jovens ao matar o touro de Cnosso
eu te darei. Tenho por toda parte
glebas de terra e com o teu nome
doravante os mortais as chamarão 1330
em tua vida, morto e na de Hades;
com sacrifícios e templos de pedra
toda a urbe de Atenas te fará honras.
Bela coroa dos cidadãos é ter glória
entre gregos por valer a nobre varão. 1335
Assim esta graça de minha salvação
te retribuirei, ora careces de amigos.
Se Deuses honram, amigos não faltam,
basta o Deus auxiliar, quando quiser.

HÉRACLES

Oímoi! Isso extrapola os meus males, 1340
eu não creio que os Deuses se deem
amores ilícitos e encadeiem braços,
não cri nunca e não me persuadirei,
nem que um seja déspota de outro.
Deus não precisa, se deveras é Deus, 1345
de nada, eis míseras falas de cantores.
Considerei, ainda que entre males,
se seria covardia, se deixasse a luz,
pois quem nas situações não resiste,
não resistiria às armas de um varão. 1350
Enfrentarei a vida e à tua urbe irei
e tenho gratidão por dez mil dons.
Mas tive prova de muitas fadigas,
as quais não reneguei nem chorei
águas nos olhos, não creria nunca 1355
chegar a isto, lágrimas nos olhos.

νῦν δ', ὡς ἔοικε, τῆι τύχηι δουλευτέον.
εἶέν· γεραιέ, τὰς ἐμὰς φυγὰς ὁρᾶις,
ὁρᾶις δὲ παίδων ὄντα μ' αὐθέντην ἐμῶν.
δὸς τούσδε τύμβωι καὶ περίστειλον νεκροὺς 1360
δακρύοισι τιμῶν (ἐμὲ γὰρ οὐκ ἐᾶι νόμος)
πρὸς στέρν' ἐρείσας μητρὶ δούς τ' ἐς ἀγκάλας,
κοινωνίαν δύστηνον, ἣν ἐγὼ τάλας
διώλεσ' ἄκων. γῆι δ' ἐπὴν κρύψηις νεκροὺς
οἴκει πόλιν τήνδ' ἀθλίως μὲν ἀλλ' ὅμως 1365
[ψυχὴν βιάζου τἀμὰ συμφέρειν κακά].
ὦ τέκν', ὁ φύσας καὶ τεκὼν ὑμᾶς πατὴρ
ἀπώλεσ', οὐδ' ὤνασθε τῶν ἐμῶν καλῶν,
ἁγὼ παρεσκεύαζον ἐκμοχθῶν βίου
εὔκλειαν ὑμῖν, πατρὸς ἀπόλαυσιν καλήν. 1370
σέ τ' οὐχ ὁμοίως, ὦ τάλαιν', ἀπώλεσα
ὥσπερ σὺ τἀμὰ λέκτρ' ἔσωιζες ἀσφαλῶς,
μακρὰς διαντλοῦσ' ἐν δόμοις οἰκουρίας.
οἴμοι δάμαρτος καὶ τέκνων, οἴμοι δ' ἐμοῦ,
ὡς ἀθλίως πέπραγα κἀποζεύγνυμαι 1375
τέκνων γυναικός τ'. ὦ λυγραὶ φιλημάτων
τέρψεις, λυγραὶ δὲ τῶνδ' ὅπλων κοινωνίαι.
ἀμηχανῶ γὰρ πότερ' ἔχω τάδ' ἢ μεθῶ,
ἃ πλευρὰ τἀμὰ προσπίτνοντ' ἐρεῖ τάδε·
Ἡμῖν τέκν' εἷλες καὶ δάμαρθ'· ἡμᾶς ἔχεις 1380
παιδοκτόνους σούς. εἶτ' ἐγὼ τάδ' ὠλέναις
οἴσω; τί φάσκων; ἀλλὰ γυμνωθεὶς ὅπλων
ξὺν οἷς τὰ κάλλιστ' ἐξέπραξ' ἐν Ἑλλάδι
ἐχθροῖς ἐμαυτὸν ὑποβαλὼν αἰσχρῶς θάνω;
οὐ λειπτέον τάδ', ἀθλίως δὲ σωστέον. 1385
ἕν μοί τι, Θησεῦ, σύγκαμ'· ἀγρίου κυνὸς
κόμιστρ' ἐς Ἄργος συγκατάστησον μολών,
λύπηι τι παίδων μὴ πάθω μονούμενος.
ὦ γαῖα Κάδμου πᾶς τε Θηβαῖος λεώς,
κείρασθε, συμπενθήσατ', ἔλθετ' ἐς τάφον 1390

Agora, creio, devo servir à Sorte.
Seja! Ó velho, vês o meu exílio,
vês-me o matador de meus filhos.
Dá tumba aos mortos e sepulta-os, 1360
honra com prantos (ilícitos a mim),
apoia-os no peito e braços da mãe,
comunidade infausta, que eu mísero
destruí coacto! Sepultos os mortos,
vive mísero nesta urbe, mas ainda 1365
força a vida a suportar meus males!
Ó filhos, o pai que vos fez e gerou
destruiu, e não fruístes meus bens,
que com fadigas eu vos preparava,
a gloriosa vida, belo prazer do pai. 1370
Ó mísera, eu te destruí não como
sem vacilo conservavas meu leito
com as longas vigilâncias em casa.
Oímoi, por mulher e filhos! *Oímoi*,
por mim! Tão mísero fiz e desfiz-me 1375
da mulher e filhos! Ó lúgubre prazer
de beijos! Ó lúgubre trato das armas!
Não sei se as mantenho ou dispenso.
Elas roçando os meus flancos dirão:
"Conosco mataste a mulher e filhos, 1380
filicidas nos tens." Então as levarei
nos braços? Por quê? Mas sem armas
com que fiz na Grécia exímias proezas
terei morte vil submisso aos inimigos?
Não se dispense, mas mísero conserve! 1385
Faz-me, Teseu, um só favor! Em Argos
faz comigo o resgate do cão selvagem!
Que na dor dos filhos nada sofra a sós!
Ó toda a terra de Cadmo e povo tebano,
tonsurai! Compadecei! Ide aos funerais 1390

παίδων. ἅπαντας δ' ἑνὶ λόγωι πενθήσετε
νεκρούς τε κἀμέ· πάντες ἐξολώλαμεν
Ἥρας μιᾶι πληγέντες ἄθλιοι τύχηι.

ΘΗΣΕΥΣ

ἀνίστασ', ὦ δύστηνε· δακρύων ἅλις.

ΗΡΑΚΛΗΣ

οὐκ ἂν δυναίμην· ἄρθρα γὰρ πέπηγέ μου. 1395

ΘΗΣΕΥΣ

καὶ τοὺς σθένοντας γὰρ καθαιροῦσιν τύχαι.

ΗΡΑΚΛΗΣ

φεῦ·
αὐτοῦ γενοίμην πέτρος ἀμνήμων κακῶν.

ΘΗΣΕΥΣ

παῦσαι· δίδου δὲ χεῖρ' ὑπηρέτηι φίλωι.

ΗΡΑΚΛΗΣ

ἀλλ' αἷμα μὴ σοῖς ἐξομόρξωμαι πέπλοις.

ΘΗΣΕΥΣ

ἔκμασσε, φείδου μηδέν· οὐκ ἀναίνομαι. 1400

ΗΡΑΚΛΗΣ

παίδων στερηθεὶς παῖδ' ὅπως ἔχω σ' ἐμόν.

ΘΗΣΕΥΣ

δίδου δέρηι σὴν χεῖρ', ὁδηγήσω δ' ἐγώ.

ΗΡΑΚΛΗΣ

ζεῦγός γε φίλιον· ἅτερος δὲ δυστυχής.
ὦ πρέσβυ, τοιόνδ' ἄνδρα χρὴ κτᾶσθαι φίλον.

dos filhos! Em resumo, chorai a todos
os mortos e a mim! Hera nos destruiu
a todos, míseros, num só golpe de sorte.

TESEU

Levanta-te, ó mísero, basta de pranto!

HÉRACLES

Eu não poderia, travaram-se as juntas. 1395

TESEU

As sortes abatem até os mais fortes.

HÉRACLES

Pheû!
Aqui fosse pedra imêmore de males!

TESEU

Para! Dá tua mão ao amigo escudeiro.

HÉRACLES

Que não deixe sangue em teu manto!

TESEU

Deixa, não poupes nada! Não rejeito. 1400

HÉRACLES

Privado de filhos tenho-te por filho.

TESEU

Abraça meu pescoço! Eu te guiarei.

HÉRACLES

Parelha de amigos, um de má sorte.
Ó velho, tal varão se tem por amigo.

ΑΜΦΙΤΡΥΩΝ

ἡ γὰρ τεκοῦσα τόνδε πατρὶς εὔτεκνος. 1405

ΗΡΑΚΛΗΣ

Θησεῦ, πάλιν με στρέψον ὡς ἴδω τέκνα.

ΘΗΣΕΥΣ

ὡς δὴ τί; φίλτρον τοῦτ᾽ ἔχων ῥάιων ἔσηι;

ΗΡΑΚΛΗΣ

ποθῶ, πατρός τε στέρνα προσθέσθαι θέλω.

ΑΜΦΙΤΡΥΩΝ

ἰδοὺ τάδ᾽, ὦ παῖ· τἀμὰ γὰρ σπεύδεις φίλα.

ΘΗΣΕΥΣ

οὕτω πόνων σῶν οὐκέτι μνήμην ἔχεις; 1410

ΗΡΑΚΛΗΣ

ἅπαντ᾽ ἐλάσσω κεῖνα τῶνδ᾽ ἔτλην κακά.

ΘΗΣΕΥΣ

εἴ σ᾽ ὄψεταί τις θῆλυν ὄντ᾽ οὐκ αἰνέσει.

ΗΡΑΚΛΗΣ

ζῶ σοι ταπεινός; ἀλλὰ πρόσθεν οὐ δοκῶ.

ΘΗΣΕΥΣ

ἄγαν γ᾽· ὁ κλεινὸς Ἡρακλῆς οὐκ εἶ νοσῶν.

ΗΡΑΚΛΗΣ

σὺ ποῖος ἦσθα νέρθεν ἐν κακοῖσιν ὤν; 1415

ΘΗΣΕΥΣ

ὡς ἐς τὸ λῆμα παντὸς ἦν ἥσσων ἀνήρ.

ANFITRIÃO

A pátria que o criou teve bom filho. 1405

HÉRACLES

Volta-me, Teseu, para ver os filhos!

TESEU

Por quê? Com esse jogo será mais fácil?

HÉRACLES

Quero muito, e quero abraçar meu pai.

ANFITRIÃO

Eis, ó meu filho, buscas meus agrados.

TESEU

Assim não te lembras mais dos males? 1410

HÉRACLES

Tive todos aqueles menores que estes.

TESEU

Se te vir ser feminino, não aprovarei.

HÉRACLES

Estou abatido? Mas creio que antes não.

TESEU

Demais. Doente não és o ínclito Héracles.

HÉRACLES

Tu nos ínferos como eras entre os males? 1415

TESEU

Quanto ao ânimo era o menor de todos.

ΗΡΑΚΛΗΣ

πῶς οὖν †ἔτ' εἴπης† ὅτι συνέσταλμαι κακοῖς;

ΘΗΣΕΥΣ

πρόβαινε.

ΗΡΑΚΛΗΣ

χαῖρ', ὦ πρέσβυ.

ΑΜΦΙΤΡΥΩΝ

καὶ σύ μοι, τέκνον.

ΗΡΑΚΛΗΣ

θάφθ' ὥσπερ εἶπον παῖδας.

ΑΜΦΙΤΡΥΩΝ

ἐμὲ δὲ τίς, τέκνον;

ΗΡΑΚΛΗΣ

ἐγώ.

ΑΜΦΙΤΡΥΩΝ

πότ' ἐλθών;

ΗΡΑΚΛΗΣ

ἡνίκ' ἂν †θάψηις τέκνα†. 1420

ΑΜΦΙΤΡΥΩΝ

πῶς;

ΗΡΑΚΛΗΣ

[εἰς Ἀθήνας πέμψομαι Θηβῶν ἄπο.]
ἀλλ' ἐσκόμιζε τέκνα, δυσκόμιστ' ἄχη·
ἡμεῖς δ' ἀναλώσαντες αἰσχύναις δόμον
Θησεῖ πανώλεις ἑψόμεσθ' ἐφολκίδες.

HÉRACLES
Como ainda me dizes abatido nos males?

TESEU
Segue!

HÉRACLES
Salve, ó velho!

ANFITRIÃO
Salve, ó filho!

HÉRACLES
Honra-os como disse!

ANFITRIÃO
E quem a mim, filho?

HÉRACLES
Eu.

ANFITRIÃO
Vens quando?

HÉRACLES
Já sepultos os filhos. 1420

ANFITRIÃO
Como?

HÉRACLES
Partirei de Tebas para Atenas.
Mas cuida dos filhos, dor insuportável!
Neste opróbrio de destruirmos a casa,
seguiremos Teseu destruídos entregues.

ὅστις δὲ πλοῦτον ἢ σθένος μᾶλλον φίλων 1425
ἀγαθῶν πεπᾶσθαι βούλεται κακῶς φρονεῖ.

ΧΟΡΟΣ

στείχομεν οἰκτροὶ καὶ πολύκλαυτοι,
τὰ μέγιστα φίλων ὀλέσαντες.

Quem quiser ter opulência ou poder 1425
mais do que bons amigos pensa mal.

CORO

Caminhamos míseros e chorosos
por termos perdido os mais nossos.

Referências bibliográficas

EASTERLING, P. E. (org.). *The Cambridge Companion to Greek Tragedy*. Cambridge: Cambridge University Press, 1997.

EURÍPIDES. *Electra*, editado com introdução e comentário de J. D. Denninston. Oxford: Clarendon Press, 2002 [1939].

________. *Heracles*, traduzido com introdução, notas e ensaio interpretativo de Michael R. Halleran. Newburyport: Focus Classical Library, 1993 [1988].

________. *Heracles*, com introdução, tradução e comentário de Shirley A. Barlow. Warminster: Aris & Phillips, 1996.

________. *Héracles*, introdução tradução e notas de Cristina Rodrigues Franciscato. São Paulo: Editora Palas Athena, 2003.

________. *Héracles*, tradução, posfácio e notas de Trajano Vieira, ensaio de William Arrowsmith. São Paulo: Editora 34, 2014.

________. *Suppliant Women, Electra, Heracles*, editado e traduzido por David Kovacs. Cambridge/Londres: Harvard University Press, 1998.

________. *Suppliant Women*, com introdução, tradução e comentário de James Morwood. Oxford: Aris & Phillips, 2007.

________. *Tragiques grecs: théâtre complet*, edição apresentada, estabelecida e anotada por Marie Delcourt-Curvers. Paris: Gallimard, 1962.

GREGORY, Justina (org.). *A Companion to Greek Tragedy*. Oxford: Blackwell, 2008 [2005].

GRUBE, G. M. A. *The Drama of Euripides*. Londres: Methuen, 1961 [1941].

KELLS, J. H. *Sophocles: Electra*. Cambridge: Cambridge University Press, 1973.

MASTRONARDE, Donald J. *The Art of Euripides: Dramatic Technique and Social Context*. Cambridge: Cambridge University Press, 2010.

PAULIAT, Ginette. *Euripide — Électre*. Paris: Bertrand-Lacoste, 1995.

ROISMAN, H. M.; LUSCHING, C. A. E. *Euripides' Electra. A Commentary*. Norman: University of Oklahoma Press, 2011.

Sobre os textos

As Suplicantes

"Justiça e piedade": publicado como "Justiça e piedade na tragédia *As Suplicantes* de Eurípides" em *Codex — Revista de Estudos Clássicos*, vol. 7, nº 2, 2019, pp. 1-9.

Tradução: publicação e-book em *Eurípides: Teatro completo*, vol. 2, São Paulo, Iluminuras, 2016; posteriormente, em *Codex — Revista de Estudos Clássicos*, vol. 7, nº 2, 2019, pp. 122-63.

Electra

"A questão da justiça tribal": inédito.

Tradução: publicação e-book em *Eurípides: Teatro completo*, vol. 2, São Paulo, Iluminuras, 2016.

Héracles

"Héracles e a interlocução com o Nume": publicado como "Héracles e a interlocução do Nume" em *Codex — Revista de Estudos Clássicos*, vol. 6, nº 1, 2018, pp. 1-15.

Tradução: publicação e-book em *Eurípides: Teatro completo*, vol. 2, São Paulo, Iluminuras, 2016; posteriormente, em *Codex — Revista de Estudos Clássicos*, vol. 6, nº 1, 2018, pp. 268-334.

Sobre o autor

Algumas datas de representações e de vitórias em concursos trágicos, além de fatos da história de Atenas no século V a.C., são os únicos dados de que hoje dispomos com alguma certeza sobre a vida de Eurípides, e a eles se mesclam muitas anedotas, extraídas de comédias contemporâneas, ou inferidas de suas próprias obras, ou adaptadas da mitologia, ou ainda pura especulação. As biografias antigas contam que ele nasceu em Salamina, no dia da batalha naval dos gregos contra os invasores persas, e que o medo fez sua mãe entrar em trabalho de parto, mas isso parece ter um caráter simbólico, de vincular o grande dramaturgo ao mais memorável evento de sua época. A inscrição do mármore de Paro data seu nascimento de 485-484 a.C. Sua família pertencia ao distrito ático de Flieus, da tribo Cecrópida, ao norte do monte Himeto. Teofrasto relata que quando menino Eurípides foi escanção no ritual em que a elite ateniense dançava ao redor do santuário de Apolo Délio e que foi porta-tocha de Apolo Zoster; ambas essas funções implicam ser de família tradicional ateniense e sugerem inserção social elevada.

Sua primeira participação em concurso trágico é de 455 a.C. com *As Pelíades*, tragédia hoje perdida, sobre o dolo com que Medeia persuadiu as filhas de Pélias a matá-lo, esquartejá-lo e cozê-lo. Os antigos conheceram noventa e duas peças suas. Venceu cinco vezes os concursos trágicos, sendo póstuma a última vitória, mas não há notícia de que alguma vez sua participação nas representações tenha sido preterida. Considerando que todo ano o arconte rei escolhia para o concurso somente três poetas e para julgá-los dez juízes, um de cada tribo, dos quais cinco votos eram destruídos aleatoriamente sem se conhecer o conteúdo para evitar suborno, a participação era mais indicadora de popularidade do que a premiação.

David Kovacs valendo-se de datas conhecidas ou conjecturais apresenta esta cronologia relativa da produção supérstite de Eurípides:

438 a.C., *Alceste* obteve segundo lugar no concurso trágico; 431, *Medeia*, terceiro lugar; *c.* 430, *Os Heraclidas*; 428, *Hipólito*, primeiro lugar; *c.* 425, *Andrômaca*, que não foi representada em Atenas; *c.* 424, *Hécuba*; *c.* 423, *As Suplicantes*; *c.* 420, *Electra*; *c.* 416, *Héracles*; 415, *As Troianas*, segundo lugar; *c.* 414, *Ifigênia em Táurida*; *c.* 413, *Íon*; 412, *Helena*; *c.* 410, *As Fenícias*, segundo lugar; 408, *Orestes*; póstumos, *As Bacas* e *Ifigênia em Áulida*, primeiro lugar; data desconhecida, *O Ciclope*; e de data incerta, *Reso*, que Kovacs (controversamente) considera não euripidiano. As tragédias póstumas, vitoriosas, foram apresentadas por seu filho do mesmo nome, Eurípides júnior. A inscrição do mármore de Paro data a morte de Eurípides em 407-406 a.C., e não temos como decidir se isto se deu em Atenas, ou se em Macedônia, onde teria ido a convite do rei Arquelau.

A presente publicação do *Teatro completo* de Eurípides é a primeira vez em que todos os dramas supérstites do autor são traduzidos em português por um único tradutor.

Sobre o tradutor

José Antonio Alves Torrano (Jaa Torrano) nasceu em Olímpia (SP) em 12 de novembro de 1949 e passou a infância em Orindiúva (SP), vila rural e bucólica, fundada por seus avós maternos, entre outros. Em janeiro de 1960 seus pais mudaram para Catanduva (SP), onde concluiu o grupo escolar, fez o ginásio, o colégio, o primeiro ano da Faculdade de Letras, e descobriu a literatura como abertura para o mundo e o sentido trágico da vida como visão de mundo. Em fevereiro de 1970 mudou-se para São Paulo (SP), lecionou português e filosofia em curso supletivo (1970), fez a graduação (1971-1974) em Letras Clássicas (Português, Latim e Grego) na Universidade de São Paulo, onde começou a trabalhar em 1972 como auxiliar de almoxarifado na Faculdade de Medicina Veterinária e Zootecnia, e depois disso, a lecionar Língua e Literatura Grega como auxiliar de ensino na Faculdade de Filosofia, Letras e Ciências Humanas em 1975.

No Departamento de Letras Clássicas e Vernáculas da Universidade de São Paulo defendeu o mestrado em 1980 com a dissertação "O mundo como função de Musas", o doutorado em 1987 com a tese "O sentido de Zeus: o mito do mundo e o modo mítico de ser no mundo" e a livre-docência em 2001 com a tese "A dialética trágica na *Oresteia* de Ésquilo". Desde 2006 é professor titular de Língua e Literatura Grega na USP. Em 2000 foi professor visitante na Universidade de Aveiro (Portugal). Como bolsista pesquisador do CNPq, traduziu e estudou todas as tragédias supérstites de Ésquilo, Sófocles e Eurípides.

Publicou os livros: — 1) de poesia: *A esfera e os dias* (Annablume, 2009), *Divino gibi: crítica da razão sapiencial* (Annablume, 2017), *Solidão só há de Sófocles* (Ateliê, no prelo); — 2) de ensaios: *O sentido de Zeus: o mito do mundo e o modo mítico de ser no mundo* (Roswitha Kempf, 1988; Iluminuras, 1996), *O pensamento mítico no horizonte de Platão* (Annablume, 2013), *Mitos e imagens míticas* (Córrego,

2019; Madamu, 2022); e — 3) de estudos e traduções: Hesíodo, *Teogonia: a origem dos Deuses* (Roswitha Kempf, 1980; Iluminuras, 1991), Ésquilo, *Prometeu Prisioneiro* (Roswitha Kempf, 1985), Eurípides, *Medeia* (Hucitec, 1991), Eurípides, *Bacas* (Hucitec, 1995), Ésquilo, *Oresteia: Agamêmnon, Coéforas, Eumênides* (Iluminuras, 2004), Ésquilo, *Tragédias: Os Persas, Os Sete contra Tebas, As Suplicantes, Prometeu Cadeeiro* (Iluminuras, 2009), Eurípides, *Teatro completo* (e-book, Iluminuras, 3 vols., 2015, 2016 e 2018), Platão, *O Banquete* (com Irley Franco, PUC-RJ/Loyola, 2021), Sófocles, *Tragédias completas: Ájax, As Traquínias, Antígona* e *Édipo Rei* (Ateliê/Mnema, 2022). Além disso, publicou estudos sobre literatura grega clássica em livros e periódicos especializados.

Plano da obra

Eurípides, *Teatro completo*,
estudos e traduções de Jaa Torrano:

Vol. I: *O Ciclope*, *Alceste*, *Medeia*
Vol. II: *Os Heraclidas*, *Hipólito*, *Andrômaca*, *Hécuba*
Vol. III: *As Suplicantes*, *Electra*, *Héracles*
Vol. IV: *As Troianas*, *Ifigênia em Táurida*, *Íon*
Vol. V: *Helena*, *As Fenícias*, *Orestes*
Vol. VI: *As Bacas*, *Ifigênia em Áulida*, *Reso*

Este livro foi composto em Sabon e
Cardo pela Franciosi & Malta, com
CTP e impressão da Edições Loyola
em papel Pólen Natural 80 g/m² da
Cia. Suzano de Papel e Celulose para
a Editora 34, em julho de 2023.